Celeste Ng

Celeste Ng est américaine et vit dans le Massachusetts. Après *Tout ce qu'on ne s'est jamais dit* (2016, Sonatine, lauréat du Prix Relay 2016), *La Saison des feux* est son deuxième roman, paru chez le même éditeur en 2018. Il est en cours d'adaptation cinématographique par Reese Witherspoon.

LA SAISON
DES FEUX

CELESTE NG

LA SAISON
DES FEUX

Traduit de l'anglais (États-Unis)
par Fabrice Pointeau

SONATINE ÉDITIONS

Titre original :
LITTLE FIRES EVERYWHERE
Éditeur original : Penguin Press

MIXTE
Papier issu de
sources responsables
FSC® C003309

Pocket, une marque d'Univers Poche,
est un éditeur qui s'engage pour la préservation
de son environnement et qui utilise du papier fabriqué
à partir de bois provenant de forêts gérées
de manière responsable.

© Celeste Ng, 2017
© Sonatine Éditions, 2018, pour la traduction française
ISBN 978-2-266-28841-5
Dépôt légal : avril 2019

Pour ceux qui suivent leur propre chemin,
allumant de petits incendies.

Que vous optiez pour un terrain constructible dans la zone des écoles, de vastes hectares de terre sur le domaine de Shaker Country, ou l'une des maisons offertes par notre société dans divers quartiers, votre achat inclura des installations pour le golf, l'équitation, le tennis, la navigation de plaisance ; il inclura également des écoles inégalables ; et il vous assurera une protection éternelle contre la dépréciation et le changement non désiré.

Publicité de la compagnie Van Sweringen, créateurs et développeurs de Shaker Village

Au fond, cependant, tout bien considéré, les habitants de Shaker Heights sont très semblables à ceux du reste de l'Amérique. Ils ont peut-être trois ou quatre voitures au lieu d'une ou deux, et deux téléviseurs au lieu d'un seul, et quand une fille de Shaker Heights se marie, elle aura peut-être droit à une réception pour huit cents personnes avec l'orchestre de Meyer Davis venu de New York, au lieu d'une réception pour cent personnes avec un groupe local, mais ce sont des différences de degré plus que des différences fondamentales. « Nous sommes des gens chaleureux et nous passons des moments merveilleux ! » déclarait récemment une femme au country club de Shaker Heights, et elle avait raison, car les habitants de l'Utopie semblent en effet mener une vie plutôt heureuse.

« The Good Life in Shaker Heights »,
Cosmopolitan, mars 1963

1

Tout le monde à Shaker Heights en parlait cet été-là : du fait qu'Isabelle, la dernière des enfants Richardson, avait finalement perdu la raison et mis le feu à la maison. Tous les ragots du printemps avaient tourné autour de la petite Mirabelle McCullough, et maintenant, enfin, il y avait un nouveau sujet de conversation sensationnel. Peu après midi ce samedi de mai, les clients qui poussaient leur Caddie de courses chez Heinen's avaient entendu les camions de pompiers se mettre à hurler et foncer vers la mare aux canards. À midi et quart, il y en avait quatre garés en une file rouge désordonnée dans Parkland Drive, où chacune des six chambres de la maison des Richardson était en flammes. Et quiconque se trouvait dans un rayon de huit cents mètres voyait la fumée qui s'élevait au-dessus des arbres comme un nuage d'orage noir et dense. Plus tard, on dirait que les signes avaient tout le temps été là : qu'Izzy était un peu cinglée, qu'il y avait toujours eu quelque chose qui *clochait* dans la famille Richardson, que dès qu'ils avaient entendu les sirènes ce matin-là ils avaient *su* qu'une chose terrible s'était produite. Alors, bien entendu, Izzy serait depuis longtemps partie, ne laissant derrière elle personne pour la défendre, et les gens pourraient – et ils ne s'en priveraient pas – dire tout ce qui leur plairait. À l'instant où les camions de pompiers étaient arrivés, cependant, et pendant un bon bout de temps par la suite, personne ne savait ce qui se passait. Les voisins s'étaient massés aussi près que possible de la barrière de fortune – une voiture de police garée de travers à quelques centaines de mètres – et avaient regardé les pompiers dérouler leurs lances avec la mine sombre d'hommes qui savaient que la cause était entendue. De l'autre côté de la rue, les oies de la mare plongeaient la tête sous l'eau en quête d'herbes, totalement indifférentes à l'agitation.

Mme Richardson se tenait sur la pelouse arborée, serrant fermement le col de son peignoir bleu pâle. Bien qu'il fût midi passé, elle dormait encore quand les détecteurs de fumée avaient retenti. Elle s'était couchée tard et avait volontairement fait la grasse matinée, estimant qu'elle le méritait après une journée plutôt difficile. La veille au soir, elle avait regardé depuis une fenêtre à l'étage tandis qu'une voiture s'immobilisait finalement devant la maison. L'allée était longue et circulaire, formant un profond arc en fer à cheval qui reliait le trottoir à la porte puis retournait vers la rue, qui se trouvait à une bonne trentaine de mètres, trop loin pour qu'elle puisse la distinguer clairement, d'autant que même en mai, à huit heures du soir, il faisait presque nuit. Mais elle avait reconnu la petite Volkswagen marron clair de sa locataire, Mia, dont les phares brillaient. La portière côté passager s'était ouverte et une silhouette élancée était descendue sans la refermer : la fille adolescente de Mia, Pearl. Le plafonnier éclairait l'intérieur de la voiture comme une petite vitrine, mais le véhicule était rempli de sacs presque jusqu'au plafond, et Mme Richardson apercevait tout juste le contour vague de la tête de Mia, le chignon négligé perché au sommet de son crâne. Pearl s'était penchée au-dessus de la boîte à lettres, et Mme Richardson s'était imaginé le léger grincement tandis que le battant s'ouvrait, puis se refermait. Pearl était ensuite vivement retournée dans la voiture et avait repoussé la portière. Les feux de stop avaient rougeoyé, avant de disparaître, et la voiture s'était éloignée en crachotant dans la nuit de plus en plus sombre. Avec un certain soulagement, Mme Richardson était descendue à la boîte à lettres et avait trouvé un jeu de clés sur un simple anneau, sans un mot. Elle avait prévu de se rendre à la maison de location de Winslow Road dans la matinée pour l'inspecter, même si elle savait déjà qu'elles seraient parties.

C'était la raison pour laquelle elle s'était autorisée à faire la grasse matinée, et il était désormais midi et demi et elle se tenait sur la pelouse arborée vêtue d'un peignoir et d'une paire de tennis appartenant à son fils Trip, regardant leur maison en train d'être réduite en cendres. Quand elle s'était réveillée en entendant le hurlement strident des détecteurs de fumée, elle avait couru de pièce en pièce à sa recherche, et aussi à celle de Lexie et de Moody. Elle était étonnée de ne pas avoir cherché Izzy, comme si elle avait déjà su que celle-ci était responsable. Toutes les chambres étaient vides, si l'on exceptait l'odeur d'essence et le petit feu qui crépitait pile au milieu de chaque lit, comme si une scout démente y avait campé. Quand elle avait inspecté le séjour, le salon, la salle de jeux et la cuisine, la fumée avait commencé à se propager et elle était finalement sortie en courant pour entendre les sirènes des pompiers qui, alertés par l'alarme de la maison, approchaient déjà. Dans l'allée, elle avait noté que la jeep de Trip était absente, de même que l'Explorer de Lexie et le vélo de Moody, ainsi, naturellement, que la berline de son mari. Il allait généralement au bureau le samedi matin pour rattraper le travail en retard. Quelqu'un avait dû le prévenir. Elle s'était alors souvenue que, Dieu merci, Lexie avait passé la nuit chez Serena Wong. Elle se demandait où était partie Izzy. Elle se demandait où étaient ses fils, et comment elle ferait pour les prévenir de ce qui s'était passé.

* * *

Lorsque le feu fut éteint, la maison ne s'était pas, malgré les craintes de Mme Richardson, totalement consumée. Les fenêtres avaient toutes disparu, mais la carcasse en briques de la maison était encore là, trempée, noircie et fumante, de même que l'essentiel du toit, les plaques d'ardoise sombre scintillant comme des écailles de poisson après avoir été récemment arrosées. Les Richardson ne seraient pas autorisés à rentrer chez eux avant quelques jours, tant que les pompiers n'auraient pas testé chaque poutre qui tenait encore debout, mais même depuis la pelouse arborée – derrière le ruban jaune qui leur interdisait d'approcher – ils voyaient qu'il n'y avait pas grand-chose à sauver à l'intérieur.

« Bon sang », prononça Lexie. Elle était juchée sur le toit de sa voiture, qui était désormais garée de l'autre côté de la rue, sur l'herbe qui bordait la mare aux canards. Serena et elle dormaient dos à dos dans le grand lit de Serena quand le docteur Wong lui avait secoué l'épaule, peu après une heure, en murmurant : « Lexie, Lexie, ma grande. Réveille-toi. Ta maman vient d'appeler. » Elles étaient restées jusqu'à deux heures du matin à parler – comme elles l'avaient fait pendant tout le printemps – de la petite Mirabelle McCullough, se demandant si le juge avait pris la bonne ou la mauvaise décision, si ses nouveaux parents auraient dû en avoir la garde ou si elle aurait dû être rendue à sa mère. « Elle ne s'appelle même pas Mirabelle McCullough, nom de Dieu », avait finalement déclaré Serena, après quoi elles s'étaient enfoncées dans un silence morose et troublé avant de s'endormir toutes les deux.

Lexie regardait désormais la fumée s'élever en volutes depuis la fenêtre de sa chambre, celle qui donnait sur la pelouse de devant, en songeant que tout à l'intérieur avait disparu. Chaque tee-shirt dans sa commode, chaque jean dans sa penderie. Tous les mots que Serena lui avait écrits depuis la sixième, qu'elle conservait pliés en triangle dans une boîte à chaussures sous son lit ; le lit lui-même, les draps et la couette complètement carbonisés. Le modeste bouquet de roses que son petit ami Brian lui avait offert à la fête du lycée et qu'elle avait fait sécher sur sa coiffeuse, les pétales rubis ayant pris une couleur rouge sang. Maintenant il ne restait plus que des cendres. Dans la tenue de rechange qu'elle avait emportée chez Serena, Lexie s'aperçut soudain qu'elle s'en sortait mieux que le reste de sa famille : sur la banquette arrière elle avait un sac en toile, un jean, une brosse à dents. Un pyjama. Elle jeta un coup d'œil à ses frères, à sa mère toujours en peignoir sur la pelouse arborée, et songea : *Il ne leur reste littéralement que ce qu'ils portent sur le dos.* « Littéralement » était un de ses mots préférés, et elle l'utilisait même quand la situation était tout sauf littérale. Mais dans ce cas, pour une fois, c'était plus ou moins vrai.

Trip, assis à côté d'elle, se passa distraitement la main dans les cheveux. Le soleil était haut dans le ciel et la transpiration faisait se dresser ses boucles sur sa tête de façon assez anarchique. Il jouait au basket au foyer municipal quand il avait entendu les camions de pompiers hurler, mais n'y avait pas prêté attention. (Ce matin-là, il était particulièrement préoccupé, mais le fait est qu'il n'aurait probablement rien remarqué de toute manière.) Puis, à une heure, quand tout le monde avait eu faim et décidé de mettre un terme à la partie, il avait repris le chemin de la maison. Fidèle à lui-même, même avec les vitres baissées, il n'avait pas vu l'énorme nuage de fumée qui flottait vers lui, et il n'avait commencé à se dire qu'il y avait un problème que quand il avait trouvé sa rue bloquée par une voiture de police. Après dix minutes d'explications, il avait finalement été autorisé à garer sa jeep face à la maison, où Lexie et Moody attendaient déjà. Ils étaient tous les trois assis sur le toit de la voiture, par ordre d'âge, comme ils l'étaient sur toutes les photos de famille qui étaient auparavant accrochées dans la cage d'escalier et qui étaient désormais en cendres. Lexie, Trip, Moody : terminale, première, seconde. Ils sentaient à côté d'eux le vide qu'Izzy, l'élève de troisième, le mouton noir, l'électron libre, avait laissé derrière elle – même s'ils étaient tous certains que ce vide serait temporaire.

« Qu'est-ce qui lui a pris ? » marmonna Moody.

Et Lexie déclara :

« Même *elle*, elle sait qu'elle est allée trop loin ce coup-ci. C'est pour ça qu'elle s'est enfuie. Quand elle reviendra, maman va la tuer.

— Où on va loger ? » demanda Trip.

Un moment de silence s'écoula tandis qu'ils songeaient à leur situation.

« On prendra une chambre d'hôtel ou quelque chose, déclara finalement Lexie. Je crois que c'est ce qu'a fait la famille de Josh Trammell. »

Tout le monde connaissait cette histoire : quelques années auparavant, Josh Trammell, un élève de seconde, s'était endormi avec une bougie allumée et avait mis le feu à la maison de ses parents. La rumeur persistante au lycée disait que ce n'était pas une bougie, mais un joint. Cependant, la maison avait été tellement ravagée qu'il avait été impossible de le vérifier, et Josh s'en était tenu à sa version. Tout le monde le considérait encore comme *ce crétin de Josh qui a foutu le feu chez lui*, même si ça remontait à une éternité et qu'il avait récemment passé son diplôme avec les félicitations à l'université d'Ohio State. Dorénavant, bien entendu, le feu de Josh Trammell ne serait plus l'incendie le plus célèbre de Shaker Heights.

« Une chambre d'hôtel ? Pour nous tous ?

— Peu importe. Deux chambres. Ou alors on logera aux Embassy Suites. Je ne sais pas. »

Lexie tapota son genou avec ses doigts. Elle voulait une cigarette, mais après ce qui venait de se passer – et devant sa mère et dix pompiers –, elle n'osait pas en allumer une. « Maman et papa trouveront une solution. Et l'assurance paiera. »

Même si elle n'avait qu'une vague idée du fonctionnement des assurances, ça semblait plausible. En tout cas, c'était un problème pour les adultes, pas pour eux.

Les derniers pompiers émergeaient de la maison, ôtant leur masque. L'essentiel de la fumée avait disparu, mais une moiteur étouffante flottait toujours dans l'air, comme dans une salle de bains après une longue douche brûlante. Le toit de la voiture commençait à être chaud, et Trip étendit ses jambes le long du pare-brise, poussant les essuie-glaces avec le bout d'une de ses tongs. Puis il se mit à rire.

« Qu'est-ce qu'il y a de si drôle ? demanda Lexie.

— Je m'imagine juste Izzy en train de courir à travers la maison et de craquer des allumettes partout. » Il poussa un petit grognement. « La cinglée. »

Moody tambourina du doigt sur la galerie.

« Pourquoi vous êtes tous si sûrs que c'est elle ?

— Arrête ton char. »

Trip bondit de la voiture.

« C'est Izzy. On est tous ici. Maman est ici. Papa est en chemin. Il manque qui ?

— Certes, Izzy n'est pas là. Mais il n'y a qu'elle qui pourrait être responsable ?

— *Responsable ?* railla Lexie. Izzy ?

— Papa était au travail, reprit Trip. Lexie était chez Serena. J'étais à Sussex en train de jouer au basket. Et toi ? » Moody hésita.

« Je suis allé à vélo à la bibliothèque.

— Là. Tu vois ? »

Pour Trip, la réponse était évidente.

« Il n'y avait qu'Izzy et maman, ici. Et maman dormait.

— Peut-être qu'il y a eu un court-circuit dans la maison. Ou peut-être que quelqu'un a laissé la gazinière allumée.

— Les pompiers ont dit qu'il y avait des petits feux partout, déclara Lexie. Points de départ multiples. Possible utilisation d'accélérateur. Pas un accident.

— On sait tous qu'elle a toujours été dingue, poursuivit Trip en s'adossant à la portière.

— Tu t'en prends toujours à elle, rétorqua Moody. Peut-être que c'est pour ça qu'elle se comporte comme une *dingue*. »

De l'autre côté de la rue, les lances à incendie commençaient à être enroulées. Les trois enfants Richardson restants regardèrent les pompiers poser leurs haches et ôter leurs vestes jaunes enfumées.

« Quelqu'un devrait aller voir maman », suggéra Lexie, mais aucun ne bougea.

Après une minute, Trip déclara : « Quand maman et papa retrouveront Iz, ils la feront interner dans un hôpital psychiatrique pour le restant de sa vie. »

Personne ne pensait au fait que Mia et Pearl venaient de quitter la maison de Winslow Road. Mme Richardson, qui regardait le chef des pompiers prendre méticuleusement des notes dans un bloc, avait complètement oublié ses anciennes locataires. Elle n'en avait encore parlé ni à son mari, ni à ses enfants ; Moody avait découvert leur absence plus tôt dans la

19

matinée, mais il ne savait toujours pas trop quoi en penser. Au bout de Parkland Drive, le petit point bleu de la BMW de leur père commença à approcher.

« Pourquoi tu es tellement certain qu'ils la retrouveront ? » demanda Moody.

2

Au mois de juin précédent, quand Mia et Pearl avaient emménagé dans la petite maison de location de Winslow Road, ni Mme Richardson (qui en était techniquement la propriétaire) ni M. Richardson (qui leur avait donné les clés) ne s'étaient trop posé de questions à leur sujet. Ils savaient qu'il n'y avait pas de M. Warren et que Mia avait trente-six ans, à en croire le permis de conduire du Michigan qu'elle avait fourni. Ils avaient remarqué qu'elle ne portait pas d'alliance, même si elle portait d'autres bagues : une grosse améthyste à l'index, une autre fabriquée à partir d'une cuiller en argent à l'annulaire, et une dernière au pouce, que Mme Richardson soupçonnait être une bague d'humeur. Mais la femme semblait gentille, de même que sa fille, Pearl, une gamine de quinze ans qui arborait une longue tresse sombre. Mia avait réglé le premier et le dernier mois de loyer, ainsi que le dépôt de garantie, avec une liasse de billets de vingt dollars, et la Volkswagen Golf marron clair – déjà cabossée à l'époque – s'était éloignée en crachotant dans Parkland Drive, en direction de la partie sud de Shaker, où les habitations étaient plus rapprochées et les jardins plus petits.

Winslow Road était un long alignement de maisons divisées en deux appartements, mais personne ne s'en serait rendu compte depuis le trottoir. De l'extérieur, on ne voyait qu'une seule porte d'entrée, une seule lumière, une seule boîte à lettres, un seul numéro de rue. On aurait peut-être pu repérer deux compteurs électriques, mais ils étaient – par décret municipal – dissimulés à l'arrière des logements, de même que le garage. Ce n'était qu'en pénétrant dans l'entrée qu'on découvrait deux portes intérieures, l'une menant à l'appartement du dessus, l'autre à celui du dessous et à la cave commune. Chaque maison de Winslow Road abritait deux familles, mais de l'extérieur on aurait dit qu'elles n'en abritaient qu'une. Elles avaient délibérément été conçues de la sorte. Ça permettait aux résidents d'éviter la honte de vivre dans une maison partagée – d'être locataires et non propriétaires – et aux urbanistes de préserver l'apparence de la rue, car tout le monde savait que les quartiers constitués de logements de location étaient moins recherchés.

Shaker Heights était ainsi. Il y avait des règles, de nombreuses règles, qui régissaient ce que vous pouviez et ne pouviez pas faire, comme Mia et Pearl l'avaient découvert en s'installant dans leur nouvelle maison. Elles avaient appris à écrire leur adresse : 18434 Winslow Road *haut*, ces dernières petites lettres garantissant que leur courrier arriverait bien chez elles, et non en bas chez M. Yang. Elles avaient appris que la petite bande d'herbe qui courait entre le trottoir et la rue s'appelait une *pelouse arborée* – à cause du jeune

22

érable plane, un par habitation, qui l'ornait – et que les poubelles ne devaient pas y être déposées le vendredi matin, mais laissées derrière la maison, pour éviter le spectacle disgracieux d'ordures au bord de la chaussée. De gros scooters pilotés par des hommes en tenue de travail orange filaient dans chaque allée pour les collecter dans l'intimité de la cour, avant de les transporter au camion qui attendait dans la rue, et pendant des mois Mia se rappellerait leur premier vendredi dans Winslow Road – la peur qu'elle avait eue quand le scooter, telle une voiturette de golf couleur flamme, avait filé devant la fenêtre de sa cuisine en vrombissant. Elles avaient fini par s'y habituer, de la même manière qu'elles s'étaient habituées au garage séparé – situé bien à l'arrière de la maison, une fois encore pour préserver le paysage – et avaient appris à emporter un parapluie pour rester sèches quand elles couraient de la voiture à la maison les jours de pluie. Plus tard, au mois de juillet, alors que M. Yang était parti deux semaines pour aller voir sa mère à Hong Kong, elles avaient découvert qu'une pelouse non tondue pouvait vous valoir une lettre polie mais sévère de la municipalité, indiquant que l'herbe mesurait plus de quinze centimètres et que si la situation n'était pas rectifiée, la municipalité tondrait la pelouse trois jours plus tard et leur facturerait cent dollars. Il y avait de nombreuses règles à apprendre.

Et il y en avait de nombreuses autres dont Mia et Pearl n'auraient pas conscience avant longtemps. Celles qui disaient, par exemple, de quelle couleur une maison pouvait être peinte. Un tableau de la municipalité classait les maisons par styles – Tudor, anglais ou français – et indiquait la couleur appropriée, aussi bien à l'intention des architectes que des résidents. Les maisons « de style anglais » ne pouvaient être peintes qu'en bleu ardoise, vert mousse, ou dans une certaine teinte de marron clair, afin de garantir l'harmonie esthétique de chaque rue ; les Tudor nécessitaient une certaine nuance de crème sur les plâtres, et un brun foncé spécifique pour les boiseries. À Shaker Heights, il y avait un plan pour tout. Quand la ville avait été conçue en 1912 – l'une des premières communautés planifiées de la nation –, les écoles avaient été disposées de sorte que les enfants puissent y aller à pied sans avoir à traverser d'artère importante ; les petites rues donnaient sur les grands boulevards, qui étaient dotés de gares de trains de banlieue stratégiquement disposées pour transporter les voyageurs jusqu'au centre-ville de Cleveland. De fait, la devise de la ville était – *littéralement*, comme aurait dit Lexie – « La plupart des communautés se développent au hasard, les meilleures sont planifiées », la philosophie sous-jacente étant que tout pouvait – et devait – être calculé afin d'éviter ce qui pourrait être inconvenant, déplaisant ou désastreux.

Mais d'autres choses avaient été plus agréables au cours de ces premières semaines. Quand elles n'étaient pas en train de nettoyer, de repeindre ou de défaire leurs cartons, elles avaient appris le nom des rues autour de chez elles : Winchell, Latimore, Lynnfield. Elles avaient appris à se rendre à l'épicerie du coin, Heinen's, où, affirmait Mia, on vous traitait comme une aristocrate. Au lieu de vous laisser pousser votre Caddie jusqu'au parking, un jeune employé vêtu d'une chemise de popeline bien repassée accrochait un numéro dessus et vous donnait un ticket rouge et blanc correspondant. Puis vous fixiez le ticket à la vitre de votre voiture et rouliez jusqu'à l'avant du magasin, où un autre garçon vous apportait vos courses, les rangeait soigneusement dans votre coffre et refusait le moindre pourboire.

Elles avaient appris où se trouvait la station-service la moins chère – à l'angle des rues Lomond et Lee. L'essence y coûtait toujours un cent de moins qu'ailleurs. Où se trouvaient les pharmacies et lesquelles offraient des coupons de réduction. Elles avaient appris que, dans les villes voisines de Cleveland Heights, Warrensville et Beachwood, les résidents plaçaient leurs détritus au bord du trottoir, comme des gens normaux, et elles avaient mémorisé les jours de ramassage des ordures par rue. Elles avaient appris où acheter un marteau, un tournevis, un pot de peinture et un pinceau : chez Shaker Hardware, mais seulement entre neuf heures et demie et dix-huit heures, moment où le propriétaire renvoyait ses employés chez eux pour dîner.

Et, pour Pearl, il y avait eu la découverte de leurs propriétaires et des enfants Richardson.

Moody fut le premier d'entre eux à s'aventurer jusqu'à la petite maison de Winslow. Il avait entendu sa mère décrire leurs nouvelles locataires à leur père.

« C'est une sorte d'artiste », avait déclaré Mme Richardson. Et quand son époux lui avait demandé quel genre d'artiste, elle avait répondu en plaisantant : « Une qui peine à joindre les deux bouts. C'est bon, avait-elle ajouté pour rassurer son mari. Elle m'a réglé sa caution à l'avance.

— Ça ne signifie pas qu'elle paiera le loyer »,
avait observé M. Richardson, même s'ils savaient l'un
comme l'autre que celui-ci n'était pas élevé – seulement trois cents dollars par mois pour l'appartement à
l'étage – et qu'ils n'en avaient certainement pas besoin
pour vivre.

M. Richardson était avocat et sa femme travaillait pour le journal local, le *Sun Press*. La maison
de Winslow leur appartenait ; les parents de
Mme Richardson l'avaient achetée en guise d'investissement quand elle était adolescente, et le loyer les avait
aidés à financer ses études à l'université de Denison,
avant de devenir un « petit coup de pouce » mensuel
– comme disait sa mère – quand elle s'était lancée
dans le journalisme. Puis, après qu'elle eut épousé Bill
et fut devenue Mme Richardson, il les avait aidés à
payer les traites de leur belle propriété de Parkland,
celle-là même qu'elle verrait par la suite brûler. À la
mort de ses parents, cinq ans plus tôt, et à quelques
mois d'intervalle l'un de l'autre, Mme Richardson avait
hérité de la maison de Winslow. Ses parents vivaient
alors en maison de retraite depuis quelque temps, et la
demeure dans laquelle elle avait grandi avait déjà été
vendue. Mais ils avaient conservé celle de Winslow
Road, dont le loyer avait permis de payer leurs soins,
et Mme Richardson la gardait désormais pour sa valeur
sentimentale.

Non, l'argent n'était pas important. Le loyer – cinq
cents dollars pour les deux appartements – allait
désormais chaque mois dans la cagnotte de vacances
des Richardson, et l'année précédente il leur avait
permis d'aller à Martha's Vineyard, où Lexie avait

26

perfectionné son dos crawlé, où Trip avait ensorcelé toutes les filles du coin, où Moody avait pelé à cause d'un coup de soleil, et où Izzy, fumasse, avait finalement accepté d'aller à la plage – tout habillée et portant ses Doc Martens. Mais la vérité était qu'ils auraient tout à fait eu les moyens de se payer des vacances sans ça. Et comme ils n'avaient pas *besoin* du loyer de la maison, c'était le *genre* de locataire qui importait à Mme Richardson. Elle voulait avoir l'impression de faire quelque chose de bien. Ses parents l'avaient élevée ainsi ; ils donnaient chaque année à la Human Society et à l'Unicef et participaient toujours aux collectes de fonds locales, remportant même un jour un ours en peluche d'un mètre de haut aux enchères silencieuses du Rotary Club. Mme Richardson considérait la maison comme une forme d'œuvre de bienfaisance. Elle maintenait un loyer modique – l'immobilier à Cleveland était bon marché, mais les appartements dans les beaux quartiers comme Shaker pouvaient être coûteux – et ne louait qu'à des personnes qu'elle estimait méritantes mais qui n'avaient, pour une raison ou pour une autre, pas trop eu de chance dans la vie. Elle était heureuse de prendre la différence à son compte.

M. Yang avait été le premier locataire qu'elle avait pris après avoir hérité de la maison ; c'était un immigré de Hong Kong qui était venu aux États-Unis sans connaître personne et en ne parlant qu'un anglais balbutiant avec un fort accent. Au fil des ans son accent n'avait que légèrement diminué, et quand ils discutaient, Mme Richardson en était parfois réduite à acquiescer et à sourire. Mais elle sentait que M. Yang était un brave homme ; il travaillait très dur, conduisant un bus scolaire jusqu'à la Laurel Academy, une école privée pour filles située dans le quartier, et faisant également office d'homme à tout faire. Comme il vivait seul avec un salaire modique, il n'aurait jamais eu les moyens de vivre dans un si joli quartier. Il aurait fini dans un studio grisâtre et exigu quelque part à proximité de Buckeye Road ou, plus probablement, dans le triangle crasseux de Cleveland qui passait pour un *Chinatown*, où les loyers étaient étonnamment bas, où un immeuble sur deux était à l'abandon, et où les sirènes hurlaient au moins une fois par nuit. En plus, M. Yang maintenait la maison dans un état impeccable, réparant les robinets qui fuyaient, retapant le béton de la façade et transformant la minuscule cour à l'arrière en un jardin luxuriant. Chaque été il lui apportait des courges cireuses qu'il avait fait pousser, comme une dîme, et même si Mme Richardson ne savait pas quoi en faire – elles étaient d'un vert de jade, fripées et étrangement duveteuses –, elle appréciait tout de même l'attention. M. Yang était exactement le genre de locataire qu'elle voulait : une personne gentille à qui elle pouvait rendre service et qui lui en était reconnaissante.

Avec l'appartement du dessus, elle avait eu moins de réussite, puisqu'il y avait eu à peu près un nouveau locataire chaque année : un violoncelliste qui venait d'être embauché pour enseigner au conservatoire, une divorcée d'une quarantaine d'années, un couple de jeunes mariés fraîchement sortis de l'université de Cleveland State. Chacun avait eu besoin d'un petit coup de pouce, ainsi qu'elle avait commencé à considérer les choses, mais aucun n'était resté longtemps. Le violoncelliste, qui s'était vu refuser le poste de soliste dans l'orchestre de Cleveland, avait quitté la ville plein d'amertume. La divorcée s'était remariée après une liaison éclair de quatre mois et avait emménagé avec son nouveau mari dans une maison flambant neuve et kitch à Lakewood. Et le jeune couple, qui avait semblé si sincère, si dévoué et si profondément amoureux, s'était irrévocablement disputé et séparé après simplement dix-huit mois, laissant derrière lui un bail rompu, quelques vases brisés, et trois fissures dans le mur, à hauteur de tête, à l'endroit où les vases avaient volé en éclats.

C'était une leçon, avait décidé Mme Richardson. Cette fois, elle serait plus prudente. Elle avait demandé à M. Yang de réparer le plâtre et pris son temps pour trouver un nouveau locataire, un locataire à son goût. Aussi le 18434 Winslow Road *haut* était-il inoccupé depuis près de six mois quand Mia Warren et sa fille étaient arrivées. Une mère célibataire, qui parlait bien, artiste, et qui élevait seule une fille polie, plutôt jolie, et peut-être brillante.

« J'ai entendu dire que les écoles à Shaker sont les meilleures de Cleveland, avait dit Mia à Mme Richardson quand elles avaient débarqué en ville. Pearl est en avance. Mais je n'ai pas les moyens de payer une école privée. »

Elle avait lancé un regard en direction de Pearl, qui se tenait en silence dans le salon vide de l'appartement, les mains jointes devant elle, et celle-ci avait souri timidement. Quelque chose dans le regard qu'avaient échangé la mère et la fille avait fait palpiter le cœur de Mme Richardson, qui lui avait assuré que oui, les écoles de Shaker étaient excellentes – Pearl pourrait s'inscrire à des cours de niveau avancé dans chaque matière ; il y avait des laboratoires pour les sciences, un planétarium, et elle pourrait y apprendre cinq langues.

« Il y a un magnifique cours de théâtre, si ça l'intéresse, avait-elle ajouté. Ma fille Lexie a été Hélène dans *Le Songe d'une nuit d'été* l'année dernière. » Elle avait cité la devise de l'école : *Une communauté se reconnaît à ses écoles*. Les impôts fonciers étaient plus élevés à Shaker qu'ailleurs, mais les résidents en avaient certainement pour leur argent. « Mais vous louerez, donc, évidemment, vous aurez tous les avantages sans le fardeau », avait-elle conclu en riant. Puis elle avait tendu à Mia un formulaire de candidature, même si elle avait déjà pris sa décision. Elle éprouvait une satisfaction immense à s'imaginer cette femme et sa fille s'installant dans l'appartement, Pearl faisant ses devoirs à la table de la cuisine pendant que Mia travaillerait peut-être à un tableau ou à une sculpture – elle n'avait pas précisé son moyen d'expression – dans la véranda qui surplombait la cour.

En écoutant sa mère décrire les nouvelles locataires, Moody avait été moins intrigué par l'artiste que par l'évocation de la fille « brillante » qui avait tout juste son âge. Et quelques jours après l'emménagement de Mia et Pearl, sa curiosité l'emporta. Comme toujours, il prit son vélo, un vieux Schwinn à pignon fixe qui avait appartenu à son père longtemps auparavant dans l'Indiana. Personne ne faisait de vélo à Shaker Heights, de la même manière que personne ne prenait le bus : soit on conduisait, soit on se faisait conduire ; c'était une ville construite pour les voitures et les personnes qui en possédaient. Mais Moody faisait du vélo. Il n'aurait seize ans qu'au printemps et ne demandait jamais ni à Lexie ni à Trip de l'emmener où que ce soit s'il pouvait éviter de le faire.

Il s'élança en poussant sur ses pieds et suivit la courbe de Parkland Drive, passant devant la mare aux canards où il n'avait jamais vu un canard de sa vie, juste des essaims de grosses bernaches du Canada effrontées, puis traversant Van Aken Boulevard et les voies du train de banlieue jusqu'à Winslow Road. Il ne venait pas souvent par ici – aucun des enfants n'avait grand-chose à faire de la maison de location –, mais il savait où elle se trouvait. À quelques reprises, quand il était plus jeune, il était resté assis dans la voiture immobilisée dans l'allée, fixant le pêcher dans la cour et passant les stations de radio en revue pendant que sa mère filait à l'intérieur pour déposer quelque chose ou effectuer une quelconque vérification. Ça n'était pas arrivé souvent car, pour l'essentiel, hormis quand sa mère cherchait des locataires, la maison tournait toute seule. Il s'aperçut alors, tandis que ses roues rebondissaient sur les joints entre les dalles de grès du trottoir, qu'il n'était jamais entré dedans. Et il ne savait pas si un seul des enfants de la famille l'avait déjà fait.

Devant la maison, Pearl disposait soigneusement les diverses parties d'un lit en bois sur la pelouse. Moody, s'arrêtant de l'autre côté de la rue, vit une fille élancée vêtue d'une longue jupe froissée et d'un tee-shirt ample orné d'un message qu'il n'arriva pas tout à fait à lire. Ses cheveux étaient longs et bouclés, et ils formaient dans son dos une tresse épaisse qui semblait sur le point de craquer. Elle avait disposé la tête de lit près du parterre de fleurs qui bordait la façade,

31

avec les panneaux latéraux en dessous et les lattes minutieusement alignées de chaque côté, comme une cage thoracique. C'était comme si le lit avait pris une profonde inspiration et s'était aplati dans l'herbe avec grâce. Moody l'observa, à moitié dissimulé derrière un arbre, tandis qu'elle se frayait un chemin autour de la Golf qui était garée dans l'allée avec ses portières grandes ouvertes et tirait le pied de lit de la banquette arrière. Il se demanda comment elles avaient fait pour faire rentrer tous les éléments du couchage dans une voiture aussi petite. Pieds nus, elle retraversa la pelouse pour déposer la planche à sa place. Puis, à la grande stupéfaction de Moody, elle pénétra dans le rectangle vide au milieu, là où aurait dû se trouver le matelas, et se laissa tomber sur le dos.

À l'étage, une fenêtre s'ouvrit bruyamment et la tête de Mia apparut.

« Tout est là ?

— Il manque deux lattes, répondit Pearl.

— On les remplacera. Non, attends, reste là. Ne bouge pas. »

La tête de Mia disparut, et quelques instants plus tard elle réapparut avec un appareil photo, un véritable appareil avec un objectif épais comme une grosse boîte de conserve. Pearl resta où elle était, fixant le ciel légèrement nuageux, et Mia se pencha dehors, presque jusqu'à la taille, pour trouver le bon angle. Moody retint son souffle, craignant que l'appareil ne lui glisse des mains et n'atterrisse sur le visage confiant de sa fille, ou qu'elle ne bascule elle-même par-dessus le rebord et ne vienne s'écraser dans l'herbe. Mais rien de tel ne se produisit. Mia inclinait la tête d'un côté et de l'autre, cadrant la scène en contrebas dans son viseur. L'appareil dissimulait son visage, ne laissant voir que sa chevelure, qui formait un tourbillon crépu sur sa tête comme un halo sombre. Plus tard, quand Moody verrait les photos développées, il songerait d'abord que Pearl ressemblait à un fossile délicat, une chose prise pendant des millénaires dans le ventre sque-lettique de quelque bête préhistorique. Puis, après un moment, elle ressemblerait simplement à une jeune fille endormie sur un lit vert luxuriant, attendant que son amant s'étende à ses côtés.

« C'est bon, lança Mia. Je l'ai. »

Elle se laissa de nouveau glisser à l'intérieur, et Pearl s'assit et regarda de l'autre côté de la rue, directement en direction de Moody, dont le cœur fit un bond.

« Tu veux m'aider, demanda-t-elle, ou juste rester planté là ? »

Moody ne se rappellerait pas avoir traversé la rue, ni avoir laissé son vélo dans l'allée, ni même s'être présenté. Il aurait donc l'impression d'avoir toujours connu le nom de Pearl, et qu'elle avait toujours connu le sien, et que, bizarrement, elle et lui se connaissaient depuis toujours.

Ensemble ils portèrent les morceaux du cadre de lit dans l'escalier étroit. Le salon était vide à l'exception d'une pile de cartons dans un coin et d'un grand cous-sin rouge au milieu de la pièce.

« Par ici. »

Pearl leva plus haut le tas de lattes qu'elle tenait entre ses bras et guida Moody dans la plus grande des chambres, qui ne comportait rien qu'un matelas délavé mais propre appuyé contre un mur.

« Tiens, dit Mia en posant une boîte à outils rouge aux pieds de sa fille. Tu vas en avoir besoin. » Elle fit un sourire à Moody, comme si c'était un vieil ami. « Appelle-moi si tu as besoin d'une paire de mains supplémentaire. »

Puis elle regagna le couloir, et quelques instants plus tard ils entendirent le bruit sec d'un carton qu'on ouvrait.

Pearl maniait les outils d'une main experte, mettant les panneaux latéraux en place contre la tête de lit et les surélevant sur sa cheville pendant qu'elle les fixait avec des boulons. Moody était assis à côté de la boîte à outils ouverte et la regardait avec une admiration grandissante. Chez lui, si quelque chose était cassé – la gazinière, le lave-linge, le broyeur –, sa mère appelait un réparateur, et presque tout le reste était jeté et remplacé. Tous les trois ou quatre ans, ou quand les ressorts commençaient à s'affaisser, sa mère choisissait un nouvel ensemble pour le salon, l'ancien finissait dans la salle de jeux au sous-sol, et celui qui se trouvait déjà dans la salle de jeux était donné au foyer pour garçons à l'ouest de la ville, ou au refuge pour femmes dans le centre-ville. Son père ne trafiquait pas la voiture dans le garage ; quand elle faisait un bruit de casserole ou se mettait à couiner, il la portait chez Lusty Wrench, où Luther s'était occupé de toutes les voitures que les Richardson avaient possédées au cours des vingt dernières années. La seule fois où lui-même avait utilisé un outil, s'aperçut Moody, c'était à l'atelier de technologie en quatrième : on avait divisé les élèves par groupes, une équipe mesurant, une autre sciant et la dernière ponçant, et à la fin du trimestre chacun avait minutieusement assemblé les éléments pour fabriquer un petit distributeur de bonbons trapu qui donnait trois Skittles chaque fois que vous actionniez la poignée. Trip en avait fabriqué un identique à l'atelier l'année précédente, Lexie, l'année d'avant, et Izzy également l'année d'après. Mais malgré les quatre distributeurs de bonbons semblables qui étaient empilés quelque part dans la maison, Moody n'était pas certain que quiconque chez les Richardson sût manier autre chose qu'un tournevis cruciforme.

« Comment tu as appris à faire tout ça ? » demanda-t-il en tendant à Pearl une autre latte.

Elle haussa les épaules.

« Avec ma mère », répondit-elle, maintenant la latte en place d'une main et tirant une vis d'un tas sur la moquette.

Une fois assemblé, le lit s'avéra être un petit lit à l'ancienne avec des boules sur les montants, le genre de chose dans laquelle Boucles d'or aurait pu dormir.

« Où tu l'as eu ? »

Moody mit le matelas en place et donna un coup dessus pour le tester.

Pearl replaça le tournevis dans la boîte à outils et la referma.

« On l'a trouvé. »

Elle s'assit dessus, adossée au pied de lit, jambes étirées sur le matelas, levant les yeux vers le plafond, comme si elle l'essayait. Moody fit de même à l'autre bout, à côté de ses pieds. Des brins d'herbe étaient collés à ses orteils, à ses mollets et au revers de sa jupe. Elle dégageait une odeur de frais et de shampooing à la menthe.

35

« C'est *ma chambre*, déclara soudain Pearl, et Moody se releva d'un bond.

— Désolé », dit-il, une rougeur lui montant aux joues.

Pearl leva les yeux, comme si elle avait brièvement oublié sa présence.

« Oh, fit-elle. Ce n'est pas ce que je voulais dire. » Elle détacha un brin d'herbe de ses orteils, le lança d'une chiquenaude, et ils le regardèrent atterrir sur la moquette. Lorsqu'elle reprit la parole, elle avait un ton émerveillé : « Je n'ai jamais eu de chambre à moi. »

Moody retourna ses paroles dans sa tête.

« Tu veux dire que tu as toujours dû partager ? »

Il tenta de s'imaginer un monde où une telle chose était possible. Il tenta de s'imaginer partageant une chambre avec Trip, dont les chaussettes sales et les magazines de sport jonchaient le sol, dont le premier geste quand il rentrait à la maison était d'allumer la radio – toujours sur Jammin 92.3 –, comme si sans cet absurde martèlement de basses son cœur avait risqué de ne plus battre. Pendant les vacances, les Richardson réservaient toujours trois chambres – une pour les parents, une pour Lexie et Izzy, et une pour Trip et Moody –, et au petit déjeuner, son frère se moquait de Moody sous prétexte qu'il parlait parfois dans son sommeil. Que Pearl et sa mère aient dû partager une chambre… il n'arrivait presque pas à croire que des gens puissent être si pauvres.

Pearl secoua la tête.

« On n'a jamais eu de maison à nous », déclara-t-elle, et Moody résista à l'envie de lui dire que ce n'était pas une maison, mais seulement une demi-maison.

Elle fit courir le bout de son doigt le long des lignes du matelas, tournant autour des boutons dans les replis.

En la regardant, Moody ne voyait pas tout ce qu'elle était en train de se remémorer : la gazinière récalcitrante à Urbana, qu'elles devaient allumer avec une allumette ; l'appartement au cinquième sans ascenseur à Middlebury, le jardin infesté de mauvaises herbes à Ocala, et le logement enfumé à Muncie, dont le précédent occupant avait laissé son lapin déambuler dans le salon, avec pour résultat des traces de dents partout et plusieurs taches douteuses. Et la sous-location à Ann Arbor, il y avait des années de cela, l'endroit qu'elle avait le plus détesté quitter parce que les résidents habituels avaient une fille d'un ou deux ans plus âgée qu'elle, et chaque jour pendant les six mois qu'elle et sa mère y avaient vécu, elle avait pu jouer avec la collection de chevaux miniatures de cette petite chanceuse, s'asseoir dans son fauteuil d'enfant et dormir dans son lit à baldaquin blanc. Et parfois, au milieu de la nuit, alors que sa mère était assoupie, elle allumait la lampe de chevet, ouvrait la penderie de cette fillette et essayait ses robes et ses chaussures, même si elles étaient un peu trop grandes. Il y avait des photos d'elle partout à travers la maison – sur la cheminée, au bout des tables dans le salon, dans l'escalier un grand portrait professionnel d'elle posant avec le menton dans la main –, et il avait été tellement aisé pour Pearl de faire comme si c'était sa maison, comme si ces choses, sa chambre, sa vie, lui avaient appartenu. Quand le couple et leur fille étaient revenus de leur congé sabbatique, Pearl avait été incapable de regarder la gamine, bronzée, maigre et désormais trop grande pour ces robes dans la penderie. Elle avait pleuré pendant tout le trajet jusqu'à Lafayette, où elles avaient passé les huit mois suivants, et même l'alezan bondissant qu'elle avait volé dans la collection de la fillette ne l'avait pas réconfortée, car elle avait eu beau attendre nerveusement, personne ne s'était plaint de sa disparition, et qu'est-ce qui pouvait être moins satisfaisant que voler quelque chose à quelqu'un qui possédait tellement qu'il ne remarquait même pas que vous l'aviez pris ? Sa mère avait dû comprendre, car elles n'avaient plus jamais sous-loué. Et Pearl n'avait pas protesté, car elle savait désormais qu'elle préférait un appartement vide à un logement rempli des affaires d'une autre.

« On bouge beaucoup. Chaque fois que ma mère ne tient plus en place. »

Elle le regarda férocement, le fusillant presque du regard, et Moody vit que ses yeux, qu'il avait crus noisette, étaient en fait d'un profond vert de jade. À cet instant, il comprit soudain clairement ce qui s'était passé ce matin-là : sa vie avait été divisée en un avant et un après, et il comparerait éternellement les deux.

« Qu'est-ce que tu fais, demain ? » demanda-t-il.

3

Les semaines suivantes devinrent une série de demains pour Moody. Ils allèrent à Fernway, son ancienne école primaire, où ils montèrent sur le toboggan et se laissèrent glisser depuis la passerelle jusqu'aux copeaux de bois en dessous. Il emmena Pearl manger de la glace au chocolat chez Draeger's. Au lac Horseshoe, ils grimpèrent aux arbres comme des enfants, jetant des morceaux de pain rassis aux canards qui flottaient en contrebas. Chez Yours Truly, le petit restaurant du coin, ils s'assirent dans un box à haut dossier de bois, mangèrent des frites baignant dans le fromage et le bacon, et mirent des pièces dans le juke-box pour écouter *Great Balls of Fire* et *Hey Jude*.

« Emmène-moi voir les Shakers, suggéra un jour Pearl, et Moody éclata de rire.

— Il n'y a plus de Shakers à Shaker Heights, répondit-il. Ils ont tous disparu. Ils ne croyaient pas à la sexualité. La ville porte simplement leur nom. »

Moody disait vrai, même si ni lui ni la plupart des autres jeunes de la ville ne connaissaient grand-chose à son histoire. Les Shakers avaient en effet depuis longtemps quitté la terre qui deviendrait Shaker Heights, et à l'été 1997 il en restait exactement douze dans le monde. Shaker Heights avait été fondée non pas sur les principes des Shakers, mais avec la même idée de créer une Utopie. L'ordre et les régulations dont il découlait étaient selon eux la clé de l'harmonie. Alors ils avaient tout régulé : l'heure à laquelle il fallait se lever le matin, la couleur que devaient avoir les rideaux aux fenêtres, la longueur que devaient avoir les cheveux des hommes, la façon dont il fallait joindre les mains pour prier (le pouce droit par-dessus le gauche). Les Shakers croyaient qu'en planifiant chaque détail, ils pourraient créer un bout de paradis sur terre, un petit refuge loin du monde, et les fondateurs de Shaker Heights avaient cru la même chose. Dans les publicités, ils représentaient cet endroit parmi les nuages, surplombant la crasseuse Cleveland depuis le sommet d'une montagne au pied d'un arc-en-ciel. La perfection : tel était l'objectif, et peut-être les Shakers y avaient-ils cru si intensément que ça avait imprégné le sol, conférant aux personnes qui grandissaient là une propension à réussir plus que la moyenne et une profonde aversion des défauts. Même les jeunes de Shaker Heights – dont le seul contact avec les Shakers était qu'ils chantaient *Simple Gifts* en cours de musique – sentaient cette quête de perfection dans l'air.

Tandis que Pearl en apprenait plus sur sa nouvelle ville, Moody commençait à en apprendre plus sur l'art de Mia et sur les difficultés financières de la famille Warren.

Il n'avait jamais beaucoup pensé à l'argent, car il n'en avait jamais eu besoin. Les lumières s'allumaient quand il actionnait les interrupteurs ; l'eau coulait quand il tournait le robinet. Des provisions apparaissaient dans le réfrigérateur à intervalles réguliers, et réapparaissaient sous forme de plats cuisinés sur la table à l'heure des repas. Il avait eu de l'argent de poche dès ses dix ans, commençant à cinq dollars par semaine puis suivant régulièrement l'inflation au fil des années pour atteindre désormais les vingt dollars. Entre ça et les cartes d'anniversaire de la part de tantes et de parents, qui contenaient immanquablement un billet plié, il avait de quoi s'acheter des livres d'occasion chez Mac's Backs, ou le CD occasionnel, ou de nouvelles cordes de guitare – tout ce dont il estimait avoir besoin.

Mia et Pearl se procuraient tout ce qu'elles pouvaient d'occasion – ou, mieux encore, gratuitement. Très vite elles avaient appris où étaient situées toutes les boutiques de l'Armée du Salut, de Saint-Vincent-de-Paul et de Goodwill de la région de Cleveland. La semaine de leur arrivée, Mia s'était trouvé un emploi au Lucky Palace, un restaurant chinois du coin ; plusieurs après-midi et soirs par semaine, elle prenait et emballait les commandes à emporter au comptoir. Elles n'avaient pas tardé à apprendre que, quand il s'agissait de dîner au restaurant, tout le monde à Shaker semblait préférer Pearl of the Orient, quelques rues plus loin, mais que le Lucky Palace fonctionnait bien pour les plats à emporter. En plus de son salaire horaire, les serveurs donnaient à Mia une partie de leurs pourboires, et quand il y avait de la nourriture en trop, elle emportait quelques barquettes à la maison – du riz légèrement rance, des restes de porc aigre-doux, des légumes à peine flétris –, ce qui les nourrissait elle et Pearl pendant l'essentiel de la semaine. Elles possédaient très peu, mais ça n'était pas immédiatement évident : Mia était douée pour transformer. Le *lo mein*, sans sa sauce, était agrémenté de sauce tomate à la viande un soir, réchauffé et accompagné de bœuf à l'orange un autre. Les vieux draps achetés vingt-cinq cents pièce dans une friperie devenaient des rideaux, une nappe, des taies d'oreiller. Ça rappelait à Moody son cours de maths : une application pratique de la combinatoire. De combien de manières différentes pouviez-vous associer les crêpes chinoises et la farce ? Combien de combinaisons pouviez-vous avoir avec du riz, du porc et des poivrons ?

« Pourquoi ta mère ne se prend pas un vrai travail ? demanda-t-il à Pearl un après-midi. Je parie qu'elle pourrait trouver des heures en plus chaque semaine. Ou peut-être même un poste à plein temps à Pearl of the Orient ou ailleurs. »

Il s'était interrogé à ce sujet toute la semaine, depuis qu'il avait appris ce que faisait Mia. Si elle avait fait des heures en plus, raisonnait-il, elle aurait gagné suffisamment pour qu'elles aient un vrai canapé, de vrais repas, peut-être une télé.

Pearl le regarda fixement, sourcils froncés, comme si elle ne comprenait tout simplement pas la question.

« Mais elle *a* un travail, répondit-elle. Elle est artiste. »

Elles vivaient de la sorte depuis des années, Mia prenant des emplois à temps partiel qui lui permettaient de gagner juste de quoi s'en sortir. D'aussi loin qu'elle se souvînt, Pearl avait compris cette hiérarchisation : le véritable travail de sa mère était son art, et ce qui payait les factures avait pour unique but de rendre cet art possible. Mia passait plusieurs heures par jour à travailler – même si Moody n'avait au début pas compris que c'était ce qu'elle faisait. Parfois elle était au sous-sol dans la chambre noire de fortune qu'elle avait installée dans la buanderie, développant des pellicules ou faisant des impressions. Parfois elle passait tout son temps à lire – des choses qui ne semblaient pas immédiatement pertinentes à Moody, comme des magazines de cuisine des années 1960, ou des manuels de voiture, ou une immense biographie reliée d'Eleanor Roosevelt empruntée à la bibliothèque – ou bien à regarder par la fenêtre du salon, fixant l'arbre qui se trouvait juste devant. Un matin, lorsqu'il était arrivé, Mia s'amusait avec une boucle de ficelle, et quand ils étaient revenus, elle était encore en train de jouer, tissant des maillages de plus en plus complexes entre ses doigts puis les défaisant soudain pour recommencer de zéro. « Ça fait partie du processus », l'avait informé Pearl tandis qu'ils traversaient le salon, avec la nonchalance d'une autochtone indifférente aux curieuses coutumes locales.

Parfois Mia sortait avec son appareil photo, mais le plus souvent elle pouvait passer des jours, voire des semaines, à préparer un sujet à photographier, la prise de vue elle-même ne durant que quelques heures. Car Mia, ainsi que l'avait appris Moody, ne se considérait pas comme une photographe. La photographie, fondamentalement, était une question de documentation, et il n'avait pas tardé à comprendre que pour elle ce n'était qu'un outil qu'elle utilisait comme un peintre aurait utilisé un pinceau ou un couteau.

Une photo simple pouvait être retouchée par la suite : avec des masques de carnaval brodés obscurcissant le visage des personnes sur le cliché, ou alors les silhouettes pouvaient être découpées, comme des poupées de papier, et revêtues d'habits prélevés dans des magazines de mode. Dans une série de photos, Mia avait rincé les négatifs avant de faire des impressions qui étaient étrangement distordues – une cuisine mouchetée de taches de limonade, du linge sur une corde déformé et rendu fantomatique par de l'eau de Javel. Dans une autre série, elle avait soigneusement soumis chaque cliché à une double exposition, superposant un gratte-ciel lointain à son majeur, ou un oiseau mort aux ailes écartées sur le trottoir à un ciel bleu, si bien qu'il avait l'air de voler.

Elle travaillait de façon peu conventionnelle, ne conservant que les photos qu'elle aimait et jetant les autres. Quand une idée était épuisée, elle gardait une unique impression de chaque image et détruisait les négatifs. « La diffusion ne m'intéresse pas », avait-elle répondu à Moody d'un air assez léger quand celui-ci lui avait demandé pourquoi elle n'imprimait pas plusieurs exemplaires. Elle photographiait rarement les gens – à l'occasion, elle prenait une photo de Pearl, comme avec le lit sur la pelouse, mais elle ne les utilisait jamais dans son travail. Elle ne s'utilisait pas non plus comme modèle. À un moment, ainsi que l'avait dit Pearl à Moody, elle avait fait une série d'autoportraits, avec divers objets en guise de masques – un morceau de dentelle noire, une feuille de marronnier à cinq doigts, une étoile de mer humide et malléable. Elle avait passé un mois sur ces clichés, pour finalement n'en conserver que huit. Ils étaient splendides et étranges, et Pearl se les rappelait encore précisément : l'œil vif de sa mère telle une perle entre les bras de l'étoile de mer. Mais au dernier moment, Mia avait brûlé les tirages et les négatifs, pour des raisons que sa fille ne comprenait pas.

« Tu as passé tout ce temps dessus, avait-elle dit, et *pff...* » Elle avait claqué des doigts.

« Comme ça ?

— Elles ne fonctionnaient pas », s'était contentée de répondre Mia.

Mais les photos qu'elle gardait et vendait étaient saisissantes.

Dans leur luxueuse sous-location d'Ann Arbor, Mia avait démonté divers meubles appartenant à leurs hôtes et en avait réarrangé les composants – des boulons aussi épais que son doigt, des traverses non vernies, des pieds désincarnés – pour créer des animaux. Un secrétaire massif du XIXe siècle avait été transformé en taureau, les côtés des tiroirs désassemblés formant des pattes musclées, les poignées en fer forgé de ces mêmes tiroirs faisant office de museau, d'yeux et de testicules scintillants, une poignée de stylos trouvés à l'intérieur du bureau imitant le croissant des cornes. Avec l'aide de Pearl, elle avait étalé les éléments sur le tapis persan couleur crème qui, au second plan, ressemblait à un champ voilé de brume, puis elle avait grimpé sur une table pour le photographier du dessus avant de le désassembler et de remonter le bureau. Une vieille cage à oiseaux chinoise, désossée en un amas de tiges recourbées, était devenue un aigle, ses ailes cuivrées et squelettiques étirées comme s'il était sur le point de s'envoler. Un canapé bien rembourré s'était métamorphosé en un éléphant, sa trompe dressée comme une trompette. La série de photos qui était née de ce projet était à la fois intrigante et troublante. Les animaux étaient incroyablement complexes et réalistes, puis vous regardiez de plus près et voyiez de quoi ils étaient constitués. Elle en avait vendu bon nombre, par l'intermédiaire de son amie Anita, une galeriste de New York – une personne que Pearl n'avait jamais rencontrée dans une ville où elle n'était jamais allée, car Mia détestait New York et refusait même de s'y rendre pour promouvoir son travail. « Anita, avait-elle dit un jour au téléphone, je t'aime beaucoup, mais je ne peux pas aller à New York pour une exposition. Non, même si ça signifiait vendre cent photos. » Une pause. « Je le sais, mais tu sais que je ne peux pas. D'accord. Tu fais comme tu peux, et ça m'ira très bien. » Pourtant, Anita était parvenue à écouler une demi-douzaine de clichés, ce qui signifiait qu'au lieu de faire des ménages, Mia avait pu passer les six mois suivants à travailler à un nouveau projet.

Car c'était ainsi qu'elle fonctionnait : un projet pendant quatre ou six mois, puis elle passait au suivant. Elle travaillait sans relâche, produisait une série de photos, dont Anita parvenait d'ordinaire à vendre quelques exemplaires dans sa galerie. Au début les prix avaient été tellement modestes – quelques centaines de dollars pièce – que Mia avait parfois dû prendre deux, voire trois emplois. Mais, au fil du temps, son travail avait été suffisamment bien considéré dans le monde de l'art pour qu'Anita puisse vendre ses œuvres en plus grand nombre, et à un meilleur prix ; suffisamment pour payer ce dont Mia et Pearl avaient besoin

– nourriture, loyer, essence pour la Golf –, même après les cinquante pour cent de commission prélevés par la galeriste. « Deux ou trois mille dollars, parfois », lui avait révélé Pearl avec fierté, et Moody avait fait un rapide calcul mental : si Mia en vendait dix par an...

Mais parfois les photos ne marchaient pas – ainsi, elle n'en avait vendu qu'une seule d'un projet qu'elle avait fait avec des feuilles squelettisées, moyennant quoi, plusieurs mois durant, elle avait eu toute une gamme d'emplois divers : ménages, arrangement de fleurs, décoration de gâteaux. Elle était douée pour tout ce qui était manuel et préférait les jobs où elle n'avait pas à être en contact avec les clients – pour pouvoir être seule et réfléchir – aux emplois de serveuse, secrétaire ou vendeuse en magasin. « J'ai travaillé dans une boutique de vêtements, avant ta naissance, avait-elle dit à Pearl. J'ai tenu une journée. Une ! Le directeur n'arrêtait pas de me dire comment accrocher les robes aux cintres. Les clientes volaient les perles sur les habits et exigeaient une ristourne. Je préfère passer la serpillière, seule dans une maison, que me farcir ça. »

D'autres projets se vendaient bien et attiraient l'attention. Une série que Mia avait attaquée après avoir travaillé en tant que couturière leur avait permis de subvenir à leurs besoins pendant près d'un an. Elle allait dans des friperies et achetait de vieux animaux en peluche : ours délavés, chiens miteux, lapins usés jusqu'à la trame – moins ils coûtaient cher, mieux c'était. Chez elle, elle les décousait, lavait leur peau, retapait leur rembourrage, polissait leurs yeux. Puis elle les recousait sens dessus dessous, et le résultat était étrangement beau. La fourrure loqueteuse, à l'envers, prenait l'aspect d'un velours ras. L'animal, recousu et rembourré à neuf, avait la même forme, mais une allure différente – le dos et le cou étaient plus droits, les oreilles mieux dressées, les yeux brillaient désormais d'un éclat entendu. C'était comme s'ils s'étaient réincarnés, mais en plus vieux, plus audacieux et plus sages. Pearl avait adoré regarder sa mère au travail, penchée au-dessus de la table de la cuisine, besognant avec une précision de chirurgienne – scalpel, aiguille, épingles – pour transformer ces jouets en œuvres d'art. Anita avait vendu chaque photo de cette série et avait même rapporté que l'une d'elles avait fini au MoMA. Elle avait supplié Mia de leur donner une suite, ou de réimprimer ces clichés, mais celle-ci avait refusé. « Je suis allée au bout de l'idée, avait-elle expliqué. Je travaille sur autre chose, maintenant. » Et c'était vrai, il y avait toujours quelque chose d'un peu différent, toujours quelque chose qui éveillait son intérêt. Elle serait célèbre un jour, Pearl en était certaine ; un jour, sa mère adorée ferait partie de ces artistes, comme De Kooning ou Warhol ou O'Keeffe, dont tout le monde connaissait le nom. C'était pour ça que, dans un sens, elle acceptait la vie qu'elles avaient toujours menée, leurs vêtements dénichés dans des friperies, leurs lits et leurs chaises de récupération, la précarité de leur situation. Un jour, tout le monde verrait le génie de sa mère.

Pour Moody, ce genre d'existence était quasiment incompréhensible. Regarder les Warren vivre, c'était comme assister à un tour de magie aussi miraculeux que transformer une canette de soda vide en un pichet d'argent, ou que tirer une tourte fumante d'un haut-de-forme en soie. Non, pensait-il, c'était comme regarder Robinson Crusoé subsister à partir de rien. Plus il passait de temps avec Mia et Pearl, plus elles le fascinaient.

Au fil de ses après-midi avec Pearl, Moody apprit en partie à quoi avait ressemblé leur vie sur la route. Elles voyageaient léger : deux assiettes, deux verres et une poignée de couverts dépareillés ; un sac de vêtements chacune ; et, bien entendu, les appareils photo de Mia. En été, elles roulaient avec les vitres baissées car la Golf n'avait pas de climatisation ; en hiver, elles roulaient de nuit avec le chauffage à fond, et pendant la journée, elles se garaient dans un endroit ensoleillé et dormaient dans la serre douillette de la voiture avant de se remettre en route au coucher du soleil. Pour dormir, Mia plaçait les sacs sur le sol et étalait une couverture militaire pliée en deux au-dessus d'elles et de la banquette arrière, formant un lit qui pouvait les accueillir toutes les deux. Afin de préserver leur intimité, elles étiraient un drap depuis le hayon jusqu'à l'avant de la voiture pour créer une petite tente. À l'heure des repas, elles s'arrêtaient au bord de la route, mangeant à même les sacs en papier qui contenaient leurs courses derrière le siège du conducteur : pain et beurre de cacahuètes, fruits, de temps en temps du salami ou du pepperoni, si Mia en trouvait en promotion. Parfois elles roulaient simplement pendant quelques jours, d'autres fois pendant une semaine, jusqu'à ce que Mia trouve un endroit qui lui convienne, et alors elles s'arrêtaient.

Elles trouvaient un appartement à louer : généralement un studio, parfois un T1, tout ce qu'elles avaient les moyens de s'offrir et dont le bail pouvait être renouvelé chaque mois, car Mia n'aimait pas se sentir coincée. Elles meublaient leur nouvel appartement comme elles l'avaient fait à Shaker, avec des articles d'occasion et des trouvailles de brocante retapées, ou du moins rendues acceptables ; Mia inscrivait Pearl à l'école locale et trouvait suffisamment de petits boulots pour subvenir à leurs besoins. Puis elle se lançait dans un nouveau projet, travaillant, allant jusqu'au bout de son idée, pendant trois, quatre ou six mois, jusqu'à ce qu'elle ait une série de photos à envoyer à Anita à New York.

Elle installait une chambre noire dans la salle de bains une fois que Pearl était endormie. Au bout de quelques déménagements, elle était devenue experte en la matière : bacs pour rincer les tirages dans la baignoire, une corde à linge pour le séchage accrochée à la tringle de douche, une serviette enroulée au pied de la porte pour bloquer la lumière. Quand elle avait fini, elle empilait ses bacs, replaçait son agrandisseur dans sa boîte, cachait ses bidons de produits chimiques, puis récurait la baignoire pour qu'elle soit étincelante quand Pearl prendrait sa douche le lendemain matin. Après quoi elle entrouvrait la fenêtre de la salle de bains et allait se coucher, si bien que quand sa fille se réveillait, l'odeur aigre du révélateur avait disparu. Dès que Mia avait envoyé ses photos, Pearl savait qu'elles chargeraient de nouveau la voiture et que le processus se répéterait. Une ville, un projet, puis il serait temps de passer à autre chose.

Cette fois, cependant, c'était censé être différent. « On reste ici, lui avait dit Pearl, et Moody s'était soudain senti aussi léger qu'un ballon de baudruche trop gonflé. Ma mère me l'a promis. Cette fois, on reste pour de bon. »

Leur mode de vie itinérant et bohème l'attirait, car Moody était fondamentalement romantique. Il avait les félicitations chaque semestre, mais, étant libéré des questions pratiques, il rêvait d'abandonner le lycée et de voyager à travers le pays comme Jack Kerouac – en écrivant des chansons au lieu de poèmes. Il s'était procuré chez Mac's Backs des exemplaires usagés de *Sur la route* et des *Clochards célestes*, des poèmes de Frank O'Hara, Rainer Maria Rilke et Pablo Neruda, et avait à son grand plaisir trouvé en Pearl une autre âme de poète. Elle n'avait pas lu autant que lui, évidemment, à cause de ses nombreux déménagements, mais elle avait passé l'essentiel de son enfance dans des bibliothèques, se réfugiant parmi les rayonnages tandis qu'elle allait d'école en école, absorbant les livres comme s'ils étaient faits d'air – et, de fait, elle lui avoua timidement qu'elle voulait être poète. Elle recopiait ses poèmes préférés dans un cahier à spirale cabossé qu'elle gardait constamment sur elle. « Pour qu'ils soient toujours avec moi », expliqua-t-elle, et quand elle l'autorisa finalement à en lire certains, il resta sans voix. Il aurait voulu s'enrouler autour des arabesques de son écriture. « C'est beau », soupira-t-il, et le visage de Pearl s'illumina comme une lanterne. Le lendemain, Moody apporta sa guitare, lui apprit à jouer trois accords, et il lui chanta timidement l'une de ses chansons, chose qu'il n'avait jamais faite avec personne.

Pearl, il s'en aperçut bientôt, avait une mémoire fantastique. Elle pouvait se souvenir de passages entiers après ne les avoir lus qu'une seule fois, elle connaissait les dates de la *Magna Carta*, le nom des rois d'Angleterre et pouvait énumérer chacun des présidents dans l'ordre. Les notes de Moody étaient le résultat d'un travail méticuleux et de nombreuses fiches, alors que tout semblait venir aisément à Pearl : elle pouvait jeter un coup d'œil à un problème de maths et deviner intuitivement la réponse alors que Moody enchaînait scrupuleusement les lignes d'algèbre sur la page ; elle pouvait lire une dissertation et mettre immédiatement le doigt sur le point essentiel ou sur la plus grosse erreur de logique. C'était comme si elle regardait un amas de pièces de puzzle et voyait l'image qu'elles représentaient sans même consulter la boîte. Il était clair que l'esprit de Pearl était une chose extraordinaire, et Moody ne pouvait s'empêcher d'admirer la rapidité et l'aisance de son cerveau. C'était un pur plaisir de la regarder mettre chaque chose à sa place.

Plus ils passaient de temps ensemble, plus Moody avait l'impression d'être à deux endroits à la fois. Dès qu'il en avait la possibilité, il était là avec Pearl, dans le box du petit restaurant, sur la branche d'un arbre, à regarder ses grands yeux absorber tout ce qui les entourait comme si elle était insatiable. Il racontait des plaisanteries idiotes, des histoires, des anecdotes sans intérêt, n'importe quoi pour la faire sourire. Et, en même temps, dans son esprit, il errait à travers la ville, cherchant désespérément l'endroit où il pourrait l'emmener ensuite, quelle merveille de la banlieue de Cleveland il pourrait lui faire découvrir, car quand il serait à court de lieux à lui montrer, il en était certain, elle disparaîtrait. Il croyait déjà la voir devenir silencieuse devant leur barquette de frites, poussant le dernier morceau de fromage surgelé sur son assiette ; il était déjà certain que son regard se perdait au-dessus du lac, vers la rive opposée.

C'est ainsi que Moody prit une décision dont il douterait pour le restant de sa vie qu'elle ait été la bonne. Jusqu'à présent, il n'avait parlé ni de Pearl ni de sa mère à sa famille, gardant leur amitié comme un dragon garde un trésor : silencieusement, avidement. Il avait au fond de lui le sentiment que ça changerait tout, de la même manière que, dans les contes de fées, la magie était perdue si on partageait un secret. S'il l'avait gardée pour lui, peut-être l'avenir aurait-il été très différent. Peut-être Pearl n'aurait-elle jamais rencontré sa mère ni son père, ni Lexie, ni Trip, ni Izzy, ou si elle l'avait fait, peut-être n'auraient-ils été que des gens qu'elle aurait salués sans les connaître. Elle et sa mère seraient peut-être restées à Shaker pour toujours, comme elles avaient prévu de le faire, et onze mois plus tard, la maison des Richardson aurait peut-être encore été debout. Mais Moody ne se considérait pas assez intéressant pour retenir à lui seul son attention. S'il avait été un autre Richardson, les choses auraient pu être différentes ; son frère et ses sœurs ne s'inquiétaient jamais de savoir si les autres les appréciaient. Lexie avait son sourire en or et son rire facile, Trip avait sa beauté et ses fossettes : pourquoi les autres ne les auraient-ils pas aimés, pourquoi se seraient-ils même posé la question ? Quant à Izzy, c'était encore plus simple : elle n'avait tout simplement rien à faire de ce que les gens pensaient d'elle. Mais Moody ne possédait pas la chaleur de Lexie, le charme canaille de Trip, la confiance en soi d'Izzy. Tout ce qu'il avait à offrir, pensait-il, c'était ce que sa famille avait à offrir, rien de plus, et c'est ce qui le mena à dire un après-midi de la fin juillet : « Viens chez moi. Tu pourras rencontrer ma famille. »

Quand Pearl pénétra pour la première fois chez les Richardson, elle se figea, un pied sur le seuil de la porte. C'était juste une maison, songea-t-elle. Moody y habitait. Mais même cette idée lui semblait légèrement surréaliste. Depuis le trottoir, il l'avait désignée de la tête, presque avec embarras. « C'est là », avait-il dit, à quoi elle avait répondu : « Tu vis ici ? » Ce n'était pas la taille – certes, la maison était grande, mais toutes celles de la rue l'étaient, et en tout juste trois semaines à Shaker elle en avait vu de plus imposantes encore. Non : c'était le vert de la pelouse, les lignes nettes de mortier blanc entre les briques, le bruissement des feuilles d'érable dans la brise douce, la brise elle-même. C'étaient les odeurs de détergent et de cuisine et d'herbe qui se mêlaient dans l'entrée, le coin du tapis qui se relevait comme un épi, comme des cheveux qu'on aurait ébouriffés et oublié d'aplatir. Elle avait l'impression d'entrer non pas dans une maison, mais dans l'*idée* d'une maison, un archétype qui aurait pris vie sous ses yeux. Une chose dont elle aurait entendu parler sans jamais la voir. Elle entendait des signes de vie dans des pièces lointaines – le murmure bas d'une pub à la télé, le bip d'un micro-ondes parvenu au bout de son compte à rebours –, mais de façon distante, comme en rêve.

« Entre », dit Moody, tandis qu'elle pénétrait à l'intérieur.

Plus tard, il semblerait à Pearl que les Richardson avaient dû composer un tableau à son intention, car ils ne pouvaient certainement pas vivre dans cet état de perfection domestique. Il y avait Mme Richardson qui, dans la cuisine, préparait des cookies – chose que sa mère ne faisait jamais, même si, quand Pearl insistait vraiment, il pouvait lui arriver d'acheter de la pâte sous cellophane qu'elles découpaient en ronds. Il y avait M. Richardson, minuscule sur la large pelouse verte, qui versait avec dextérité du charbon de bois dans un barbecue argenté et brillant. Il y avait Trip, affalé dans le long canapé d'angle, d'une beauté impossible, un bras posé sur le dossier comme s'il attendait qu'une fille chanceuse vienne s'asseoir à côté de lui. Et il y avait Lexie, face à lui dans une mare de soleil, qui détourna les yeux de la télévision pour les poser sur Pearl tandis qu'elle entrait dans la pièce et lança : « Tiens donc, et à qui avons-nous l'honneur ? »

4

Le seul membre de la famille Richardson que Pearl ne vit pas souvent durant ces jours enivrants fut Izzy – mais au début, elle ne s'en rendit pas compte. Comment aurait-elle pu, quand les autres Richardson l'accueillaient en lui ouvrant si grands les bras ? Ils l'éblouissaient, ces Richardson, avec leur confiance tranquille, leur force de caractère, en toute circonstance. À l'invitation de Moody, elle passait des heures chez eux, arrivant juste après le petit déjeuner et restant jusqu'au dîner.

Le matin, Mme Richardson pénétrait d'un pas léger dans la cuisine avec ses escarpins à talons hauts, ses clés de voiture et sa Thermos en inox à la main, disant : « Pearl, ça fait tellement plaisir de te revoir. » Puis le clic-clac de ses chaussures résonnait dans le couloir de derrière, et un instant plus tard le portail du garage s'ouvrait en grondant et sa Lexus glissait le long de la large allée, une touche de fraîcheur bienvenue dans la chaleur de l'été. M. Richardson, en veste et cravate, était depuis longtemps parti, mais son ombre flottait au loin, solide, impressionnante et importante, telle une

57

chaîne de montagnes à l'horizon. Quand Pearl lui avait demandé ce que ses parents faisaient de leurs journées, Moody avait répondu en haussant les épaules : « Tu sais. Ils vont au travail. » *Au travail !* Quand ça mère disait ça, ça puait la corvée : les tables à servir, la plonge à faire, les sols à nettoyer. Mais avec les Richardson, ça semblait noble : ils faisaient des choses importantes. Chaque jeudi le livreur de journaux déposait un exemplaire du *Sun Press* devant la porte de Mia et de Pearl – le journal était gratuit pour tous les résidents –, et quand elles le dépliaient, elles voyaient le nom de Mme Richardson en une, sous des titres tels que : « La municipalité envisage de nouvelles taxes » ; « Les résidents réagissent au budget du président Clinton » ; « "Une affaire très carrée" des préparatifs en cours dans Shaker Square ». Des preuves tangibles en noir sur blanc de son ardeur au travail.

(« C'est pas grand-chose, disait Moody. Le vrai journal, c'est le *Plain Dealer*. Le *Sun Press*, c'est juste des trucs locaux : des réunions du conseil municipal et des commissions d'aménagement du territoire et qui a remporté le concours scientifique. » Mais Pearl, scrutant la signature imprimée – *Elena Richardson* –, ne voulait pas le croire.)

Ils connaissaient des gens importants, les Richardson : le maire, le directeur de la clinique de Cleveland, le propriétaire de l'équipe des Indians. Ils avaient des abonnements à l'année au Jacobs Field et au Gund. (« Les Cavaliers sont nuls, avait succinctement déclaré Moody. – Mais les Indians gagneront peut-être le championnat », avait rétorqué Trip.) Parfois le téléphone portable de M. Richardson – un téléphone portable ! – sonnait, et il tirait l'antenne tout en sortant dans le couloir. « Bill Richardson », répondait-il, son simple nom constituant une salutation suffisante.

Même les plus jeunes de la famille la possédaient, cette confiance en eux. Le dimanche matin, alors que Pearl et Moody étaient assis dans la cuisine, Trip revenait de son jogging, s'appuyant paresseusement à l'îlot central pour se verser un verre de jus d'orange. Grand, bronzé et mince dans son short, parfaitement à son aise, son sourire soudain plongeant Pearl dans la confusion. Quant à Lexie, elle était juchée sur un tabouret au comptoir dans un pantalon de survêtement et un sweat-shirt inélégants, les cheveux attachés en un chignon désordonné, picorant les graines de sésame d'un bagel. Et ils se fichaient que Pearl les voie ainsi. Ils étaient si naturellement beaux, même au sortir du lit. Où trouvaient-ils cette aisance ? Comment pouvaient-ils se sentir si bien, si sûrs d'eux-mêmes, même en pyjama ? Quand Lexie commandait dans un restaurant, elle ne disait jamais : « Est-ce que je pourrais avoir … ? » Elle disait : « Je vais prendre… » d'un ton confiant, comme si elle n'avait qu'à dire les choses pour qu'elles deviennent réelles. Ça troublait Pearl tout en la fascinant. Lexie se laissait glisser de son tabouret et traversait la cuisine avec l'élégance d'une danseuse, pieds nus sur le carrelage espagnol. Trip descendait d'un trait le reste de son jus d'orange et se dirigeait vers l'escalier pour aller prendre une douche, et Pearl le regardait, ses narines frémissant tandis qu'elle inspirait le parfum dans son sillage : sueur, soleil et chaleur.

Chez les Richardson il y avait des canapés bien rembourrés, tellement profonds qu'on pouvait s'enfoncer dedans comme dans un bain plein de mousse. Des crédences. De lourds lits bateaux. Le jour où vous possédiez un fauteuil aussi énorme que celui-ci, songeait Pearl, vous étiez forcé de ne plus bouger. Vous deviez planter vos racines et faire de l'endroit qui abritait un tel fauteuil votre maison. Il y avait des ottomanes, des photos encadrées et des vitrines remplies de souvenirs dont la frivolité était rassurante. Vous ne rapportiez pas un coquillage sculpté de Key West, ou une tour CN miniature, ou une petite bouteille remplie de sable de Martha's Vineyard, à moins d'avoir l'intention de rester. La famille de Mme Richardson, de fait, vivait à Shaker depuis trois générations – presque, avait appris Pearl, depuis que la ville avait été fondée. Avoir un ancrage si profond dans un unique endroit, être si totalement immergé dedans qu'il avait imprégné chaque fibre de votre être : c'était une chose qu'elle ne pouvait s'imaginer.

Mme Richardson elle-même était une autre source de fascination. Si elle était apparue sur un écran de télévision, elle aurait semblé aussi irréelle qu'un personnage de feuilleton. Mais elle était là, juste devant Pearl, toujours à prononcer des paroles gentilles. « Quelle adorable jupe, Pearl, disait-elle. Cette couleur te va bien. Les félicitations dans toutes les matières ? Comme tu es intelligente. Tes cheveux sont très jolis, aujourd'hui. Oh, ne sois pas idiote, appelle-moi Elena, j'insiste. » Et alors, comme elle continuait de l'appeler Mme Richardson, Pearl était certaine que celle-ci était secrètement fière du respect qu'elle lui témoignait. La mère de Moody n'avait pas mis longtemps à l'étreindre – elle, une quasi-inconnue –, simplement sous prétexte qu'elle était l'amie de son fils. Mia était affectueuse, mais jamais expansive ; Pearl ne l'avait jamais vue étreindre quelqu'un d'autre qu'elle. Mais Mme Richardson, quand elle rentrait à la maison à l'heure du dîner, embrassait chaque enfant sur le sommet du crâne sans même marquer une pause quand elle arrivait à Pearl, déposant un baiser sur ses cheveux sans la moindre hésitation. Comme si elle n'était qu'un membre de la famille de plus.

Mia ne pouvait s'empêcher de remarquer que sa fille en pinçait pour les Richardson. Parfois, Pearl passait la journée entière chez eux. Elle avait au début été ravie de voir Moody fréquenter sa fille solitaire, elle qui avait si souvent été déracinée, qui n'avait jamais vraiment été proche de qui que ce soit. Pendant si longtemps, elle le voyait désormais, elle avait forcé sa fille à vivre en fonction de ses caprices : déména-geant chaque fois qu'elle avait eu besoin de nouvelles idées, chaque fois qu'elle s'était sentie coincée ou mal à l'aise. *C'est fini,* lui avait promis Mia tandis qu'elles roulaient vers Shaker. À partir de maintenant, on *ne bouge plus*. Elle voyait les similarités entre ces deux enfants adorables, encore plus clairement qu'eux ne les voyaient : ils avaient au fond d'eux la même sen-sibilité, la même sagesse inspirée par les livres teintée d'une profonde naïveté. Moody venait de bonne heure chaque matin, avant même que Pearl ait terminé son petit déjeuner. Et à son réveil, lorsqu'elle ouvrait les rideaux, Mia découvrait le vélo du garçon couché sur la pelouse de devant. Puis, quand elle descendait à la cuisine, elle les trouvait tous les deux à la table, avec des restes de céréales aux raisins secs dans les bols dépareillés qui étaient posés devant eux. Ils seraient absents toute la journée, Moody poussant son vélo par le guidon tandis qu'ils marcheraient côte à côte. Et Mia, en rinçant les bols, songerait à chercher un vélo pour Pearl. Peut-être qu'il y en aurait un d'occasion dans la boutique de Lee Road.

Mais au fil des semaines, l'influence que les Richardson semblaient avoir sur Pearl, la façon dont ils semblaient l'avoir absorbée dans leur vie – ou vice versa –, avait commencé à l'inquiéter un peu. Pendant le dîner, Pearl parlait d'eux comme s'ils étaient les personnages d'une série télé dont elle aurait été fan. Elle pouvait dire : « Mme Richardson va interviewer Janet Reno quand elle sera en ville le week-end prochain. » Ou : « Lexie dit que son petit ami, Brian, sera le premier président noir. » Ou – en rougissant légèrement – : « Trip va jouer avant titulaire de l'équipe de foot à l'automne. Il vient de l'apprendre. » Mia acquiesçait et faisait hmm-hmm, tout en se demandant chaque soir si c'était judicieux, si c'était bon pour sa fille de tomber à tel point sous le charme d'une famille. Puis elle pensait au printemps précédent, quand Pearl avait tellement toussé qu'elle l'avait emmenée à l'hôpital, où elles avaient appris qu'elle avait une pneumonie. Assise dans l'obscurité au chevet de sa fille, la regardant dormir, attendant que les antibiotiques que les médecins lui avaient donnés fassent effet, Mia s'était laissée aller à imaginer : si le pire était arrivé, quel genre de vie aurait-elle eu ? Nomade, isolée. Seule. *C'est fini*, avait-elle décidé. Et quand sa fille avait été rétablie, elles avaient atterri à Shaker Heights, où Mia avait promis qu'elles resteraient. Alors elle ne disait rien, et le lendemain Pearl passait un autre après-midi chez les Richardson, de plus en plus ensorcelée.

Pearl avait connu suffisamment d'écoles différentes, parfois deux ou trois par an, pour ne plus en avoir peur, mais cette fois elle était pleine d'appréhension. Commencer dans un nouveau lycée en sachant que vous partiriez était une chose ; vous n'aviez pas à vous soucier de ce que les autres penseraient de vous puisque vous ne seriez bientôt plus là. Elle avait passé toutes les classes de la sorte, sans jamais prendre la peine de connaître personne. Mais fréquenter une nouvelle école en sachant que vous verriez ces élèves toute l'année, puis la suivante et celle d'après, était une tout autre affaire.

Il s'avéra que Moody et elle partageaient presque tous leurs cours, depuis la biologie jusqu'à l'anglais niveau avancé en passant par les sciences de la vie. Pendant les deux premières semaines, il la guida dans les couloirs avec la confiance que seul un élève de deuxième année pouvait avoir, lui indiquant quelles fontaines distribuaient l'eau la plus fraîche, où s'asseoir dans la cafétéria, quels profs exigeraient un billet de retard s'ils l'attrapaient dans les couloirs après la sonnerie et lesquels lui feraient signe de se dépêcher avec un sourire indulgent. Elle commença à s'orienter à travers le lycée en s'aidant des fresques peintes sur les murs par les élèves au fil des années : l'explosion du *Hindenburg* marquait l'aile des sciences ; un Jim Morrison bouddeur se trouvait près du balcon de l'auditorium ; une fille qui soufflait des bulles roses menait à un couloir caverneux mystérieusement nommé « dégagement », où les élèves s'asseyaient quand la cantine était pleine. Une rangée de casiers en trompe l'œil désignait le couloir qui menait à la salle commune, un salon destiné aux élèves de dernière année qui abritait un micro-ondes pour faire du pop-corn pendant les heures de pause, un distributeur de Coca où le prix était seulement de cinquante cents au lieu des soixante-quinze de ceux qui se trouvaient dans la cafétéria, et un juke-box noir et trapu, vestige des années 1970, désormais rempli de disques de Sir Mix-a-Lot, des Smashing Pumpkins et des Spice Girls. L'année précédente, un élève s'était peint en compagnie de trois amis sur le plafond en dôme près de l'entrée principale, comme s'ils observaient discrètement la pièce ; l'un d'eux clignait de l'œil, et chaque fois que Pearl passait sous le dôme, elle avait l'impression qu'ils lui souhaitaient la bienvenue.

Après les cours, elle allait chez les Richardson, s'affalait dans le canapé d'angle avec les enfants les plus âgés et regardait Jerry Springer. C'était un petit rituel que les frères et la sœur aînée avaient développé au cours des années passées, l'un des rares moments où ils étaient d'accord sur quelque chose. Rien n'avait été planifié, personne n'en avait jamais discuté, mais tous les après-midi, si Trip n'avait pas entraînement et si Lexie n'avait pas de réunion, ils se réunissaient dans le salon et allumaient Channel 3. Pour Moody, c'était une étude psychologique fascinante : chaque nouvel épisode montrait à quel point l'humanité pouvait être étrange. Pour Lexie, ça relevait de l'anthropologie : les mères stripteaseuses, les épouses polygames et les gamins qui dealaient de la drogue ouvraient une fenêtre sur un monde si éloigné du sien qu'ils semblaient sortis d'un ouvrage de Margaret Mead. Et pour Trip, c'était de la pure comédie : un formidable spectacle burlesque agrémenté de tirades censurées et de chaises qui volaient constamment. Ses moments préférés étaient quand les perruques des invités étaient arrachées. Quant à Izzy, elle trouvait l'émission indiciblement stupide et se barricadait à l'étage pour pratiquer son violon. « La seule chose qu'Izzy prenne au sérieux », avait expliqué Lexie. « Non, avait rétorqué Trip, Izzy prend tout trop au sérieux. C'est ça, son problème. »

« Le plus drôle, déclara Lexie un après-midi, c'est que dans dix ans on verra Izzy chez Springer.

— Sept, répliqua Trip. Huit au plus. Dans un épisode intitulé "Jerry, sors-moi de prison !"

— Ou "Ma famille veut me faire interner" », convint Lexie.

Moody remua avec gêne sur son siège. Lexie et Trip traitaient Izzy comme si c'était un chien qui risquait à tout instant de devenir enragé, mais lui s'était toujours bien entendu avec elle.

« Elle est juste un peu impulsive, c'est tout, expliqua-t-il à Pearl.

— Un peu impulsive ? s'esclaffa Lexie. Tu ne la connais pas encore vraiment, Pearl. Tu verras. »

Et ils commencèrent à enchaîner les anecdotes, oubliant temporairement Jerry Springer.

Izzy, à dix ans, avait été appréhendée alors qu'elle s'introduisait dans les locaux de la Humane Society pour tenter de libérer tous les chats errants. « Ils sont comme des prisonniers du couloir de la mort », avait-elle déclaré. À onze, sa mère – convaincue qu'Izzy était excessivement maladroite – l'avait inscrite à un cours de danse pour améliorer sa coordination. Son père avait insisté pour qu'elle persiste pendant un trimestre avant d'abandonner. Mais à chaque cours, Izzy s'asseyait par terre et refusait de bouger. Pour le spectacle – à l'aide d'un miroir et d'un feutre – elle s'était écrit « Pas votre marionnette » sur le front avant de monter sur scène, où elle s'était tenue parfaitement immobile pendant que les autres, déconcertés, dansaient autour d'elle.

« J'ai cru que maman allait mourir de honte, dit Lexie. Et l'année dernière ? Comme maman trouvait qu'elle portait trop de noir, elle lui a acheté toutes ces jolies robes. Mais Izzy les a enroulées dans un sac de supermarché, elle a pris le bus pour le centre-ville, et elle les a données à quelqu'un dans la rue. Maman l'a privée de sortie pendant un mois.

— Elle n'est pas folle, protesta Moody. C'est juste qu'elle ne réfléchit pas. »

Lexie poussa un petit grognement moqueur, et Trip remit le son de la télé, redonnant vie à Jerry Springer.

Le canapé comportait huit places, mais même avec seulement trois des enfants Richardson, il fallait toujours se battre pour avoir l'emplacement qui offrait la meilleure vue. Désormais, avec Pearl en plus, les manœuvres étaient encore plus compliquées. Dès qu'elle le pouvait, Pearl se laissait tomber – discrètement, nonchalamment, espérait-elle – à côté de Trip. Toute sa vie elle avait eu des béguins à distance ; elle n'avait jamais trouvé le courage de parler à aucun des garçons qui lui avaient plu. Mais maintenant qu'elles

66

étaient installées à Shaker Heights pour de bon, maintenant que Trip était là, dans cette maison, assis sur le même canapé qu'elle – eh bien, elle se disait qu'il était parfaitement naturel qu'elle s'assoie à côté de lui de temps à autre : personne ne pouvait rien en déduire, surtout pas Trip. Pendant ce temps, Moody pensait mériter la place à côté de Pearl : c'était lui qui l'avait présentée à la famille, et il estimait que, de tous les Richardson, sa revendication – comme il était celui qui la connaissait depuis le plus longtemps – était la plus justifiée. Le résultat était que Pearl prenait place à côté de Trip, que Moody se laissait tomber à côté d'elle, la prenant en sandwich entre eux deux, et que Lexie s'étalait dans un coin, les regardant avec un petit sourire en coin avant d'allumer la télé, et tous les quatre tournaient alors leur attention vers l'écran tout en demeurant pleinement conscients de tout ce qui se passait dans la pièce.

Pearl ne tarda pas à apprendre que c'était à propos de Jerry Springer que les enfants Richardson avaient leurs discussions les plus animées.

« Dieu merci, on vit à Shaker, déclara un jour Lexie durant un épisode provocateur intitulé "Arrête d'inviter des filles blanches à dîner !" Enfin quoi, on a de la chance. Personne ne se préoccupe de la race, ici.

— Tout le monde se préoccupe de la race, Lex, contra Moody. La seule différence, c'est qu'on fait semblant de ne pas le faire.

— Regarde Brian et moi, répliqua-t-elle. On est ensemble depuis la première, et personne n'en a rien à foutre que je sois blanche et lui noir.

— Tu ne crois pas que ses parents préféreraient qu'il sorte avec une Noire ? demanda-t-il.

— Je crois honnêtement qu'ils s'en fichent. »

Elle décapsula un nouveau Coca light.

« La couleur de la peau ne dit rien de ce qu'on est.

— Chut, fit Trip. Ça reprend. »

C'est au cours de l'un de ces après-midi – pendant un épisode intitulé « Je vais avoir un bébé de ton mari ! » – que Lexie se tourna soudain vers Pearl et lui demanda : « Est-ce que tu penses parfois à essayer de retrouver ton père ? » Pearl lui adressa un regard vide calculé, mais Lexie poursuivit tout de même : « Je veux dire, savoir où il est. Tu ne veux pas le rencontrer ? »

Pearl tourna son regard vers l'écran de télé, où des agents de sécurité costauds forçaient une femme aux cheveux orange aussi large qu'un fauteuil à se rasseoir.

« Il faudrait que je commence par découvrir *qui* il est, répondit-elle. Et puis, regarde comme ça se passe bien à la télé. Ça donne envie de le faire, non ? »

Le sarcasme ne lui venait pas naturellement, et elle-même se trouva plus plaintive qu'ironique.

« Ça pourrait être n'importe qui, médita Lexie. Un ancien petit ami. Peut-être qu'ils se sont séparés quand ta mère est tombée enceinte. Ou peut-être qu'il est mort dans un accident avant ta naissance. » Elle se tapota la lèvre, passant en revue les possibilités. « Il l'a peut-être quittée pour une autre femme. Ou… » Elle se redressa, titillée. « Peut-être qu'il l'a *violée*. Et elle est tombée enceinte et a gardé le bébé.

— Lexie », dit soudain Trip. Il se glissa sur le canapé et passa un bras autour des épaules de Pearl. « Ferme ta gueule. »

Que Trip prête attention à une conversation qui ne traitait pas de sport, sans parler de prendre en compte les sentiments de quelqu'un d'autre, était parfaitement inhabituel, et ils le savaient tous.

Lexie roula les yeux.

« Je *plaisantais*, dit-elle. Pearl le sait. Pas vrai, Pearl ?

— Bien sûr », répondit-elle. Elle se força à sourire. « *Duh.* »

Elle sentit soudain ses aisselles transpirer, son cœur se mettre à cogner, et elle se demanda si c'était à cause du bras de Trip autour de ses épaules ou des commentaires de Lexie, ou des deux. Quelque part au-dessus d'eux, Izzy travaillait un morceau de Lalo sur son violon. À l'écran, deux femmes avaient bondi de leur siège et commencé à se crêper le chignon.

Mais ce qu'avait dit Lexie lui restait en travers de la gorge. Ce n'était pas une chose à laquelle elle-même n'avait pas pensé au fil des années, mais l'entendre prononcer à haute voix, de la bouche d'une autre, rendait la question plus urgente. Elle s'était interrogée, de temps à autre, mais quand elle avait posé des questions alors qu'elle était enfant, sa mère lui avait donné des réponses désinvoltes. « Oh, je t'ai trouvée dans le bac des promotions chez Goodwill », avait un jour dit Mia. Une autre fois : « Je t'ai choisie dans un champ de choux. Tu ne le savais pas ? » Parvenue à l'adolescence, elle avait cessé de chercher à savoir. Mais cet après-midi-là, tandis que la question continuait de lui trotter dans la tête, elle rentra chez elle et trouva sa mère dans le salon, occupée à appliquer de la peinture sur une photo représentant un vélo démonté.

« Maman », commença-t-elle, mais elle s'aperçut qu'elle était incapable de répéter les paroles directes de Lexie. À la place, elle posa la question qui était sous-jacente à toutes les autres, telle une rivière souterraine. « Est-ce que j'étais désirée ?

— Désirée où ? »

D'un coup de pinceau minutieux, Mia traça un pneu bleu de Prusse dans la fourche vide du vélo.

« Ici. Je veux dire, est-ce que tu me voulais ? Quand j'étais bébé ? »

Mia resta si longtemps sans rien dire que Pearl n'était pas sûre qu'elle l'ait entendue. Mais après une longue pause, sa mère se retourna, pinceau à la main, et, au grand étonnement de Pearl, elle avait les yeux humides. Était-il possible que sa mère pleure ? Cette femme inébranlable, redoutable, indomptable, qu'elle n'avait jamais vue pleurer, pas même quand la Golf était tombée en panne au bord de la route et qu'un homme dans un pick-up bleu s'était arrêté en faisant mine de vouloir l'aider avant de lui voler son sac à main et de repartir ; pas même quand elle avait laissé tomber un lourd cadre de lit – récupéré dans la rue – sur son petit orteil, l'écrasant si fort que l'ongle avait fini par virer au violet et tomber. Mais Pearl percevait bien un chatoiement inhabituel dans les yeux de sa mère, comme si elle plongeait son regard dans de l'eau ondoyante.

« Est-ce que tu étais désirée ? demanda Mia. Oh, oui. Tu étais désirée. Très. »

Elle posa le pinceau dans le bac et quitta rapidement la pièce sans reposer les yeux sur sa fille, laissant Pearl contempler le vélo à moitié achevé, la question qu'elle avait posée, la flaque de peinture qui formait lentement une peau sous les soies du pinceau.

5

Comme si l'épisode de Jerry Springer lui avait fait prendre conscience de la présence de Pearl, Lexie commença à développer un nouvel intérêt pour l'amie de son frère – la « petite orpheline Pearl », ainsi qu'elle l'appela un soir alors qu'elle était au téléphone avec Serena Wong.

« Elle est si silencieuse, s'émerveilla-t-elle. Comme si elle avait peur de parler. Et quand on la regarde, elle devient rouge vif – rouge-rouge, comme une tomate. Littéralement une tomate.

— Elle est super-timide, convint Serena, qui avait rencontré Pearl à quelques reprises chez les Richardson, mais ne l'avait toujours pas entendue prononcer un mot. Elle ne sait probablement pas comment se faire des amis.

— C'est plus que ça, médita Lexie. C'est comme si elle essayait d'être invisible. Comme si elle voulait se cacher. »

Pearl, si timide et calme, si peu sûre d'elle, fascinait Lexie. Et, étant ce qu'elle était, elle commença par la surface.

« Elle est mignonne, dit-elle à Serena. Elle serait tellement adorable sans ces tee-shirts trop larges. »

C'est ainsi qu'un après-midi Pearl rentra chez elle avec un sac rempli de nouveaux vêtements. Mais pas précisément neufs, comme le découvrit Mia quand elle les mit à laver : un jean rapiécé des années 1970 avec un ruban le long de la jambe, un chemisier en coton à fleurs tout aussi vieux, un tee-shirt couleur crème avec le visage de Neil Young sur le devant. « Lexie et moi, on est allées à la friperie, expliqua-t-elle quand Mia remonta de la buanderie. Elle voulait faire du shopping. »

En fait, Lexie l'avait emmenée au centre commercial car il lui semblait naturel que Pearl se tourne vers elle pour avoir des conseils (Lexie avait l'habitude qu'on lui demande son avis, au point qu'elle supposait souvent que les gens le faisaient alors qu'ils n'avaient rien dit). Et Pearl était un petit ange, c'était évident : ces grands yeux sombres qui, curieusement, semblaient encore plus grands et plus sombres sans maquillage ; ces longs cheveux bruns frisés qui, quand elle détachait sa tresse, ainsi que Lexie avait un jour persuadé Pearl de le faire, semblaient sur le point de l'avaler. La façon qu'elle avait de tout regarder dans leur maison – absolument tout – comme si elle n'avait jamais rien vu de semblable. La deuxième fois que Pearl était venue, Moody l'avait laissée dans la véranda pour aller chercher à boire, et Pearl, au lieu de s'asseoir, avait lentement fait le tour de la pièce, comme si elle était au pays d'Oz et non chez les Richardson. Lexie, qui arrivait dans le couloir avec le dernier numéro de *Cosmo* et un Coca light à la main, s'était arrêtée au seuil de la pièce, invisible, et l'avait observée. Pearl avait alors tendu un doigt timide pour suivre le tracé d'une plante grimpante sur le papier peint, et Lexie avait éprouvé un élan de compassion pour elle, la petite souris triste. À cet instant, Moody était ressorti de la cuisine avec deux canettes de Vernors.

« Je ne savais pas que tu étais là, avait-il dit. On allait regarder un film.

— Ça ne me dérange pas », avait répondu Lexie.

Elle avait pris place dans le grand fauteuil dans le coin de la pièce, gardant un œil sur Pearl, qui avait fini par s'asseoir et décapsuler son soda. Moody avait inséré une cassette dans le magnétoscope, et Lexie avait ouvert son magazine. Une idée lui était alors venue, une bonne action qu'elle pouvait faire.

« Hé, Pearl, tu pourras l'avoir quand j'aurai fini », avait-elle proposé, éprouvant confusément la satisfaction intérieure de la générosité adolescente.

Donc, cet après-midi du début du mois d'octobre, elle avait décidé d'emmener Pearl faire du shopping. « Viens, Pearl, avait-elle dit. On va au centre commercial. »

Quand Lexie avait dit *centre commercial*, Pearl n'avait pas un instant songé à Randall Park Mall, qui était situé à proximité de la très fréquentée Warrensville Road, après un magasin de pneus, une boutique de location-vente et une garderie ouverte toute la nuit – *Randall Dark Mall*, ainsi que l'appelaient certains enfants. Comme elle vivait à Shaker, elle n'avait songé qu'à l'endroit où elle faisait toutes ses courses : Beachwood Place – un petit centre commercial bien entretenu situé à l'écart de la rue au milieu d'un petit

parking, dont les principales enseignes étaient un magasin Dillard's, un Saks et un nouveau Nordstrom. Elle
ne connaissait pas l'expression *Bleach-White Place* et
aurait été horrifiée si elle l'avait entendue. Mais malgré
un petit tour chez Gap, Express et Body Shop, Pearl
n'acheta rien qu'un bretzel et un pot de baume pour
les lèvres au goût de kiwi.

« Tu n'as rien vu qui te plaisait ? » lui demanda
Lexie.

Pearl, qui ne possédait que dix-sept dollars et savait
que Lexie en avait vingt d'argent de poche par semaine,
marqua un temps d'arrêt.

« Tout ça, ça se ressemble, tu sais ? » répondit-elle
finalement. Elle agita la main en direction du restaurant
Chick-fil-A et du centre commercial derrière. « Tous
les élèves de l'école ont l'air de clones. » Elle haussa
les épaules et regarda Lexie du coin de l'œil, se demandant si elle avait l'air convaincante. « C'est juste que
j'aime faire du shopping dans des endroits un peu différents. Là où je peux trouver des choses que personne
d'autre n'aura. »

Elle s'interrompit, lorgnant le sac Gap bleu et blanc
qui pendait par sa ficelle au bras de Lexie, se demandant soudain si elle l'avait vexée. Mais Lexie l'était
rarement, voire jamais : avec elle, les allusions subtiles
et les sous-entendus avaient tendance à entrer par une
oreille et à sortir par l'autre.

« Comme où ? » demanda-t-elle.

Alors Pearl entraîna Lexie dans Northfield Road,
passant devant l'hippodrome, jusqu'à la friperie où les
employées du Taco Bell au bout de la rue, qui étaient
soit en train de faire une pause, soit sur le point de

prendre le service du soir, farfouillaient à côté d'elles. Elle était allée dans des dizaines de friperies dans des dizaines de villes au cours de sa vie et, étrangement, chacune avait exactement la même odeur poussiéreuse et douce. Elle avait toujours été certaine que les autres élèves la sentaient sur ses vêtements, même après qu'ils avaient été lavés deux fois, comme si elle avait imprégné sa peau. Cette boutique-ci, où elle et sa mère avaient fouillé dans les bacs en quête de vieux draps pour les transformer en rideaux, n'était pas différente. Mais maintenant, après avoir entendu le petit cri de ravissement de Lexie, elle la voyait d'un autre œil : c'était un endroit où vous pouviez trouver des robes de soirée des années 1960 pour la fête du lycée, des blouses de chirurgien pour vous prélasser les jours où vous n'aviez rien à faire, un vaste assortiment de vieux tee-shirts à l'effigie de groupes et, si vous aviez de la chance, des pattes d'eph, de *véritables* pantalons à pattes d'éléphant, pas les imitations rétros du catalogue Delia's mais des authentiques, avec de larges cloches et une toile aussi fine que des mouchoirs au niveau des genoux à cause des décennies d'utilisation.

« Vintage », soupira Lexie, et elle s'attaqua au rayonnage avec révérence.

Au lieu des chemisiers et des jupes hippies que Mia sélectionnait toujours pour elle, Pearl se retrouva avec des tee-shirts farfelus, une jupe fabriquée à partir d'un vieux Levi's, un sweat-shirt à capuche bleu marine. Elle montra à Lexie comment lire les étiquettes – le mardi, tout ce qui avait une étiquette verte était à moitié prix, le mercredi, c'étaient les jaunes – et, lorsque Lexie trouva un jean qui lui allait, Pearl arracha d'une main experte l'étiquette orange et la remplaça par une verte prélevée sur un horrible blazer en polyester des années 1980. Grâce à elle, le jean ne coûtait plus que quatre dollars. Quant aux achats de Pearl, ils s'élevaient en tout à treize dollars soixante-quinze, et Lexie était tellement ravie qu'elle la conduisit au drive-in de Wendy's et lui offrit une glace.

« Ce jean te va comme un gant, déclara Pearl. Tu étais destinée à l'avoir. »

Lexie laissa fondre sur sa langue une cuillerée de chocolat.

« Tu sais quoi ? dit-elle en fermant les yeux, comme pour avoir toute l'attention de Pearl. Cette jupe irait vachement bien avec une chemise à rayures. J'en ai une que je peux te donner. »

Quand elles retournèrent chez elle, elle tira une demi-douzaine de chemises de la penderie.

« Tu vois ? » dit-elle, lissant le col autour du cou de Pearl et attachant soigneusement un unique bouton entre ses seins pour préserver un minimum de pudeur, comme toutes les élèves de terminale portaient les chemises cette année-là. Elle fit pivoter Pearl en direction du miroir et acquiesça d'un air approbateur. « Tu peux les garder. Elles te vont bien. Et puis j'ai déjà trop de vêtements. »

Pearl enfonça les chemises dans son sac. Si sa mère les remarquait, décida-t-elle, elle dirait qu'elle les avait achetées à la friperie avec le reste. Elle ne savait pas trop pourquoi, mais elle était certaine que celle-ci n'apprécierait pas qu'elle accepte les vieilles affaires de Lexie, même si celle-ci n'en voulait plus. Lorsqu'elle plaça les habits dans le lave-linge, Mia nota que les chemises sentaient la lessive et le parfum et non la poussière, et qu'elles étaient aussi impeccables que si elles avaient été repassées. Mais elle ne dit rien, et le lendemain soir, en trouvant tous ses nouveaux vêtements soigneusement empilés au pied de son lit, Pearl poussa un soupir de soulagement.

Quelques jours plus tard, dans la cuisine des Richardson, alors qu'elle portait l'une des chemises de Lexie, elle remarqua que Trip n'arrêtait pas de la regarder du coin de l'œil, et elle ajusta son col avec un petit sourire suffisant. Trip lui-même ne savait pas pourquoi il l'observait, mais il ne pouvait s'empêcher de remarquer le petit sablier de peau que son chemisier révélait : le triangle dénudé encadré par ses clavicules ; le triangle dénudé de son ventre, avec le creux délicat de son nombril ; l'apparition intermittente d'un soutien-gorge bleu marine au-dessus et au-dessous de l'unique bouton attaché.

« Tu es jolie, aujourd'hui », dit-il, comme s'il la remarquait pour la première fois.

Pearl vira au rose vif, jusqu'à la racine de ses cheveux. Lui aussi semblait embarrassé, comme s'il venait de révéler un goût pour une émission de télé vraiment ringarde.

Mais Moody ne pouvait pas laisser passer ça.

« Elle est toujours jolie, dit-il. Ferme-la, Trip. »

Cependant, comme à son habitude, Trip ne perçut pas l'irritation de son frère.

« Je veux dire super-jolie, reprit-il. Cette chemise te va bien. Elle fait ressortir la couleur de tes yeux.

— Elle est à Lexie », laissa échapper Pearl.

Trip fit un grand sourire.

« Elle te va mieux », déclara-t-il, presque timidement, et il sortit.

Le lendemain, Moody vida ses économies et offrit un carnet à Pearl, un fin Moleskine noir fermé par un élastique. « Hemingway utilisait exactement le même », expliqua-t-il, et Pearl le remercia et le glissa dans son sac. Elle y recopierait ses poèmes, songea-t-il, au lieu de ce vieux cahier à spirale miteux, et ça le réconforterait un peu – quand elle sourirait à Trip ou rougirait à ses compliments – de savoir qu'il lui avait offert le carnet qui renfermerait ses citations préférées et ses pensées.

La semaine suivante, Mme Richardson décida de faire nettoyer la moquette à la vapeur, et les enfants durent rester dehors jusqu'au dîner. « Si je vois une trace de chaussure, Izzy, ou une marque de crampon, Trip, sur cette moquette, vous serez privés d'argent de poche pendant un an. Compris ? » Trip avait un match de foot à l'extérieur, et Izzy une leçon de violon, mais il s'avérait que Lexie n'avait rien à faire. Serena Wong avait entraînement de cross-country, et toutes ses autres amies étaient occupées d'une manière ou d'une autre. Après la fin des cours, elle alla trouver Pearl à son casier.

« Qu'est-ce que tu fais ? lui demanda-t-elle en lui plaçant une tablette de chewing-gum blanc dans la main. Rien ? Allons chez toi. »

Jusqu'à présent, Pearl avait été réticente à inviter des amis chez elle : elle avait toujours vécu dans des appartements encombrés et en désordre, souvent dans des quartiers délabrés, et il y avait toujours de grandes chances pour que Mia soit en train de travailler à l'un de ses projets – ce qui, pour une personne extérieure, signifiait qu'elle faisait quelque chose d'étrange et d'inexplicable. Mais Lexie qui apparaissait à ses côtés, Lexie qui lui demandait d'aller chez elle, Lexie qui voulait passer du temps avec elle – elle se sentait comme Cendrillon découvrant en levant les yeux la main tendue du prince charmant.

« D'accord », répondit-elle.

Au ravissement de Lexie – et à la grande irritation de Moody –, ils montèrent tous les trois dans l'Explorer de cette dernière et prirent Parkland Drive en direction de Winslow, TLC hurlant par les vitres baissées. Lorsqu'ils se garèrent devant la maison, Mia, qui était dehors en train d'arroser les azalées, résista à l'envie soudaine mais impérieuse de lâcher son tuyau d'arrosage pour courir à l'intérieur et verrouiller la porte derrière elle. De la même manière que Pearl n'amenait jamais de camarades, Mia n'invitait jamais d'inconnus non plus. *Ne sois pas ridicule*, se dit-elle. *C'est ce que tu voulais, non ? Que Pearl ait des amis.* Lorsque les portières de l'Explorer s'ouvrirent et que les trois adolescents en descendirent, elle avait coupé l'eau et les accueillit avec un sourire.

Tandis qu'elle préparait du pop-corn – l'en-cas préféré de Pearl et le seul snack qu'il y avait dans le placard –, Mia se demanda si la conversation serait entravée par sa présence. Peut-être qu'ils resteraient assis là dans un silence gêné et que Lexie ne voudrait plus jamais revenir. Mais lorsque les premiers grains de maïs commencèrent à tinter contre le couvercle de la casserole, les trois adolescents avaient déjà discuté de la nouvelle voiture d'Anthony Brecker, une vieille Coccinelle repeinte en violet ; du fait que Meg Kaufman était venue au lycée soûle la semaine précédente ; du fait qu'Anna Lamont était beaucoup plus jolie maintenant qu'elle s'était lissé les cheveux ; et ils s'étaient demandé si les Indians devaient changer leur logo (« Chief Wahoo, avait déclaré Lexie, est si ouvertement raciste »). Ce n'est que quand le sujet des candidatures à l'université fut évoqué que la conversation retomba. Mia, qui agitait la casserole pour que le pop-corn ne brûle pas, entendit un gémissement émaner de la bouche de Lexie et un bruit sourd qui pouvait être son front heurtant la table.

Les inscriptions en fac la préoccupaient de plus en plus. À Shaker on prenait les études au sérieux : quatre-vingt-dix-neuf pour cent des étudiants du district obtenaient un diplôme, et quasiment chaque jeune allait dans une université ou une autre. Toutes les connaissances de Lexie avaient envoyé leur dossier à l'avance, moyennant quoi le seul sujet de conversation dans la salle commune était qui postulait où. Serena Wong avait demandé Harvard. Brian, affirmait Lexie, avait des vues sur Princeton. « Comme si Cliff et Clair me laisseraient aller ailleurs », avait-il dit. Ses parents s'appelaient en fait John et Deborah Avery, mais son père était médecin et sa mère avocate, et, à vrai dire, ils rappelaient un peu les personnages du *Cosby Show* – son père affublé de pulls et affable, sa mère à la fois drôle, compétente et terre à terre. Ils s'étaient rencontrés alors qu'ils étaient en premier cycle à Princeton, et Brian avait des visions de lui bébé dans une grenouillère marquée du nom de l'université.

Pour Lexie, l'héritage n'était pas tout à fait aussi clair : sa mère avait grandi à Shaker et n'était jamais allée bien loin – juste à Denison pour sa licence avant de revenir vite fait. Quant à son père, il venait d'une petite ville d'Indiana et, après avoir rencontré sa mère à l'université, il l'avait suivie dans sa ville natale et avait achevé un doctorat en droit à Case Western, puis il avait gravi les échelons jusqu'à devenir associé dans l'un des plus gros cabinets de la ville. Mais Lexie, comme la plupart de ses camarades de classe, n'avait aucune envie de rester dans la région. La ville de Cleveland était recroquevillée sur les berges d'un lac mort et sale alimenté par une rivière surtout connue pour avoir pris feu une fois[1], et elle avait été bâtie autour d'un cours d'eau dont le nom même était synonyme de tristesse : la rivière Chagrin. Qui avait à son tour donné son nom à tout, des poches de souffrance disséminées à travers la ville, imprégnant le sol comme un désarroi rampant : les chutes Chagrin, Chagrin Boulevard, la réserve Chagrin. Immobilier Chagrin. Carrosserie Chagrin. Le mot « chagrin » se reproduisant et proliférant, comme si les habitants craignaient d'en manquer. Cleveland était parfois appelée « l'erreur sur le lac », et pour Lexie et son entourage, c'était un endroit à fuir.

---

1. Combustion de surface due au déversement de produits inflammables et toxiques dans la rivière. Cela s'est produit le 22 juin 1969.

Comme l'échéance pour les candidatures anticipées approchait, Lexie avait décidé de postuler à Yale. L'université était réputée pour son cursus des arts du spectacle, et Lexie avait tenu le premier rôle dans la comédie musicale du lycée l'année précédente, même si elle n'était qu'en première. Malgré son apparente frivolité, elle était excellente élève – officiellement, les élèves n'étaient pas classés à Shaker, afin d'atténuer les rivalités, mais elle savait qu'elle était parmi les vingt meilleurs. Elle suivait quatre cours de niveau avancé et gérait le secrétariat du club de français. « Ne te fie pas à son côté superficiel, avait dit Moody à Pearl. Tu sais pourquoi elle passe ses après-midi à regarder la télé ? Parce qu'elle peut finir ses devoirs en une demi-heure avant d'aller se coucher. Comme ça. » Il avait claqué des doigts. « Lexie a le cerveau qui fonctionne. C'est juste qu'elle ne s'en sert pas toujours dans la vraie vie. » Yale semblait ambitieux, mais c'était une option assurément envisageable, avait affirmé sa conseillère d'orientation. « En plus, avait ajouté Mme Lieberman, ils savent que les enfants de Shaker réussissent toujours. Ce sera un avantage pour toi. »

Lexie et Brian étaient ensemble depuis la classe de première, et elle aimait l'idée de n'être qu'à un court trajet en train de lui. « On pourra se voir tout le temps, lui avait-elle indiqué tandis qu'elle imprimait son dossier de candidature. Et on pourra même se retrouver à New York. » C'était ce dernier détail qui l'avait finalement convaincue, car cette ville exerçait une attraction romantique sur son esprit depuis qu'elle avait lu la série *Eloise* dans son enfance.

Elle ne voulait cependant pas étudier à New
sa conseillère d'orientation avait suggéré Co
mais elle avait entendu dire que le quartier était
louche. Pourtant, elle aimait l'idée de pouvoir aller
y faire un tour pour la journée – une matinée au Met
à regarder les œuvres d'art, peut-être du shopping
chez Macy's, ou même un week-end avec Brian –
puis laisser vite fait derrière elle la foule, la crasse
et le bruit.

Mais avant que tout ça puisse arriver, elle devait
écrire sa dissertation. Car une dissertation réussie,
avait insisté Mme Lieberman, était nécessaire pour
sortir du lot.

« Écoutez cette question débile, gémit-elle cet
après-midi-là dans la cuisine de Pearl en tirant le
formulaire de candidature de son sac. "Récrivez une
histoire célèbre avec une nouvelle perspective. Par
exemple, racontez *Le Magicien d'Oz* du point de vue
de la méchante sorcière." C'est une candidature à une
université, pas un atelier d'écriture. Je suis des cours
d'anglais niveau avancé. Ils pourraient au moins me
demander d'écrire une vraie dissertation.

— Pourquoi pas un conte de fées ? » suggéra
Moody.

Il leva les yeux de son cahier et du manuel d'algèbre
qui était ouvert devant lui.

« *Cendrillon* du point de vue des demi-sœurs.
Peut-être qu'elles n'étaient pas si méchantes que ça,
après tout. Peut-être qu'en fait c'était Cendrillon qui
était vache avec elles.

— *Le Petit Chaperon rouge* raconté par le loup,
proposa Pearl.

— Ou *Nain Tracassin*, médita Lexie. Enfin quoi, la fille du paysan s'est foutue de lui. Il a fait tout ce boulot pour elle, elle avait promis de lui donner son bébé, puis elle est revenue sur sa parole. Peut-être que c'est elle la méchante. »

De son ongle bordeaux elle tapota le haut de la canette de Coca light qu'elle avait achetée après les cours, puis la décapsula.

« Et puis, elle n'aurait pas dû accepter d'abandonner son bébé, si elle ne voulait pas le faire.

— Eh bien », intervint soudain Mia. Elle se retourna, bol de pop-corn dans les mains, et ils bondirent tous les trois, comme s'ils avaient entendu un meuble parler. « Peut-être qu'elle n'a compris que plus tard ce qu'elle allait perdre. Peut-être qu'en voyant le bébé elle a changé d'avis. » Elle posa le bol au centre de la table. « Ne sois pas trop prompte à juger, Lexie. »

Cette dernière sembla un instant vexée, puis elle roula les yeux. Moody décocha un regard à Pearl – *Tu vois comme elle est superficielle ?* –, mais elle ne le remarqua pas. Après que Mia eut regagné le salon – embarrassée par son emportement soudain –, Pearl se tourna vers Lexie.

« Je pourrais t'aider », proposa-t-elle, suffisamment doucement pour que sa mère ne l'entende pas. Puis, un instant plus tard, parce que ça ne semblait pas suffisant : « Je suis douée pour les histoires. Je pourrais même t'en écrire une.

— Vraiment ? » Lexie fit un sourire radieux. « Oh, mon Dieu, Pearl, je te serais à jamais redevable. »

Elle saisit Pearl entre ses bras. De l'autre côté de la table, Moody laissa tomber ses devoirs et referma sèchement son livre de maths, et, dans le salon, Mia enfonça son pinceau dans un bocal plein d'eau, lèvres serrées, la peinture se détachant des soies dans un tourbillon couleur poussière.

6

La semaine suivante, Pearl, fidèle à sa parole, donna à Lexie une dissertation tapée à la machine – l'histoire du *Roi Grenouille*, mais du point de vue de la grenouille. Ni Mia, qui ne voulait pas admettre qu'elle avait discrètement écouté, ni Moody, qui ne voulait pas être traité de sainte-nitouche, n'en dirent un mot. Mais tous deux étaient de plus en plus mal à l'aise.

Quand Moody arrivait le matin pour qu'ils aillent ensemble au lycée, Pearl sortait de sa chambre portant une des chemises de Lexie, ou un haut à bretelles spaghettis, ou, ce jour-là, du rouge à lèvres foncé.

« C'est Lexie qui me l'a donné, expliqua-t-elle, à la fois à sa mère et à Moody, qui tous deux la regardaient avec consternation. Elle dit qu'il était trop foncé pour elle, mais qu'il me va bien. Parce que j'ai les cheveux plus sombres. »

Sous le rouge grossièrement étalé, ses lèvres ressemblaient à une ecchymose douloureuse.

« Va laver ça », ordonna Mia, pour la toute première fois.

Mais le lendemain matin, Pearl apparut portant l'un des colliers ras du cou de Lexie, qui ressemblait à une balafre de dentelle noire sur sa gorge.

« Je rentrerai pour dîner, dit-elle. Lexie et moi, on va faire du shopping après les cours. »

À la fin octobre, tandis que l'une après l'autre les candidatures étaient envoyées, un esprit de célébration commença à se répandre parmi les élèves de terminale. Lexie avait soumis la sienne, et elle était d'humeur bienveillante. Sa dissertation – grâce à Pearl – était réussie, son score SAT était bon, sa moyenne était élevée grâce à ses cours de niveau avancé, et elle se voyait déjà sur le campus de Yale. Elle se disait qu'elle devait trouver un moyen de récompenser Pearl pour son aide et, après quelque réflexion, elle eut l'idée parfaite : un événement que Pearl adorerait à coup sûr, mais auquel elle ne serait jamais invitée seule.

« Stacie Perry organise une fête ce week-end, annonça-t-elle. Tu veux venir ? »

Pearl hésita. Elle avait entendu parler de ces fêtes, et la possibilité d'aller à l'une d'elles était tentante.

« Je ne sais pas si ma mère m'autorisera.

— Allez, Pearl, lança Trip, penché par-dessus l'accoudoir du canapé. J'y vais. Il va me falloir une cavalière. »

Il n'en fallut pas plus pour la convaincre.

Au lycée de Shaker Heights, les fêtes de Stacie Perry étaient légendaires. Ses parents possédaient une grande maison et partaient souvent en voyage, et leur fille en profitait pleinement. Maintenant que la tension des candidatures anticipées était retombée et qu'il restait encore pas mal de temps avant les examens de fin d'année, les élèves de terminale étaient prêts à s'amuser. Pendant toute la semaine, la fête d'Halloween fut le principal sujet de discussion : qui irait et qui n'irait pas ?

Moody et Izzy, évidemment, n'avaient pas été conviés ; ils ne connaissaient Stacie Perry que de réputation, et la liste des invités comprenait principalement des élèves de terminale. Pearl, bien qu'elle fréquentât Lexie, ne connaissait toujours presque personne hormis les Richardson, et Moody était souvent le seul à qui elle parlait au lycée. Lexie et Serena Wong, cependant, avaient toutes deux été invitées par Stacie elle-même, et avaient donc le droit de venir accompagnées – même par une élève de seconde que personne ne connaissait vraiment.

« Je pensais qu'on allait louer *Carrie*, marmonna Moody. Tu as dit que tu ne l'avais jamais vu.

— Le week-end d'après, promit Pearl. De toute façon, c'est Halloween. À moins que tu ne veuilles aller quémander des bonbons dans le quartier.

— On est trop vieux pour ça », répliqua-t-il.

Shaker Heights, comme pour tout le reste, avait des règles pour ce qui était d'aller frapper aux portes et demander des bonbons : des sirènes retentissaient à six et huit heures pour marquer le début et la fin, et même s'il n'y avait officiellement aucune restriction d'âge, les gens avaient tendance à regarder de travers les adolescents qui venaient frapper chez eux. La dernière fois que Moody l'avait fait, il avait onze ans, et il était déguisé en M&M.

Pour la fête de Stacie, cependant, un costume était de rigueur. Comme Brian n'y allait pas – il avait traîné avec sa candidature à Princeton et, en même temps qu'une poignée d'autres retardataires, il tentait de la finir dans les temps –, il n'entrait pas dans les calculs. « Déguisons-nous en Drôles de Dames ! » s'écria Lexie dans un accès d'inspiration soudain, afin qu'elle, Serena et Pearl puissent mettre leurs pantalons à pattes d'éléphant et leurs chemises en polyester et se faire bouffer les cheveux aussi haut que possible. Une fois coiffées, elles prirent la pose, dos à dos, pointant le doigt comme des pistolets, et s'examinèrent dans le miroir au milieu d'une brume de laque.

« Parfait, déclara Lexie. Blonde, châtaine et brune. » Elle braqua son doigt sur le nez de Pearl. « Prête pour cette fête ? »

La réponse, évidemment, était non, et ce fut la nuit la plus surréaliste que Pearl eût vécue. Toute la soirée, des voitures conduites par des skateurs, des animaux et des Freddy Krueger vinrent se garer au bord de l'énorme pelouse de Stacie. Au moins quatre garçons portaient des masques de *Scream* ; deux, des maillots de football et des casques ; quelques-uns, plus créatifs, arboraient de longues vestes, des borsalinos, des lunettes de soleil et des boas en plumes. (« Des maquereaux », expliqua Lexie.) La plupart des filles avaient des robes très courtes et des chapeaux, ou bien des oreilles d'animaux, mais l'une d'elles s'était transformée en princesse Leia ; une autre, déguisée en robot, était accrochée au bras d'un Austin Powers. Stacie elle-même était habillée en ange, avec une minirobe à lanières spaghettis, des ailes flamboyantes, des bas résilles, et un halo fixé à un serre-tête.

Quand Lexie, Serena et Pearl arrivèrent à neuf heures trente, tout le monde était déjà ivre. Il flottait un relent de sueur et une odeur âcre et puissante de bière. Des couples se frottaient les uns contre les autres dans les recoins obscurs. Le sol de la cuisine était rendu poisseux par les verres renversés, et une fille gisait sur le dos sur la table au milieu de bouteilles d'alcool à moitié vides, fumant un joint et gloussant tandis qu'un garçon lapait du rhum dans son nombril. Lexie et Serena se servirent à boire et se faufilèrent jusqu'à la piste de danse improvisée dans le salon. Pearl, restée seule, se tenait dans le coin de la cuisine, serrant un gobelet rouge rempli de Stoli et de Coca et cherchant Trip du regard.

Une demi-heure plus tard, elle l'aperçut sur la terrasse, déguisé en diable. Il portait un blazer rouge trouvé dans une friperie et une paire de cornes.

« Je ne pensais pas qu'il connaissait Stacie », cria-t-elle à l'oreille de Serena quand celle-ci vint se resservir à boire.

Cette dernière haussa les épaules.

« Stacie dit qu'elle l'a vu torse nu un jour après son entraînement de football et qu'elle l'a trouvé *bien*. Elle a dit – je cite – que c'était une bombe. » Elle but une rasade et gloussa. Pearl remarqua qu'elle avait le visage rougi. « Ne le dis pas à Lexie, OK ? Ça la ferait gerber. »

Elle reprit la direction du salon, titubant légèrement sur ses talons compensés, et à travers la porte coulissante en verre, Pearl vit Trip donner un petit coup de sa fourche en plastique entre les omoplates d'une fille aux cheveux roux. Elle redonna un peu de volume à sa coiffure et conçut un plan. Bientôt, le gobelet de Trip serait vide. Il viendrait dans la cuisine et la verrait. *Quoi de neuf, Pearl ?* dirait-il. Et elle lui répondrait quelque chose d'intelligent. Elle tenta de réfléchir. Que dirait Lexie à un garçon qui lui plairait ?

Mais tandis qu'elle se creusait la cervelle pour trouver une repartie sensuelle et spirituelle, elle remarqua que Trip avait disparu de la terrasse. Était-il rentré dans la maison, ou bien déjà reparti ? Elle se fraya un chemin jusqu'au salon, tenant son gobelet en l'air, mais il était impossible de repérer qui que ce soit. Puff Daddy and Mase jaillissait des enceintes, les basses cognant si fort qu'elle les sentait dans sa gorge, puis le volume diminua pour laisser place à Notorious B.I.G. La seule lumière provenant de bougies, et tout ce qu'elle distinguait, c'étaient des silhouettes qui se tortillaient et se frottaient les unes aux autres de façon parfaitement impudique. Elle se faufila jusqu'au jardin, où une poignée de garçons descendaient des bières en discutant des chances de l'équipe de football dans les play-offs. « Si on bat Ignatius, criait l'un d'eux, et si U.S. bat Mentor… »

Pendant ce temps, Lexie passait un moment qu'elle n'oublierait jamais. Elle adorait danser ; elle, Serena et leurs amies allaient en ville dès qu'une boîte organisait une soirée jeunes – ou dès qu'elles pensaient que leurs fausses pièces d'identité, qui les faisaient passer pour des étudiantes en troisième année de fac, leur permettraient de franchir le service d'ordre. Un jour, elles s'étaient introduites dans une rave dans un entrepôt désaffecté du quartier des Flats et avaient dansé jusqu'à trois heures du matin avec des colliers lumineux enroulés autour des poignets et du cou. Lexie et Serena dansaient souvent ensemble, avec l'aisance de deux filles qui se connaissaient depuis plus de la moitié de leur vie, hanche contre hanche ou pelvis contre pelvis, Lexie pivotant sur elle-même pour tortiller son derrière contre Serena. Ce qu'elles faisaient ce soir-là quand Lexie sentit quelqu'un se coller dans son dos. C'était Brian, et Serena lui fit un sourire narquois et entendu avant de se retourner.

« Tu n'es même pas déguisé, protesta Serena en lui tapant sur l'épaule.

— Si, je suis déguisé, répliqua-t-il. En type qui vient d'envoyer sa candidature à Princeton. »

Il passa les bras autour de sa taille et plaça sa bouche contre son cou.

Une demi-heure plus tard, la danse, l'alcool et la douce sensation enivrante d'avoir dix-huit ans les avaient tous deux emplis d'une excitation fiévreuse. Depuis qu'ils sortaient ensemble, ils avaient fait des choses, comme Lexie l'avait coquettement dit à Serena, mais *la* chose continuait de flotter entre eux telle une piscine profonde dans laquelle ils n'auraient trempé que les orteils. Désormais, tandis qu'elle était serrée contre Brian, désinhibée par le rhum-Coca, tandis que la musique cognait à travers leurs corps comme un battement de cœur partagé, elle éprouva l'envie soudaine de plonger dans cette piscine et d'aller en toucher le fond. Quand elle était plus jeune et moins expérimentée, Lexie avait eu des visions de sa première fois. Elle avait tout planifié : bougies, fleurs, Boyz II Men dans le lecteur CD. Au minimum, une chambre et un lit. Pas la banquette arrière d'une voiture, comme certaines de ses amies ; certainement pas la cage d'escalier du lycée, comme l'avait fait Kendra Solomon, à en croire la rumeur. Mais elle se rendait désormais compte que tout ça n'avait plus d'importance.

« Tu veux aller faire un tour en voiture ? » demanda-t-elle.

Tous deux savaient ce qu'elle suggérait.

Sans un mot, ils se hâtèrent vers le trottoir, où était garée la voiture de Lexie.

Tandis qu'ils s'en allaient, Pearl avait regagné son coin dans la cuisine et attendait que Trip réapparaisse. Mais il ne revenait pas. À mesure que les heures passaient et que les bouteilles se vidaient, tout devenait plus bruyant et plus désinhibé. Juste après minuit, Stacie Perry en personne, alors qu'elle essayait de se servir un verre d'eau, vomit dans la carafe Brita. Pearl décida alors qu'il était temps de rentrer. Mais elle ne vit aucun signe de Lexie, même quand elle se fraya difficilement un chemin à travers la masse de corps qui s'agitaient dans le salon. Elle regarda dehors, mais n'aurait su dire si l'Explorer était toujours garée dans la file anarchique de voitures.

Dès qu'elle croisait une personne vaguement sobre, elle lui disait : « Est-ce que tu as vu Lexie ? Ou Serena ? » Mais la plupart la dévisageaient comme si elles se demandaient qui elle était. « Lexie ? Oh, Lexie Richardson ? Tu es venue avec elle ? » Finalement, une fille étalée sur les cuisses d'un joueur de football dans un grand fauteuil répondit : « Je crois qu'elle est partie avec son copain. Pas vrai, Kev ? » En guise de réponse, Kev plaça ses grosses mains sur le visage de la fille et attira ses lèvres vers lui, et Pearl s'éloigna.

Elle ne savait pas exactement où elle était, et la vodka rendait encore plus flou le plan sommaire de Shaker qu'elle avait en tête. Pouvait-elle rentrer à pied ? Combien de temps mettrait-elle ? Dans quelle rue Stacie vivait-elle ? Pendant une minute, Pearl se laissa aller à rêver. Peut-être que Trip franchirait la porte coulissante en verre, un souffle d'air frais pénétrant à sa suite dans la cuisine. *Tu veux que je te ramène ?* lui demanderait-il.

Mais, bien entendu, ça ne se produisit pas, et finalement, Pearl attrapa le téléphone sans fil qui se trouvait sur le comptoir, sortit près du garage, où il y avait moins de bruit, et appela Moody.

Vingt minutes plus tard, une voiture s'immobilisait devant la maison de Stacie. La vitre du côté passager s'abaissa, et de l'endroit où elle se tenait en haut des marches, elle vit le visage renfrogné de Moody.

« Monte », se contenta-t-il de dire.

L'intérieur du véhicule n'était que cuir moelleux, aussi doux que de la peau sous ses cuisses.

« À qui est cette voiture ? demanda-t-elle bêtement tandis qu'ils s'éloignaient du trottoir.

— À ma mère. Et avant que tu me poses la question, elle dort, alors ne perdons pas de temps ici.

— Mais tu n'as pas encore ton permis.

— Avoir le droit de faire une chose et savoir comment la faire sont deux choses différentes. »

Moody tourna à l'angle et s'engagea dans Shaker Boulevard.

« Alors, tu es soûle ?

— Je n'ai bu qu'un verre. Je ne suis pas soûle. »

Mais alors même qu'elle disait ça, Pearl n'était pas certaine que ce soit vrai – il y avait beaucoup de vodka dans ce gobelet. Elle avait la tête qui tournait, et elle ferma les yeux.

« Je ne savais tout simplement pas comment rentrer chez moi.

— La voiture de Trip était encore là, tu sais. On est passés à côté en repartant. Pourquoi tu ne lui as pas demandé ?

— Je n'arrivais pas à le trouver. Je n'arrivais à trouver personne.

— Probablement à l'étage avec une fille. »

Ils roulèrent un moment en silence, ces derniers mots tournant dans la tête de Pearl : à l'étage avec une fille. Elle tenta de se représenter la scène, ce qui s'était produit dans ces pièces sombres là-haut, s'imagina le corps de Trip contre celui de la fille, et elle sentit une bouffée de chaleur la traverser. À en croire l'horloge du tableau de bord, il était près d'une heure.

« Tu vois, maintenant, déclara Moody, comment ils sont. » Tandis qu'ils approchaient du pâté de maisons où vivaient Mia et Pearl, il coupa les phares et s'arrêta au bord du trottoir. « Ta mère va être furax.

— Je lui ai dit que je sortais avec Lexie, et elle a répondu que je devais être rentrée à minuit. Je suis juste un peu en retard. » Pearl leva les yeux vers la fenêtre de la cuisine éclairée. « Est-ce que je sens mauvais ? »

Moody se pencha vers elle.

« Tu sens un peu la cigarette. Mais pas l'alcool. Tiens. »

Il tira un paquet de Trident de sa poche.

Au dire de tous, la fête d'Halloween durerait jusqu'à trois heures quinze du matin et s'achèverait avec un certain nombre de jeunes dans les vapes sur le tapis oriental du salon des Perry. Lexie rentrerait discrètement à la maison à deux heures et demie, Trip à trois, et le lendemain ils seraient encore au lit à midi. Par la suite, Lexie s'excuserait auprès de Pearl lors d'une confession à voix basse : Brian et elle y songeaient depuis un moment, et cette nuit-là avait semblé la bonne, et... elle ne savait pas, elle voulait juste le dire à quelqu'un, elle n'en avait même pas parlé à Serena, est-ce qu'elle semblait différente ? Oui, elle semblerait différente à Pearl – plus mince, plus vive, avec ses cheveux attachés en queue-de-cheval, des traînées de mascara et de paillettes sillonnant toujours le coin de ses yeux ; elle verrait au léger pli entre les cils de Lexie à quoi elle ressemblerait vingt ans plus tard : un peu à sa mère. Désormais, tout ce que ferait Lexie semblerait aux yeux de Pearl teinté de sexualité, quelque chose dans son rire et dans ses regards de biais, dans sa façon décontractée de toucher tout le monde, sur l'épaule, sur la main, sur le genou. Ça vous rendait plus détendue, penserait-elle, plus légère. « Et toi ? demanderait finalement Lexie en serrant le bras de Pearl. Tu as réussi à rentrer chez toi ? Tu t'es bien amusée ? » Et Pearl, avec la prudence de celle qui vient de se brûler, se contenterait d'acquiescer.

Mais pour le moment, elle ôta l'emballage du chewing-gum, le plaça entre ses lèvres et sentit le goût de la menthe envahir sa langue.

« Merci. »

* * *

Contrairement à ce qu'avait affirmé Pearl, Mia avait été très contrariée de son retard. Lorsqu'elle était finalement montée à l'étage – sentant la cigarette et l'alcool et quelque chose dont Mia était à peu près certaine que c'était de l'herbe –, sa mère n'avait pas su quoi dire. « Va te coucher, était-elle finalement parvenue à prononcer. On en parlera demain matin. » Mais le lendemain matin, Pearl avait fait la grasse matinée, et même quand elle avait finalement émergé vers midi, ébouriffée et l'œil vitreux, Mia n'avait toujours pas su quoi dire. Tu voulais que Pearl ait une vie normale, avait-elle songé ; eh bien, c'est ce que font les adolescents. Une partie d'elle estimait qu'elle aurait dû être plus impliquée – qu'elle aurait dû savoir ce que faisait Pearl, ce que faisait Lexie, ce qu'ils faisaient tous –, mais comment était-elle censée réagir ? Les suivre à ces fêtes et aux matchs de hockey ? Interdire à Pearl de sortir ? Elle avait fini par ne rien dire, et Pearl avait avalé un bol de céréales en silence avant de retourner se coucher.

Bientôt, cependant, une opportunité se présenta. Le mardi qui suivit la fête, Mme Richardson passa à la maison de Winslow Road. « Pour voir si vous avez besoin de quoi que ce soit maintenant que vous êtes installées », expliqua-t-elle, mais Mia vit son regard parcourir la cuisine et plonger dans le salon. Elle avait l'habitude de ces visites, malgré les baux qui stipulaient « droit d'entrée limité », et elle recula d'un pas pour que Mme Richardson ait une meilleure vue. Après près de quatre mois, il y avait toujours peu de meubles. Dans la cuisine, deux chaises dépareillées et une table pliante à laquelle il manquait un panneau, le tout récupéré sur le trottoir ; dans la chambre de Pearl, le petit lit et une commode à trois tiroirs ; dans celle de Mia, toujours un simple matelas sur le sol et une pile de vêtements dans la penderie. Des coussins alignés par terre dans le salon, enveloppés dans une nappe à motif fleuri et aux couleurs vives. Mais le lino de la cuisine était impeccable, la gazinière et le réfrigérateur étaient propres, la moquette était immaculée, le lit de Mia était fait avec des draps à rayures fraîchement lavés. Malgré le manque de meubles, l'appartement ne semblait pas vide. « Est-ce qu'on peut repeindre ? » avait demandé Mia quand elles avaient emménagé, et Mme Richardson avait hésité avant de répondre : « Tant que ce n'est pas trop sombre. » Ce qu'elle avait voulu dire sur le coup, c'était pas de noir, ni de bleu marine, ni de rouge foncé, mais elle avait songé le lendemain que Mia parlait peut-être d'une fresque – c'était une artiste, après tout –, et elle risquait de se retrouver avec un Diego Rivera ou une espèce de graffiti. Mais il n'y avait pas de fresque. Chaque pièce avait été repeinte d'une couleur différente : la cuisine dans un jaune ensoleillé, le salon dans un orange melon profond, les chambres dans une chaude teinte pêche – et l'effet général était que l'on pénétrait dans une boîte de lumière, même quand le ciel était couvert. Partout dans l'appartement étaient accrochées des photos, sans cadre, simplement fixées avec de la gomme adhésive, néanmoins saisissantes.

Il y avait des études représentant des ombres sur un mur de briques délavées, des photos de plumes jonchant la berge du lac Shaker, des expériences que Mia menait en imprimant des clichés sur diverses surfaces : vélin, papier aluminium, journaux. Une série s'étirait sur tout un mur, des photos d'un chantier proche prises semaine après semaine. Au début, il n'y avait rien qu'une colline brune devant une étendue brune. Puis, peu à peu, plan après plan, le monticule virait au vert à mesure qu'il se recouvrait d'herbes folles et de broussailles et, finalement, il y avait un petit arbuste accroché à son sommet. Derrière, une maison brun clair de trois niveaux s'élevait lentement, telle une bête gigantesque sortant de terre. Des chargeuses et des camions entraient et sortaient du cadre tels des fantômes capturés à leur insu. Et sur la dernière photo, un bulldozer arasait le terrain, aplatissant le paysage comme une bulle éclatée.

« Mon Dieu, dit Mme Richardson. Elles sont toutes de vous ?

— Parfois j'ai besoin de les voir quelque temps sur le mur pour savoir si je tiens quelque chose. Pour savoir lesquelles me plaisent. »

Mia parcourut les clichés du regard comme si c'étaient de vieux amis dont elle se remémorait le visage.

Mme Richardson examina attentivement celui d'une jeune fille renfrognée en tenue de cow-girl. Mia l'avait pris lors d'une parade sur laquelle elles étaient tombées en se rendant dans l'Ohio.

« Vous avez un tel don pour les portraits, déclara-t-elle. Voyez comment vous avez pris cette petite fille. On perçoit presque son âme à travers elle. »

Mia ne répondit rien mais acquiesça d'une manière que Mme Richardson interpréta comme de la modestie.

« Vous devriez envisager de faire des portraits professionnellement », suggéra Mme Richardson. Elle marqua une pause. « Non que vous ne soyez pas déjà une professionnelle, évidemment. Mais dans un studio, peut-être. Ou pour les mariages et les fiançailles. Vous seriez très demandée. » Elle agita la main en direction des photos sur le mur, comme si elles avaient pu exprimer clairement ce qu'elle voulait dire. « D'ailleurs, vous pourriez peut-être photographier ma famille. Je vous paierais, naturellement.

— Peut-être, répondit Mia. Mais le problème avec les portraits, c'est que vous devez représenter les gens tels qu'ils veulent être vus. Et je préfère les montrer tels que *moi* je les vois. Donc je finirais probablement par nous frustrer l'une comme l'autre. »

Elle sourit d'un air placide, et Mme Richardson chercha quelque chose à répondre.

« Est-ce que certaines de vos œuvres sont à vendre ? demanda-t-elle.

— J'ai une amie à New York qui tient une galerie, et elle a vendu certains de mes tirages. »

Mia passa le doigt sur l'une des photos, suivant la courbe d'un pont rouillé.

« Eh bien, j'adorerais en acheter une, déclara Mme Richardson. D'ailleurs, j'insiste. Si nous ne soutenons pas nos artistes, comment peuvent-ils créer de grandes œuvres ?

— C'est très généreux de votre part. »

Le regard de Mia glissa brièvement vers la fenêtre, et Mme Richardson éprouva une pointe d'irritation face à cette réaction tiède à sa philanthropie.

« Vous en vendez assez pour vous en sortir ? » demanda-t-elle.

Mia soupçonna à juste titre que cette question concernait le loyer, et sa capacité à le payer.

« Nous nous en sommes toujours tirées, déclara-t-elle, d'une manière ou d'une autre.

— Mais il doit y avoir des moments où les photos ne se vendent pas. Pas par votre faute, naturellement. Et combien se vend une photo en général ?

— Nous nous en sommes toujours tirées, répéta Mia. Je trouve du travail quand j'en ai besoin. Des ménages, ou de la cuisine. Ce genre de choses. En ce moment je travaille à temps partiel au Lucky Palace, le restaurant chinois dans Warrensville. Je n'ai jamais eu une dette que je n'ai pas réglée.

— Oh, bien entendu, ce n'était pas ce que je voulais dire », protesta Mme Richardson.

Elle tourna son attention vers le tirage le plus grand, qui avait été fixé seul au-dessus de la cheminée. Il représentait une femme, dos tourné à l'appareil, en train de danser. La pellicule l'avait saisie dans un mouvement flouté – des bras partout, tendus dans les airs, sur ses côtés, recourbés au niveau de ses hanches –, un enchevêtrement de membres qui, s'aperçut Mme Richardson avec stupéfaction, la faisait ressembler à une énorme araignée entourée par une toile brumeuse. Le cliché la perturbait et la rendait perplexe, mais elle n'arrivait pas à s'en détourner. « Je n'aurais jamais songé à transformer une femme en araignée », observa-t-elle avec sincérité.

Elle se rappela alors que les artistes ne pensaient pas comme les personnes normales, et se tourna finalement vers Mia avec curiosité. Elle n'avait jamais rencontré quelqu'un de semblable.

Mme Richardson avait toute sa vie durant vécu une existence ordonnée et bien réglée. Elle se pesait une fois par semaine, et même si son poids ne fluctuait jamais au-delà du kilo et demi approuvé par son médecin, elle faisait des efforts pour ne pas grossir. Chaque matin elle mesurait exactement une demi-tasse de Cheerios, la dose recommandée sur la boîte, utilisant le verre doseur en plastique qu'elle avait acheté chez Higbee's quand elle était jeune mariée. Et le soir au dîner elle s'autorisait un verre de vin – rouge, car les journaux affirmaient que c'était le plus bénéfique pour le cœur –, une légère rayure sur le verre marquant la bonne quantité à servir. Trois fois par semaine, elle prenait un cours d'aérobic, consultant sa montre pour vérifier que son cœur ne dépassait pas les cent vingt pulsations par minute. Elle avait été élevée pour suivre les règles, pour croire que le fonctionnement du monde dépendait de sa capacité à s'y conformer, et c'était précisément ce qu'elle faisait et croyait. Elle avait un plan, depuis l'enfance, et l'avait scrupuleusement suivi : lycée, université, petit ami, mariage, emploi, emprunt immobilier, enfants. Une berline dotée d'airbags et de ceintures de sécurité automatiques. Une tondeuse à gazon et une souffleuse à neige. Un lave-linge et un sèche-linge assortis. En bref, elle avait tout bien fait et s'était construit une vie agréable, le genre de vie qu'elle voulait, le genre de vie que tout le monde voulait. Et maintenant il y avait cette Mia, une femme complètement différente au style de vie complètement différent, qui semblait suivre sans vergogne ses propres règles. Comme la photo de la danseuse-araignée, Mme Richardson trouvait ça perturbant, mais étrangement captivant. D'un côté, elle voulait étudier Mia à la manière d'une anthropologue, afin de comprendre pourquoi – et comment – elle faisait ce qu'elle faisait. Mais d'un autre – même si elle n'en avait alors que vaguement conscience –, elle était mal à l'aise et voulait tenir cette femme à l'œil, comme on le ferait avec une bête dangereuse.

« Tout est tellement propre, observa-t-elle finalement en passant un doigt sur le manteau de la cheminée. Je devrais vous embaucher pour venir chez nous. » Elle rit, et Mia l'imita poliment, même si elle voyait une idée germer dans l'esprit de Mme Richardson. « Ne serait-ce pas parfait ? poursuivit celle-ci. Vous pourriez venir juste quelques heures par jour et faire un peu de ménage. Je vous paierais pour votre temps, bien entendu. Et alors vous auriez le reste de la journée pour prendre des photos. » Mia commença à chercher une façon délicate de tuer cette idée dans l'œuf, mais il était trop tard. « Non, vraiment. Pourquoi ne venez-vous pas travailler pour nous ? Avant, nous avions une femme qui venait faire le ménage et préparer le dîner, mais elle est retournée chez elle à Atlanta au printemps, et j'aurais bien besoin d'aide. Vous me rendriez service, vraiment. » Elle se retourna pour faire directement face à Mia. « D'ailleurs, j'insiste. Vous avez besoin de temps pour votre art. »

Mia vit qu'il était inutile de protester, que toute objection ne ferait que rendre la situation pire encore et entraînerait de la rancœur. Elle avait appris que, quand les gens étaient décidés à faire une chose qu'ils considéraient comme une bonne action, il était généralement impossible de les en dissuader. Elle songea avec désarroi aux Richardson, à leur vaste maison étincelante, au visage de Pearl quand sa mère oserait poser les pieds sur ce sol précieux. Et alors elle s'imagina tranquillement installée dans le royaume des Richardson, plongée dans l'obscurité au second plan, gardant un œil sur sa fille. Réaffirmant sa présence dans la vie de celle-ci.

« Merci, dit-elle. C'est une proposition très généreuse de votre part. Comment pourrais-je refuser ? »

Et Mme Richardson fit un grand sourire.

7

Tout fut bientôt arrangé : en échange de trois cents dollars par mois, Mia passerait l'aspirateur, ferait la poussière, rangerait la maison des Richardson trois fois par semaine, et elle préparerait le dîner tous les soirs. Ça semblait un excellent marché – juste quelques heures de travail par semaine pour l'équivalent de leur loyer –, mais Pearl était mécontente.

« Pourquoi elle t'a proposé ça à *toi* ? demanda-t-elle, et Mia se mordit la langue, se rappelant que sa fille avait, après tout, quinze ans.

— Parce qu'elle essaie d'être gentille avec nous », répliqua-t-elle, et, par chance, Pearl laissa tomber le sujet.

Mais au fond d'elle-même, elle était furieuse à l'idée que Mia envahisse ce qu'elle considérait comme *son* espace – la maison des Richardson. Sa mère serait à quelques mètres dans la cuisine, entendant tout, observant tout. Les après-midi sur le canapé, les plaisanteries dont elle avait désormais le sentiment de faire partie, même le rituel ridicule de Jerry Springer – tout serait gâché. Quelques jours plus tôt seulement, elle avait trouvé le courage de taper sur la main de Trip quand il l'avait chambrée sur son pantalon – *Pourquoi tant de poches*, avait-il demandé, *qu'est-ce que tu caches dedans ?* Il avait commencé par tapoter celles qui se trouvaient au niveau de ses genoux, puis celles à ses hanches, et, finalement, quand il avait tendu la main vers celles situées à l'avant, elle lui avait donné une tape, et à son ravissement il avait déclaré : « Fais pas la gueule, tu sais que je t'aime », avant de placer son bras autour de ses épaules. Mais maintenant que sa mère serait là, elle n'oserait plus faire une telle chose et, soupçonnait-elle, Trip non plus.

M. Richardson trouvait également cet arrangement embarrassant. C'était une chose, estimait-il, d'employer une femme de ménage ; c'en était une autre d'embaucher quelqu'un qu'ils connaissaient déjà, la mère d'une des amies de leurs enfants. Mais sa femme, il le voyait bien, considérait ça comme un geste généreux, alors au lieu de discuter, il mit un point d'honneur à parler à Mia le matin où elle vint pour la première fois.

« Nous vous sommes très reconnaissants, dit-il tandis qu'elle tirait le seau de matériel de nettoyage de sous l'évier. Ça nous aide vraiment, vraiment beaucoup. » Mia sourit et attrapa une bouteille de Windex sans rien répondre. M. Richardson chercha quelque chose à ajouter. « Vous vous plaisez à Shaker ?

— C'est un sacré endroit. »

Mia aspergea le plan de travail de produit et passa l'éponge dessus, rassemblant les miettes dans l'évier.

« Avez-vous également grandi ici ?

110

— Non, juste Elena. » M. Richardson secoua la tête. « Je n'avais jamais entendu parler de Shaker Heights avant de la rencontrer. »

Lors de sa première semaine à Denison, il était tombé amoureux de la jeune femme qui faisait signer une pétition sur le campus pour mettre fin au service militaire. Et quand ils avaient passé leur diplôme, il était également tombé amoureux de Shaker, car l'endroit était tel qu'Elena l'avait décrit : la première communauté planifiée, et la plus progressive, l'endroit parfait pour de jeunes idéalistes. Dans sa ville natale, on se méfiait des idées : il avait grandi entouré d'une sorte de cynisme résigné, même s'il était certain que le monde pouvait être meilleur. C'était pourquoi il avait tellement eu hâte de partir, et pourquoi il s'était enticché d'elle dès qu'ils s'étaient rencontrés. L'université Northwestern avait été son premier choix, mais comme il avait été refusé, il avait opté pour l'unique fac qui lui permettrait de quitter l'État. Cependant, après avoir rencontré Elena il avait eu l'impression que c'était une intervention du destin. Celle-ci était déterminée à retourner dans sa ville natale après ses études, et plus elle lui en parlait, plus il était d'accord. Il lui semblait naturel qu'un tel endroit ait forgé les principes de sa fiancée, qui recherchait toujours la perfection, et il avait été heureux de la suivre après leur diplôme.

Désormais, près de deux décennies plus tard, alors qu'ils étaient bien installés dans leur carrière et leur vie de famille, tandis qu'il remplissait sa BMW d'essence Premium, ou nettoyait ses clubs de golf, ou signait une autorisation pour que ses enfants puissent aller skier, cette époque de l'université semblait aussi floue et lointaine qu'un vieux polaroïd. Elena aussi s'était adoucie : bien sûr, elle donnait toujours à des associations caritatives et votait démocrate, mais toutes ces années de confortable vie en banlieue les avaient changés. Ni l'un ni l'autre n'avaient jamais été radicaux – même à l'époque des manifestations, des sit-in, des marches et des émeutes –, mais ils possédaient désormais deux maisons, quatre voitures, un petit bateau qu'ils amarraient dans la marina en ville. Ils avaient quelqu'un pour déblayer la neige en hiver et tondre la pelouse en été. Et, bien sûr, ils avaient eu de nombreuses femmes de ménage au fil des années, et il y avait désormais la dernière d'entre elles, cette jeune femme dans sa cuisine, qui attendait qu'il parte pour pouvoir nettoyer sa maison.

Il reprit ses esprits, sourit timidement, attrapa sa serviette. À la porte du garage, il marqua une pause.

« Si jamais un jour travailler ici ne répond plus à vos besoins, s'il vous plaît, dites-le-moi. Ce sera sans rancune, je le promets. »

Mia s'installa dans une routine : elle arrivait le matin à huit heures trente, peu après que tout le monde était parti au travail ou à l'école, et elle avait fini à dix heures. Après quoi elle rentrait retrouver son appareil photo, puis revenait à cinq heures pour préparer le dîner. « Inutile de faire deux voyages », lui avait indiqué Mme Richardson, mais Mia soutenait que le milieu de la journée était le meilleur moment pour ses photos. La vérité était qu'elle voulait étudier les Richardson à la fois quand ils étaient là et quand ils n'y étaient pas. C'était comme si chaque jour Pearl absorbait quelque chose de nouveau auprès de cette famille : une tournure de phrase (« je meurs *littéralement* »), un geste (écarter ses cheveux d'un mouvement de tête, rouler les yeux). C'était une adolescente, se disait constamment Mia ; elle essayait de nouvelles peaux, comme tous les enfants de son âge, mais en privé elle se méfiait des changements qu'elle remarquait. Désormais, tous les après-midi, elle serait là pour surveiller Pearl et observer ces Richardson qui fascinaient tant sa fille. Et tous les matins elle aurait la liberté de mener ses investigations seule.

Tout en faisant son ménage, Mia commença à être attentive à chaque chose. Elle savait quand Trip avait loupé un examen de maths aux bouts de papier déchirés qu'elle trouvait dans sa corbeille, et quand Moody avait écrit des chansons aux paquets de feuilles qu'il y avait dans la sienne. Elle savait que personne dans la famille Richardson ne mangeait la croûte des pizzas ni les bananes mouchetées de taches brunes, que Lexie avait un faible pour les magazines people ainsi que – vu sa bibliothèque – pour Charles Dickens, et que M. Richardson aimait manger des sachets entiers de caramels fourrés à la crème pendant qu'il travaillait dans son bureau le soir. Quand elle avait fini, au bout d'une heure et demie, la maison était propre et elle avait une assez bonne idée de ce que chaque membre de la famille faisait.

C'est ainsi que, une semaine après qu'elle eut pris ses nouvelles fonctions, Mia se trouvait dans la cuisine des Richardson quand Izzy descendit à neuf heures trente.

La veille, celle-ci avait décontenancé, mais pas surpris, sa famille en se faisant renvoyer de l'école.

113

Au milieu du cours de musique, elle avait, d'après le principal des troisièmes, brisé l'archet de la prof sur son genou avant de lui balancer les morceaux au visage. Malgré des questions répétées et des sermons austères aussi bien à l'école qu'à la maison, elle avait refusé d'expliquer ce qui avait provoqué ce coup de colère. C'était, comme l'avait exprimé Lexie, du grand Izzy : péter les plombs sans raison, faire quelque chose d'absurde, et ne rien en tirer. Moyennant quoi, après un rapide entretien avec sa mère, le principal et la prof de musique mécontente, elle avait été renvoyée de l'école pour trois jours. Mia était en train de nettoyer la cuisinière quand Izzy entra d'un pas lourd – parvenant curieusement à faire autant de bruit pieds nus qu'avec ses Doc Martens – et s'immobilisa.

« Oh, dit-elle. C'est vous. La bonne sous contrat. Je veux dire, la locataire-femme de ménage. »

Mia avait entendu une version de troisième main des événements de la veille de la bouche de Pearl.

« Je m'appelle Mia, répondit-elle. Je suppose que tu es Izzy. »

Cette dernière s'assit sur un tabouret de bar.

« La folle », déclara-t-elle.

Mia essuya soigneusement le plan de travail.

« Personne ne m'a rien dit de tel. »

Elle rinça l'éponge et la posa sur son support pour qu'elle sèche.

Izzy s'enfonça dans le silence et Mia se mit à récurer l'évier. Lorsqu'elle eut fini, elle alluma le gril. Elle prit ensuite une tranche de pain dans la huche, étala du beurre dessus et la saupoudra d'une épaisse couche de sucre, puis elle la plaça dans le four jusqu'à ce que le

114

beurre ait fondu et forme un caramel doré et frémissant. Elle plaça une autre tranche de pain dessus, coupa le sandwich en deux et le posa devant Izzy – une suggestion, pas un ordre. C'était une chose qu'elle faisait parfois pour Pearl, quand celle-ci avait ce que Mia appelait un « coup de mou ». Izzy, qui l'avait observée en silence mais avec intérêt, tira l'assiette à elle sans prononcer un mot. Dans son expérience, quand quelqu'un essayait de faire quelque chose pour elle, c'était inspiré soit par la pitié, soit par la méfiance, mais ce geste simple ressemblait à ce qu'il était : une petite gentillesse, sans contrepartie. Lorsqu'elle eut avalé la dernière bouchée du sandwich, elle lécha le beurre sur ses doigts et leva les yeux.

« Alors, vous voulez savoir ce qui s'est passé ? » demanda-t-elle, et elle raconta toute l'histoire.

* * *

La prof de musique, Mme Peters, était largement détestée de tous. C'était une grande femme affreusement maigre avec les cheveux teints dans une nuance blonde artificielle et coupés court à la façon de Dorothy Hamill. À en croire Izzy, elle était *nulle en tant que chef d'orchestre*, et tout le monde savait qu'il valait mieux observer Dorothy Schulman, le premier violon, pour avoir le tempo. Une rumeur persistante – solidifiée, à vrai dire, après quelques années – affirmait que Mme Peters avait un problème d'alcool. Izzy ne l'avait pas totalement crue, jusqu'à ce que la prof lui emprunte son violon un matin pour montrer un mouvement d'archet ; quand elle le lui avait rendu, le repose-menton était humide de sueur et sentait indéniablement le whiskey. Tout le monde disait que lorsque Mme Peters apportait sa grosse Thermos de camping remplie de café, on savait qu'elle s'était pris une cuite la veille. De plus, elle était souvent horriblement sarcastique, surtout envers les seconds violons, et *surtout* envers ceux qui étaient – ainsi que l'avait exprimé l'un des violoncelles – « bénis du point de vue de la pigmentation ». Des anecdotes à son sujet étaient arrivées aux oreilles d'Izzy alors même qu'elle était encore au collège.

Izzy, qui jouait depuis l'âge de quatre ans et s'était vu attribuer une place de second violon alors qu'elle n'était qu'en première année, n'aurait rien dû avoir à craindre. « Ça va aller », lui avait dit le violoncelle en lorgnant sa chevelure dorée et frisée – l'Afro-pissenlit, comme se plaisait à l'appeler Lexie. Et si elle avait fait profil bas, Mme Peters l'aurait probablement ignorée. Mais Izzy n'était pas du genre à faire profil bas.

Le matin de son renvoi, Izzy était à sa place, en train de répéter un doigté complexe sur la corde de *mi* pour le morceau de Saint-Saëns qu'elle travaillait pour ses cours particuliers. Autour d'elle, le bourdonnement des altos et des violoncelles en train d'être accordés s'était tu quand Mme Peters avait brusquement fait irruption, sa Thermos à la main. Il avait été dès le début clair qu'elle était d'une humeur de chien. Elle avait sèchement ordonné à Shanita Grimes de cracher son chewing-gum. Elle avait aboyé après Jessie Leibovitz qui venait de casser sa corde de *la* et en cherchait une de rechange dans son étui. « Gueule de bois », avait prononcé en silence Kerri Schulman à l'intention d'Izzy, qui avait gravement opiné du chef. Elle n'avait qu'une vague idée de ce que ça signifiait – à quelques reprises, Trip était rentré de fêtes de hockey et lui avait semblé particulièrement stupide et groggy le lendemain matin, même pour lui –, mais elle savait que ça engendrait maux de tête et mauvaise humeur. Elle avait tapoté la pointe de son archet contre ses bottes.

Sur l'estrade, Mme Peters avait bu une longue rasade de café. « Offenbach ! » avait-elle beuglé en levant la main droite. À travers la salle, les étudiants avaient feuilleté leurs partitions.

À la douzième mesure d'*Orphée*, Mme Peters avait agité les bras.

« Quelqu'un est à côté. » Elle avait pointé son archet en direction de Deja Johnson, qui était au dernier rang des seconds violons. « Deja. Reprends à partir de la sixième mesure. »

Deja, dont tout le monde savait qu'elle était d'une timidité maladive, avait levé les yeux avec une expression de lapin effrayé. Elle s'était mise à jouer, et tout le monde avait entendu une légère trémulation à cause de sa main tremblante. « Mauvais mouvement d'archet. Bas, haut-haut, bas, haut. Encore une fois. » Deja rejoua péniblement la partie. La salle bouillonnait de ressentiment, mais personne ne disait rien.

Mme Peters avait bruyamment bu une nouvelle rasade de café.

« Lève-toi, Deja. Bien fort, maintenant, pour que tout le monde entende ce qu'il ne faut *pas* faire. » Le coin des lèvres de la gamine tremblait, comme si elle était sur le point de pleurer, mais elle avait posé son archet sur la corde et recommencé une fois de plus.

117

Mme Peters avait de nouveau secoué la tête, criant d'une voix stridente par-dessus le violon : « Deja ! Bas, haut-haut, bas, haut ! Tu ne comprends pas ? Tu veux que je te parle en africain ? »

C'était alors qu'Izzy avait bondi de sa chaise et attrapé l'archet de la prof.

Elle était incapable de dire, même tandis qu'elle relatait l'histoire à Mia, pourquoi elle avait réagi si vivement. C'était en partie parce que Deja Johnson avait toujours l'expression anxieuse de la personne qui s'attend au pire. Tout le monde savait que sa mère était infirmière diplômée – de fait, elle travaillait avec la mère de Serena Wong à la clinique de Cleveland – et que son père dirigeait un entrepôt à l'ouest de la ville. Il n'y avait cependant pas beaucoup d'élèves noirs dans l'orchestre, et quand ses parents venaient pour les concerts, ils s'asseyaient seuls au dernier rang ; ils ne parlaient jamais avec les autres parents de ski ou de rénovations ou de projets pour les vacances de printemps. Deja avait vécu toute sa vie dans une petite maison confortable à la limite sud de Shaker, et on disait en plaisantant qu'elle avait passé toute sa scolarité depuis la maternelle jusqu'au lycée sans prononcer plus de dix mots par an.

Mais contrairement à de nombreux autres violonistes – qui en voulaient à Izzy d'avoir été nommée second violon dès sa première année –, Deja n'avait jamais pris part aux commentaires narquois ni ne l'avait appelée « la débutante ». Lors de la première semaine de cours, tandis qu'elles quittaient en file indienne la salle de répétition, Deja s'était penchée pour fermer une poche ouverte du cartable d'Izzy, dissimulant par ce geste ses

118

affaires de sport à la vue des autres. Quelques semaines plus tard, Izzy était en train de fouiller dans son sac, cherchant désespérément un tampon, quand Deja s'était discrètement penchée à travers l'allée en tendant une main fermée. « Tiens », avait-elle dit, et Izzy avait su ce que c'était avant même de sentir les plis de l'emballage en plastique dans sa paume.

Voir Mme Peters s'en prendre à Deja, devant tout le monde, avait été comme voir quelqu'un traîner un chaton dans la rue et le frapper à coups de brique, et quelque chose s'était rompu en Izzy. Avant de savoir ce qu'elle faisait, elle avait brisé l'archet de Mme Peters sur son genou et lui avait balancé les morceaux. La prof avait poussé un cri quand les moitiés d'archet, toujours jointes par les crins, lui avaient frappé le visage, et un braillement strident quand la Thermos de café brûlant qu'elle tenait à la main s'était renversée sur elle. Une explosion de rires, de cris et de sifflements avait ébranlé la salle de répétition, et Mme Peters, du café lui dégoulinant de la gorge, avait attrapé Izzy par le coude et l'avait entraînée hors de la pièce. Dans le bureau du principal, tandis qu'elle attendait l'arrivée de sa mère, Izzy s'était demandé si Deja avait été heureuse ou embarrassée, et elle regrettait de ne pas avoir vu son visage.

Même si Izzy était désormais certaine que Mia comprendrait tout ça, elle ne savait pas comment mettre en mots ce qu'elle ressentait. Du coup, elle déclara simplement :

« Mme Peters est une vraie salope. Elle n'avait pas le droit de dire ça à Deja.

« — Alors ? demanda Mia. Qu'est-ce que tu comptes faire ? »

Personne n'avait jamais posé cette question à Izzy. Jusqu'à présent, sa vie n'avait été qu'une rage muette et futile. Au cours de sa première semaine de classe, après avoir lu T. S. Eliot, elle avait placardé des citations sur les panneaux d'affichage : « J'ai mesuré ma vie avec des cuillers à café » et : « Oserai-je manger une pêche ? » et : « *OSERAI-JE DÉRANGER L'UNIVERS ?* » Le poème la faisait penser à sa mère, qui versait son succédané de crème au compte-gouttes, qui flippait à cause des pesticides si Izzy mordait dans une pomme sans la laver, qui entourait chacun de ses mouvements de restrictions rigides – et il la faisait également penser à ses frères et à sa sœur, à Lexie, Trip et tous ceux qui leur ressemblaient, à savoir, avait-elle l'impression, tout le monde. Si soucieux de porter les vêtements qu'il fallait, de dire ce qu'il fallait, d'être amis avec les personnes qu'il fallait. Elle avait rêvé de voir les autres élèves chuchoter dans les couloirs – *Ces affiches ? Qui les a mises ? Qu'est-ce qu'elles veulent dire ?* –, elle espérait qu'ils les remarqueraient, qu'ils y réfléchiraient, qu'ils *se réveilleraient*, nom de Dieu. Mais dans la précipitation qui avait précédé la première heure de cours, tout le monde était passé devant en se dirigeant vers l'escalier, trop occupé à se passer des notes et à bachoter en vue d'interros pour lever les yeux vers les panneaux. Et après le deuxième cours elle avait découvert qu'un agent de sécurité grincheux, sans nul doute rendu perplexe par ces messages, les avait décrochés, ne laissant que des annonces pour une association de jeunes contre la faim, pour le groupe de modélisation des Nations unies et pour le club de français. La deuxième semaine, quand Mlle Bellamy leur avait demandé d'apprendre un poème par cœur et de le réciter devant la classe, Izzy avait choisi *Tel soit le Dit*, un texte dont elle avait l'impression – du haut de ses quatorze ans et demi – qu'il résumait très précisément sa vie. Mais à peine avait-elle déclamé : « Ils te niquent, tes père et mère », que Mlle Bellamy lui avait péremptoirement ordonné de se rasseoir et lui avait collé un zéro.

Qu'allait-elle faire ? L'idée même qu'elle *puisse* faire quelque chose la sidérait.

À cet instant, la voiture de Lexie s'immobilisa dans l'allée et sa sœur entra, sacoche en bandoulière, sentant la fumée de cigarette et le *ck One*. « Dieu merci, il est là », lança-t-elle en récupérant son portefeuille au bord du plan de travail. Mme Richardson aimait à dire que sa fille laisserait sa tête à la maison si elle n'avait pas été attachée à son corps.

« Tu profites bien de ton jour de vacances ? demanda-t-elle à Izzy, et Mia vit une lumière s'éteindre dans les yeux de cette dernière.

— Merci pour le sandwich, dit-elle, et elle se laissa glisser de son tabouret et retourna à l'étage.

— Bon sang, fit Lexie en roulant les yeux. Je ne comprendrai jamais cette fille. »

Elle regarda Mia, attendant un hochement de tête compatissant, mais il ne vint pas.

« Roule prudemment », se contenta de dire celle-ci, et Lexie ressortit d'un pas léger, portefeuille à la main, et un instant plus tard son Explorer vrombissait dehors.

Izzy avait le cœur d'une radicale, mais l'expérience d'une gamine de quatorze ans qui vivait dans une banlieue du Midwest. Ce qui revenait à dire qu'elle cherchait des idées pour assouvir sa vengeance – fenêtres bombardées d'œufs, sacs remplis de merde de chien incendiés – et choisissait ce qu'il y avait de mieux dans son répertoire limité.

Trois jours plus tard, Pearl et Moody étaient dans le salon en train de regarder Ricki Lake quand ils virent Izzy longer calmement le couloir, un paquet de six rouleaux de papier-toilette sous chaque bras. Ils échangèrent rapidement un unique regard et, sans se concerter, se lancèrent à sa poursuite.

« Tu es complètement débile ! » lança Moody après qu'ils eurent intercepté Izzy dans l'entrée et l'eurent acculée dans la cuisine. Au fil des années, il l'avait sauvée un certain nombre de fois de sa stupidité – ainsi qu'il considérait ce genre de comportement –, mais ça, pour lui, c'était un nouveau record. « Recouvrir sa maison de PQ ?

— C'est l'enfer à enlever, déclara Izzy. Ça la fera bien chier. Et c'est tout ce qu'elle mérite.

— Et elle saura que c'est toi. La fille qui vient de se faire renvoyer. » Moody repoussa d'un coup de pied le papier-toilette sous la table. « Si tu ne t'es pas fait choper pendant que tu le faisais. Ce qui te serait probablement arrivé. »

Izzy fit une moue renfrognée.

« T'as une meilleure idée ? »

Mia s'en mêla alors : « Tu ne peux pas simplement t'en prendre à Mme Peters. »

Les trois enfants levèrent des yeux étonnés. Ils avaient, l'espace d'un instant, oublié sa présence. Mais elle était là, en train d'émincer un poivron pour le dîner, et aucun des parents qu'ils connaissaient n'aurait dit ce qu'elle venait de dire. Pearl rougit et décocha un regard à sa mère. Qu'est-ce qu'elle croyait, à intervenir comme ça, surtout au milieu de *cette* conversation ? Mais ce à quoi Mia pensait, c'était à sa propre adolescence, aux souvenirs qu'elle avait empaquetés il y avait des années de cela pour les conserver en lieu sûr mais qu'elle ressortait désormais et dépoussiérait.

« Un jour, un garçon que je connaissais a mis de la colle dans la serrure de la prof d'histoire, raconta-t-elle. Comme il était en retard, elle lui avait mis une heure de retenue, et il avait raté un match de football important. Alors le lendemain, il a vidé un tube entier de Krazy Glue dans la serrure. Ils ont dû défoncer la porte. » Un sourire lointain frémit sur ses lèvres. « Mais il n'avait saboté que la serrure de cette prof, alors ils ont tout de suite su que c'était lui. Il a été privé de sortie pendant un mois.

— Maman... » Le visage de Pearl était rouge de rage. « Merci. On a compris. »

Elle poussa à la hâte Izzy et Moody hors de la cuisine et hors de portée de voix de Mia. Maintenant ils penseraient que sa mère était cinglée, songeait-elle, n'osant même pas les regarder. Mais si elle avait jeté un coup d'œil dans leur direction, elle aurait perçu non pas de la dérision, mais de l'admiration. En voyant l'éclat dans les yeux de Mia, aussi bien Moody qu'Izzy avaient compris qu'elle était bien plus maligne – et bien plus intéressante – qu'ils ne l'avaient imaginé.

Et ils s'apercevraient par la suite que ça avait été le premier indice de l'autre facette de sa personnalité.

Toute la soirée, Izzy repensa à l'histoire de Mia et à la question qu'elle avait auparavant posée : *Qu'est-ce que tu vas faire ?* Par ces mots, elle avait semblé lui donner la permission de faire ce qu'on lui avait toujours interdit : à savoir, prendre les choses en main et mettre le bazar. À ce stade, sa colère s'était décuplée au point d'englober non seulement Mme Peters, mais aussi le principal qui avait engagé la prof, le principal adjoint qui lui avait notifié son renvoi, chaque enseignant – chaque adulte – qui avait un jour persécuté un élève au nom d'un pouvoir arbitraire et immérité. Le lendemain, elle coinça Moody et Pearl et leur exposa son plan dans les grandes lignes.

« Ça va la faire chier, dit-elle. Ça va faire chier tout le monde.

— Tu vas avoir des ennuis, protesta Moody, mais Izzy secoua la tête.

— Je vais le faire. Je n'aurai des ennuis que si vous ne m'aidez *pas*. »

* * *

Un cure-dents, inséré dans un trou de serrure et brisé net, est une chose merveilleuse. Il n'endommage nullement la serrure et pourtant empêche la clé d'entrer, si bien que la porte ne peut être ouverte. Il n'est pas facile à ôter sans une pince à épiler à pointe très fine, que l'on n'a généralement pas sous la main et qu'il faut du temps pour se procurer. Plus la personne qui cherche à ouvrir la porte est impatiente, plus elle tentera avec force et insistance d'insérer la clé, plus le cure-dents s'accrochera avec ténacité aux entrailles de la serrure, et plus il faudra de temps pour l'extraire, même avec l'équipement approprié. Un adolescent raisonnablement doué de ses mains peut, s'il agit vite, insérer un cure-dents dans une serrure, le casser, et s'éloigner en à peu près trois secondes. Trois adolescents œuvrant de concert peuvent donc immobiliser une école contenant cent vingt-six portes en moins de dix minutes, suffisamment vite pour éviter de se faire remarquer et regagner leur place habituelle dans le couloir afin d'observer la suite des événements.

Lorsque les premiers professeurs remarquèrent que leur porte était bloquée, il était déjà sept heures vingt-deux. À sept heures quarante, quand la plupart des enseignants arrivèrent à leur salle de classe et se retrouvèrent coincés, M. Wrigley, l'agent d'entretien, était à l'étage dans l'aile des sciences en train d'essayer d'extraire le premier morceau de cure-dents de la serrure du labo de chimie avec la pointe de son canif. À sept heures quarante-cinq, alors qu'il regagnait son bureau en quête de sa boîte à outils et de la pince à épiler qu'elle contenait, M. Wrigley trouva une masse d'enseignants devant, qui râlaient à propos des portes coincées. Dans la confusion, quelqu'un délogea la cale qui maintenait sa porte ouverte, celle-ci se referma en claquant, et M. Wrigley découvrit finalement le cure-dents qu'Izzy elle-même avait soigneusement placé dans le trou de sa propre serrure, longtemps auparavant, quand il était allé se chercher une tasse de café.

Pendant tout ce temps, les élèves étaient arrivés petit à petit. D'abord les matinaux, qui étaient arrivés à sept heures quinze pour être sûrs d'avoir une place sur le parking qui entourait l'établissement, puis les élèves qui se faisaient déposer par leurs parents ou venaient à pied. Quand les derniers s'étaient traînés dans le bâtiment à sept heures cinquante-deux, alors que la sonnerie retentissait pour annoncer le début des cours, les couloirs étaient remplis de gamins joyeux, de secrétaires perplexes et de professeurs furieux.

Vingt minutes s'écouleraient avant que M. Wrigley ne revienne de sa camionnette après avoir fouillé dans la boîte à outils qui se trouvait dans le coffre et avoir finalement, à son immense soulagement, trouvé une seconde pince à épiler. Et il lui faudrait dix minutes de plus pour extraire le premier cure-dents de la porte de la première salle de classe, permettant au prof de chimie d'enfin gagner son bureau. Les annonces du matin furent repoussées, remplacées par des instructions strictes diffusées dans les haut-parleurs – tous les élèves devaient se mettre en rang devant la salle où avait lieu leur premier cours –, que personne n'entendit. Dans chaque couloir l'atmosphère était celle d'une surprise-partie. Il n'y avait aucun hôte en vue, mais, étrangement, tout le monde était l'invité surpris et ravi. Quelqu'un tira d'un casier une grosse radiocassette équipée de piles. Andre Williams, le botteur de l'équipe de football, étira l'antenne, souleva l'appareil sur son épaule, régla la fréquence sur WMMS – « Buzzard Radio » –, et tout le monde se mit à danser au son des Mighty Mighty Bosstones avant que Mme Allerton, la prof d'histoire américaine, ne vienne lui ordonner de couper la musique. M. Wrigley continuait de travailler dans le couloir, une porte à la fois, ôtant des petits bouts de bois des serrures et les rassemblant dans sa main calleuse.

Dans l'aile des arts, Mme Peters, serrant une Thermos extra-large et souffrant d'un terrible mal de tête, commençait à s'agiter. La salle de répétition était loin de l'aile des sciences, où M. Wrigley progressait lentement. À cette allure, sa porte serait l'une des dernières, sinon la dernière, à être débloquée. Elle lui avait demandé à plusieurs reprises s'il pouvait aller plus vite, s'il ne pouvait pas prendre un moment pour ouvrir la sienne en premier, et la troisième fois qu'elle était allée le voir, il s'était tourné vers elle, brandissant un petit bout de bois dans sa pince à épiler pointée vers le plafond. « Je vais aussi vite que je peux, madame Peters, avait-il déclaré. Aussi vite que je peux. Chacun doit attendre son tour. » Puis il s'était de nouveau tourné vers la porte qui lui faisait face, dans laquelle M. Desanti, le prof de maths des troisièmes, avait tenté d'insérer sa clé de force, enfonçant profondément le cure-dents dans le cylindre. « Tout le monde veut passer en premier, avait-il marmonné, suffisamment fort pour être certain que Mme Peters l'entendrait. Tout le monde veut être important. Eh bien, l'homme à la pince à épiler décrète que tout le monde doit attendre son tour. » Puis il avait renfoncé la pince dans la serrure et Mme Peters était repartie.

Ça, c'était une heure et demie plus tôt, et elle soupçonnait, à juste titre, que M. Wrigley gardait sa salle pour la fin, histoire de la punir. Elle avait vérifié à trois reprises, et la porte était toujours coincée. À chaque minute qui passait, elle avait un peu plus conscience de la Thermos de café – presque une cafetière entière – qu'elle avait vidée en attendant. Les toilettes des filles avaient des portes battantes, et étaient donc accessibles. Mais elle ne serait certainement pas obligée d'aller là-bas, songeait-elle ; il ouvrirait à coup sûr bientôt la salle des profs, et elle pourrait utiliser les toilettes mixtes, celles réservées aux enseignants. À mesure que les minutes s'écoulaient, sa colère envers M. Wrigley commença à s'étendre au principal, à la terre entière. Personne n'était-il fichu de prévoir à l'avance ? Personne n'était-il fichu d'établir des priorités ? Personne n'était-il fichu de prendre en considération les besoins humains élémentaires ? Elle abandonna son poste près de la salle de répétition et alla se planter devant la salle des profs, serrant son sac à main contre son abdomen tel un bouclier. Cinq tasses de café s'écoulaient lentement dans ses entrailles. Pendant quelques instants, elle songea à simplement retourner à sa voiture et s'en aller. Elle pouvait être chez elle en vingt-cinq minutes. Mais plus elle restait debout, plus vingt-cinq minutes semblaient longues, et plus elle était certaine que la position assise, dans n'importe quel contexte, entraînerait un désastre.

« Docteur Schwab, implora-t-elle alors que le principal passait par là. Ne pouvez-vous pas demander à M. Wrigley d'ouvrir la salle des professeurs, s'il vous plaît ? »

Le Dr Schwab avait eu une matinée difficile. Il était neuf heures quarante, et la moitié des salles de classe étaient toujours fermées à clé ; même s'il avait demandé aux enseignants de cantonner leurs élèves dans les salles ouvertes en attendant qu'elles le soient toutes, huit cents jeunes continuaient de déambuler dans les couloirs. Certains d'entre eux s'étaient installés dans les escaliers ; des groupes s'étaient formés en cercle sur la pelouse, les élèves riant, donnant des coups de pied dans des *footbags* et, dans certains cas, fumant même dans l'enceinte de l'établissement. Le principal se massa la tempe. Sous son col, son cou commençait à l'irriter, et il glissa un doigt sous sa cravate.

« Helen, répondit-il avec toute la patience dont il était capable, M. Wrigley va aussi vite que possible. En attendant, les toilettes des filles sont juste au bout du couloir. Je suis sûr que vous pouvez les utiliser pour cette fois. »

Il s'éloigna, effectuant un rapide calcul mental. Si tout le monde était dans sa salle de classe à dix heures trente – ce qui semblait optimiste –, ils pourraient organiser un emploi du temps resserré, chaque cours durant trente-quatre minutes au lieu de cinquante…

Mme Peters attendit quinze minutes de plus puis n'en put plus. Elle serra plus fort les anses de son sac, comme si ça pouvait l'aider, et trottina dans le couloir jusqu'aux toilettes des filles. C'étaient les toilettes principales, situées pile à l'endroit où le grand couloir rencontrait le grand escalier, et même un jour normal, elles étaient bondées. Mais ce jour-là, elles étaient prises d'assaut. Des garçons se tenaient en cercle devant, s'écrasant les pommes de leur déjeuner sur le front et s'encourageant mutuellement en poussant des rugissements gutturaux. Un groupe de filles était massé autour de la fontaine à eau, la moitié d'entre elles faisant mine de ne pas remarquer les garçons, l'autre moitié flirtant sans retenue avec eux. Au-dessus d'elles, une fresque représentait des requins qui regardaient la pièce avec la gueule grande ouverte. Mme Peters ressentit une brève pointe d'irritation face à leur jeunesse, leur frivolité, leur décontraction. En temps normal, elle leur aurait demandé de partir, ou aurait exigé de chacun qu'il lui montre son autorisation d'être dans le couloir, mais ce jour-là elle n'était pas en état de le faire.

Elle joua des coudes à travers la foule.

« Excusez-moi. Excusez-moi. Messieurs. Mesdemoiselles. Une professeur a besoin de passer. »

À l'intérieur, les toilettes étaient pleines à craquer. Des filles qui cancanaient, des filles qui arrangeaient leur coiffure, des filles qui se pomponnaient.

« Excusez-moi. Mesdemoiselles. Excusez-moi, mesdemoiselles. »

Toutes les filles présentes levèrent la tête, écarquillant de grands yeux face à cette intrusion.

« Bonjour, madame Peters, lui lança Lexie. Je ne savais pas que les enseignants utilisaient ces toilettes.

— La salle des profs est toujours fermée à clé », répondit-elle, d'un ton qu'elle espérait digne.

Elle remarqua que les filles autour d'elle étaient devenues silencieuses. Dans des circonstances ordinaires, elle aurait approuvé cette marque de respect, mais ce jour-là, elle aurait préféré être ignorée. Elle se retourna et prit la direction de la cabine la plus éloignée, près de la fenêtre, mais quand elle l'atteignit, elle s'aperçut qu'elle n'avait pas de porte.

« Qu'est-il arrivé à la porte ? demanda-t-elle bêtement.

— Elle est cassée, répondit Lexie. Depuis le jour de la rentrée. Il faudrait vraiment qu'ils la réparent.

On vient ici et il ne reste que trois cabines utilisables, et après on est en retard en cours. »

Mme Peters ne prit pas la peine d'écouter le reste du laïus de Lexie. Elle tira sèchement sur la porte de la cabine suivante et la claqua derrière elle. De ses mains tremblantes, elle mit le loquet en place et se débattit avec sa jupe. Mais à la vue de la cuvette en porcelaine blanche, son corps – qui attendait depuis près de deux heures et demie – ne put pas résister plus longtemps. Dans un formidable jaillissement, sa vessie lâcha, et Mme Peters sentit un écoulement chaud le long de ses jambes, et une flaque de plus en plus large se faufila sur le carrelage hors de la cabine.

De l'autre côté de la mince cloison, elle entendit quelqu'un dire : « Oh. Mon Dieu. » Puis un silence stupéfait, total. Elle resta complètement immobile, comme si – pensait-elle de façon irrationnelle – les filles à l'extérieur allaient oublier sa présence. Le silence sembla s'étirer comme du caramel. La partie humide de sa jupe et son collant trempé commençaient à être froids. Et c'est alors que les gloussements débutèrent, le genre de gloussements d'autant plus évidents qu'ils étaient étouffés. Mme Peters entendit des sacs qu'on refermait à la hâte, des pas qui se précipitaient vers le couloir, puis la porte battante s'ouvrit et se referma, et quelques instants plus tard ce fut une explosion de rires au-dehors. Elle resta longtemps dans la cabine, jusqu'à ce qu'elle entende le Dr Schwab annoncer dans les haut-parleurs que toutes les portes étaient désormais déverrouillées et que les élèves devaient regagner leur classe ou risquer une colle. Lorsqu'elle sortit, les toilettes étaient vides, et elle dissimula sa jupe tachée avec son sac à main, refusant de regarder la flaque qui s'écoulait lentement devant les éviers en direction de l'évacuation dans le coin.

Si, lors de la deuxième heure de cours, certains élèves remarquèrent que Mme Peters portait des vêtements différents, aucun ne dit un mot. Ils répétèrent Offenbach, le *Barbier* et la *25e* de Mozart avec des visages impassibles. Mais la nouvelle se propageait déjà. Quelques jours plus tard, en s'arrêtant devant la salle de classe, elle entendrait quelqu'un l'appeler « Mme Pisseuse », et des années s'écouleraient – bien après sa retraite – avant que ce surnom et son histoire, transmis de classe en classe, ne soient oubliés.

L'incident des cure-dents aurait également un effet durable sur l'école. Il n'y avait pas de caméras dans les couloirs, et personne ne semblait avoir repéré les vandales. On parla de renforcer la sécurité – certains professeurs mentionnèrent le lycée d'Euclid, qui avait récemment fait les gros titres quand on y avait installé des détecteurs de métaux à chaque entrée –, mais le sentiment général était que Shaker Heights, contrairement à Euclid, ne devrait pas avoir *besoin* d'un tel système, et l'administration décida de reléguer l'incident au rang de farce mineure. Dans l'esprit des élèves, cependant, le Jour des Cure-Dents deviendrait légendaire, et au cours des années suivantes, pendant la Semaine des Canulars des élèves de terminale, les cure-dents seraient bannis de l'école, au risque d'être collé.

Le lendemain du Jour des Cure-Dents, Izzy croisa le regard de Deja Johnson et sourit, et Deja – bien qu'elle ne se doutât pas que cet événement avait été organisé en son nom, et encore moins qu'Izzy Richardson en était l'instigatrice – lui retourna son sourire. Elles ne deviendraient pas exactement amies, mais Izzy aurait toujours le sentiment qu'il existait un lien entre elles, et chaque jour pendant le cours de musique elle mettrait un point d'honneur à lui sourire, tout en notant avec satisfaction que Mme Peters la laissait désormais tranquille.

Mais ce fut sur Izzy que l'incident eut l'effet le plus durable. Elle n'arrêtait pas de penser au sourire de Mia ce jour-là dans la cuisine, au fait qu'elle y avait perçu un penchant pour les canulars et la transgression des règles. Sa propre mère aurait été horrifiée, mais elle savait reconnaître une âme sœur, savait repérer l'étincelle subversive semblable à celle qu'elle sentait souvent brûler en elle. Alors, au lieu de rester enfermée tous les après-midi dans sa chambre, elle commença à descendre quand Mia arrivait et à traîner dans la cuisine pendant qu'elle préparait le repas – au grand amusement des autres enfants de la famille. Mais Izzy les ignorait. Elle était trop fascinée par cette femme pour s'en soucier. Et c'est ainsi que, quelques jours plus tard, Mia ouvrit la porte de la petite maison de Winslow et découvrit Izzy sur le seuil.

« Je veux être votre assistante, annonça celle-ci de but en blanc.

— Je n'ai pas besoin d'assistante, lui répondit Mia. Et je ne suis pas sûre que ça plairait à ta mère.

— Je m'en fiche. » Izzy posa la main sur le montant de la porte, comme si elle craignait que Mia ne la lui claque au nez. « Je veux juste apprendre ce que vous faites. Je pourrais mélanger vos produits chimiques ou classer vos papiers ou autre chose. N'importe quoi. »

Mia hésita.

« Je n'ai pas les moyens de m'offrir une assistante.

— Vous n'avez pas besoin de me payer. Je le ferai gratuitement. S'il vous plaît. » Izzy n'avait pas l'habitude de demander des faveurs, mais quelque chose dans sa voix indiqua à Mia qu'il s'agissait d'un besoin, pas d'un désir. « Tout ce qu'il faudra faire, je le ferai. S'il vous plaît. »

Mia regarda Izzy, cette enfant indomptable, sauvage et fougueuse, soudain timide, désabusée, désespérée. Étrangement, elle se revoyait en elle, à environ le même âge, quand elle flânait dans son quartier, escaladant clôtures et murs à la recherche de la bonne photo, dépensant impudemment l'argent de sa mère en pellicules. Déterminée presque à l'excès. Quelque chose en elle la toucha, et une flamme s'alluma.

« D'accord », dit Mia, et elle ouvrit plus grand la porte pour la laisser entrer.

8

La toute nouvelle fascination d'Izzy pour Mia s'avéra durable. Au lieu de se cloîtrer dans sa chambre avec son violon, elle marchait les deux kilomètres et demi jusqu'à la maison de Winslow après l'école, où elle trouvait Mia en plein travail. Elle l'observait, apprenant le cadrage, le développement des pellicules, le tirage. Pearl, pendant ce temps, faisait l'exact opposé, accompagnant Moody chez lui, traînant dans la véranda avec le reste des enfants Richardson. Au plus profond d'elle-même, elle était contente qu'Izzy occupe l'attention de sa mère : pendant tant d'années, elles n'avaient été que toutes les deux, et désormais elle pouvait se prélasser sur le grand canapé de ses amis avec une intense satisfaction. À cinq heures, Izzy grimpait dans la Golf et Mia les conduisait jusqu'à la maison des Richardson, où Izzy s'asseyait au bout du comptoir pendant que Mia préparait le dîner, écoutant attentivement sa fille et les autres dans la pièce d'à côté. Ce n'était que quand Mia rentrait chez elle – avec cette fois Pearl à la place du passager – qu'Izzy rejoignait ses frères et sa sœur et s'affalait sur le canapé à côté d'eux.

« Quelqu'un en pince un peu pour Mia », chantonna un jour Lexie, et Izzy roula les yeux et monta à l'étage.

Mais *en pincer* était peut-être le terme exact. Izzy buvait chaque parole de Mia, elle voulait son opinion sur tout et lui faisait confiance. En plus des bases de la photographie, elle se familiarisa avec son sens de l'esthétique et sa sensibilité. Lorsqu'elle lui demanda comment elle faisait pour savoir quelles photos assembler, Mia secoua la tête.

« Je n'en sais rien, répondit-elle. C'est... c'est ma façon d'interpréter ce que je pense. » Elle agita une main en direction du couteau X-Acto sur la table et de la photo qu'elle était en train de soigneusement découper : une file de voitures qui fonçaient sur le pont Lorain-Carnegie sous les yeux attentifs de deux énormes statues sculptées dans les piles du pont. Elle avait méticuleusement retiré chaque véhicule, ne laissant que son ombre.

« Je crains de n'avoir aucun plan, poursuivit-elle en soulevant de nouveau son couteau. Mais bon, personne n'en a vraiment, quoi qu'ils disent.

— Ma mère, si. Elle croit avoir un plan pour tout.

— Je suis sûre que ça l'aide à se sentir mieux.

— Elle me déteste.

— Oh, Izzy. Je suis certaine que non.

— Si, c'est la vérité. Elle me déteste. C'est pour ça qu'elle s'en prend à moi et pas aux autres. »

Depuis qu'elle avait commencé à travailler chez les Richardson, Mia avait noté la relation particulière entre Izzy et le reste de la famille, surtout sa mère. Il était vrai qu'Elena était plus dure avec elle : toujours à critiquer son comportement, à lui reprocher ses erreurs et ses défauts. Elle semblait avoir une plus haute idée d'Izzy que de ses autres enfants, exiger plus d'elle, tout en ignorant ses réussites pour pointer ses manquements à la place. Quant à celle-ci, avait remarqué Mia, elle semblait répondre en provoquant encore plus sa mère, en l'asticotant avec l'expertise que seul peut avoir un enfant.

« Izzy, dit-elle alors, je vais te confier un secret. Souvent, les parents ne sont pas les personnes les mieux placées pour se faire une idée juste de leurs enfants. Il y a tant de choses merveilleuses en toi. »

Elle exerça une petite pression sur le coude de la jeune fille et jeta une poignée de bouts de papier à la poubelle. Izzy fit un grand sourire. Durant ces après-midi, quand elles n'étaient que toutes les deux, cette dernière n'avait aucun mal à faire comme si Mia était sa mère, comme si la chambre au bout du couloir était la sienne, s'imaginant qu'à la tombée de la nuit elle irait y dormir, puis s'y réveillerait le matin. Pour faire comme si Pearl – à deux kilomètres et demi de là, en train de regarder la télé avec ses propres frères et sa sœur – n'existait pas, comme si cette vie lui appartenait, à elle et à elle seule. Le soir, de retour chez elle, tandis que du jazz hurlait dans la chambre de Moody, qu'Alanis Morissette gémissait dans celle de Lexie, et que la chaîne de Trip fournissait un martèlement de basse sous-jacent, Izzy s'imaginait dans la maison de Winslow : en train de lire au lit, peut-être, ou d'écrire un poème, pendant que Mia, dans le salon, travaillerait jusque tard dans la nuit. Divers chemins alambiqués pouvaient mener à ce fantasme : Pearl et elle avaient été accidentellement inversées à la naissance il y avait des années de cela ; elle avait été ramenée à la maison par ses parents, qui n'étaient donc pas ses parents, et c'était la raison pour laquelle personne dans la famille ne semblait la comprendre, la raison pour laquelle elle était si différente des autres. Désormais, dans ses rêves soigneusement tissés, elle était réunie avec sa véritable mère, et Mia lui disait : *Je savais que je te retrouverais un jour.*

Tout le monde dans la famille remarquait que le comportement d'Izzy s'était amélioré. « Elle est presque *plaisante* quand vous êtes là », dit un jour Lexie à Mia. Dans son adoration pour Mia, comme avec tout le reste, Izzy ne donnait pas dans la demi-mesure : il n'y avait rien qu'elle n'aurait fait pour elle. Et elle trouva bientôt quelque chose que – elle en était certaine – Mia désirait vraiment.

À la mi-novembre, Pearl et Moody, de même que toute leur classe d'histoire européenne contemporaine, se rendirent au musée des Beaux-Arts pour voir des tableaux. Le guide qui les accompagnait était âgé et mince, et on aurait dit que toute son énergie avait été aspirée par une paille plantée dans sa bouche en cul-de-poule. Il détestait les groupes de lycéens : les adolescents n'écoutaient pas. Les adolescents ne prêtaient attention à rien hormis à la sexualité que chacun d'entre eux dégage comme de la vapeur. Vélasquez, songeait-il ; quelques natures mortes, peut-être quelques Caravage. Certainement pas de nus. Il les mena à l'aile italienne en leur faisant faire un long détour à travers le hall principal avec ses tapisseries et ses armures dans des vitrines en verre.

Les élèves, cependant, ne faisaient guère attention aux œuvres, comme c'est souvent le cas lors des sorties scolaires. Andy Keen enfonçait son doigt entre les omoplates de Jessica Kleinman et faisait chaque fois comme si ce n'était pas lui. Clayton Booth et David Shearn parlaient de football, des chances des Raiders contre St Ignatius dans le match à venir. Jennie Levi et Tanisha McDowell ignoraient soigneusement Jason Graham et Dante Samuels, qui jaugeaient les poitrines nues sur les tableaux devant lesquels le guide les faisait passer à la hâte. Moody, qui adorait l'art, regardait Pearl en se disant – pas pour la première fois – qu'il aurait aimé être photographe pour pouvoir capturer la façon dont la lumière qui filtrait par le plafond en verre dépoli de la galerie tombait sur son visage levé et le faisait étinceler.

Pearl elle-même, bien qu'elle essayât de se concentrer sur le laïus rebattu du guide, se prit à rêvasser. Elle se rendit en marchant de biais dans la galerie suivante, une exposition temporaire sur le thème de la Vierge à l'Enfant. Depuis l'autre côté de la pièce, Moody, qui prenait consciencieusement des notes sur un Caravage, la regarda s'éloigner. Ne la revoyant pas revenir après trois, quatre, cinq minutes, il glissa son crayon dans la spirale de son cahier et la suivit.

C'était une petite pièce, avec seulement quelques douzaines d'œuvres aux murs, qui toutes représentaient la Vierge avec Jésus dans son giron. Il y avait des peintures médiévales dans des cadres dorés à peine plus grosses que des boîtiers de CD ; des esquisses grossières au crayon de statues de la Renaissance ; des tableaux plus grands que nature. L'une des œuvres était un collage postmoderne de clichés tirés de magazines people : la Vierge avait la tête de Julia Roberts, et Jésus celle de Brad Pitt. Mais c'était une photo qui subjuguait Pearl : un tirage en noir et blanc de vingt centimètres sur vingt-cinq représentant une femme sur un canapé, qui baissait les yeux en souriant vers le nouveau-né dans ses bras. Il était évident que la femme était Mia.

« Mais comment…, commença Moody.

— Je ne sais pas. »

Ils observèrent un moment la photo en silence. Moody, toujours pragmatique, se mit à rassembler des informations. Le nom de l'œuvre, à en croire la carte fixée à côté, était *Vierge à l'Enfant #1 (1982)* ; l'artiste s'appelait Pauline Hawthorne. Il griffonna ces détails dans son cahier à côté de ses notes abandonnées sur le Caravage. Il n'y avait pas de commentaires, juste une légende qui expliquait que la photo avait été prêtée pour l'exposition par la galerie Ellsworth à Los Angeles.

Pearl, de son côté, était concentrée sur l'image. C'était sa mère, manifestement un peu plus jeune et plus mince, mais avec la même charpente fine, les mêmes pommettes hautes et le même menton pointu. Il y avait le minuscule grain de beauté juste sous son œil, la cicatrice qui s'étirait comme un fil blanc sous son sourcil gauche. Il y avait ses bras élancés, qui semblaient aussi fragiles que des pattes d'oiseau, comme s'ils risquaient de se briser sous un poids trop important, mais qui pouvaient en porter plus que ceux de toutes les femmes que Pearl avait vues. Même ses cheveux étaient semblables : empilés en un chignon désordonné sur le sommet de son crâne. La beauté se dégageait d'elle par vagues, comme de la chaleur ; elle semblait étinceler sur la photo. Elle ne regardait pas l'appareil, mais était totalement absorbée par l'enfant devant elle. *Par moi*, songea Pearl. Car elle était certaine que c'était elle sur le cliché. Quel autre bébé sa mère aurait-elle porté ? Il n'y avait pas de photos d'elle à cet âge-là, mais elle se reconnaissait dans cet enfant, dans l'arête de son nez et les coins de ses yeux, dans la façon de serrer les poings qu'elle avait eue petite et que, dans sa concentration du moment, elle reproduisait sans s'en rendre compte. D'où venait cette photo ? Le canapé aux nuances grises sur lequel sa mère était assise avait pu être beige, ou bleu clair, ou même jaune canari ; la fenêtre derrière elle donnait sur un paysage flou d'immeubles élevés. La personne qui avait pris ce cliché était à seulement quelques mètres, comme si elle avait été assise dans un fauteuil tout près du canapé. Qui était-elle ?

« Mademoiselle Warren, appela Mme Jacoby dans son dos. Monsieur Richardson. » Pearl et Moody pivotèrent sur eux-mêmes, le visage fourmillant de chaleur. « Si vous êtes prêts à continuer, toute la classe vous attend. »

Et, en effet, les élèves étaient rassemblés à l'extérieur de la pièce, cahiers désormais refermés, scrupuleusement chaperonnés par le guide, ricanant et murmurant tandis que Moody et Pearl approchaient.

Pendant le retour en bus, des blagues commencèrent à circuler sur ce que Pearl et Moody avaient été en train de faire. Ce dernier vira au rouge pivoine et s'enfonça dans son siège, faisant mine de ne pas entendre, tandis que Pearl regardait dehors, indifférente. Elle ne prononça pas un mot jusqu'à ce que le bus atteigne le parking qui entourait l'école et que les élèves commencent à en descendre l'un après l'autre.

« Je veux y retourner », dit-elle à Moody tandis qu'ils sortaient du bus.

Et c'est ce qu'ils firent, l'après-midi même, après les cours, persuadant Lexie de les conduire parce qu'il n'y avait aucun autre moyen pratique de s'y rendre, et laissant Izzy les accompagner car dès qu'elle avait entendu les mots *Mia* et *photo* elle avait insisté pour venir. Moody, qui s'était chargé de convaincre Lexie, ne lui avait pas dit ce qu'ils voulaient voir, et lorsqu'elle pénétra dans la galerie, elle resta bouche bée.

« Ouah ! fit-elle. Pearl... c'est ta mère. »

Ils examinèrent tous les quatre la photo : Lexie depuis le milieu de la pièce, comme si elle avait besoin de distance pour mieux voir ; Moody l'écrasant presque avec son nez, comme s'il allait trouver une réponse entre les pixels, se penchant si près qu'il déclencha une alarme. Pearl se contentait de la regarder fixement, et Izzy était captivée par l'image de Mia. Sur le cliché, elle était aussi lumineuse qu'une pleine lune par une nuit claire. *Vierge à l'Enfant #1*, lut-elle sur l'affichette, et elle se laissa aller à imaginer un instant que le bébé dans les bras de Mia, c'était elle.

« C'est tellement dingue, déclara finalement Lexie. Bon Dieu, c'est tellement dingue. Que fait ta mère sur une photo dans un *musée* ? Elle est secrètement célèbre ?

— Les personnes sur les photos ne sont pas célèbres, intervint Moody. Ce sont celles qui les prennent qui le sont.

— Peut-être qu'elle a été la muse d'un artiste connu. Comme Patti Smith et Robert Mapplethorpe. Ou Edie Sedgwick et Andy Warhol. » Lexie avait suivi un cours d'histoire de l'art au musée l'été précédent. Elle se redressa. « Eh bien, demandons-lui, dit-elle. On va simplement lui demander. »

Et c'est ce qu'ils firent dès qu'ils furent à la maison, pénétrant comme un seul homme dans la cuisine où Mia venait de finir de préparer un poulet pour le dîner.

« Où étiez-vous ? demanda-t-elle quand ils entrèrent. Je suis arrivée à cinq heures et il n'y avait personne.

— On est allés au musée », commença Pearl, puis elle hésita.

Elle avait l'impression que quelque chose clochait, le même sentiment que quand on pose le pied sur une marche branlante, juste avant qu'elle cède sous notre poids. Moody, Izzy et Lexie étaient massés autour d'elle, et elle s'imaginait comment ils devaient regarder sa mère, impatients et écarquillant de grands yeux curieux.

Lexie lui donna un petit coup dans le dos.

« Demande-lui.

— Me demander quoi ? »

Mia plaça le poulet dans une cocotte et alla se laver les mains à l'évier, et Pearl, comme si elle sautait d'un plongeoir très élevé, se lança.

« Il y a une photo de toi, déclara-t-elle soudain. Au musée. Une photo de toi sur un canapé tenant un bébé. »

Mia leur tournait toujours le dos, l'eau coulant sur ses mains, mais les quatre enfants virent un raidissement dans sa posture, comme si une corde avait été tirée. Elle ne se retourna pas et continua de frotter l'espace entre ses doigts.

« Une photo de moi, Pearl ? Dans un musée ? Tu veux dire, de quelqu'un qui me ressemble.

— C'était vous, déclara Lexie. C'était bien vous. Avec cette petite tache sous votre œil, la cicatrice à votre sourcil et tout. »

Mia toucha son front, comme si elle avait oublié l'existence de cette cicatrice, et une goutte d'eau chaude et savonneuse coula sur sa tempe. Elle rinça alors ses mains et coupa le robinet.

« Je suppose que ça *pouvait* être moi », dit-elle. Elle se retourna, commença à se sécher les mains au torchon, et Pearl fut chagrinée de constater que le visage de sa mère était soudain devenu crispé et renfermé. C'était troublant, comme voir une porte qui aurait toujours été ouverte soudain fermée. Pendant un moment, Mia ne ressembla plus du tout à sa mère.

« Vous savez, les photographes cherchent constamment des modèles. Beaucoup d'étudiants des beaux-arts le faisaient.

— Mais vous vous en souviendriez, insista Lexie. Vous étiez assise sur un canapé dans un bel appartement. Avec Pearl sur les genoux. La photographe était... »

Elle se tourna vers Moody.

« Comment elle s'appelait ?

— Hawthorne. Pauline Hawthorne.

— Pauline Hawthorne, répéta Lexie, comme si Mia avait pu ne pas entendre. Vous devez vous en souvenir. »

Mia secoua le torchon d'un rapide mouvement du poignet.

« Lexie, je ne peux vraiment pas me souvenir de tous les petits boulots que j'ai eus. Tu sais, quand tu es fauchée, tu fais beaucoup de choses simplement pour essayer de joindre les deux bouts. Je me demande si tu peux imaginer ce que c'est. »

Elle se tourna de nouveau vers l'évier, mit le torchon à sécher, et Pearl comprit qu'elle s'y était mal prise. Elle n'aurait jamais dû poser la question à sa mère comme ça, dans la maison des Richardson avec ses plans de travail en granit, son réfrigérateur en inox et son carrelage italien en *terracotta*, devant les enfants Richardson dans leurs épais anoraks North Face aux couleurs vives, surtout devant Lexie, qui avait toujours les clés de son Explorer à la main. Si elle avait attendu qu'elles soient seules, chez elles dans la petite cuisine de leur demi-maison de Winslow Road, assises sur leurs chaises dépareillées face à l'unique panneau restant de leur table de récupération, peut-être qu'elle lui aurait répondu. Elle comprenait déjà son erreur : c'était une affaire privée, une telle chose aurait dû rester entre elles, et en incluant les Richardson, elle avait franchi une limite qu'elle n'aurait pas dû franchir. Maintenant, tandis qu'elle regardait la mâchoire serrée et les yeux ternes de sa mère, elle savait qu'il était inutile de poser d'autres questions.

Lexie, pour sa part, était satisfaite de l'explication de Mia. « Ironique, non ? » dit-elle en haussant les épaules tandis qu'ils quittaient la cuisine, et Pearl laissa passer sans prendre la peine de lui dire que ce n'était pas ce qu'*ironique* signifiait. Elle était heureuse de laisser tomber le sujet. Sur le chemin du retour, et pendant le restant de la soirée, sa mère demeura étrangement silencieuse, et elle regretta de l'avoir évoqué. Pearl avait toujours eu conscience de l'argent – dans leur situation, comment faire autrement ? –, mais elle n'avait jusqu'alors jamais songé à ce que ça avait dû être pour Mia de tenter de s'en sortir avec un enfant en bas âge. Elle se demanda ce que sa mère avait fait d'autre pour survivre – pour qu'elles puissent toutes les deux survivre – durant ses premières années. Elle n'était jamais de sa vie allée au lit sans que Mia vienne l'embrasser et lui souhaiter une bonne nuit, mais ce soir-là c'est ce qui se passa, et Mia resta assise dans le salon dans une flaque de lumière, le visage toujours fermé, perdue dans ses pensées.

Le lendemain matin, Pearl fut soulagée en entrant dans la cuisine d'y trouver Mia qui préparait des toasts comme à son habitude et faisait comme si rien ne s'était produit la veille. Mais cette histoire de photo flottait dans l'air comme une mauvaise odeur, et Pearl remisa ses questions au fond de son esprit et résolut de ne plus en parler, du moins pour le moment.

« Tu veux que je fasse du thé ? » demanda-t-elle.

* * *

Izzy, cependant, était déterminée à avoir des réponses. Il était clair que cette photo recelait quelque secret à propos de Mia, et elle se promit de le découvrir. Comme elle était en première année, elle n'avait pas d'heures de libres dans son emploi du temps, mais elle consacra de nombreuses pauses-déjeuner à faire des recherches à la bibliothèque. Elle chercha Pauline Hawthorne dans le catalogue et trouva quelques livres sur l'histoire de l'art. Apparemment, elle avait été assez connue. « Une pionnière de la photographie américaine moderne », ainsi qu'elle était décrite dans un ouvrage. Un autre l'appelait « Cindy Sherman avant que Cindy Sherman soit Cindy Sherman ». (À ce stade, Izzy fit un bref détour pour se renseigner sur Cindy Sherman et passa tellement de temps à examiner ses photos qu'elle faillit être en retard en cours.)

Le travail de Pauline Hawthorne, apprit-elle, était connu pour son immédiateté et son intimité, pour les questions qu'il posait sur la représentation de la féminité et de l'identité. « Pauline Hawthorne nous a ouvert la voie à moi et aux autres femmes photographes », avait déclaré Cindy Sherman dans un portrait. Izzy étudia les reproductions de ses photos : sa préférée représentait une femme et sa fille sur une balançoire, l'enfant battant tellement des jambes que les chaînes formaient un arc, défiant la gravité, la femme tendant les bras comme pour repousser l'enfant ou la retenir désespérément. Ces clichés éveillaient des sentiments qu'elle ne parvenait pas vraiment à mettre en mots, ce qui, décida-t-elle, devait signifier que c'étaient de véritables œuvres d'art.

Elle passa en revue toutes les entrées pour Pauline Hawthorne qu'elle trouva dans le catalogue jusqu'à reconstituer une biographie rudimentaire : elle était née en 1947 dans le New Jersey, avait étudié à l'université de Garden State, montré pour la première fois ses œuvres à New York en 1970, et eu sa première exposition solo en 1972. Ses photos, apprit Izzy, avaient été parmi les plus recherchées dans les années 1970. L'entrée de l'encyclopédie comportait une photo de l'artiste, une femme élancée avec de grands yeux sombres et des cheveux argentés coupés en un carré strict. On aurait dit une prof de maths.

Elle découvrit que Pauline Hawthorne était morte d'un cancer du cerveau en 1982. Izzy prit place à l'un des deux ordinateurs de la bibliothèque, attendit que le modem se connecte, et entra le nom de Pauline dans AltaVista. Elle trouva d'autres photos – le musée Getty en possédait une, le MoMA trois –, quelques articles analysant son travail, et une notice nécrologique du *New York Times*. Rien d'autre. Elle tenta sa chance dans les deux antennes de la bibliothèque publique, trouva quelques livres de photographie supplémentaires et plusieurs articles sur microfiche, mais ils n'ajoutaient rien de nouveau. Quel était le lien entre Pauline Hawthorne et Mia ? Peut-être cette dernière avait-elle simplement été son modèle, comme elle l'affirmait ; peut-être avait-elle juste posé pour elle par hasard. Mais ça ne satisfaisait pas Izzy, qui sentait qu'il s'agissait d'une coïncidence improbable.

Finalement, elle se tourna vers la seule source qui lui vint à l'esprit : sa mère. Celle-ci était journaliste, du moins sur le papier. Certes, elle couvrait principalement des petits événements, mais les journalistes savaient dénicher des informations. Ils avaient des connexions, des outils de recherche qui n'étaient pas accessibles à tout le monde. Depuis son enfance, Izzy avait été férocement, obstinément indépendante ; elle refusait de demander de l'aide pour quoi que ce soit. Seul le désir profond d'élucider le mystère derrière cette photo pouvait la convaincre de demander à sa mère.

« Maman, dit-elle un soir, après plusieurs jours de recherches infructueuses. Tu peux m'aider pour quelque chose ? »

Mme Richardson l'écouta d'une oreille, comme elle le faisait toujours avec Izzy. Elle avait un papier à finir en urgence sur la foire aux plantes annuelle du Nature Center local.

« Izzy, ce n'est probablement même pas la mère de Pearl sur cette photo. Ça pourrait être n'importe qui. Quelqu'un qui lui ressemble. Je suis sûre que c'est juste une coïncidence.

— Non, insista Izzy. Pearl aussi savait que c'était sa mère. Tu veux bien te renseigner ? Appeler le musée ou je ne sais quoi ? Voir ce que tu peux trouver. S'il te plaît. » Elle n'avait jamais été douée pour caresser les gens dans le sens du poil – elle avait toujours estimé que la flatterie était une forme de mensonge –, mais elle voulait tellement savoir. « Je suis sûre que tu peux apprendre des choses. Tu es *reporter*. »

Mme Richardson capitula.

« D'accord. Je vais voir ce que je peux trouver. Mais ça va devoir attendre. Je dois d'abord rendre cet article demain. » Puis elle ajouta, tandis qu'Izzy dansait vers la porte avec une joie à peine contenue : « Ce n'est probablement rien, tu sais. »

Les mots de sa fille – *tu es reporter* – avaient touché la corde sensible, comme un doigt appuyé sur un vieux bleu. Mme Richardson avait voulu être journaliste toute sa vie, bien avant les tests d'aptitude que leur conseillère d'éducation leur avait fait passer au lycée. « Les journalistes, avait-elle expliqué lors d'un laïus sur les carrières, chroniquent notre vie

quotidienne. Ils révèlent des vérités et des informations que le public mérite de connaître, et ils laissent
une trace pour la postérité, afin que les générations
futures puissent apprendre de nos erreurs et s'améliorer
grâce à nos réussites. » D'aussi loin qu'elle se souvînt, sa propre mère avait toujours été occupée par un
comité ou un autre, demandant plus de financements
pour les écoles, plus d'équité, plus de justice, et elle
emmenait sa jeune fille avec elle. « Les changements
n'arrivent pas tout seuls, lui avait-elle toujours dit,
faisant écho à la devise de Shaker. Ils doivent être
planifiés. » En cours d'histoire, quand la jeune Elena
avait appris l'expression *noblesse oblige*, elle l'avait
immédiatement comprise. Le journalisme lui semblait
une vocation noble qui pouvait permettre de faire le
bien depuis le cœur du système, et dans son esprit
elle se représentait un mélange de Nellie Bly et de
Lois Lane. Après avoir travaillé au journal du lycée
pendant plusieurs années – et avoir atteint la fonction
de rédactrice en chef adjointe –, devenir journaliste lui
avait semblé non seulement possible, mais inévitable.

Elle avait fini deuxième de sa classe et avait pu
choisir son université : une bourse complète à Oberlin,
une partielle à Denison, des acceptations à travers
tout l'État, de Kenyon à Kent State en passant par
Wooster. Sa mère était en faveur d'Oberlin et l'avait
incitée à y postuler en premier, mais quand Elena avait
visité le campus, elle s'était immédiatement sentie
mal à l'aise. Les dortoirs mixtes l'avaient troublée,
tous les hommes en sous-vêtements, les filles en peignoir, la conscience qu'à tout moment un garçon pouvait débarquer dans votre chambre – ou, pire encore,

dans la salle de bains. Sur les marches de l'un des bâtiments, trois étudiants à cheveux longs portant des dashikis jouaient de la flûte à coulisse ; sur la pelouse, d'autres brandissaient des affiches en signe de protestation silencieuse : « Oui aux acides, non aux bombes. Bombarder au nom de la paix est comme baiser au nom de la virginité. » Pour Elena, c'était comme un pays étranger où les règles ne s'appliquaient pas. Elle avait eu envie de se gratter, comme si le campus était un pull qui la démangeait.

Alors elle était allée à Denison l'automne suivant, s'étant planifié un avenir ambitieux et illustre. Le deuxième jour de cours, elle avait rencontré Billy Richardson, un type grand et beau dans la veine de Clark Kent, et à la fin du mois ils sortaient ensemble. Ils avaient chastement fait des projets d'avenir – après leur diplôme, un mariage en blanc à Cleveland, une maison à Shaker, beaucoup d'enfants, la fac de droit pour lui, un poste de journaliste en herbe pour elle, projets qu'ils avaient suivis à la lettre. Peu après leur mariage et leur installation dans une maison de location à Shaker, M. Richardson avait débuté la fac de droit, et sa femme s'était vu proposer un poste de reporter junior au *Sun Press*. C'était un petit journal, centré sur les infos locales, et le salaire était proportionnellement bas. Pourtant, avait-elle décidé, c'était un point de départ assez prometteur. Avec le temps, elle serait peut-être en mesure de passer au *Plain Dealer*, le « véritable » journal de Cleveland – même si, évidemment, elle ne voudrait jamais quitter Shaker car elle ne pouvait imaginer élever une famille ailleurs.

Elle avait scrupuleusement couvert les conférences de presse locales, la politique municipale, les effets de chaque chose au niveau régional, depuis les ponts jusqu'à la plantation des arbres, partageant les responsabilités avec un autre journaliste junior, Dwight, qui avait un an de moins qu'elle. Ses employeurs étaient accommodants, et elle avait pu prendre six semaines de congé maternité après la naissance de Lexie, puis après celles de Trip et de Moody. Quand Izzy était arrivée, cependant, Mme Richardson était toujours au *Sun Press* – journaliste senior, mais toujours reléguée aux histoires de second ordre, aux infos mineures, alors que Dwight, pendant ce temps, avait déménagé à Chicago pour occuper un poste à la *Tribune*. Était-ce à cause des congés qu'elle avait pris, ou bien du fait qu'elle n'avait – comme elle commençait à s'en rendre compte – aucun désir de s'attaquer aux histoires difficiles et aux tragédies ? Elle n'en serait jamais tout à fait certaine, mais plus le temps passait, moins il semblait probable qu'elle puisse aller ailleurs, et c'était devenu l'histoire de l'œuf et de la poule. Personne au *Plain Dealer*, ni dans aucun autre journal, d'ailleurs, ne semblait intéressé par une journaliste approchant de la quarantaine, avec quatre enfants et toutes les obligations que cela supposait, qui n'avait jamais couvert une histoire importante, et peu importait de savoir si c'était l'œuf ou la poule.

Alors elle était restée. Elle s'était concentrée sur les histoires qui faisaient du bien, les comptes rendus flatteurs de choses qui allaient dans le bon sens : la nouvelle politique de recyclage, la rénovation de la bibliothèque, la cérémonie d'inauguration du nouveau terrain de jeux juste derrière. Elle avait couvert l'investiture du nouveau gérant municipal (« solennelle ») et la parade d'Halloween (« endiablée »), l'ouverture d'une librairie à prix réduit au Van Aken Center (« un ajout indispensable à la zone commerciale de Shaker »), le débat sur la pulvérisation du bombyx disparate (« animé, des deux côtés »). Elle avait chroniqué la production de *Grease* à l'église unitarienne et celle de *Blanches colombes et vilains messieurs* au lycée : « Enjouée », avait-elle écrit de l'une ; « Asseyez-vous, ils font des vagues ! » avait-elle affirmé de l'autre. Elle s'était fait une réputation de femme sur qui on pouvait compter et qui faisait bien son travail, quoique – même si personne ne le disait à haute voix – un peu routinière, plutôt convenue, et terriblement *gentille*. Shaker Heights était un endroit sûr, moyennant quoi les nouvelles étaient proportionnellement insipides. Ailleurs dans le monde, des volcans entraient en éruption, des gouvernements se formaient et s'effondraient et négociaient des otages, des fusées explosaient, des murs tombaient. Mais à Shaker Heights, la vie était paisible, et les émeutes, les bombes et les tremblements de terre étaient des petits chocs amortis, étouffés par la distance. Sa maison était grande ; ses enfants étaient en sécurité, heureux et bien éduqués. C'était, se disait-elle, à peu près ce qu'elle avait planifié toutes ces années auparavant.

La requête d'Izzy, cependant, apportait de la nouveauté. C'était intrigant, ou du moins intéressant. Un sujet qui valait peut-être enfin la peine qu'elle enquête dessus.

Fidèle à sa parole, Mme Richardson rendit son papier et se pencha sur la mystérieuse photo. Lors de sa pause-déjeuner du lendemain, elle s'arrêta au musée pour la voir de ses yeux. Jusqu'alors, elle avait été certaine qu'Izzy s'imaginait des choses, mais elle avait dit vrai : c'était indéniablement Mia. Sur une photo de Pauline Hawthorne ! Elle avait naturellement entendu parler de cette photographe. Qu'est-ce que c'était que cette histoire ? Elle continua de s'interroger tandis qu'elle glissait un billet de cinq dollars plié en deux dans la boîte de donations du musée et se dirigeait vers sa voiture, sincèrement intriguée.

Elle commença par appeler la galerie qui avait prêté le cliché pour l'exposition. Oui, lui répondit le propriétaire, ils avaient acheté la photo en 1982 à un marchand de New York. C'était peu de temps après la mort de Pauline, et la mise en vente de ce tirage jusqu'alors inconnu avait entraîné une grande excitation dans le monde de l'art. Les enchères avaient été féroces, et ils avaient été heureux de l'obtenir pour cinquante mille dollars – vraiment, une affaire. Oui, la photo avait été catégoriquement attribuée à Pauline Hawthorne : le marchand avait vendu nombre de ses œuvres au fil des ans, et celle-là – le seul tirage, leur avait-on dit – avait été signée par Pauline elle-même au dos. Non, l'ancien propriétaire de la photo était anonyme, mais ils seraient heureux de communiquer à Mme Richardson le nom du marchand d'art.

Mme Richardson le nota – une certaine Anita Rees – et, après un rapide coup de fil aux renseignements de New York, obtint le numéro de sa galerie à Manhattan. Anita Rees, lorsqu'elle l'eut au téléphone, s'avéra être une New-Yorkaise typique : brusque, parlant vite et sûre d'elle.

« Pauline Hawthorne ? Oui, je suis sûre que oui. Je l'ai représentée pendant des années. »

Mme Richardson entendit dans le téléphone le hurlement distant d'une sirène qui passait puis s'éloignait. Dans son esprit, ça avait toujours été le son de New York : des klaxons, des camions, des sirènes. Elle y était allée une fois, quand elle était étudiante, à l'époque où il fallait serrer à deux mains son sac, et elle n'avait rien osé toucher dans le métro, pas même la barre pour se tenir. Et c'était ainsi que la ville était restée gravée dans son souvenir.

« Mais cette photo, dit Mme Richardson, a été vendue après la mort de Pauline. Par quelqu'un d'autre. Elle représente une femme qui tient un bébé. Elle s'appelle *Vierge à l'Enfant #1*. »

La ligne téléphonique devint soudain tellement silencieuse qu'elle crut que la communication avait été coupée. Mais après un moment, Anita Rees reprit la parole.

« Oui, je m'en souviens.

— Je me demandais juste si vous pourriez me donner le nom de la personne qui l'a vendue. »

Quelque chose de nouveau transparut dans la voix d'Anita : du soupçon.

« D'où avez-vous dit que vous appeliez ?

— Mon nom est Elena Richardson. »

155

Elle hésita un instant.

« Je suis journaliste au *Sun Press*, à Cleveland, Ohio. J'enquête pour un article.

— Je vois. » Nouvelle pause. « Je suis désolée, mais le vendeur original de cette photo a souhaité demeurer anonyme. Pour des raisons personnelles. Je ne suis pas libre de vous donner son nom. »

Mme Richardson tordit le coin de son carnet de contrariété.

« Je comprends. En fait, ce qui m'intéresse vraiment, c'est le sujet de la photo. Auriez-vous des informations sur l'identité de cette femme ? »

Cette fois, impossible de s'y tromper : un silence assurément méfiant, et quand Anita parla de nouveau, ce fut d'une voix un peu glaciale.

« J'ai peur de ne rien avoir à partager à ce sujet. Bonne chance pour votre article. »

La communication s'interrompit avec un petit clic.

Mme Richardson reposa le téléphone. En tant que journaliste, elle avait l'habitude de se faire raccrocher au nez, mais cette fois ça l'irrita plus que d'ordinaire. Peut-être qu'il y avait quelque chose dans tout ça, quelque étrange mystère qui attendait d'être élucidé. Elle jeta un coup d'œil à son écran, où un article à moitié achevé – « Gore doit-il briguer la présidence ? Les habitants donnent leur point de vue » – attendait.

Les collectionneurs d'art étaient souvent discrets, pensa-t-elle. Surtout quand il était question d'argent. Cette Anita Rees ne savait peut-être rien sur cette photo, hormis le montant de sa commission. Et puis, qui l'avait entraînée dans cette voie de garage, de toute manière ? Izzy. Sa fille écervelée et intenable, celle qui réagissait toujours au quart de tour et était encline aux indignations furieuses sans la moindre raison.

Rien que ça, songeait-elle, c'était le signe qu'elle faisait fausse route. Elle rouvrit son carnet à la page sur le vice-président et se mit à pianoter sur son clavier.

9

Mme Richardson demeura irritée par Izzy pendant le restant de la semaine, même si, pour être honnête, elle lui en voulait toujours pour une raison ou pour une autre. Les racines de son irritation étaient longues, tentaculaires et profondes. Ce n'était cependant pas – contrairement à ce qu'Izzy supposait et à ce que Lexie, quand elle voulait être méchante, affirmait – parce qu'elle avait été un accident, n'avait pas été désirée. En fait, c'était exactement l'inverse.

Mme Richardson avait toujours voulu une grande famille. Ayant elle-même été enfant unique, elle avait grandi avec un désir de frères et de sœurs en enviant ses amies comme Maureen O'Shaughnessy qui ne retrouvaient jamais une maison vide et semblaient toujours avoir quelqu'un à qui parler. « Ce n'est pas si génial que ça, lui avait assuré cette dernière, surtout quand on a des frères. » Maureen, à quinze ans, était l'aînée, et Katie, à deux, la benjamine, et entre elles il y avait six garçons, mais Elena était persuadée que même six frères valaient mieux que grandir seule. « Beaucoup d'enfants, avait-elle dit à Billy quand ils s'étaient mariés, au moins trois ou quatre. Et rapprochés les uns des autres », avait-elle ajouté en pensant une fois de plus aux O'Shaughnessy, au fait qu'il y avait quasiment chaque année un nouvel enfant de la famille à l'école. Tout le monde les connaissait ; ils étaient une dynastie à Shaker Heights, un clan énorme dont les membres turbulents et incroyablement beaux semblaient toujours bronzés, les cheveux au vent, comme les Kennedy. M. Richardson, qui avait lui-même deux frères, avait accepté.

Alors ils avaient d'abord eu Lexie, en 1980, puis Trip l'année suivante et Moody celle d'après, et Mme Richardson avait été secrètement fière de voir que son corps était si fertile, si endurant. Elle marchait avec Moody dans sa poussette pendant que Lexie et Trip lui emboîtaient le pas, chacun agrippant sa jupe comme des éléphanteaux suivant leur mère, et les gens dans la rue marquaient un temps d'arrêt : cette jeune femme élancée ne pouvait pas avoir porté trois enfants, si ? « Juste un de plus », avait-elle dit à son mari. Ils étaient convenus de les avoir tôt, pour qu'ensuite Mme Richardson puisse retourner au travail. Dans un sens, elle aurait aimé rester à la maison, simplement être avec ses enfants, mais sa mère avait toujours méprisé les femmes au foyer. « Elles gâchent leur potentiel, affirmait-elle d'un ton dédaigneux. Tu as une tête bien faite, Elena. Tu ne vas pas juste rester à la maison et tricoter, n'est-ce pas ? » Une femme moderne, avait-elle toujours laissé entendre, pouvait – non, devait – *tout avoir*. Alors, après chaque naissance, Mme Richardson avait repris le travail, rédigeant les gentils articles que son rédacteur demandait, puis elle rentrait à la maison pour dorloter ses petits, attendant l'arrivée du prochain.

Ce n'est qu'avec Izzy que l'enchantement avait pris fin. Tout d'abord, Mme Richardson avait eu de terribles nausées matinales, des crises de vertige et des vomissements qui ne s'étaient pas arrêtés après le premier trimestre mais avaient continué sans diminuer – voire avec encore plus d'intensité – au fil des semaines. Lexie avait près de trois ans, Trip deux et Moody un, et avec trois marmots à la maison et Elena affaiblie, les Richardson avaient estimé nécessaire d'engager une femme de ménage – un luxe auquel ils s'habitueraient et qu'ils conserveraient jusqu'à l'adolescence de leurs enfants, jusqu'à Mia. « C'est le signe d'une grossesse saine », avaient affirmé les médecins à Mme Richardson. mais quelques semaines après avoir engagé la femme de ménage, elle s'était mise à saigner et avait été alitée. Malgré ces précautions, Izzy était née peu après, faisant son apparition – avec onze semaines d'avance – une heure après l'arrivée de sa mère à l'hôpital.

Mme Richardson ne conserverait des mois suivants qu'un souvenir effroyablement flou. Des détails logistiques elle se souvenait à peine. Elle revoyait Izzy recroquevillée dans une boîte en verre, un entrelacs de veines violettes sous une peau couleur saumon. Elle se rappelait avoir regardé son plus jeune enfant par les hublots de l'incubateur, collant presque son nez à la paroi pour s'assurer qu'Izzy respirait encore. Elle se rappelait les allers-retours entre la maison et l'hôpital dès qu'elle pouvait laisser les trois plus grands aux mains expertes de la femme de ménage – sieste,

déjeuner, une heure par-ci par-là – et, quand les infirmières le permettaient, elle se rappelait avoir tenu Izzy
tout contre elle : d'abord entre ses deux mains, puis
dans le creux entre ses seins, et finalement – à mesure
qu'Izzy avait pris des forces et du poids et commencé
à ressembler plus à un bébé – dans ses bras.

Car Izzy avait grandi : malgré son arrivée précoce,
elle avait démontré une ténacité que même les médecins avaient remarquée. Elle tirait sur son intravei-
neuse ; elle arrachait sa sonde alimentaire. Quand les
infirmières venaient la changer, elle donnait des coups
avec ses pieds gros comme des pouces et braillait si fort
que les bébés des incubateurs voisins se réveillaient et
se joignaient à elle. « Ses poumons vont parfaitement
bien », avaient dit les médecins aux Richardson, tout en
les avertissant qu'une foule d'autres complications pouvaient survenir : jaunisse, anémie, problèmes de vue,
perte de l'audition. Retard mental. Malformation car-
diaque. Épilepsie. Infirmité motrice cérébrale. Quand
Izzy serait finalement rentrée à la maison – deux
semaines après la date prévue pour son terme –, cette
liste serait l'une des rares choses dont Mme Richardson
se souviendrait de son séjour à l'hôpital. Une liste de
troubles dont elle chercherait la trace chez sa fille pendant la décennie qui suivrait : Izzy était-elle étourdie ou
devenait-elle aveugle ? Ignorait-elle sa mère par entêtement ou devenait-elle sourde ? Sa peau était-elle un peu
jaune ? Ou alors un peu pâle ? Si la main d'Izzy, tandis
qu'elle empilait les anneaux de son jouet, était hési-
tante, Mme Richardson agrippait les accoudoirs de son
fauteuil. Était-ce un tremblement, ou juste une enfant
qui apprenait laborieusement à utiliser ses doigts ?

Tous les souvenirs de l'hôpital que Mme Richardson avait écartés de son esprit – tout ce qu'elle pensait avoir oublié –, son corps en gardait la mémoire au niveau cellulaire : les crises d'anxiété, la crainte qui était présente chaque fois qu'elle pensait à Izzy. L'attention microscopique portée à chacun des gestes de sa fille, qu'elle observait sous tous les angles à la recherche de signes de faiblesse ou de désastre. Était-elle simplement mauvaise en orthographe, ou était-ce une déficience mentale ? Son écriture était-elle peu soignée, était-elle juste mauvaise en arithmétique, ses caprices étaient-ils normaux, ou bien y avait-il quelque chose de plus grave ? Au fil du temps, l'inquiétude s'était détachée de la peur et avait eu une vie propre. Elle avait appris, avec la naissance d'Izzy, que l'existence pouvait suivre son petit bonhomme de chemin puis, sans prévenir, dévier spectaculairement de sa course. Chaque fois que Mme Richardson regardait sa fille, cette sensation qu'elle ne contrôlait plus rien la saisissait, comme un muscle qu'elle ne parvenait pas à décrisper.

« Izzy, assieds-toi droite », disait-elle à la table du dîner tout en pensant : *Scoliose. Infirmité motrice cérébrale.* « Izzy, calme-toi. » Même si elle ne l'aurait jamais exprimé tout à fait de cette manière, son inquiétude avait commencé à se teinter de ressentiment. « La colère est le garde du corps de la peur », affirmait une affiche à l'hôpital, mais Mme Richardson ne l'avait jamais remarquée ; elle était trop occupée à se dire : *Ce n'était pas censé se passer ainsi.* « Après tous les soucis que tu as causés... », commençait-elle parfois quand Izzy se comportait mal. Elle n'achevait jamais la phrase, même dans son esprit, mais la vieille anxiété coulait dans ses veines. Izzy elle-même ne se souviendrait que de sa mère disant : *Non, non, Izzy, pourquoi ne peux-tu pas m'écouter, Izzy, sois sage, Izzy, pour l'amour de Dieu, non, es-tu folle ?* – fixant les limites que sa fille osait repousser.

Si Izzy avait été différente, tout ça l'aurait peut-être rendue prudente, ou neurasthénique, ou paranoïaque. Mais elle était née pour provoquer, et à mesure qu'elle avait grandi – sans aucun signe d'épilepsie ni d'infirmité, avec une vision et une audition excellentes, et un esprit clairement agile –, plus sa mère l'avait observée, plus cette attention l'avait irritée. Un jour qu'ils étaient allés à la piscine, Lexie, Trip et Moody avaient été autorisés à barboter dans la partie la moins profonde, mais Izzy – alors âgée de quatre ans – avait dû rester assise sur une serviette, tartinée d'écran solaire, à l'ombre d'un parasol. Après une semaine de ce traitement, elle avait plongé tête la première dans l'endroit le plus profond et avait dû être secourue par le maître-nageur. L'hiver suivant, quand ils étaient allés faire de la luge, Lexie, Trip et Moody avaient dévalé la colline en hurlant, à l'envers, sur le ventre, tous les trois en même temps, et une fois Trip était même descendu debout comme un surfeur. Mme Richardson, perchée au sommet de la colline, les encourageait et applaudissait. Puis ça avait été au tour d'Izzy, mais elle avait basculé à mi-chemin, et sa mère avait refusé de la laisser recommencer. Ce soir-là, alors que tout le monde était couché, l'enfant avait traîné la luge de Moody de l'autre côté de la rue et dévalé le talus jusqu'à la mare aux canards gelée quatre fois de suite avant qu'un voisin la remarque et appelle ses parents. À dix ans, alors que sa mère s'inquiétait parce qu'elle était difficile, se demandant si elle était anémique, Izzy s'était proclamée végétarienne. Quand Elena lui avait interdit de passer la nuit chez ses amies – « Si tu ne peux pas bien te tenir à la maison, Izzy, nous ne pouvons pas te faire confiance pour bien te tenir chez les autres » –, Izzy avait pris l'habitude de se glisser dehors la nuit et de revenir avec des pommes de pin ou des pommes sauvages ou un marron qu'elle laissait sur le comptoir de la cuisine. « Je ne sais pas du tout d'où ça vient », disait-elle le matin, tandis que sa mère lorgnait sa dernière offrande. Le sentiment que tous les enfants avaient – elle incluse – était qu'elle représentait une déception particulière pour leur mère, que, pour des raisons qu'ils ignoraient, celle-ci lui en voulait. Bien sûr, plus Izzy provoquait, plus la colère prenait le dessus pour protéger la vieille anxiété d'Elena, comme une coquille recouvrant un escargot. « Mon Dieu, Izzy, disait sans relâche Mme Richardson, qu'est-ce qui ne tourne *pas* rond chez toi ? »

M. Richardson était plus tolérant avec elle. C'était sa femme qui l'avait tenue dans ses bras, sa femme qui avait entendu tous les pronostics des médecins, les terribles avertissements sur ce que le sort pouvait lui réserver. Lui, nouvellement diplômé de la fac de droit, était occupé à faire carrière, travaillant de longues heures dans l'espoir de devenir associé dans un cabinet. À ses yeux, Izzy était un poil têtue, mais il était ravi de la voir vaillante après un début dans la vie si terrifiant. Il se réjouissait de son intelligence, de son esprit. De fait, elle le faisait penser à Elena quand celle-ci était plus jeune : il avait été attiré par cette étincelle, cette détermination, par le fait qu'elle savait toujours ce qu'elle voulait et avait un plan, par le fait qu'elle se souciait profondément du bien et du mal – cette flamme qui, après tant d'années passées dans la quiétude de la banlieue, semblait avoir été réduite à des braises. « C'est bon, Elena, lui disait-il. Elle va bien. Laisse-la tranquille. » Mme Richardson, cependant, ne pouvait pas laisser sa fille tranquille, et ça avait affecté tout le monde : Izzy qui provoquait, sa mère qui la freinait, et au bout d'un moment personne n'avait plus su comment cette dynamique avait commencé, juste qu'elle avait toujours existé.

* * *

Le week-end qui suivit l'incident de la photo, alors que Mme Richardson était toujours agacée par Izzy, les Richardson devaient se rendre à une fête d'anniversaire organisée par de vieux amis de la famille.

« Est-ce que Pearl peut nous accompagner ? demanda Moody. Ça ne dérangera pas les McCullough. Ils ont déjà invité toutes leurs connaissances.

— En plus, ça fera une personne de plus pour s'extasier devant le bébé, ajouta Izzy. Et tu sais bien que c'est le seul but de cette fête. »

Mme Richardson soupira.

« Izzy, il y a des moments où il est approprié d'inviter un ami, et d'autres qui sont réservés à la famille, déclara-t-elle. Là, c'est une fête familiale. Et Pearl ne fait pas partie de la famille. » Elle ferma sèchement son sac à main et le passa par-dessus son épaule. « Tu dois apprendre à faire la distinction. Allez, nous sommes en retard. »

Les Richardson allèrent donc seuls chez les McCullough ce week-end après Halloween. Ils arrivèrent dans deux voitures – Lexie, Trip et Moody dans l'une, M. et Mme Richardson dans l'autre, avec une Izzy renfrognée à l'arrière. Personne n'aurait pu rater la maison : des véhicules bordaient chaque côté de la rue – les McCullough étaient allés voir la police à l'avance pour lever les restrictions de stationnement – et se déversaient dans South Woodland Boulevard à proximité, et une énorme grappe de ballons de baudruche roses et blancs flottait au-dessus de la boîte à lettres.

À l'intérieur, la maison était déjà pleine à craquer. Il y avait des cocktails Mimosa et un buffet d'omelettes. Il y avait des traiteurs qui proposaient des mini-quiches et des œufs pochés dans une sauce hollandaise veloutée. Il y avait un gâteau rose et blanc à trois étages nappé de fondant et surmonté d'une figurine en sucre représentant un bébé tenant le chiffre 1 dans ses mains potelées. Et partout des guirlandes roses et blanches menaient triomphalement à la table de la cuisine, où Mirabelle, l'héroïne de la fête, était nichée dans les bras de Mme McCullough.

Mme Richardson avait déjà vu Mirabelle, naturellement, des mois auparavant, quand elle était arrivée dans cette maison. Elle et Linda McCullough avaient grandi ensemble – promotion de 1971, amies depuis qu'elles s'étaient rencontrées au cours élémentaire –, et leurs chemins avaient été joliment symétriques puisqu'elles étaient toutes deux parties étudier ailleurs avant de revenir travailler à Shaker. Seulement, alors que les Richardson avaient immédiatement eu Lexie et rapidement enchaîné avec Trip, Moody et Izzy, Mme McCullough et son mari avaient passé une décennie à essayer d'avoir un enfant avant de se décider à adopter.

« C'est simplement *providentiel*, comme disait ma mère, avait déclaré Mme Richardson à son mari en apprenant la nouvelle. Il n'y a pas d'autre mot. Tu sais ce que Mark et Linda ont traversé, toute cette attente. Enfin quoi, je parie qu'ils auraient accepté l'enfant d'une droguée au crack, bon sang. Et tout à coup l'assistante sociale les appelle à dix heures du matin pour les informer qu'une fillette asiatique a été abandonnée devant une caserne de pompiers, et à quatre heures de l'après-midi elle est chez eux. »

Elle s'y était rendue le lendemain même pour voir le bébé, et quand elle n'avait pas été occupée à gazouiller devant la fillette, Linda lui avait raconté l'histoire – comment elle avait reçu le coup de fil et avait directement filé chez Babies "R" Us pour tout acheter, depuis une garde-robe complète jusqu'à un berceau en passant par suffisamment de couches pour tenir six mois. « J'ai fait chauffer la Visa, avait ri Linda McCullough. Mark était encore en train de monter le berceau quand l'assistante sociale est arrivée avec elle. Mais regarde-la. Regarde-moi ça. Tu peux le croire ? »

Elle s'était penchée au-dessus de l'enfant et l'avait tenue tout contre elle avec une expression de pure stupéfaction.

Ça, c'était dix mois auparavant, et le processus d'adoption était désormais bien enclenché. Ils espéraient le finaliser d'ici un mois ou deux, lui expliqua Mme McCullough en lui tendant un cocktail. La petite Mirabelle était absolument adorable : elle avait un duvet de cheveux noirs surmonté d'un serre-tête en ruban rose, un visage rond et mutin avec deux énormes yeux marron qui fixaient la foule, et elle serrait entre ses doigts le collier de perles de Mme McCullough.

« Oh, on dirait une poupée ! » s'exclama Lexie.

Mirabelle tourna la tête et enfonça son visage dans le pull de Linda.

« C'est la première grosse fête que nous organisons depuis qu'elle est arrivée, déclara cette dernière tout en passant la main sur le duvet sombre de la fillette. Elle n'est pas habituée à voir autant de monde. Pas vrai, Mimi ? » Elle embrassa la paume du bébé. « Mais nous ne pouvions pas laisser passer son anniversaire sans le célébrer.

— Comment vous savez que c'est son anniversaire ? demanda Izzy. Si elle a été abandonnée et tout.

— Elle n'a pas été abandonnée, Izzy, déclara Mme Richardson. Elle a été laissée à la caserne des pompiers pour que quelqu'un la trouve. C'est très différent. Ça lui a permis d'être recueillie par cette famille très aimante.

— Mais alors vous ne connaissez pas son véritable anniversaire, n'est-ce pas ? insista Izzy. Est-ce que vous avez juste choisi une date au hasard ? »

Mme McCullough ajusta le bébé dans ses bras.

« Les assistantes sociales ont estimé qu'elle avait deux mois quand nous l'avons eue, à une ou deux semaines près. C'était le 13 janvier. Alors nous avons décidé de choisir le 30 novembre pour son anniversaire. » Elle adressa un sourire crispé à Izzy. « Nous nous estimons très chanceux d'avoir pu lui offrir un anniversaire. C'est le même jour que Winston Churchill. Et Mark Twain.

— Est-ce que Mirabelle est son vrai nom ? » demanda Izzy.

Mme McCullough se raidit.

« Son nom complet sera Mirabelle Rose McCullough, une fois que les papiers auront été réglés.

— Mais elle devait avoir un nom, avant. Vous ne savez pas ce que c'était ? »

En fait, Mme McCullough le savait. La nouveau-née avait été placée dans une boîte en carton, vêtue de plusieurs couches de vêtements et enveloppée dans des couvertures pour la protéger du froid hivernal. Il y avait également un mot dans la boîte, qu'à force d'insister Mme McCullough avait finalement été autorisée à lire. *Ce bébé s'appelle May Ling. S'il vous plaît prenez ce bébé et donnez-lui une vie meilleure.* Ce premier soir, quand l'enfant s'était finalement endormie sur leurs cuisses, M. et Mme McCullough avaient passé deux heures à feuilleter un dictionnaire des prénoms. Et ils n'avaient jamais songé, ni alors ni à aucun moment depuis, à regretter la perte de son ancienne identité.

« Il nous a semblé plus approprié de lui donner un nouveau nom pour célébrer le début de sa nouvelle vie, expliqua-t-elle. Mirabelle signifie "beauté merveilleuse". N'est-ce pas mignon ? »

De fait, en regardant ce soir-là les longs cils du nourrisson, sa petite bouche en bouton de rose entrouverte tandis qu'il était plongé dans un sommeil profond et comblé, elle et son mari s'étaient dit que rien n'aurait pu lui aller mieux.

« Quand on a eu notre chatte au refuge, on a gardé son nom, déclara Izzy en se tournant vers sa mère. Tu te souviens ? Miss Purrty ? Lexie prétendait que c'était ringard, mais tu as dit qu'on ne pouvait pas le changer, que ce serait trop perturbant pour elle.

— Izzy, réprimanda Mme Richardson. Tiens-toi bien. »

Elle fit face à Mme McCullough.

« Mirabelle a *tellement* grandi ces derniers mois. Je ne l'aurais jamais reconnue. Elle était si maigre, et maintenant regardez-la, elle est toute potelée et radieuse. Oh, Lexie, regarde ces petites joues.

— Est-ce que je peux la tenir ? » demanda cette dernière. Avec l'aide de Mme McCullough, elle cala le bébé contre son épaule. « Oh, regardez sa peau. On dirait du café au lait. »

Mirabelle tendit la main et ses doigts enlacèrent les longs cheveux de Lexie. Izzy s'éloigna avec une mine maussade.

« Je ne pige pas cette obsession, murmura Moody à l'oreille de Trip, dans le coin de la cuisine où ils s'étaient retirés avec des assiettes en carton couvertes de quiches et de pâtisseries. Ils mangent. Ils dorment. Ils font caca. Ils pleurent. Je préférerais avoir un chien.

— Mais les filles les adorent, répondit son frère. Je parie que si Pearl était ici, elle serait complètement gaga. »

Moody ne savait pas si Trip se moquait de lui ou s'il pensait réellement à Pearl. Et il ne savait pas quelle possibilité l'ennuyait le plus.

« Tu as écouté quand le prof a parlé des précautions en cours de sciences de la vie, n'est-ce pas ? demanda-t-il. Sans ça, il va y avoir des douzaines de filles qui vont se trimballer avec des bébés Trip. Quelle horreur !

— Ha, ha. » Trip s'enfourna un morceau d'œuf dans la bouche. « Inquiète-toi pour toi. Oh, mais attends, pour mettre une fille en cloque, faut qu'elle couche avec toi. »

Il jeta son assiette vide dans la poubelle et alla se chercher à boire, laissant Moody seul avec le reste de sa quiche désormais froide.

À la demande de Lexie, Mme McCullough lui fit visiter la chambre de Mirabelle : décorée en rose et en vert pâle, avec une banderole au-dessus du berceau sur laquelle son nom avait été cousu à la main.

« Elle adore ce tapis, déclara Linda en tapotant la peau de mouton au sol. On la pose là après son bain et elle se roule dessus en riant comme une folle. »

Puis ce fut la salle de jeux, une énorme chambre consacrée à ses jouets : des blocs de bois de toutes les couleurs de l'arc-en-ciel, un éléphant à bascule en velours, une étagère entière de poupées.

« La pièce à l'avant de la maison est plus grande, expliqua Mme McCullough. Mais celle-ci reçoit plus de soleil – toute la matinée et l'essentiel de l'après-midi. Donc nous avons transformé l'autre en chambre d'amis et gardé celle-ci pour que Mirabelle y joue. »

Lorsqu'ils retournèrent au rez-de-chaussée, d'autres invités étaient arrivés, et Lexie céda à contrecœur l'enfant aux nouveaux venus. Au moment de couper le gâteau, l'héroïne de la fête, épuisée par toute cette foule, dut être emmenée pour son biberon et sa sieste et, à la grande déception de Lexie, elle dormait toujours à la fin de la fête quand les Richardson reprirent la direction de chez eux.

« Je voulais encore la tenir, se plaignit-elle tandis qu'ils se dirigeaient vers leurs voitures.

— C'est un bébé, pas un jouet, Lex, observa Moody.

— Je suis sûre que Linda serait ravie si tu lui proposais de faire du baby-sitting, déclara Mme Richardson. Fais attention sur la route, Lexie. On se verra à la maison. »

Elle poussa Izzy par l'épaule en direction de l'autre véhicule.

« Et toi, tu devras être moins grossière la prochaine fois qu'on ira à une fête, ou alors tu pourras rester à la maison. Linda McCullough t'a gardée quand tu étais petite, tu sais. Elle a changé tes couches et t'a emmenée au parc. Penses-y la prochaine fois que tu la verras.

— D'accord », répondit Izzy, et elle claqua la portière.

* * *

Lexie n'eut que Mirabelle à la bouche pendant les jours qui suivirent. « C'est l'horloge biologique, dit Trip en donnant un petit coup à Brian. Fais gaffe, mec. » Brian rit avec embarras. Mais Trip avait raison, Lexie était soudain furieusement intéressée par tout ce qui touchait aux nouveau-nés, allant jusqu'à acheter chez Dillard's une robe à froufrous bleu lavande et peu pratique pour l'offrir à Mirabelle.

« Mon Dieu, Lexie, je ne me souviens pas que tu aies été aussi excitée par les bébés quand Moody et Izzy étaient petits, observa sa mère. Ni par les poupées, d'ailleurs. De fait, ajouta-t-elle en se remémorant le passé, un jour tu as enfermé Moody dans le placard à casseroles. »

Lexie roula les yeux.

« J'avais *trois* ans. »

Elle parlait encore du bébé le lundi, et quand Mia arriva dans la cuisine ce jour-là, Lexie fut ravie d'avoir un nouvel auditoire.

« Ses cheveux sont splendides, s'extasia-t-elle. Je n'ai jamais vu un enfant qui en avait autant. Tellement soyeux. Et elle a des yeux énormes – ils absorbent tout. Elle est si vive. Ils l'ont trouvée devant une caserne de pompiers, vous le croyez, ça ? Quelqu'un l'a littéralement laissée là. »

De l'autre côté de la pièce, Mia, qui essuyait les plans de travail, se figea.

« Une caserne de pompiers ? demanda-t-elle. Où ça ? »

Lexie agita la main.

« Je ne sais pas. Quelque part dans l'est de Cleveland, je crois. »

Les détails étaient moins importants à ses yeux que l'aspect romanesque et tragique.

« Et ça s'est passé quand ?

— En janvier. Quelque chose comme ça. Mme McCullough a dit que l'un des pompiers est sorti fumer une cigarette et l'a trouvée là dans une boîte en carton. »

Elle secoua la tête.

« Comme si c'était un chiot abandonné.

— Et maintenant les McCullough comptent la garder ?

— Je crois. » Lexie ouvrit le placard et attrapa une barre de céréales. « Ça fait une éternité qu'ils veulent un bébé, et soudain Mirabelle est apparue. Comme un miracle. Ça fait tellement longtemps qu'ils essaient d'adopter. Ils feront de très bons parents. »

Elle ôta l'emballage de son en-cas et le jeta à la poubelle, puis elle alla à l'étage, laissant Mia plongée dans ses pensées.

L'arrangement que Mia avait avec les Richardson payait son loyer, mais elle et Pearl avaient tout de même besoin d'argent pour les courses, l'électricité et le gaz. Elle avait donc conservé quelques services par semaine au Lucky Palace, qui, entre les salaires et la nourriture qu'elle pouvait rapporter chez elle, leur permettaient tout juste de s'approvisionner. Le restaurant employait un cuisinier, un commis, un commis de salle et une serveuse à plein temps, Bebe, qui avait commencé quelques mois avant Mia. Bebe était arrivée de Canton deux ans plus tôt, et bien que son anglais fût plutôt hésitant, elle aimait discuter avec Mia, trouvant en elle une oreille bienveillante qui ne corrigeait jamais sa grammaire ni ne semblait avoir de mal à la comprendre. Pendant qu'elles roulaient les couverts en plastique dans des serviettes pour les commandes à emporter, Bebe s'était beaucoup confiée. Mia avait très peu partagé en retour, mais elle avait appris au fil des années que les gens s'en rendaient rarement compte si vous saviez écouter – c'est-à-dire, si vous continuiez de les faire parler d'eux. Au cours des six derniers

175

mois, elle avait presque tout appris de la vie de Bebe, et c'était pourquoi le compte rendu de la fête que lui avait fait Lexie avait retenu son attention.

Car Bebe, un an plus tôt, avait eu un enfant.

« J'ai tellement peur, avait-elle dit à l'époque à Mia tout en manipulant le papier doux d'une serviette. J'ai personne pour m'aider. Je peux pas travailler. Toute la journée je tiens le bébé et je pleure.

— Où est le père ? » avait demandé Mia.

Et Bebe avait répondu : « Parti. Je lui dis que j'attends bébé, deux semaines après il disparaît. Quelqu'un m'a dit il retourné au Guangdong. Je venue ici pour lui, vous savez ? Avant, on vit à San Francisco, je travaille dans cabinet de dentiste comme réceptionniste, je gagne bien ma vie, très gentil patron. Il trouve emploi ici dans l'usine automobile, il dit, Cleveland agréable, Cleveland pas cher, San Francisco trop cher, on peut acheter une maison, avoir un jardin. Alors je le suis ici et après… »

Elle était restée un moment silencieuse, puis avait déposé une serviette soigneusement enroulée, avec des baguettes, une fourchette et un couteau à l'intérieur, sur la pile.

« Ici personne parle chinois, avait-elle poursuivi. Je passé entretien pour réceptionniste, ils me disent mon anglais pas assez bon. Nulle part je peux trouver travail. Personne pour surveiller le bébé. »

Mia s'était aperçue qu'elle avait dû souffrir d'une dépression post-partum, voire d'une crise psychotique post-partum. L'enfant refusait de téter, et son lait s'était tari. Elle avait perdu son emploi – un job qui consistait à emballer des gobelets en polystyrène dans des cartons pour le salaire minimum – quand elle était allée à l'hôpital pour accoucher, et n'avait pas d'argent pour acheter du lait en poudre. Finalement – et c'était le détail qui, selon Mia, ne pouvait pas être une coïncidence – elle avait, de désespoir, laissé son bébé sur les marches d'une caserne de pompiers.

Deux policiers avaient trouvé Bebe quelques jours plus tard allongée sous un banc dans un parc, inconsciente à cause de la déshydratation et de la faim. Ils l'avaient menée à un refuge, où elle avait été douchée et nourrie. On lui avait prescrit des antidépresseurs, et elle était ressortie trois semaines plus tard. Mais alors personne n'avait pu lui dire ce qu'il était advenu de sa fille. Une caserne de pompiers, avait-elle insisté, elle avait laissé le bébé devant une caserne de pompiers. Non, elle ne se rappelait pas laquelle. Elle avait erré à travers la ville avec l'enfant dans ses bras, se demandant quoi faire, et elle était finalement passée devant une caserne dont les fenêtres diffusaient une lumière chaude dans la nuit sombre, et elle avait pris sa décision. Combien de casernes pouvait-il y avoir ? Mais personne n'avait voulu l'aider. Quand vous l'avez abandonnée, vous avez renoncé à vos droits, lui avait dit la police. Nous ne pouvons pas vous fournir plus d'informations.

Bebe, Mia le savait, voulait absolument retrouver sa fille, et elle l'avait cherchée pendant des mois, depuis qu'elle s'était remise. Elle avait désormais un emploi stable, même s'il était mal payé ; elle s'était trouvé un appartement ; elle allait mieux psychologiquement. Mais elle avait été incapable de découvrir où son enfant était passée. C'était comme si elle s'était volatilisée.

« Parfois, avait-elle dit à Mia, je me demande si je rêve. Mais lequel est le rêve ? » Elle s'était tapoté les yeux avec le revers de sa manche. « Que je pas trouver mon bébé ? Ou que j'ai un bébé ? »

Au cours de ses années de vie itinérante, Mia s'était fixé une règle : ne jamais s'attacher. Ni à un endroit, ni à un appartement, ni à quoi que ce soit. Ni à personne. Depuis que Pearl était née, elles avaient vécu, si son compte était juste, dans quarante-six villes différentes, limitant leurs possessions à ce qui pouvait entrer dans une Volkswagen – en d'autres mots, au strict minimum. Elles restaient rarement assez longtemps quelque part pour se faire des amis, et les rares fois où c'était arrivé, elles étaient parties sans laisser d'adresse et avaient perdu le contact. À chaque déménagement, elles jetaient tout ce qu'elles pouvaient et envoyaient les photos de Mia à Anita pour qu'elle les vende, ce qui signifiait qu'elles ne les reverraient jamais.

Mia avait donc toujours évité de se mêler des affaires des autres. C'était plus simple ainsi ; plus simple quand leur bail arrivait à échéance ou quand elle était fatiguée d'une ville ou sentait confusément qu'elle voulait être ailleurs. Mais l'idée que quelqu'un puisse prendre son enfant à une mère l'horrifiait. C'était comme si on lui enfonçait une lame dans le corps et qu'on la vidait d'un mouvement rapide, ne laissant rien à l'intérieur qu'un souffle d'air glacial. À cet instant, Pearl pénétra dans la cuisine pour se servir à boire et elle passa vivement les bras autour de sa fille, comme si elles étaient au bord d'un précipice, la serrant si longuement et si fort que Pearl demanda finalement : « Maman. Tu vas bien ? »

Ces McCullough, Mia en était certaine, étaient de braves gens. Mais là n'était pas la question. Elle pensa soudain à ces moments au restaurant, après le coup de feu, quand tout était calme et que Bebe posait parfois les coudes sur le comptoir et semblait être ailleurs. Mia savait exactement à quoi elle pensait. Pour un parent, un enfant n'est pas une simple personne : c'est un *endroit*, une sorte de Narnia, un lieu vaste et éternel où coexistent le présent qu'on vit, le passé dont on se souvient et l'avenir qu'on espère. On le voit en le regardant, superposé à son visage : le bébé qu'il a été, l'enfant puis l'adulte qu'il deviendra, tout ça simultanément, comme une image en trois dimensions. C'est étourdissant. Et chaque fois qu'on le laisse, chaque fois que l'enfant échappe à notre vue, on craint de ne jamais pouvoir retrouver ce lieu.

Très, très tôt, la première nuit de leurs voyages, Mia s'était recroquevillée sur le lit de fortune à l'arrière de la Golf avec Pearl blottie dans la courbe de son ventre, et elle avait regardé sa fille dormir. Là, si proche qu'elle sentait son souffle chaud et laiteux sur sa joue, elle avait été émerveillée par cette petite créature. *Les os de mes os et la chair de ma chair*, avait-elle songé, car sa mère l'avait forcée à aller au catéchisme chaque semaine jusqu'à ses treize ans. Et, comme si les mots étaient un sortilège, elle avait soudain vu des touches du visage de celle-ci sur celui de Pearl : la forme de la mâchoire, le léger pli qui apparaissait entre les sourcils de sa fille quand elle s'enfonçait dans un rêve troublant. Ça faisait quelque temps qu'elle n'avait pas pensé à sa mère, et un manque soudain lui avait traversé la poitrine. Comme si elle avait été dérangée, Pearl avait bâillé et s'était étirée, et Mia l'avait étreinte plus fort, caressant ses cheveux, posant les lèvres sur cette joue incroyablement douce. *Les os de mes os et la chair de ma chair*, avait-elle songé une fois de plus tandis que les yeux de sa fille se refermaient, et elle avait alors eu la certitude que personne n'aimerait jamais cette enfant autant qu'elle.

« Ça va, répondit-elle à Pearl, et au prix d'un effort déchirant, elle la laissa partir. J'en ai fini ici. On va rentrer à la maison, OK ? »

Même alors Mia sentait ce qu'elle était sur le point de déclencher ; une odeur brûlante lui piquait les narines, comme les premiers effluves de fumée provenant d'un incendie lointain. Elle ne savait pas si Bebe récupérerait sa fille. Tout ce qu'elle savait, c'était que l'idée que quelqu'un d'autre puisse prétendre garder ce bébé était insupportable. Comment ces gens pouvaient-ils, se demanda-t-elle, comment ces gens pouvaient-ils prendre un enfant à sa mère ? C'est à ça qu'elle songea sur le chemin du retour, puis lorsqu'elle composa le numéro et attendit que le téléphone sonne. Ce n'était pas juste. Une mère ne devrait jamais être forcée d'abandonner son enfant.

« Bebe, dit-elle quand une voix répondit au bout du fil. C'est Mia, du travail. Je pense qu'il y a une chose que vous devriez savoir. »

10

C'est pourquoi, tandis que Pearl et Mia dînaient le lundi soir, la sonnette retentit, suivie par des coups frénétiques frappés à la porte. Mia descendit et Pearl entendit un murmure de voix et des pleurs, après quoi sa mère réapparut dans la cuisine talonnée par une jeune Chinoise en sanglots.

« J'ai frappé et frappé, disait Bebe. J'ai sonné à la porte et personne répond alors j'ai frappé et frappé. Je vois cette femme à l'intérieur. Elle regardait derrière le rideau pour voir si moi partir. »

Mia la guida jusqu'à une chaise – la sienne, devant laquelle était toujours posée une assiette de nouilles à moitié vide.

« Pearl, apporte de l'eau à Bebe. Et prépare aussi du thé. » Elle s'assit sur l'autre chaise et se pencha par-dessus la table pour saisir la main de la jeune femme. « Vous n'auriez pas dû aller là-bas comme ça. Vous ne pouviez pas vous attendre à ce qu'ils vous laissent entrer.

— J'ai téléphoné d'abord ! » Bebe s'essuya le visage du revers de la main, et Mia prit une serviette sur la table et la poussa doucement vers elle. C'était en fait un vieux mouchoir à fleurs trouvé à la friperie, dont Bebe se servit pour se frotter les yeux. « Je les ai cherchés dans l'annuaire et j'ai appelé, juste après je raccrocher avec vous. Personne répond. J'ai juste le répondeur. Quel genre de message je vais laisser ? Alors j'essaie encore, et encore jusqu'à ce que quelqu'un répond. *Elle* répond. »

À l'autre bout de la cuisine, Pearl posa la bouilloire sur la gazinière et alluma un brûleur. Elle n'avait jamais rencontré Bebe, mais sa mère l'avait mentionnée à une ou deux reprises. Elle n'avait cependant pas dit à quel point elle était jolie – grands yeux, fossettes hautes, épais cheveux noirs noués en queue-de-cheval – et jeune. Pour Pearl, toute personne âgée de vingt ans ou plus était incroyablement adulte, mais elle devinait que cette Bebe devait avoir dans les vingt-cinq ans. Assurément plus jeune que sa mère. Il y avait quelque chose de presque enfantin dans sa façon de parler, dans sa manière de s'asseoir avec les pieds délicatement joints et les mains croisées, dans le regard désespéré qu'elle adressait à Mia comme si c'était aussi sa mère, qui lui donnait l'impression que Bebe était une autre adolescente. Pearl ne comprenait pas, et elle ne le comprendrait pas avant quelque temps, à quel point Mia était inhabituellement maîtresse d'elle-même pour son âge, à quel point elle était sage et aguerrie.

« Je lui dis qui je suis, poursuivait Bebe. Je dis : "C'est Linda McCullough ?" Et elle dit oui, et je dis : "Mon nom est Bebe Chow, je suis la mère de May Ling." Comme ça, elle me raccroche au nez. » Mia secoua la tête. « Je rappelle et elle répond et raccroche

182

encore. Et alors je rappelle encore et c'est occupé. »
Bebe s'essuya le nez avec la serviette et la roula en
boule. « Alors je vais là-bas. Deux bus et je dois
demander chauffeur où changer, et puis je marche un
kilomètre jusqu'à leur maison. Ces énormes maisons
– tout le monde conduit là-bas, personne veut prendre
bus pour aller au travail. Je sonne à la porte, et personne répond, mais elle me regarde depuis l'étage, elle
me regarde. Je sonne encore et encore et j'appelle :
"Madame McCullough, c'est moi, Bebe, je veux juste
vous parler", et alors le rideau se ferme. Mais elle
est toujours là, à attendre que je parte. Comme si je
vais partir avec mon bébé à l'intérieur. Alors je continue frapper et sonner. Tôt ou tard elle va devoir sortir
et je pourrai lui parler. » Elle lança un regard à Mia.
« Je veux juste revoir mon bébé. Je crois je peux parler
avec ces McCullough et leur faire comprendre. Mais
elle jamais sortir. »

Bebe resta un long moment silencieuse et regarda
ses mains. Pearl vit la peau rougie et abîmée sur le
côté de ses poings. Elle s'aperçut que la jeune femme
avait dû frapper très, très longtemps à cette porte,
et songea simultanément à la douleur qu'elle avait
dû et devait toujours éprouver et à l'angoisse que
Mme McCullough, enfermée dans la maison, avait dû
ressentir.

Bebe raconta le reste de l'histoire d'un ton hésitant,
comme si elle reconstituait seulement alors la scène.
Un peu plus tard, une Lexus était arrivée, avec une voiture de police dans son sillage, et M. McCullough était
apparu. Il avait demandé à la jeune femme de quitter
la propriété, deux agents l'entourant tels des gardes du

corps. Bebe avait essayé de leur expliquer qu'elle voulait seulement voir son enfant, mais elle ne savait plus exactement ce qu'elle avait dit, si elle avait argumenté ou menacé ou hurlé ou supplié. Tout ce dont elle se souvenait, c'était de la phrase que M. McCullough ne cessait de répéter – « Vous n'avez pas le droit d'être ici. Vous n'avez pas le droit d'être ici. » –, et finalement les agents l'avaient saisie par les bras et entraînée à l'écart de la porte. Partez, avaient-ils dit, sinon ils l'emmèneraient au poste et l'inculperaient pour avoir pénétré illégalement dans une propriété privée. Mais il y avait une chose dont elle se souvenait clairement : tandis que les agents l'éloignaient de la maison, elle avait entendu son enfant qui pleurait derrière la porte fermée à clé.

« Oh, Bebe, fit Mia, et Pearl n'aurait su dire si elle était déçue ou fière.

— Qu'est-ce que je peux faire d'autre ? Je marche jusque là-bas. Quarante-cinq minutes. À qui d'autre que vous je peux demander de l'aide ? »

Elle lança un regard féroce à Pearl et à sa mère, comme si elle craignait qu'elles ne la contredisent.

« Je suis sa *mère*.

— Ils le savent, répondit Mia. Ils le savent très bien. Sinon ils ne vous auraient pas renvoyée comme ça. »

Elle poussa doucement la tasse de thé désormais tiède vers Bebe.

« Qu'est-ce que je peux faire maintenant ? Si je retourne là-bas, ils appellent la police et ils m'arrêtent.

— Vous pourriez prendre un avocat, suggéra Pearl, et Bebe lui lança un regard doux et plein de pitié.

— Où je vais trouver argent pour avocat ? »
demanda-t-elle.

Elle baissa les yeux vers les vêtements qu'elle portait – pantalon noir et fine chemise blanche – et Pearl
comprit soudain : c'était son uniforme de travail ;
elle était venue directement du restaurant sans même
prendre la peine de se changer.

« J'ai six cent onze dollars à la banque. Vous croyez
qu'un avocat m'aider pour six cent onze dollars ?

— OK », fit Mia.

Elle repoussa sur le côté les restes du dîner de Pearl
– désormais tapissés d'une fine pellicule blanche de
graisse. Pendant tout ce temps, c'était à ça qu'elle avait
réfléchi ; de fait, elle y avait pensé dès l'instant où
Lexie avait mentionné le bébé : comment agirait-elle
si elle était dans la situation de Bebe, qu'était-il possible de faire dans sa position ? « Écoutez-moi. Vous
voulez mener ce combat, n'est-ce pas ? Voici ce que
vous allez faire. »

* * *

Le mardi après-midi, si les enfants Richardson
avaient prêté attention aux publicités pendant l'émission de Jerry Springer, ils auraient peut-être remarqué
l'annonce pour le journal de Channel 3, qui montrait
la maison des McCullough. Et dans ce cas, ils auraient
peut-être informé leur mère, qui était en train de travailler à un papier sur une proposition de prélèvement en
faveur des écoles et ne serait pas rentrée à temps pour
regarder les infos, ni pour alerter Mme McCullough.

Mais il s'avéra que Lexie et Trip étaient tellement pris dans une discussion enflammée pour déterminer qui avait la meilleure coiffure, la drag-queen ou son ex-femme aigrie, que personne n'entendit les pubs. Pearl et Moody, qui les regardaient perplexes, ne jetèrent même pas un coup d'œil à l'écran, Lexie interrompait Trip qui plaidait la cause de la drag-queen. Pendant ce temps, Izzy était chez Mia, dans la chambre noire, en train de l'observer tandis qu'elle tirait une nouvelle impression du révélateur et l'accrochait pour qu'elle sèche. Donc personne ne vit l'annonce pour le journal du soir, ni ne le regarda. Mme McCullough ne regardait pas non plus les infos, en conséquence de quoi, quand la sonnette retentit de bonne heure le mercredi matin et qu'elle ouvrit la porte avec Mirabelle sur sa hanche, s'attendant à un colis de sa sœur, elle fut alarmée en voyant Barbra Pierce – la journaliste d'investigation aux cheveux bouffants de Channel 9 – qui se tenait sur les marches de sa maison avec un micro à la main.

« Madame McCullough ! » s'écria Barbra, comme si elles se croisaient par hasard à une fête et que la coïncidence l'enchantait. Derrière elle se dressait un cameraman costaud vêtu d'une parka, mais tout ce que Linda remarqua fut le cylindre d'un objectif et une lumière rouge qui clignotait tel un œil lumineux. Mirabelle se mit à pleurer. « Nous avons appris que vous étiez sur le point d'adopter une petite fille. Savez-vous que sa mère se bat pour récupérer la garde ? »

Mme McCullough claqua la porte, mais l'équipe de tournage avait eu ce qu'elle voulait. Juste deux secondes et demie de vidéo, mais c'était suffisant : la femme blanche élancée à la porte de son imposante maison en briques de Shaker, manifestement en colère et effrayée, serrant le bébé asiatique qui hurlait dans ses bras.

Avec un vague pressentiment, Linda jeta un coup d'œil à l'horloge. Son mari était en route pour son bureau dans le centre-ville et n'y arriverait pas avant trente-cinq minutes. Elle appela plusieurs amies, mais aucune n'avait vu le journal de la veille, et elles ne purent offrir qu'un soutien moral, pas d'éclaircissement. « Ne t'en fais pas, dirent-elles tour à tour. Ça va aller. C'est juste Barbra Pierce qui sème la zizanie. »

Pendant ce temps, M. McCullough arriva au travail et prit l'ascenseur jusqu'au septième étage, où Rayburn Financial Services avait ses bureaux. Il venait d'extirper un bras de son manteau quand Ted Rayburn apparut à la porte.

« Écoute, Mark, dit-il. Je ne sais pas si tu as vu les infos de Channel 3 hier soir, mais je crois qu'il y a quelque chose que tu dois savoir. » Il referma la porte derrière lui, et M. McCullough écouta, serrant toujours son manteau contre lui, comme si c'était une serviette. Ted Rayburn, de la voix mesurée et légèrement soucieuse qu'il utilisait avec ses clients, décrivit le reportage : le plan extérieur de la maison des McCullough, ombragée dans la lumière du soir, néanmoins familière pour lui après des années de cocktails, de brunchs et de barbecues en été. L'introduction du présentateur : *Le but de l'adoption est de fournir un nouveau foyer aux enfants qui n'ont pas de famille. Mais que se passe-t-il si l'enfant en a déjà une ?* Et l'interview de la mère – Bee quelque chose, Ted n'avait pas saisi son nom complet – qui suppliait devant la caméra qu'on lui rende son bébé. « J'ai fait une erreur, disait-elle, énonçant clairement chaque syllabe. Maintenant j'ai un bon travail. J'ai remis de l'ordre dans ma vie. Je veux récupérer mon bébé. Ces McCullough n'ont pas le droit d'adopter un bébé quand sa mère le veut. Un enfant doit être avec sa mère. »

Ted Rayburn avait presque fini son compte rendu quand le téléphone sur le bureau sonna. M. McCullough, voyant le numéro, sut que c'était sa femme, et il comprit ce qui se passait et ce qu'il allait désormais devoir lui expliquer. Il souleva le combiné:

« Je rentre », dit-il, puis il le reposa et attrapa ses clés.

* * *

Mia, qui ne possédait pas de télévision, n'avait pas vu non plus le reportage. Mais le mardi après-midi, juste avant sa diffusion, Bebe était passée pour lui dire comment s'était déroulée l'interview. « Ils pensent que c'est une bonne histoire », avait-elle dit. Elle portait son pantalon noir et sa chemise blanche avec une tache de sauce au soja délavée sur la manchette, ce qui indiqua à Mia qu'elle allait au travail. « Ils me parlent pendant presque une heure. Ils ont beaucoup de questions pour moi. »

Elle s'interrompit brusquement en entendant des pas dans l'escalier. C'était Izzy qui arrivait juste de l'école, et toutes deux restèrent silencieuses, chacune se demandant qui était l'autre.

« Je ferais mieux partir, déclara Bebe après un moment. Bus arrive bientôt. » En se dirigeant vers la

188

porte, elle se pencha vers Mia. « Ils disent les gens vont vraiment être derrière moi », murmura-t-elle.

« Qui c'était ? demanda Izzy lorsque Bebe fut partie.

— Juste une amie, répondit Mia. Une amie du travail. »

Il s'avéra que les producteurs de Channel 3 avaient eu le nez creux. Dans les heures qui avaient suivi la diffusion du reportage, la station avait été inondée d'appels – suffisamment pour justifier une suite et pour que Channel 9, l'éternelle chaîne rivale, dépêche Barbra Pierce au petit matin.

« Barbra Pierce, dit Linda McCullough à Mme Richardson le mercredi soir. Barbra Pierce avec ses talons aiguilles et ses cheveux à la Dolly Parton. Elle a débarqué à ma porte et m'a collé un micro sous le nez. »

Les deux femmes venaient de regarder le reportage de cette dernière, chacune dans son canapé, devant la télévision, un téléphone sans fil plaqué contre l'oreille, et Elena avait soudain eu le sentiment étrange qu'elles avaient de nouveau quatorze ans, avec leur téléphone Princess posé sur les cuisses, regardant *Les Arpents verts* en même temps afin que chacune puisse entendre l'autre rire.

« C'est du Barbra Pierce tout craché, déclara Mme Richardson. Mlle Infos Sensationnalistes en tailleur. C'est une teigne dotée d'un cameraman.

— L'avocat affirme qu'on est en position de force, expliqua Linda. Il dit qu'en laissant le bébé, elle a confié sa garde à l'État, qui nous l'a ensuite confié, donc sa plainte concerne en réalité l'État et pas nous. Il dit que le processus est à quatre-vingts pour cent achevé et qu'il ne faudra plus qu'un mois ou deux pour que Mirabelle soit à nous pour de bon, et alors cette femme ne pourra plus rien dire. »

Son mari et elle avaient essayé pendant si longtemps d'avoir un enfant. Après leur mariage, elle était immédiatement tombée enceinte. Mais au bout de quelques semaines, elle s'était mise à saigner, et elle avait su avant même de consulter le médecin que le bébé était perdu. « Très fréquent, lui avait assuré celui-ci. La moitié des grossesses s'interrompent au bout de quelques semaines. La plupart des femmes ne savent même pas qu'elles ont conçu. » Mais Mme McCullough l'avait su, et trois mois plus tard, quand ça s'était reproduit, puis de nouveau après quatre mois, et encore cinq mois après ça, elle avait eu douloureusement conscience que quelque chose de vivant s'était éveillé en elle, mais que pour une raison ou pour une autre cette petite étincelle s'était éteinte.

Les médecins avaient prescrit de la patience, des vitamines, des suppléments en fer. Une nouvelle grossesse était survenue ; cette fois, les saignements avaient mis près de dix semaines à commencer. Mme McCullough pleurait la nuit, et une fois qu'elle était endormie, son mari pleurait à côté d'elle. Au bout de trois années, elle avait été enceinte cinq fois, mais il n'y avait toujours pas de bébé. Attendez six mois, avait recommandé l'obstétricien ; laissez votre corps récupérer. Quand la période d'attente s'était achevée, ils avaient de nouveau essayé. Deux mois plus tard, elle était enceinte, et un mois plus tard, elle ne l'était plus. Rien n'avait changé. À l'époque, son amie Elena avait une fille et un garçon et attendait un troisième enfant, et même si cette dernière téléphonait souvent, même si elle aurait été heureuse de prendre Linda dans ses bras et de la laisser pleurer – comme elles l'avaient fait si souvent dans leur enfance, pour un oui ou pour un non –, Mme McCullough estimait que c'était une chose qu'elle ne pouvait pas partager. Elle n'avait jamais dit à Elena qu'elle était enceinte, alors comment aurait-elle pu lui dire que sa grossesse s'était terminée ? Elle ne savait même pas par où commencer. *J'en ai encore perdu un. Ça a recommencé.* Chaque fois qu'elles déjeunaient ensemble, Mme McCullough ne pouvait s'empêcher de regarder le ventre de plus en plus rond de son amie. Elle se sentait perverse de tant vouloir le toucher, le caresser. En arrière-plan, Lexie et Trip babillaient et se dandinaient, et il était devenu plus simple, au bout d'un moment, de simplement éviter tout ça. Pour sa part, Mme Richardson avait remarqué que sa chère amie Mme McCullough appelait moins, et que quand elle-même téléphonait elle tombait souvent sur le répondeur – la voix joyeuse de Linda fredonnant : « Laissez un message à Linda et Mark, et nous vous rappellerons ! » Mais personne ne le faisait jamais.

L'année qui avait suivi la naissance d'Izzy, Mme McCullough était encore tombée enceinte. À ce stade, c'était devenu épuisant : l'observation de ses cycles, l'attente, les coups de fil au médecin. Même les rapports sexuels – soigneusement programmés pour les jours où elle était le plus fertile – avaient commencé à devenir une corvée. Qui aurait cru ça, pensait-elle en se remémorant le lycée, quand elle et Mark se pelotaient frénétiquement à l'arrière de sa voiture. Les médecins avaient prescrit un alitement strict : pas d'efforts. Elle avait tenu presque cinq mois avant de se réveiller une nuit à deux heures du matin avec une terrible immobilité dans le ventre, comme le silence après qu'une cloche a fini de sonner. À l'hôpital, tandis qu'elle était étendue dans un brouillard médicamenteux, les médecins avaient extrait le bébé de son utérus. « Vous voulez la voir ? » avait demandé l'un d'eux après l'opération, et une infirmière lui avait tendu l'enfant emmaillotée dans un linge blanc. Elle avait semblé à Mme McCullough incroyablement minuscule, incroyablement rose, incroyablement brillante et douce, comme un objet en verre soufflé. Incroyablement immobile. Elle avait vaguement acquiescé, refermé les yeux, puis écarté les jambes pour que les médecins la recousent.

Elle avait commencé à faire un détour quand elle allait à l'épicerie pour éviter le terrain de jeux, l'école primaire, l'arrêt de bus. Elle s'était mise à détester les femmes enceintes. Elle aurait voulu les gifler, leur jeter des objets à la figure, les attraper par les épaules et les mordre. Pour leur dixième anniversaire de mariage, M. McCullough l'avait emmenée chez Giovanni's, le restaurant préféré de Linda, et tandis qu'ils entraient, une femme enceinte jusqu'au cou était arrivée en se dandinant derrière eux. Mme McCullough avait ouvert la porte puis, alors que la femme enceinte approchait, elle l'avait laissée se refermer au nez de celle-ci, et comme il se retournait pour lui saisir le bras, M. McCullough n'avait pas reconnu son épouse, si dure, si différente de la personne infiniment maternelle qu'il avait toujours connue.

Finalement, après un ultime rendez-vous chez le médecin rempli de nouvelles déchirantes – *faible motilité des spermatozoïdes ; utérus inhospitalier ; conception probablement impossible* –, ils avaient décidé d'adopter. Même une fécondation *in vitro* échouerait sans doute, leur avait-on expliqué. Ils avaient donc inscrit leur nom sur chaque liste d'attente qu'ils avaient trouvée, et de temps à autre un agent d'adoption téléphonait avec une éventuelle proposition. Mais il y avait chaque fois un problème : la mère changeait d'avis ; un père ou un cousin ou une grand-mère surgissait de nulle part ; l'agence décidait qu'un couple plus jeune ferait mieux l'affaire. Une année s'était écoulée, puis deux, puis trois. Apparemment, tout le monde voulait un enfant, et la demande excédait de loin l'offre. Ce matin de janvier, quand l'assistante sociale avait appelé pour dire qu'elle avait obtenu leur nom de l'une des agences d'adoption, qu'elle avait un bébé qui pouvait être à eux s'ils le voulaient, ça avait été comme un miracle. S'ils le voulaient ! Toute cette douleur, toute cette culpabilité, ces sept petits fantômes – car Mme McCullough n'en avait pas oublié un seul – avaient, à sa stupéfaction, été remisés dans une boîte et s'étaient volatilisés dès qu'elle avait vu la petite Mirabelle : si concrète, si réelle, si inéluctablement présente. Mais désormais, à l'idée que celle-ci pouvait également lui être reprise, Mme McCullough se rendait compte que la boîte et son contenu n'avaient jamais disparu, qu'elle avait simplement été rangée, attendant que quelqu'un ouvre le couvercle.

Les infos avaient été interrompues par une coupure publicitaire, et à l'autre bout du fil Mme Richardson entendait le jingle métallique de la pub pour Cedar Point jaillir du poste des McCullough, une fraction de seconde après chez elle. Elle regarda une femme âgée trébucher, tomber, chercher le transmetteur accroché à son cou, et la voix de Barbra Pierce résonna dans son esprit. *Ce couple veut adopter son enfant. Mais elle ne laissera pas partir son bébé sans se battre.*

« Ça va retomber, dit-elle à Linda. Les gens vont oublier. Ça va passer. »

Mais ça ne passa pas. Aussi improbable que ça puisse paraître, quelque chose dans cette histoire avait touché la corde sensible des habitants de la région. Il n'y avait pas beaucoup de nouvelles : une femme avait eu des septuplés ; les ours, avait rapporté le plus sérieusement du monde le *New York Times*, étaient les principaux responsables des effractions commises dans les voitures dans le parc de Yosemite. La question politique la plus brûlante du moment était – et le resterait pour au moins quelques semaines de plus – le nom que le président Clinton donnerait à son chien. La ville de Cleveland était en paix et s'ennuyait, et elle était en quête de sensations un peu plus locales.

Le jeudi matin, il y avait deux équipes de tournage supplémentaires à la porte des McCullough, et il y eut trois reportages le soir même, sur Channel 5, 19 et 43. Une vidéo de Bebe Chow tenant une photo de May Ling à l'âge d'un mois et implorant le retour de son bébé. Des images de la maison des McCullough avec ses rideaux tirés et la lumière de devant éteinte ; une photo de M. et Mme McCullough en tenue de soirée lors d'un dîner de charité au profit de la recherche contre la leucémie, qui avait été publiée dans les pages people du magazine *Shaker* l'année précédente ; une vidéo de la BMW de M. McCullough sortant en marche arrière du garage et s'éloignant tandis qu'un journaliste trottinait à côté en tendant un micro vers la vitre.

Le vendredi, toutes les équipes de tournage étaient de retour. Mme McCullough s'enferma dans la maison avec Mirabelle, et les secrétaires de la société d'investissement de son mari reçurent l'instruction de décliner tous les appels des médias d'un simple « Pas de commentaires ». Chaque soir, Mirabelle McCullough – ou May Ling Chow, comme certains mettaient un point d'honneur à l'appeler – était évoquée aux informations, avec sa photo en incrustation. Au début il n'y avait eu que le cliché de May Ling à un mois, mais bientôt – sur les conseils de l'avocat des McCullough, qui voulait offrir un contrepoint – apparurent des portraits plus récents fournis par ces derniers, pris dans le studio de Dillard's et montrant Mirabelle dans une robe de Pâques jaune à froufrous et portant des oreilles de lapin, ou dans une grenouillère rose debout à côté d'un cheval à bascule à l'ancienne. Des supporters prenaient parti pour chaque camp, et le vendredi soir, un avocat du coin, Ed Lim, offrit de représenter Bebe Chow, gratuitement, et de poursuivre l'État pour qu'elle récupère la garde de sa fille.

* * *

Le samedi soir, pendant le dîner, M. Richardson annonça :

« Mark et Linda McCullough ont appelé cet après-midi pour savoir si j'accepterais de travailler avec leur avocat. Il semblerait qu'il n'ait pas beaucoup d'expérience de la cour, et ils ont pensé que je serais un bon renfort.

— Alors, tu vas le faire ? demanda Lexie en grignotant sa salade.

— Rien de tout ça n'est leur faute. »

M. Richardson coupa un morceau de poulet.

« Ils veulent juste ce qu'il y a de mieux pour le bébé. Et l'action en justice n'est pas dirigée contre eux. Elle est contre l'État. Mais ils seront entraînés dans tout ça, et ils seront les plus affectés.

— Pas autant que Mirabelle », déclara Izzy.

Mme Richardson s'apprêtait à la remettre à sa place, mais son mari la calma d'un regard.

« Mirabelle est au cœur de toute cette histoire, Izzy, expliqua-t-il. Toutes les personnes impliquées... nous voulons juste ce qui sera le mieux pour elle. Et nous devons déterminer ce que c'est. »

Nous, songea Izzy. Son père était déjà impliqué. Elle pensa à l'image de Bebe Chow que le journal n'arrêtait pas de publier : la tristesse dans ses yeux, la petite photo de May Ling qu'elle tenait à la main, dont un coin était replié comme si elle avait été gardée dans une poche (ce qui était le cas). Elle avait immédiatement reconnu la femme qu'elle avait vue dans la cuisine de Mia, celle qui était devenue silencieuse à son entrée, qui l'avait dévisagée comme si elle était effrayée, presque traquée. « Juste une amie », avait répondu Mia quand Izzy lui avait demandé qui c'était, et si Mia faisait confiance à Bebe, Izzy savait à qui allait sa loyauté.

« Voleur de bébé », dit-elle.

Un silence stupéfait s'abattit sur la table comme une lourde étoffe. Face à elle, Lexie et Trip échangèrent un coup d'œil circonspect mais pas surpris. Moody la fixa d'un air de dire : *Ferme-la*, mais elle ne le regardait pas.

« Izzy, présente tes excuses à ton père, ordonna Mme Richardson.

— Pourquoi ? demanda-t-elle. Ils sont pratiquement en train de la kidnapper. Et tout le monde les laisse faire. Papa les aide, même.

— Calmons-nous », intervint M. Richardson, mais il était trop tard.

Quand il s'agissait d'Izzy, les Richardson étaient rarement calmes, et, d'ailleurs, Izzy elle-même ne l'était jamais.

« Izzy. Va dans ta chambre. »

Elle se tourna vers son père.

« Peut-être qu'ils pourraient la payer. Ça vaut combien un bébé sur le marché, aujourd'hui ? Dix mille dollars ?

— Isabelle Marie Richardson…

— Peut-être qu'ils pourront la négocier à cinq mille. »

Izzy laissa bruyamment tomber sa fourchette dans son assiette et quitta la pièce. *Mia devait être informée*, songea-t-elle tandis qu'elle filait à l'étage et regagnait sa chambre. Elle saurait quoi faire. Elle saurait comment tout arranger. Le rire de Lexie monta de la cage d'escalier et résonna dans le couloir, et Izzy claqua sa porte.

En bas, Mme Richardson se renfonça dans sa chaise, les mains tremblantes. Il lui faudrait jusqu'au lendemain matin pour trouver une punition appropriée pour Izzy : confisquer ses Doc Martens et les jeter. Quand on s'habille comme une crapule, déclarerait-elle en ouvrant la poubelle, on se comporte évidemment comme une crapule. Mais pour le moment elle serra les lèvres et posa ses couverts en un X méticuleux à côté de son assiette.

« Est-ce qu'on ne ferait pas bien de garder la nouvelle pour nous ? demanda-t-elle. Le fait que tu travailles avec les McCullough, s'entend. »

M. Richardson secoua la tête.

« Ce sera dans le journal demain », répondit-il, et il avait raison.

Dimanche, le *Plain Dealer* publia un article en première page, juste sous le pli : « À Shaker Heights, une mère se bat pour la garde de sa fille ». C'était un bon papier, songea Elena en sirotant son café et en le parcourant d'un œil professionnel : un résumé de l'affaire ; une mention rapide du fait que les McCullough seraient représentés par William Richardson du cabinet Kleinman, Richardson et Fish ; une déclaration de l'avocat de Bebe Chow. « Nous sommes certains, affirme Edward Lim, que l'État jugera approprié de rendre la garde de May Ling Chow à sa mère biologique. » Le fait même que le journal ait tellement mis l'article en avant suggérait cependant que la véritable couverture médiatique ne faisait que commencer.

Au bas du papier, une phrase attira l'attention de Mme Richardson : « Mlle Chow a été informée de l'endroit où se trouvait sa fille par une collègue du Lucky Palace, un restaurant chinois situé dans Warrensville Road. » Malgré la formulation prudente et anonyme, elle comprit avec un choc qui devait être cette collègue. Ça ne pouvait pas être une coïncidence. C'était donc sa locataire, sa locataire silencieuse et toujours prompte à rendre service, qui était à l'origine de tout ça. Qui avait, pour des raisons qui n'étaient pas encore claires, décidé de chambouler la vie des McCullough.

Elle replia précisément le journal et le posa sur la table. Elle songea une fois de plus à l'indifférence de Mia quand elle avait proposé de lui acheter une de ses photos, à sa réticence quand il s'agissait d'évoquer son passé. À sa… eh bien, à sa *froideur*, alors qu'elle passait plusieurs heures par jour chez Mme Richardson, dans cette cuisine même. Une femme dont elle payait le salaire, dont elle subventionnait le loyer, dont la fille passait chaque jour des heures et des heures sous ce toit. Elle songea à la photo au musée, qui désormais, dans son souvenir, se teintait de secret, de sournoiserie. Quelle hypocrisie de la part de Mia – elle qui préservait avec un tel entêtement sa propre intimité – de s'immiscer là où elle n'avait pas sa place. Mais c'était tout elle, n'est-ce pas ? Une femme qui prenait un malin plaisir à mépriser l'ordre naturel des choses. C'était une pure injustice qu'elle puisse causer tant de problèmes à sa chère amie, que Linda doive en souffrir.

Le lundi, elle envoya les enfants à l'école et traîna à la maison jusqu'à ce que Mia arrive pour faire le ménage. Elle ne savait pas trop ce qu'elle cherchait, mais elle devait la voir en personne, la regarder dans les yeux. « Oh, fit celle-ci en entrant par la porte latérale. Je ne m'attendais pas à ce que vous soyez à la maison. Vous voulez que je revienne plus tard ? »

Mme Richardson pencha la tête sur le côté et examina sa locataire. Les cheveux, comme toujours, négligés au sommet du crâne. Une tache de peinture au revers d'un de ses poignets. Mia se tenait là une main sur le montant de la porte, arborant un demi-sourire, attendant que Mme Richardson lui réponde. Un visage doux. Un visage jeune, mais pas un visage innocent. Elena comprit alors qu'elle se fichait de ce que les autres pensaient d'elle. Et dans un sens, ça la rendait dangereuse. Elle songea soudain à la photo qu'elle avait vue chez Mia ce premier jour, quand elle s'était invitée dans la maison. La femme devenue arachnide, tout en silence et en membres furtifs. Quel genre de personne, se demanda-t-elle, transformerait une femme en araignée ? Quel genre de personne, tant qu'on y était, voyait une femme et pensait *araignée*.

« J'étais sur le point de partir », répondit-elle, et elle attrapa son sac sur le plan de travail.

Même des années plus tard, Mme Richardson maintiendrait que son enquête sur le passé de Mia n'avait rien été d'autre qu'une punition justifiée pour les problèmes qu'elle avait causés. Qu'elle avait uniquement fait ça au nom de Linda – son amie la plus ancienne et la plus chère, une femme qui avait juste voulu faire ce qu'il fallait pour ce bébé et dont le cœur, à cause de Mia, avait été brisé. Linda ne méritait pas ça. Comment elle, Elena, aurait-elle pu rester là à ne rien faire et laisser quelqu'un gâcher le bonheur de sa meilleure amie ? Elle n'admettrait jamais – pas même à elle-même – qu'il n'avait pas du tout été question du bébé mais de Mia, du malaise obscur que cette femme avait fait ressurgir et dont Mme Richardson aurait de loin préféré qu'il reste dans sa boîte. Mais pour le moment, journal à la main, elle se disait que c'était pour Linda. Elle passerait quelques coups de fil. Elle verrait ce qu'elle parviendrait à découvrir.

11

La première chose que fit Mme Richardson fut de
se renseigner sur Pauline Hawthorne. Elle avait déjà
entendu parler d'elle, évidemment. Quand elle avait
passé ses options d'art à l'université, c'était la nouvelle
sensation, on parlait beaucoup d'elle, et elle était très
imitée par les étudiants en photographie qui déambu-
laient à travers le campus avec des appareils accrochés
autour du cou comme des badges. Maintenant qu'elle
revoyait les photos, elle se souvenait d'elles. Le reflet
d'une femme dans le miroir d'un salon de beauté, une
moitié de ses cheveux soigneusement enroulée autour
de bigoudis, l'autre moitié retombant en une cascade
ébouriffée. Une femme retouchant son maquillage dans
le rétroviseur latéral d'une Chrysler, une cigarette pendant de ses lèvres brillantes. Une autre en robe d'intérieur vert émeraude et chaussures à talons, passant
l'aspirateur sur un tapis jaune paille, les couleurs tellement saturées qu'elles semblaient déteindre les unes sur
les autres. Des clichés tellement saisissants que même
après toutes ces années elle se rappelait les avoir vus
projetés sur l'écran de l'amphi plongé dans l'obscurité,

retenant son souffle tandis qu'elle était l'espace d'un instant plongée dans ce monde éclatant en technicolor.

Pauline, apprit-elle, était née dans la campagne du Maine et avait déménagé à Manhattan à l'âge de dix-huit ans, vivant plusieurs années à Greenwich Village avant d'exploser sur la scène artistique au début des années 1970. Chaque livre que Mme Richardson consultait la décrivait en termes élogieux : génie auto-didacte, pionnière de la photographie féministe, esprit dynamique et généreux.

Elle découvrit en revanche très peu de choses sur sa vie personnelle, juste une brève mention du fait qu'elle avait un appartement dans l'Upper West Side. Elle trouva cependant une information intéressante : Pauline Hawthorne avait enseigné à l'école des beaux-arts de New York – mais apparemment pas parce qu'elle avait besoin d'argent. En quelques années, ses photos avaient commencé à se vendre des dizaines de milliers de dollars – un montant élevé pour un photographe à l'époque, surtout une femme. Après sa mort en 1982, leur valeur était montée en flèche, le MoMA dépensant près de deux millions pour ajouter une de ses œuvres à sa collection permanente.

Instinctivement, Mme Richardson chercha le numéro du responsable des inscriptions de l'école des beaux-arts de New York. Celui-ci, en entendant les références d'Elena et en apprenant qu'elle vérifiait quelques détails pour un article, se révéla d'une grande aide. Pauline Hawthorne avait donné un cours de photogra-phie de niveau avancé pendant de nombreuses années, jusqu'à peu avant sa mort. Non, aucune Mia Warren n'avait été inscrite aux cours de Mme Hawthorne à l'époque. Mais il y avait eu une Mia Wright à l'automne 1980 ; est-ce que ça pouvait être la personne que Mme Richardson cherchait ?

Il s'avérait que Mia Wright s'était inscrite ce semestre-là à l'école des beaux-arts en première année, mais qu'au printemps 1981 elle avait demandé, et s'était vu accorder, une autorisation d'absence pour l'année suivante. Et elle n'était jamais revenue. Mme Richardson, après un rapide calcul mental, détermina que Mia – s'il s'agissait bien de la même personne – n'avait pas pu être enceinte de Pearl à ce moment-là. Mais dans ce cas, pourquoi avoir demandé un congé ?

Le responsable des inscriptions rechignait à donner l'adresse des étudiants, même ceux qui avaient été inscrits quinze ans plus tôt. Mais, grâce à un questionnement ingénieux, Mme Richardson parvint à apprendre que l'adresse qui figurait dans le dossier de Mia Wright était locale, et qu'aucun parent n'était listé.

Elle devrait donc prendre le problème dans l'autre sens. Et bientôt une opportunité se présenta, sous forme d'une lettre très attendue. Depuis Thanksgiving, Lexie vérifiait le courrier dès qu'elle rentrait à la maison, et enfin, à la mi-décembre, une épaisse enveloppe portant le logo de Yale atterrit dans leur boîte à lettres. Mme Richardson appela tous les membres de la famille pour annoncer la bonne nouvelle ; son mari arriva à la maison avec un gâteau.

« Lexie, je t'emmène prendre un bon brunch ce week-end pour fêter ça, déclara Elena pendant le dîner. Après tout, ce n'est pas tous les jours qu'on est accepté à Yale. On va s'amuser entre filles.

— Et moi ? demanda Moody. J'ai juste le droit de rester à la maison et de manger des céréales ?

— Elle a dit *s'amuser entre filles.* »

Trip éclata de rire, et Moody fit la moue.

« Tu veux en être ?

— Allons, Moody, reprit Mme Richardson. Trip a raison. C'est juste pour féliciter Lexie. On va se mettre sur notre trente et un et passer une petite matinée entre filles.

— Et moi, alors ? demanda Izzy. Est-ce que ça veut dire que je peux venir ? »

Mme Richardson n'avait pas anticipé ça. Mais les yeux de Lexie brillaient déjà, elle parlait déjà de l'endroit où elle voulait aller, et il était trop tard pour revenir sur sa promesse. Et alors, ce soir-là, tandis qu'elle se lavait le visage avant d'aller se coucher, une idée lui vint. Ce déjeuner pourrait également avoir une autre utilité.

Le lendemain, elle entra dans la véranda juste avant le dîner. Normalement, elle laissait les enfants tranquilles, estimant que les adolescents avaient besoin d'espace, qu'ils avaient droit à un certain degré d'intimité. Ce jour-là, cependant, elle cherchait Pearl. Comme toujours, celle-ci était affalée sur le canapé avec Lexie, Trip et Moody, chacun disparaissant à moitié parmi les coussins rembourrés. Izzy était étendue sur le ventre sur le fauteuil, le menton posé sur un accoudoir, les pieds en l'air au-dessus de l'autre.

« Pearl, te voilà », commença-t-elle. Elle s'assit précautionneusement sur l'accoudoir du canapé à côté d'elle. « Les filles et moi allons prendre un brunch samedi, pour fêter la bonne nouvelle de Lexie. Pourquoi tu ne nous accompagnerais pas ?

— Moi ? »

Pearl jeta un rapide coup d'œil par-dessus son épaule, comme si Mme Richardson pouvait s'adresser à quelqu'un d'autre.

« Tu fais pratiquement partie de la famille, non ? rit Mme Richardson.

— Bien sûr, tu devrais venir, s'en mêla Lexie. Je veux que tu viennes.

— Va prévenir ta mère, reprit Mme Richardson. Elle est dans la cuisine. Je suis sûre qu'elle sera d'accord. Dis-lui que c'est moi qui t'invite. Dis-lui, ajouta-t-elle, que j'insiste. »

De l'autre côté de la pièce, Izzy se releva lentement sur ses coudes, plissant les yeux. Ça faisait plus de trois semaines que sa mère avait promis de se pencher sur la mystérieuse photo de Mia, et quand elle l'avait questionnée à ce sujet, Elena avait simplement répondu : « Oh, Izzy, tu fais toujours toute une histoire de rien. » Maintenant, son intérêt soudain pour Pearl lui semblait étrange.

« Pourquoi tu l'as invitée ? demanda-t-elle lorsque Pearl fut hors de portée de voix.

— Izzy. Est-ce qu'elle a souvent l'occasion de prendre des brunchs ? Tu dois apprendre à être plus généreuse. » Mme Richardson se releva et rajusta son chemisier. « Et puis, je croyais que tu l'aimais bien. »

* * *

C'est ainsi que Pearl se retrouva à une table en bois à côté de Lexie, face à Mme Richardson et à une Izzy boudeuse. Lexie avait choisi le 100th Bomb Group, un restaurant proche de l'aéroport où la famille allait pour les grandes occasions, la dernière en date ayant été le quarante-quatrième anniversaire de M. Richardson.

Le 100th Bomb Group était bondé ce matin-là, un tourbillon étourdissant d'activité et un buffet impressionnant qui s'étirait sur toute la longueur de la salle. Au poste de découpe, un homme costaud tranchait un énorme rôti de bœuf bleu. À la section des omelettes, des cuisiniers versaient des œufs dorés et mousseux dans une poêle et préparaient des omelettes moelleuses avec tous les ingrédients que vous vouliez, même certains qu'Izzy n'avait jamais eu l'idée de mettre dans une omelette : champignons, asperges, morceaux de homard couleur corail. Les murs étaient recouverts de souvenirs des escadrons de bombardiers : cartes des principales batailles contre les nazis, médailles, plaques d'identité, lettres aux fiancées, photos des avions, photos des hommes eux-mêmes, tout pimpants dans leur uniforme avec leur casquette de cadet et l'occasionnelle moustache.

« Regardez-le, dit Lexie en tapotant une photo juste derrière l'oreille de Pearl. Capitaine John C. Sinclair. Vous aimeriez pas le rencontrer ?

— Tu te rends compte, répliqua Izzy, que s'il est encore vivant, il doit avoir environ quatre-vingt-quatorze ans. Il a probablement un déambulateur.

— Je veux dire, vous auriez pas aimé le rencontrer, si vous aviez vécu à l'époque ? Toujours à chercher la petite bête, Izzy.

— Il a probablement bombardé des villes, tu sais, poursuivit cette dernière. Il a probablement tué beaucoup d'innocents. »

Elle désigna de la main toutes les photos qui les entouraient.

« Izzy, fit Mme Richardson. Gardons le cours d'histoire pour une autre fois. Nous sommes ici pour fêter la réussite de Lexie. » Elle fit un sourire radieux par-dessus la table en direction de cette dernière et, par extension, de Pearl, qui était assise à côté d'elle. « À Lexie, dit-elle en levant son bloody mary, et Lexie et Pearl brandirent leurs gobelets de jus d'orange, lumineux dans l'éclat du soleil.

— À Lexie, répéta Izzy. Je suis sûre que Yale te comblera. »

Elle but une rasade d'eau, comme si elle regrettait que ce ne soit pas quelque chose de plus fort. À la table qui jouxtait la leur, un bébé abattit ses poings potelés sur la nappe, et les couverts s'entrechoquèrent bruyamment.

« Oh, mon Dieu ! » s'exclama Lexie. Elle se pencha à travers l'allée vers l'enfant. « Tu es tellement mignon. Vraiment. Tu es le plus beau bébé du monde. »

Izzy roula les yeux et se leva.

« Gardez-le à l'œil, dit-elle aux parents. On ne sait jamais quand on risque de se faire voler son bébé. »

Avant que quiconque ait le temps de répondre, elle traversa la pièce en direction du buffet.

« S'il vous plaît, excusez ma fille, dit Mme Richardson au couple. Elle est à un âge difficile. » Elle sourit au nourrisson, qui essayait désormais de s'enfoncer la partie large d'une cuiller dans la bouche. « Lexie, Pearl, pourquoi vous n'y allez pas aussi ? Je vous attendrai ici. »

Quand tout le monde fut revenu à table, Mme Richardson décida de réorienter progressivement la conversation. De fait, ça s'avéra plus simple que ce à quoi elle s'était attendue. Elle commença par un sujet sur lequel on pouvait toujours compter, la météo, déclarant qu'elle espérait qu'il ne ferait pas trop froid pour Lexie à New Haven ; il faudrait lui commander un manteau plus chaud sur le site L.L. Bean, et aussi une nouvelle paire de bottines de marche, une couette en duvet. Elle se tourna ensuite vers Pearl.

« Et toi, Pearl, demanda-t-elle. Tu es déjà allée à New Haven ? »

Celle-ci avala une bouchée d'omelette et secoua la tête.

« Non, jamais. Ma mère n'aime pas beaucoup la côte Est.

— Vraiment ? » Mme Richardson enfonça la pointe de son couteau dans un œuf poché et le jaune s'écoula en formant une flaque dorée. « C'est dommage que tu n'aies jamais pu voyager là-bas. Tellement de choses à voir. Tellement de culture. Nous sommes allés à Boston il y a quelques années, vous vous souvenez, les filles ? Le Freedom Trail, le navire de la Tea Party, la maison de Paul Revere. Et, bien sûr, il y a New York. Tellement de choses à faire là-bas. » Elle adressa un sourire bienveillant à Pearl. « J'espère que tu pourras voir ça un jour. Je crois vraiment que les voyages forment la jeunesse. »

Pearl se sentit piquée au vif, comme l'avait prévu Mme Richardson.

« Oh, on a beaucoup voyagé, dit-elle. On est allées partout. Illinois, Iowa, Kansas, Nebraska... » Elle marqua une pause, cherchant quelque chose de plus glamour. « On est même allées en Californie. Plusieurs fois.

— Magnifique ! »

Mme Richardson saisit la carafe de jus qui était posée sur la table et remplit de nouveau le verre de Pearl.

« Tu es *vraiment* allée partout. Une sacrée voyageuse, à vrai dire. Et ça te plaît de bouger autant ?

— Ça va. »

Pearl piqua un bout d'œuf avec sa fourchette.

« On déménage chaque fois que ma mère termine un projet. Les nouveaux endroits lui donnent de nouvelles idées.

—. Tu vas devenir une vraie citoyenne du monde, observa Mme Richardson, et Pearl, malgré elle, rougit. Tu en connais probablement plus sur ce pays que n'importe quel autre adolescent. Même Lexie et Izzy – et nous avons pas mal voyagé –, même elles n'ont visité que quelques États. »

Puis, d'un ton désinvolte :

« Où as-tu passé le plus de temps ? Là où tu es née, je suppose ?

— Eh bien. » Pearl avala le bout d'œuf. « Je suis née à San Francisco. Mais nous en sommes parties quand j'étais bébé. Je ne m'en souviens pas du tout. On ne reste jamais longtemps au même endroit. »

Mme Richardson archiva cette information dans son cerveau.

« Il faudra que tu y retournes un jour, dit-elle. Je crois qu'il est important de savoir où sont nos racines. Ce genre de chose forge tellement notre identité. Moi, je suis née ici, à Shaker, tu le savais ?

— Maman, intervint Izzy. Pearl ne veut pas entendre tout ça. Personne ne veut l'entendre. »

Mme Richardson l'ignora.

« Mes grands-parents ont été parmi les premières familles à s'installer ici, poursuivit-elle. Avant, cet endroit, c'était la campagne. Tu le crois, ça ? Il y avait des écuries et des remises à calèches, et ils faisaient du cheval le week-end. » Elle se tourna vers Lexie et Izzy. « Vous ne vous souvenez pas de mes grands-parents. Lexie était bébé quand ils sont décédés. Enfin bref, ils sont venus ici et ils sont restés. Ils croyaient vraiment aux valeurs des Shakers.

— Les Shakers n'étaient-ils pas abstinents et communistes ? » demanda Izzy en buvant une gorgée d'eau.

Sa mère lui décocha un regard réprobateur.

« La planification réfléchie, la croyance en l'égalité et la diversité. Réellement considérer l'autre comme un égal. Ils ont transmis ça à ma mère, et elle me l'a transmis. » Elle se tourna de nouveau vers Pearl. « Où a grandi ta mère ? »

Pearl s'agita.

« Je ne suis pas vraiment sûre. En Californie, peut-être ? » Elle piqua son omelette, qui était désormais caoutchouteuse. « Elle n'en parle pas beaucoup. Je ne crois pas qu'il lui reste de la famille. »

En vérité, Pearl n'avait jamais eu le courage d'interroger franchement sa mère sur ses origines, et Mia avait facilement esquivé ses questions détournées. « On est des nomades, disait-elle à Pearl. Des Tziganes des temps modernes, voilà ce qu'on est. On ne met jamais les pieds deux fois au même endroit. » Ou : « On est des enfants de la balle, avait-elle déclaré un jour. Nous avons l'errance dans le sang. »

« Tu devrais te renseigner, dit Lexie. Je l'ai fait l'année dernière, pour mon projet d'histoire. Il y a une énorme base de données à Ellis Island – des listes de passagers et des manifestes de navires et ainsi de suite. Et si tu sais à quelle date tes ancêtres ont immigré, tu peux faire des recherches sur l'histoire de ta famille à partir des registres de recensement. J'ai remonté la nôtre jusqu'à juste avant la guerre de Sécession. » Elle reposa son jus d'orange. « Tu crois que ta mère saurait quand tes ancêtres sont arrivés ? »

Mme Richardson sentit que la conversation s'aventurait sur un terrain glissant.

« Lexie, tu parles comme un reporter en herbe, dit-elle, assez sèchement. Tu ferais peut-être bien de t'intéresser au journalisme quand tu seras à Yale. »

Lexie poussa un petit grognement.

« Non, merci.

— Lexie, interrompit Izzy avant que leur mère puisse poursuivre, veut être la prochaine Julia Roberts. Aujourd'hui Miss Adelaide, demain Miss America's Sweetheart.

— Ferme-la, lança Lexie. Julia Roberts a elle aussi probablement commencé dans des pièces de lycée.

— Moi, j'aimerais bien », déclara Pearl.

Tout le monde la dévisagea.

« Quoi ? demanda Lexie.

— Être reporter. Enfin, être journaliste. On peut tout comprendre. On peut raconter des histoires aux gens, découvrir la vérité et écrire dessus. » Elle parlait avec le sérieux que seul un adolescent peut véritablement avoir. « On change le monde avec des mots. J'adorerais faire ça. » Elle regarda Mme Richardson, qui vit pour la

213

première fois combien les yeux de Pearl étaient grands et sincères.

« Comme vous. J'adorerais faire ce que vous faites.

— Vraiment ? »

Elle était sincèrement touchée. Pendant un moment, ce fut comme si Pearl était simplement là parce qu'elle était l'amie de Lexie, venue célébrer sa merveilleuse fille : une jeune femme prometteuse que Mme Richardson pourrait guider et soutenir uniquement parce qu'elle avait du potentiel. « C'est magnifique. Tu devrais essayer d'écrire pour le *Shakerite* – un journal de lycée est un très bon moyen d'apprendre les bases du métier. Et ensuite, quand tu seras prête, je pourrai peut-être t'aider à trouver un stage. » Elle s'interrompit, se rappelant soudain pourquoi elle avait invité Pearl à ce brunch. « Ça vaut la peine d'y réfléchir, en tout cas, acheva-t-elle, et elle remua férocement sa boisson avec sa tige de céleri. Izzy, c'est tout ce que tu manges ? Du pain grillé et de la gelée ? Honnêtement, tu aurais pu manger ça à la maison. »

* * *

Il fallut à Mme Richardson plusieurs coups de fil pour joindre le bureau de l'état civil de San Francisco, mais lorsqu'elle y parvint, tout se passa sans accroc. Moins de dix minutes plus tard, l'employée avait faxé une demande de certificat de naissance sans poser de questions. Mme Richardson cocha la case indiquant qu'elle voulait une copie « à titre informatif » et inscrivit le nom et la date de naissance de Pearl, ainsi que le nom de Mia. L'espace réservé à celui du père

214

demeura, naturellement, vide, mais l'employée lui avait assuré que le certificat était du domaine public et qu'ils parviendraient à retrouver le bon document même sans cette information. « De deux à quatre semaines – si nous l'avons, nous vous l'enverrons », avait-elle promis, et Mme Richardson inscrivit sa propre adresse et joignit un chèque de dix-huit dollars, puis elle posta son courrier.

Elle attendit cinq semaines, et lorsque le certificat de naissance arriva dans la boîte à lettres des Richardson, ce fut un peu une déception. À la rubrique « père », le mot *AUCUN* avait été soigneusement tapé à la machine. Elena serra les lèvres de contrariété. Elle estimait qu'il devrait être illégal de cacher le nom d'un parent. Cette réticence à être sincère, à dire clairement les origines de quelqu'un, avait quelque chose de déplacé. Mia s'était déjà avérée être une menteuse, et elle était capable de nouveaux mensonges. Que pouvait-elle cacher d'autre ? C'était, pensait-elle, comme refuser de fournir le carnet d'entretien lors de la vente d'une voiture d'occasion. N'avait-on pas le droit de savoir d'où venait une chose, afin de connaître ses défaillances éventuelles ? En tant qu'employeuse de cette femme, et sa propriétaire, n'avait-elle pas le droit d'en savoir autant ?

* * *

Au moins, songea-t-elle, elle avait une nouvelle information : le lieu de naissance indiqué sur le certificat à côté du nom *Mia Warren* était Bethel Park, Pennsylvanie.

Les renseignements de Bethel Park l'informèrent qu'il y avait cinquante-quatre entrées pour le nom Warren dans la commune. Après réflexion, Mme Richardson appela le service de l'état civil de la ville, qui ne fut pas tout à fait aussi accommodant que celui de San Francisco. Il n'y avait pas de Mia Warren dans les registres, insista la femme au téléphone.

« Et Mia Wright ? » demanda Mme Richardson sur une inspiration soudaine. Après une brève pause et le clac-clac d'un clavier, la femme répondit que oui, une Mia Wright était née à Bethel Park en 1962. Oh, et il y avait aussi un Warren Wright né en 1964 ; était-il possible que Mme Richardson ait mélangé les noms ?

Elena la remercia et raccrocha.

Il lui fallut plusieurs jours, mais grâce à ses compétences journalistiques et à de nombreux coups de fil elle trouva finalement la clé qu'elle avait cherchée. Celle-ci se présenta sous la forme d'une notice nécrologique parue dans le *Pittsburgh Post* le 17 février 1982.

LES OBSÈQUES DE L'ÉLÈVE DE TERMINALE
AURONT LIEU VENDREDI

Les obsèques de Warren Wright, 17 ans, auront lieu vendredi 19 février à 11 heures au funérarium Walter E. Griffith, 5636 Brownsville Road. M. Wright laisse derrière lui ses parents, M. et Mme George Wright, résidents de longue date de Bethel Park, et une sœur aînée, Mia Wright, qui a achevé sa scolarité dans le district en 1980. En lieu et place de fleurs, la famille suggère des donations à l'équipe de football du lycée de Bethel Park, dont M. Wright était le *running back* titulaire.

Ça ne pouvait pas être une coïncidence, décida Mme Richardson. Mia Wright. Warren Wright. Mia Warren. Elle rappela les renseignements de Bethel Park, et après avoir raccroché, elle scruta la note qu'elle avait griffonnée sur un bout de papier. George et Regina Wright, 175 North Ridge Road. Un code postal. Un numéro de téléphone.

C'était tellement facile, songea-t-elle avec un peu de dédain, de se renseigner sur les gens. Tout était là, toutes les informations les concernant. Vous n'aviez qu'à chercher. Vous pouviez tout découvrir sur une personne si vous vous en donniez la peine.

* * *

Alors que Mme Richardson avait retrouvé la trace des parents de Mia, l'affaire de la petite May Ling/ Mirabelle était toujours un sujet d'actualité – peut-être même plus qu'avant. Certes, le pays était titillé par les frasques sordides du président, mais aussi scandaleuse que fût l'affaire, elle avait également un côté comique. En ville, les opinions allaient de *Ça n'a rien à voir avec la manière dont il dirige le pays* à *Tous les présidents ont des liaisons*, en passant par celle qui avait le plus de succès : *Qu'est-ce que ça peut faire ?* Mais le public – surtout celui de Shaker Heights – était désormais profondément concerné par le cas Mirabelle McCullough, car, contrairement au scandale de la stagiaire, il semblait extrêmement sérieux.

Presque chaque soir, l'affaire – qui venait seulement de se voir attribuer une date d'audience en mars et avait été enregistrée sous le nom *Chow vs Cuyahoga County* – était mentionnée aux infos. Le fait qu'elle impliquait une personne de Shaker – une communauté qui aimait se considérer comme un porte-étendard – avait éveillé l'intérêt de tout le monde, et chacun en ville avait un avis. Une mère méritait d'élever son enfant. Une femme qui avait abandonné sa fille ne méritait pas une seconde chance. Une famille blanche s'apprêtait à séparer une enfant chinoise de sa culture. Une famille aimante devrait compter plus que la couleur des parents. May Ling avait le droit de connaître sa mère. Mark et Linda étaient la seule famille que Mirabelle avait connue.

Les McCullough avaient sauvé Mirabelle, soutenaient leurs partisans. Ils offraient une vie meilleure à une enfant non désirée. C'étaient des héros qui mettaient à mal le racisme par le biais de l'adoption interculturelle. « Je trouve ça merveilleux, ce qu'ils font, avait dit une femme aux journalistes lors d'un micro-trottoir. Enfin quoi, c'est l'avenir, non ? Dans le futur, on ne fera plus attention à la race. » « On peut voir à quel point c'est une mère merveilleuse, déclarait une de leurs voisines quelques minutes plus tard. On voit bien que quand elle regarde cette enfant dans ses bras, elle ne voit pas un bébé chinois. Tout ce qu'elle voit, c'est un *bébé*, purement et simplement. »

C'était exactement le problème, rétorquaient les partisans de Bebe. « Ce n'est pas juste un bébé, avait protesté une femme quand Channel 5 avait envoyé un journaliste à Asia Plaza, le centre commercial chinois de Cleveland, pour connaître le point de vue des Asiatiques. C'est un bébé *chinois*. Elle va grandir sans rien connaître de son héritage. Comment saura-t-elle qui elle est ? » Le hasard voulait que la mère de Serena Wong fît ses courses dans l'épicerie asiatique ce matin-là, et – à la grande fierté mais aussi au grand embarras de sa fille – elle s'était exprimée avec force sur le sujet. « Faire comme si ce bébé était juste un *bébé* – faire comme s'il n'y avait pas de question de race – est malhonnête, avait-elle sèchement déclaré pendant que Serena s'agitait à côté d'elle. Et, non, je ne joue pas la "carte de la race". Posez-vous la question : auriez-vous un débat aussi vif si le bébé était blond ? »

Les McCullough eux-mêmes, après de nombreuses discussions avec leurs avocats, accordèrent une inter-view exclusive à Channel 3. Publicité positive, était convenu M. Richardson, si bien que la chaîne envoya une équipe de tournage et un producteur dans leur salon et les filma sur le canapé d'angle avec Mirabelle devant un beau feu de cheminée, pendant que lui se tenait juste hors cadre.

« Bien sûr, nous comprenons pourquoi Mlle Chow ressent ce qu'elle ressent, déclara Mme McCullough. Mais nous avons eu Mirabelle pendant la plus grande partie de sa vie, et nous sommes tout ce dont elle se souvient. Je sens que Mirabelle est véritablement mon enfant, qu'elle est venue à moi de la sorte pour une raison.

— Personne, ajouta M. McCullough, ne peut hon-nêtement affirmer que Mirabelle n'est pas mieux dans un foyer stable avec deux parents.

— Certains ont suggéré que Mirabelle perdra le contact avec sa culture de naissance, déclara le pro-ducteur. Comment répondez-vous à ces inquiétudes ? »

Mme McCullough acquiesça.

« Nous essayons d'être très sensibles à ça. Vous remarquerez que nous avons de plus en plus d'œuvres d'art asiatiques aux murs. » Elle désigna de la main les parchemins représentant des montagnes peintes à l'encre accrochés près de la cheminée, le cheval en poterie vernie qui trônait sur le manteau. « Nous tenons, quand elle sera plus grande, à lui faire connaître sa culture de naissance. Et, naturellement, elle adore déjà le riz. De fait, ça a été sa première nourriture solide.

— En même temps, compléta M. McCullough, nous voulons que Mirabelle soit élevée comme une fillette américaine typique. Nous voulons qu'elle sache qu'elle est exactement comme tout le monde. »

Le reportage s'achevait par un plan des McCullough se tenant au-dessus du berceau de Mirabelle qui regardait son mobile en gazouillant.

Même les enfants Richardson étaient divisés sur la question. Elena, naturellement, était fermement du côté des McCullough, de même que Lexie. « Regardez la vie qu'a Mirabelle maintenant ! s'écria-t-elle un soir de la mi-février pendant le dîner. Une grande maison dans laquelle jouer. Un jardin. Deux pièces remplies de jouets. Sa mère ne peut pas lui offrir tout ça. » Mme Richardson était d'accord : « Ils l'aiment tellement. Ils ont attendu si longtemps. Et ils l'élèvent depuis qu'elle est toute petite. Elle ne se souvient plus de sa mère. Mark et Linda sont les seuls parents qu'elle connaisse. Ce serait cruel pour tout le monde de la reprendre maintenant, quand ils ont toujours été des parents parfaits. »

Moody et Izzy, en revanche, étaient plutôt enclins à prendre le parti de Bebe. « Elle a commis une erreur », soutenait Moody. Pearl lui avait raconté l'histoire de la jeune femme et, comme en tout, il était de son côté. « Elle pensait qu'elle ne pouvait pas s'occuper de son bébé, et ensuite les choses ont changé, et maintenant elle peut. Ça ne devrait pas être une raison pour lui prendre son enfant pour toujours. » Izzy était plus succincte : « C'est elle, la mère. Pas eux. » Quelque chose dans cette histoire avait allumé une étincelle en elle, même si elle ne savait pas exactement quoi et ne parviendrait pas à le formuler avant longtemps.

« Cliff et Clair se sont disputés à ce sujet hier soir », dit Brian à Lexie un après-midi. Ils étaient allongés sur le lit, à moitié habillés, ayant séché leurs entraînements de crosse et de hockey sur gazon pour un autre genre d'exercice physique. « Pourtant, ils ne se disputent absolument jamais. » Ça avait commencé pendant le dîner, et quand il était allé se coucher, ses parents s'étaient enfoncés dans un silence glacial et obstiné.

« Mon père pense qu'elle n'a aucun avenir avec une femme comme Bebe. Il dit que les mères comme ça sont le genre de parents qui entretiennent le cycle de la pauvreté.

— Mais toi, tu en penses quoi ? » demanda Lexie.

Brian hésita. Sa mère avait interrompu la tirade de son père – chose qu'elle faisait souvent, mais jamais avec une telle véhémence : « Et tous ces bébés noirs qui finissent dans des foyers blancs ? avait-elle dit. Tu crois que ça rompt le cycle de la pauvreté ? » Elle avait bruyamment posé une casserole dans l'évier et fait couler de l'eau. De la vapeur s'était élevée en sifflant. « S'ils veulent aider la communauté noire, pourquoi ils ne commencent pas par changer le système ? » Le raisonnement de son père semblait logique à Brian – le bébé était à l'abri, choyé et adoré, toutes les opportunités s'ouvraient à lui. Et pourtant la vue de ce petit corps brun enveloppé dans les longs bras pâles de Mme McCullough le déroutait autant que sa mère. Il était ennuyé – non, en colère – que Bebe le mette dans cette position.

« Je pense que si elle avait été plus prudente, tout ça aurait pu être évité, répondit-il durement. Enfin quoi, elle avait qu'à utiliser une capote. C'est si difficile ? Un dollar au drugstore et toute cette histoire ne serait jamais arrivée.

— Ce n'est pas du tout le sujet, Bry », contra Lexie, et elle ramassa son pantalon par terre.

Brian le lui arracha des mains.

« Laisse tomber. Pas notre problème, hein ? »

Il la prit dans ses bras et Lexie oublia la petite Mirabelle, les McCullough, tout sauf les lèvres de Brian sur son oreille.

Avec l'aide d'Ed Lim, Bebe avait rempli des papiers officiels et s'était vu accorder un droit de visite provisoire, une fois par semaine pendant deux heures. M. et Mme McCullough conservaient la garde du bébé pour le moment.

Mais cet arrangement ne satisfaisait personne.

« Seulement à la bibliothèque ou dans un "lieu public", s'était plainte Bebe auprès de Mia. Elle ne peut même pas venir chez moi. Je dois tenir mon bébé dans bibliothèque. Et l'assistante sociale assise là, tout le temps à me regarder. Comme si je suis une criminelle. Comme si je vais faire du mal à mon bébé. Ces McCullough, ils disent que je peux venir chez eux, la voir là-bas. Ils croient que je vais rester là à sourire pendant qu'ils volent mon bébé ? Ils croient que je vais m'asseoir près la cheminée et regarder les photos d'une autre femme qui tient mon enfant ? »

Pendant ce temps, Mme McCullough avait ses propres doléances.

« Tu n'as aucune idée de ce que c'est, avait-elle dit à Mme Richardson au téléphone. Confier ton bébé à une inconnue. Regarder une femme que tu ne connais même pas s'éloigner avec ton enfant. J'ai des crises d'urticaire chaque fois que la sonnette retentit, Elena. Quand elles sont parties, je tombe littéralement à genoux et je prie pour qu'elle revienne comme elle est censée le faire. La nuit qui précède, je n'arrive même pas à dormir. J'ai été obligée de prendre des somnifères. »

Mme Richardson produisit un petit claquement de langue compatissant.

« Et ce n'est jamais le même jour. Chaque semaine je dis, s'il vous plaît, est-ce qu'on peut déterminer un horaire fixe. S'il vous plaît, qu'on s'accorde au moins sur un jour. Au moins comme ça je m'y attendrai. J'aurai le temps de me préparer. Mais non, elle ne prévient jamais l'assistante sociale avant la veille. Je reçois un coup de fil dans l'après-midi – *Oh, nous serons là demain à dix heures.* Moins d'une demi-journée avant. Je suis complètement à cran.

— C'est seulement pour quelque temps, Linda, répondit Mme Richardson d'une voix apaisante.

L'audience est prévue pour la fin mars, et, évidemment, le tribunal t'accordera la garde du bébé.

— J'espère que tu as raison. Mais s'ils décidaient que... » Elle s'interrompit, sa gorge se serrant, et prit une profonde inspiration. « Je ne veux pas y penser. C'est impossible. Ils ne feraient pas ça. » Son ton se durcit. « Si elle n'est même pas fichue d'organiser son emploi du temps, comment peut-elle s'attendre à être suffisamment stable pour élever un enfant ?

— Ça aussi, ça passera. »

Le calme de Mme Richardson, cependant, dissimulait ses vrais sentiments. Plus elle pensait à Mia, plus elle était en colère, et plus elle ne pouvait s'empêcher de penser à elle.

Elle avait passé toute sa vie à Shaker Heights, et cet endroit avait imprégné tout son être. Ses souvenirs d'enfance étaient une vaste étendue verte – de larges pelouses, de grands arbres, la végétation luxuriante qui accompagne la richesse – et ressemblaient aux brochures publicitaires que la ville avait publiées pendant des décennies pour séduire le bon type d'habitants. Ça avait un certain sens : ses grands-parents avaient vécu à Shaker Heights presque depuis le début. Ils étaient arrivés en 1927, quand c'était encore techniquement un village – même si on qualifiait déjà l'endroit de plus agréable quartier résidentiel du monde. Son grand-père avait grandi dans le centre de Cleveland, dans ce qu'on appelait la rue des Millionnaires, la maison crénelée en forme de gâteau de mariage de sa famille nichée à côté de celles des Rockefeller, d'un magnat du télégraphe et d'un secrétaire d'État. Cependant, quand le grand-père de Mme Richardson

– qui était alors un avocat prospère – s'était préparé
à faire venir sa fiancée chez lui, le centre-ville était
devenu bruyant et congestionné. De la suie flottait dans
l'air et salissait les robes des femmes. Déménager à la
campagne, avait-il décidé, serait la meilleure chose à
faire. C'était une folie de s'éloigner autant de la ville,
soutenaient ses amis, mais c'était un homme d'extérieur, et sa future épouse, une fervente cavalière, or
Shaker Heights offrait trois sentiers d'équitation, des
ruisseaux pour la pêche, et une bonne dose d'air frais.
De plus, une nouvelle ligne de train emmenait les
hommes d'affaires directement au cœur de la ville :
le comble de la modernité. Le couple avait acheté une
maison dans Sedgewick Road, engagé une bonne, et
s'était inscrit au country club ; Mme Richardson s'était
trouvé une écurie pour son cheval, Jackson, et était
devenue membre du club des jardins fleuris.

Quand la mère de Mme Richardson, Caroline, était
née en 1931, l'endroit était devenu moins rural, mais
pas moins idyllique. Shaker Heights était désormais
officiellement une ville ; elle abritait neuf écoles pri-
maires, et un établissement secondaire en briques
rouges venait d'être achevé. Les maisons majestueuses
poussaient comme des champignons, chacune obéissant
à des règles strictes quant au style et au code couleur et
soumise à un contrat de quatre-vingt-dix-neuf ans qui
interdisait la revente à toute personne qui n'était pas
approuvée par le voisinage. Les règlements et l'ordre
étaient nécessaires, affirmaient les habitants, afin que
leur communauté demeure unifiée et splendide.

Car Shaker Heights était en effet splendide. Partout
pelouses et jardins fleurissaient – les résidents

s'engageaient à arracher les mauvaises herbes et à ne faire pousser que des fleurs, jamais de légumes. Ceux qui avaient la chance d'y vivre avaient la certitude d'habiter dans la meilleure communauté d'Amérique. C'était le genre d'endroit où – comme l'avait découvert un résident – si vous perdiez votre diamant de mariage à mille dollars en déblayant l'allée, les services d'entretien enlevaient la totalité du monticule de neige, le portaient au garage municipal, et le faisaient fondre sous des lampes chauffantes pour récupérer votre trésor. L'enfance de Caroline avait été faite de pique-niques au bord du lac, de patinage dans les patinoires municipales bondées en hiver, de chants de Noël. Elle avait vu *Mélodie du Sud* et *Anna et le roi de Siam* aux séances de matinée du cinéma sur Shaker Square et, pour les grandes occasions – comme son anniversaire –, son père l'emmenait manger du homard chez Stouffer. Dans son adolescence, Caroline était devenue chef majorette pour la fanfare de l'école, et elle s'isolait près du club de canoë avec le garçon qui deviendrait son mari quelques années plus tard.

C'était, pour autant qu'elle pût imaginer, une vie idéale dans un endroit idéal. Et tout le monde à Shaker Heights pensait la même chose. Aussi, quand il était devenu évident que le monde à l'extérieur était moins parfait – tandis que l'abolition de la ségrégation raciale provoquait une levée de boucliers, que les Noirs boycottaient les bus à Montgomery et que les « neuf de Little Rock » allaient à l'école sous un déluge d'insultes et de crachats –, les habitants de Shaker, Caroline incluse, avaient décidé qu'ils devaient être mieux que ça. Après tout, n'étaient-ils pas plus intelligents, plus sages, plus réfléchis et prévoyants, les plus riches et les plus éclairés ? N'était-ce pas leur devoir de montrer la voie aux autres ? L'élite n'avait-elle pas la responsabilité de partager son bien-être avec les moins fortunés ? La mère de Caroline lui avait toujours appris à penser aux personnes dans le besoin : elle avait organisé des collectes de jouets à Noël, avait été membre de la guilde pour les enfants locale, avait même supervisé l'élaboration du livre de cuisine de la guilde, dont tous les bénéfices étaient allés à des œuvres de bienfaisance, faisant elle-même don de sa recette personnelle des cookies à la mélasse. Quand les troubles du monde extérieur s'étaient fait sentir à Shaker – une bombe chez un avocat noir –, la communauté s'était sentie obligée de montrer qu'on ne faisait pas ça ici. Une association de voisinage était née pour promouvoir l'intégration d'une manière particulièrement typique de Shaker Heights : des prêts pour encourager les familles blanches à emménager dans des quartiers noirs, des prêts pour encourager les familles noires à emménager dans des quartiers blancs, des régulations interdisant les panneaux « À vendre » afin de prévenir la fuite des Blancs – une loi qui resterait en vigueur pendant des décennies. Caroline, qui était alors propriétaire et avait un enfant d'un an – la jeune Mme Richardson –, avait immédiatement rejoint l'association pour l'intégration. Puis, quelques années plus tard, elle roulerait cinq heures et demie avec sa fille pour participer à la grande marche sur Washington, et Elena se souviendrait toujours de cette journée, du soleil qui l'avait forcée à plisser les yeux, de la masse de gens serrés cuisse contre cuisse, de l'odeur chaude de transpiration qui s'élevait de la foule, de l'obélisque qui se dressait au loin, telle une pointe cherchant à percer les nuages. Elle agrippait la main de sa mère, terrifiée à l'idée que celle-ci soit emportée par la cohue. « N'est-ce pas incroyable ? avait dit Caroline, sans la regarder. Souviens-toi de ce moment, Elena. » Et Elena se rappellerait l'expression sur le visage de sa mère, ce désir de rapprocher le monde de la perfection, comme on tourne la cheville d'un violon pour accorder progressivement la corde. Sa certitude que c'était possible si on se donnait la peine d'essayer, qu'aucune tâche n'était trop basse.

Mais trois générations d'amour de l'ordre, des règles et du décorum affecteraient également Elena, et elle ne parviendrait jamais tout à fait à trouver l'équilibre entre ces deux idées. En 1968, à quinze ans, elle avait allumé la télévision et regardé le chaos enflammer le pays comme un feu de broussailles. Martin Luther King Jr., puis Robert Kennedy. Des étudiants en révolte à Columbia. Des émeutes à Chicago, Memphis, Baltimore, Washington – partout, partout, les choses allaient à vau-l'eau. Et au fond d'elle couvait une étincelle, une étincelle qui s'embraserait des années plus tard en Izzy. Bien sûr, elle comprenait pourquoi tout ça se produisait : ils se battaient pour réparer les injustices. Mais une partie d'elle frissonnait face aux scènes à l'écran. Des images granuleuses, néanmoins terrifiantes : des épiceries en feu, de la fumée s'élevant de leur toit, des murs réduits à des poutres par les flammes. Les bords irréguliers de vitrines brisées comme des crocs dans la nuit. Des soldats qui marchaient avec des fusils devant des drugstores et des laveries automatiques. Des jeeps

qui bloquaient les intersections sous des feux de signali-
sation morts. Fallait-il vraiment brûler l'ancien pour faire
place au neuf ? La moquette sous ses pieds était douce.
Le canapé sous elle avait un motif de roses. Dehors,
une tourterelle triste roucoulait depuis la mangeoire, et
une Cadillac s'arrêtait dignement à l'angle. Et elle se
demandait lequel des deux mondes était réel.

Au printemps suivant, quand les manifestations anti-
guerre avaient éclaté, elle n'avait pas pris sa voiture
pour s'y joindre. Elle avait rédigé des courriers des lecteurs passionnés, avait signé des pétitions pour mettre
fin à la conscription. Elle avait cousu le symbole de
la paix sur son sac à dos, s'était tressé des fleurs dans
les cheveux.

Ce n'était pas qu'elle avait peur. C'était simplement
que Shaker Heights, en dépit de son idéalisme, était
un lieu pragmatique, et elle ne savait pas comment
se comporter autrement. Une vie de considérations
réalistes et confortables avait étouffé l'étincelle en
elle comme une couverture épaisse et lourde. Si elle
était allée à Washington pour se joindre aux manifestations, où aurait-elle dormi ? Que serait-il advenu
de ses études ? Aurait-elle été renvoyée, aurait-elle
quand même pu passer son diplôme et aller à l'université ? Un jour, au printemps de son année de terminale, Jamie Reynolds l'avait entraînée à l'écart après
le cours d'histoire. « J'arrête les études, avait-il dit.
Je vais en Californie. Viens avec moi. » Elle l'adorait
depuis la cinquième, quand il avait admiré un sonnet
qu'elle avait écrit pour le cours d'anglais. Désormais, à
presque dix-huit ans, il avait les cheveux longs et une
barbe hirsute, une aversion de l'autorité, et un Combi

Volkswagen dans lequel, affirmait-il, ils pouvaient vivre. « Ce sera comme du camping, avait-il dit, sauf qu'on peut aller partout », et elle avait tellement voulu le suivre, n'importe où, embrasser ce sourire tordu et timide. Mais comment aurait-il payé leur nourriture, où auraient-ils fait leur lessive, où se seraient-ils lavés ? Qu'auraient dit ses parents ? Les voisins, ses professeurs, ses amies ? Alors elle avait embrassé Jamie sur la joue et pleuré quand il avait finalement disparu.

Des mois plus tard, à Denison, elle avait regardé avec ses camarades de classe le tirage au sort de la conscription sur la télé à l'image granuleuse de la salle commune. L'anniversaire de Jamie – le 7 mars – était sorti en second. Il serait donc parmi les premiers à être appelés au combat, avait-elle pensé, et elle s'était demandé où il était parti, s'il savait ce qui l'attendait, s'il se présenterait ou s'il prendrait la fuite. À côté d'elle, Billy Richardson serrait sa main. Son anniversaire avait été l'un des derniers à être tirés et, de toute manière, en tant qu'étudiant, il s'était vu accorder un report. Il était à l'abri. Quand ils auraient leur diplôme, la guerre serait finie et ils se marieraient, ils achèteraient une maison et s'installeraient. Elle n'avait aucun regret, se disait-elle. Elle avait été folle d'envisager ne serait-ce qu'un instant de suivre Jamie. Ce qu'elle avait éprouvé pour lui à l'époque n'avait été qu'une minuscule flamme passagère.

Toute sa vie elle avait appris que la passion, comme le feu, était une chose dangereuse. Elle devenait si facilement incontrôlable. Elle escaladait les murs et bondissait par-dessus les tranchées. Les étincelles sautaient comme des puces et se répandaient tout aussi rapidement ; une brise pouvait charrier les braises sur des kilomètres. Mieux valait contrôler cette étincelle et la transmettre prudemment d'une génération à l'autre, comme une torche olympique. Ou, peut-être, l'entretenir attentivement comme une flamme éternelle : un rappel de la lumière et de la bonté qui jamais n'embraserait rien. Soigneusement contrôlée. Domestiquée. Heureuse en captivité. La clé, pensait-elle, était d'éviter toute conflagration.

Elle avait toujours senti que cette philosophie l'avait portée dans la vie, lui avait été bien utile. Bien sûr, elle avait dû abandonner des choses ici et là. Mais elle avait une belle maison, un emploi stable, un mari aimant, une couvée d'enfants en bonne santé et heureux ; elle n'y avait sûrement pas perdu au change. Les règles existaient pour une raison : si vous les suiviez, vous réussiriez ; sinon, vous risquiez de réduire le monde en cendres.

Et pourtant il y avait Mia, qui créait un tel traumatisme chez Linda, comme si celle-ci n'avait pas déjà traversé assez d'épreuves, comme si Mia était une mère exemplaire. Traînant son enfant sans père d'un endroit à l'autre, survivant grâce à des petits boulots, justifiant tout ça en se persuadant – en persuadant tout le monde – qu'elle faisait de l'*Art*. Fouinant dans les affaires des autres avec ses sales pattes. Créant des problèmes. Allumant imprudemment des étincelles. Mme Richardson bouillonnait, et au plus profond d'elle-même, la rage brûlante qui avait été soigneusement contenue s'enflammait. Mia faisait tout ce qu'elle voulait, et qu'est-ce que ça donnerait ? Un déchirement pour sa plus vieille amie. Le chaos pour tout le monde. *On ne peut pas simplement faire ce qu'on veut*, songeait-elle. Pourquoi Mia en aurait-elle le droit, quand personne d'autre ne le faisait ?

Ce n'était que cette loyauté envers les McCullough, se dirait-elle, le désir que justice soit rendue à sa plus vieille amie, qui la mènerait finalement à franchir la limite. Dès qu'elle pourrait s'absenter, elle irait en Pennsylvanie et rendrait visite aux parents de Mia. Et elle découvrirait, une bonne fois pour toutes, qui était cette femme.

12

Ces temps-ci, Pearl avait l'impression que tout était saturé de sexualité ; elle suintait de partout, comme du miel sale. Même les infos en étaient remplies. Dans *The Today Show*, un animateur parlait des rumeurs concernant le président et une robe bleue tachée ; des histoires encore plus salaces circulaient à propos d'un cigare et de l'endroit où il avait pu être mis. Les écoles à travers le pays faisaient venir des assistantes sociales pour « aider les jeunes à gérer ce qu'ils entendaient », mais dans les couloirs du lycée de Shaker Heights, l'humeur était à l'hilarité plutôt qu'au traumatisme. *Quelle est la différence entre Bill Clinton et un tournevis ? Un tournevis enfonce les vis, et...* Elle se demandait parfois si la nation entière avait sombré dans un épisode de Jerry Springer. *Qu'est-ce que vous obtenez si vous croisez Ted Kaczynski avec Monica Lewinsky ? Une pipe explosive !*

Entre les maths, la biologie et l'anglais, les élèves échangeaient des blagues aussi joyeusement que les enfants échangeaient des cartes de base-ball, et chaque jour les plaisanteries devenaient plus explicites.

Vous avez entendu parler des cigares du Bureau ovale ? Ils sont nervurés et lubrifiés. Ou : *Monica, murmurant à sa teinturière : Vous pouvez m'ôter cette tache ? La teinturière : Mais elle est foutue. Monica : Non, c'est de la moutarde.* Pearl rougissait, mais faisait mine de les avoir déjà entendues. Tout le monde semblait prononcer avec une telle aisance des mots qu'elle n'avait même jamais osé murmurer. Tout le monde, apparemment, était maître dans l'art du sous-entendu. Ça confirmait ce qu'elle avait toujours pensé : tout le monde en savait plus qu'on ne le croyait sur le sexe – tout le monde sauf elle.

C'est dans cet état d'esprit que, à la mi-février, Pearl se retrouva à marcher seule vers la maison des Richardson. Izzy devait être chez Mia, en train d'examiner une planche-contact, de découper des tirages, d'accaparer toute l'attention de sa mère, laissant suffisamment d'espace à Pearl pour qu'elle puisse être ailleurs. Moody avait raté une interro surprise sur *Jane Eyre* et était resté après les cours pour la repasser. M. et Mme Richardson étaient au travail. Et Lexie, évidemment, avait mieux à faire. Quand Pearl était passée à côté d'elle à son casier, elle avait dit : « À plus tard, Brian et moi, on va… traîner », et dans l'esprit de Pearl, toutes les choses nébuleuses qui emplissaient l'air avaient rapidement comblé cette hésitation. Elle y pensait encore lorsqu'elle arriva chez les Richardson et ne trouva que Trip à la maison, étendu en travers du canapé de la véranda, long et mince, son cahier de maths étalé sur le coussin à côté de lui. Il avait ôté ses tennis mais portait toujours ses chaussettes montantes, ce qu'elle trouva étrangement touchant.

Un mois plus tôt, Pearl aurait rapidement battu en retraite et l'aurait laissé seul, tandis que n'importe quelle autre fille, elle en était sûre, lui aurait dit de se pousser et se serait laissée tomber sur le canapé à côté de lui. Alors elle était restée, indécise. Il n'y avait personne d'autre dans la maison : elle se rendait compte que tout pouvait arriver, et cette idée était enivrante.

« Salut », lança-t-elle.

Trip leva les yeux et lui fit un grand sourire.

« Salut, la matheuse, répondit-il. Viens me filer un coup de main. »

Il se redressa, se décala pour lui faire une place et poussa son cahier vers elle. Pearl le saisit et examina le problème, pleinement consciente que leurs genoux se touchaient.

« OK, c'est facile, dit-elle. Donc, pour trouver x... »

Elle se pencha sur le cahier, corrigeant son travail, et Trip l'observa. Elle lui avait toujours semblé être une petite chose timide, mignonne même, mais pas le genre de fille à laquelle il aurait beaucoup pensé, si l'on mettait de côté les hormones adolescentes qui faisaient que tout ce qui était féminin valait le coup d'être reluqué. Mais ce jour-là, il y avait quelque chose de différent en elle, quelque chose dans sa façon de se tenir. Ses yeux étaient vifs et lumineux – avaient-ils toujours été ainsi ? Elle écarta du doigt une mèche de son visage et il se demanda ce que ça ferait de toucher ses cheveux, doucement, comme on pourrait caresser un oiseau. De trois rapides coups de crayon elle traça le problème sur la page – une ligne horizontale, verticale, puis sinueuse qui le fit soudain penser à des lèvres et à des hanches et à d'autres courbes.

« Tu saisis ? demanda Pearl, et Trip s'aperçut, à sa grande surprise, qu'il comprenait.

— Hé. Tu es douée pour ça.

— Je suis douée pour plein de choses », répondit-elle, et alors il l'embrassa.

C'est Trip qui la fit basculer en arrière sur le canapé, faisant tomber son cahier par terre, qui posa les mains sur sa jupe puis dessous. Mais c'est Pearl qui, un peu plus tard, se dégagea de sous lui, le prit par la main et le mena à sa chambre.

Sur le lit à moitié fait de Trip, dans la chambre où sa chemise de la veille gisait au sol, avec les lumières éteintes et le volet à demi fermé, elle déshabilla leurs deux corps à la lueur du soleil, laissant son instinct prendre le dessus. C'était comme si, pour la première fois de sa vie, son cerveau s'était éteint et que son corps bougeait de lui-même. C'était Trip qui était hésitant, se débattant avec l'agrafe de son soutien-gorge, même s'il en avait sûrement déjà défait de nombreux. Elle interpréta ça – à juste titre – comme un signe de nervosité, comme si ce moment signifiait quelque chose pour lui, et trouva ça adorable.

« Dis-moi quand arrêter », dit-il, et elle répondit : « N'arrête pas. »

Quand le moment arriva, ce fut une douleur immédiate, le contact soudain de leurs deux corps, son poids sur elle, ses genoux relevés contre les hanches de Trip. Ce fut rapide. Le plaisir – cette fois, du moins – vint pour elle après coup, lorsqu'il fut agité par un grand frisson et s'effondra sur elle, enfonçant son visage dans son cou. S'accrochant à elle comme s'il était poussé par un besoin intense, implacable. L'idée de ce qu'ils venaient de faire la ravissait, l'effet qu'elle avait eu sur lui. Elle l'embrassa sur le côté de l'oreille et, sans ouvrir les yeux, il lui fit un sourire lourd de sommeil, et elle se demanda brièvement ce que ça ferait de s'endormir à ses côtés, de se réveiller près de lui chaque matin.

« Levons-nous, dit-elle. Quelqu'un va bientôt rentrer. »

Ils enfilèrent leurs vêtements à la hâte, en silence, et ce n'est qu'alors que Pearl commença à se sentir embarrassée. Sa mère le saurait-elle ? Semblerait-elle différente ? Les autres liraient-ils sur son visage ce qu'elle avait fait ? Trip lui lança son tee-shirt et elle l'enfila, soudain empruntée à l'idée qu'il la regardait.

« Je ferais mieux d'y aller, dit-elle.

— Attends. » Il tira doucement les cheveux de sous le col de Pearl. « C'est mieux. » Ils se sourirent timidement, puis détournèrent le regard. « À demain », dit-il, et elle acquiesça et se glissa hors de la pièce.

* * *

Ce soir-là, Pearl observa sa mère d'un œil méfiant. Elle avait à plusieurs reprises vérifié son reflet dans le miroir de la salle de bains, et elle était à peu près sûre que rien n'était décelable à l'œil nu. Ce qui avait changé – et elle se sentait à la fois exactement semblable et complètement différente – était à l'intérieur. Pourtant, chaque fois que Mia la regardait, elle se crispait. Dès que le dîner fut fini, elle se retira dans sa chambre, prétextant qu'elle avait beaucoup de devoirs, pour réfléchir à ce qui s'était passé. Trip et elle sortaient-ils désormais ensemble ? S'était-il servi d'elle ? Ou – et c'était peut-être l'idée la plus troublante – s'était-elle servie de lui ? Elle se demanda si, la prochaine fois qu'elle le verrait, elle serait toujours autant attirée par lui. Si, quand il la verrait, il ferait comme si rien ne s'était passé – ou pire, s'il lui rirait au nez. Elle tenta de se repasser chaque instant de cet après-midi : chaque mouvement de leurs mains, chaque mot prononcé, chacun de leurs souffles. Valait-il mieux lui parler ou l'éviter jusqu'à ce qu'il vienne à elle ? Ces questions tournèrent dans sa tête toute la nuit, et le matin, quand Moody arriva pour aller au lycée, elle ne croisa pas son regard.

Toute la journée, Pearl fit tout son possible pour paraître normale. Elle garda la tête penchée sur ses notes ; elle ne leva pas la main. Tandis que chaque cours touchait à sa fin, elle se préparait au cas où elle tomberait sur Trip dans le couloir et répétait ce qu'elle dirait. Mais ça ne se produisit pas, et chaque fois qu'elle arrivait au cours suivant sans l'avoir vu, elle poussait un ouf de soulagement. À côté d'elle, Moody remarqua seulement qu'elle était silencieuse et se demanda si elle était contrariée par quelque chose. Autour d'elle, le brouhaha du lycée était semblable à ce qu'il était d'ordinaire, et après les cours elle rentra chez elle, affirmant ne pas se sentir bien. Quoi qu'il arrive la prochaine fois qu'elle verrait Trip, elle ne voulait pas que ça se passe devant Lexie et Moody. Mia remarqua également son silence, se demanda si elle avait attrapé quelque chose, et elle l'envoya au lit de bonne heure. Mais Pearl resta éveillée jusqu'à tard, et le matin, quand elle alla se laver le visage, elle vit des cernes sombres sous ses yeux et eut la certitude que Trip ne la regarderait plus jamais.

Mais à la fin de la journée, il apparut à son casier.

« Qu'est-ce que tu fais, aujourd'hui ? demanda-t-il, presque timidement, et elle rougit, sachant exactement ce que sa question signifiait.

— Je vais juste traîner, répondit-elle. Avec Moody. » Elle joua avec le cadran de son cadenas à combinaison, le tournant d'un côté et de l'autre, et décida d'être de nouveau audacieuse. « À moins que tu n'aies une meilleure idée. »

Trip passa le doigt le long du bord peint en bleu de la porte du casier.

« Est-ce que ta mère est chez toi ? »

Pearl acquiesça.

« Izzy y sera aussi. »

Ils passèrent chacun mentalement en revue une liste d'endroits : il n'y avait nulle part où ils pouvaient être seuls. Au bout d'un moment, Trip déclara :

« Je sais peut-être où on peut aller. » Il tira son pager de sa poche et chercha une pièce de vingt-cinq cents dans son sac. Les pagers étaient strictement interdits à l'école, moyennant quoi tous les élèves cools en possédaient un. « Retrouve-moi à la cabine téléphonique quand tu auras fini, OK ? »

Il fila. Pearl rassembla ses livres et referma son casier. Son cœur cognait comme celui d'un enfant en train de jouer à chat – même si elle ne savait pas si elle était la poursuivie ou la poursuivante. Elle coupa par le « dégagement » et se dirigea vers l'avant de l'école, où la cabine téléphonique était accrochée à l'extérieur de l'auditorium. Trip était juste en train de reposer le combiné sur son support.

« Qui tu as appelé ? » demanda Pearl.

Trip sembla soudain déconcerté.

« Tu connais Tim Michaels ? On joue tous les deux dans l'équipe de foot depuis qu'on a dix ans. Ses parents ne rentrent pas avant huit heures, et parfois il amène des filles dans la salle de jeux au sous-sol. »

Il se tut, et Pearl comprit.

« Ou parfois il te laisse en amener une ? » dit-elle.

Trip rougit.

« C'était il y a longtemps. Tu es la seule fille que je veuille emmener là-bas, maintenant. »

Il passa un doigt sur la clavicule de Pearl. Ce geste ne lui ressemblait tellement pas et il l'avait fait avec tant de sérieux qu'elle faillit l'embrasser sur place. À cet instant, le pager dans sa main sonna. Tout ce que Pearl vit fut une série de chiffres, mais ils signifiaient quelque chose pour lui. Les élèves qui avaient des pagers communiquaient par codes, rédigeant leurs messages avec des chiffres. *JE PEUX UTILISER CHEZ TOI*, avait tapé Trip sur le cadran de la cabine téléphonique, et Tim, qui se changeait dans la salle des casiers avant son entraînement de basket, avait jeté un coup d'œil à son pager et haussé un sourcil. Il n'avait pas remarqué que Trip fréquentait qui que ce soit dernièrement. *OK QUI C'EST*, avait-il envoyé en retour, mais Trip préféra ne pas répondre et renfonça son pager dans sa poche.

« Il dit que c'est bon. » Il tira sur l'une des sangles du cartable de Pearl. « Alors ? »

Elle s'aperçut soudain qu'elle se fichait des autres filles qui étaient passées avant.

« Tu nous emmènes ? » demanda-t-elle.

Ils étaient à la porte de derrière de la maison de Tim Michaels lorsqu'elle se rappela Moody. Il devait se demander où elle était, pourquoi elle ne l'avait pas rejoint dans l'aile des sciences comme d'habitude pour qu'ils rentrent ensemble. Il attendrait un peu, puis rentrerait chez lui, où il ne la trouverait pas non plus. Elle s'aperçut qu'elle serait obligée de lui dire quelque chose, mais Trip récupéra alors la clé sous le paillasson, ouvrit la porte, lui prit la main, et elle oublia Moody et le suivit à l'intérieur.

« Est-ce qu'on sort ensemble ? lui demanda-t-elle après coup, tandis qu'ils étaient étendus sur le canapé de la salle de jeux de Tim Michaels. Où est-ce que c'est juste comme ça ?

— Quoi, tu veux que je t'offre une bague ou quelque chose ? »

Pearl s'esclaffa.

« Non. » Elle redevint sérieuse. « Je veux juste savoir dans quoi je m'embarque. »

Les yeux de Trip croisèrent les siens, parfaitement calmes et d'un marron profond.

« Je n'ai pas l'intention de voir qui que ce soit d'autre. C'est ce que tu voulais savoir ? »

Elle ne l'avait jamais vu si sincère.

« OK. Moi non plus. » Puis, après un moment, elle déclara : « Moody va flipper. Et Lexie aussi. Et tous les autres. »

Trip songea à ce qu'elle venait de dire.

« Eh bien, on n'est pas forcés d'en parler à qui que ce soit. »

Il pencha sa tête vers celle de Pearl de sorte que leurs fronts se touchèrent. Bientôt, elle le savait, ils devraient se lever ; ils devraient s'habiller et retrouver le monde extérieur et tous les gens qui le peuplaient.

« Ça ne me dérange pas qu'on soit un secret », dit-elle, et elle l'embrassa.

* * *

Trip tint parole : Tim Michaels eut beau le harceler à de multiples reprises, il refusa de divulguer le nom de sa nouvelle copine mystérieuse, et quand ses autres amis lui demandaient où il allait après l'école, il trouvait des excuses. Pearl non plus n'en parla à personne. Qu'aurait-elle pu dire ? Elle aurait bien aimé le raconter à Lexie, lui révéler qu'elle était, comme elle, membre du club fermé des filles expérimentées, mais Lexie aurait demandé chaque détail intime, elle l'aurait répété à Serena Wong, et tout le monde au lycée aurait été au courant en moins d'une semaine. Izzy, bien entendu, aurait été dégoûtée. Moody – eh bien, il était hors de question de lui dire. Depuis quelque temps, Pearl avait de plus en plus conscience que les sentiments de Moody à son égard étaient différents, en qualité et en quantité, de ceux qu'elle avait pour lui. Un mois plus tôt, tandis qu'ils se frayaient un chemin à travers la foule d'un cinéma – ils étaient enfin allés voir *Titanic*, et le hall était bondé –, il avait tendu le bras derrière lui et avait saisi sa main pour qu'ils ne soient pas séparés, et même si elle avait été heureuse d'être guidée à travers la masse de gens, il l'avait agrippée si fermement, si impérieusement, qu'elle avait su. Elle l'avait laissé tenir sa main jusqu'à ce qu'ils franchissent la porte de la salle, puis elle s'était doucement libérée sous le prétexte de chercher du baume à lèvres dans son sac. Pendant le film – alors que Leonardo DiCaprio faisait une esquisse de Kate Winslet nue, ou quand la caméra zoomait sur une main glissant sur une vitre de voiture embuée – elle avait senti Moody se raidir et regarder dans sa direction, et avait enfoncé la main dans le sachet de pop-corn comme si le spectacle tragique à l'écran l'ennuyait. À la sortie, quand Moody avait suggéré qu'ils s'arrêtent prendre un café chez Arabica, elle avait prétendu devoir rentrer. Le lendemain matin, au lycée, tout semblait revenu à la normale, mais elle savait que quelque chose avait changé, et elle avait gardé cette certitude en elle comme une écharde, quelque chose qu'elle prenait soin de ne pas toucher.

Elle apprit donc à mentir. Quand Trip et elle s'éclipsaient ensemble – chaque fois que l'emploi du temps de Tim Michaels le permettait –, elle laissait un mot dans le casier de Moody. *Obligée de rester. On se voit chez toi, 4 h 30 ?* Ensuite, quand Moody l'interrogeait, Pearl avait toujours une excuse vaguement plausible. Elle avait fait des affiches pour le dîner-spaghettis annuel de collecte de fonds. Elle avait parlé à leur prof d'anglais de leur prochain contrôle. En réalité, après leurs rendez-vous amoureux, Trip la déposait à une rue de chez lui, et elle arrivait chez les Richardson à pied, comme d'habitude, tandis que lui se rendait à un entraînement de hockey, ou chez un ami, ou faisait le tour du pâté de maisons pendant quelques minutes avant de rentrer à son tour.

Ils se firent repérer un jour. M. Yang, en rentrant de son travail, engageait sa Saturn bleu clair dans Parkland Drive lorsqu'il vit une jeep Cherokee s'arrêter au bord de la route, avec à l'intérieur deux adolescents serrés l'un contre l'autre. Lorsqu'il passa, ils s'écartèrent finalement et la fille ouvrit sa portière, sortit, et il reconnut sa jeune voisine du dessus. Ça ne le regardait pas, songea-t-il, même s'il passa le reste de l'après-midi à rêvasser à sa propre adolescence à Hong Kong, quand il se glissait dans le jardin botanique avec Betsy Choy, ces après-midi de rêve dont il n'avait jamais parlé à personne et qu'il avait oublié de revivre pendant de nombreuses années. Les jeunes étaient tous les mêmes, tout le temps et partout, pensa-t-il, et il enclencha la vitesse et continua de rouler.

* * *

Depuis la fête d'Halloween, Lexie et Brian s'isolaient également aussi souvent que possible – après leurs entraînements de sport, quand ils se voyaient le week-end et, une fois, pendant la semaine des examens de fin d'année, au milieu de la journée, entre celui de physique de Lexie et celui d'espagnol de Brian. « Tu es accro », avait déclaré Serena pour plaisanter. À la grande irritation de Lexie, il semblait toujours y avoir quelqu'un chez elle quand elle et Brian voulaient le plus être seuls. Mais entre le père de Brian qui était de garde et sa mère qui travaillait tard, la maison des Avery était souvent déserte, et à la rigueur ils s'arrangeaient dans la voiture de Lexie, s'arrêtant sur un parking désert et se planquant sur la banquette arrière sous la vieille couette qu'elle avait commencé à laisser là uniquement à cet effet.

Pour Lexie, le monde était presque parfait, et ses fantasmes étaient sa vraie vie, mais avec des couleurs plus intenses. Après leurs rendez-vous, quand Brian et elle s'étaient à contrecœur dégagés l'un de l'autre et étaient rentrés chacun chez soi, elle se recroquevillait sur son lit, continuant d'imaginer sa chaleur et se représentant l'avenir, quand ils vivraient ensemble. Ce serait le paradis, songeait-elle, de s'endormir dans ses bras, de se réveiller à ses côtés. Elle ne pouvait rien imaginer de plus satisfaisant : cette idée même l'emplissait d'un sentiment de bien-être presque postcoïtal. Bien sûr, ils auraient une petite maison. Un jardin à l'arrière où elle pourrait prendre le soleil ; un panier de basket juste au-dessus de la porte du garage pour Brian. Elle aurait des lilas dans un vase sur la commode et des draps en lin à rayures sur le lit. L'argent, le loyer, le travail n'étaient pas un souci ; elle ne pensait pas à ces choses dans la vraie vie, donc elles n'apparaissaient pas dans sa vie fantasmatique non plus. Et un jour – ici le fantasme commençait à tournoyer et à étinceler comme un feu d'artifice sur un ciel nocturne – il y aurait un bébé. Il ressemblerait exactement à la photo de Brian à un an que sa mère gardait sur le manteau de la cheminée : cheveux bouclés, joues potelées, avec des yeux marron si grands et si doux qu'ils vous faisaient fondre. Il ferait rebondir le bébé sur sa hanche, le lancerait en l'air. Ils pique-niqueraient dans le parc et le bébé se roulerait dans l'herbe, riant quand les brins lui chatouilleraient les pieds. La nuit ils dormiraient avec le bébé entre eux telle une petite boule douce et chaude à l'odeur de lait.

À Shaker Heights, chaque étudiant avait droit à un cours d'éducation sexuelle non pas une, mais cinq fois : en sixième et en cinquième, ce qui était considéré comme une « intervention anticipée » ; pendant les « années à risques » de la quatrième et de la troisième ; et une dernière fois en seconde, séance au cours de laquelle l'éducation sexuelle était combinée à des bases de nutrition, des discussions sur l'estime de soi et des conseils en recherche d'emploi. Mais Lexie et Brian étaient aussi des adolescents, pas très doués pour calculer les probabilités et encore moins pour évaluer les risques. Ils étaient jeunes, et oui, ils s'aimaient. Ils étaient éblouis et étourdis par la vision de l'avenir qu'ils prévoyaient de partager, que Lexie désirait si ardemment que parfois elle n'en fermait pas l'œil de la nuit. Ce qui signifiait que, plus d'une fois, quand Lexie cherchait dans son sac et ne trouvait pas de préservatifs, ça ne les dissuadait pas. « Ça va aller, murmurait-elle à Brian. On va le faire quand même… »

Et c'est ainsi que, la première semaine de mars, Lexie se retrouva à la pharmacie en train de considérer le rayon des tests de grossesse.

Elle prit une boîte de deux EPT sur l'étagère du bas et, la cachant sous son sac à main, la porta à la caisse. La femme derrière le comptoir était jeune, dans les trente, trente-cinq ans, mais elle avait des rides tout autour des lèvres, qui donnaient l'impression qu'elle avait constamment la bouche pincée. *S'il vous plaît, ne posez pas de questions*, pria Lexie. *S'il vous plaît, faites comme si vous ne remarquiez pas ce que j'achète.*

« Je me souviens quand j'ai appris que j'étais enceinte de mon premier, déclara soudain la femme. J'avais emporté le test au travail. J'étais tellement nerveuse que j'ai vomi. » Elle plaça la boîte dans un sac en plastique et le tendit à Lexie. « Bonne chance, ma petite. »

Ce moment de gentillesse inattendue la fit presque pleurer – même si elle ne savait pas si c'était de honte de s'être fait repérer, ou de peur que son résultat ne soit le même –, et elle attrapa le sac et se retourna rapidement sans même dire au revoir.

Chez elle, Lexie verrouilla la porte de la salle de bains et ouvrit la boîte. Les instructions étaient simples. Un trait voulait dire non, deux traits, oui. Comme une Boule 8 Magique, pensa-t-elle, mais avec des conséquences bien plus sérieuses. Elle posa la tige humide sur le bord du lavabo et se pencha dessus. Déjà elle voyait les lignes se former. Deux, rose vif.

Quelqu'un frappa à la porte.

« Juste une seconde », lança-t-elle.

Elle enveloppa rapidement le test dans du papier-toilette, utilisant près de la moitié du rouleau, et l'enfonça tout au fond de la poubelle. Izzy se tenait toujours dans le couloir quand elle tira la chasse d'eau, se lava les mains et ouvrit finalement la porte.

« Tu t'admires dans le miroir ? »

Izzy jeta un coup d'œil dans la salle de bains derrière sa sœur, comme si quelqu'un pouvait s'y cacher.

« Certaines d'entre nous, répliqua Lexie, aiment prendre une minute pour se brosser les cheveux. Tu devrais essayer un jour. »

Elle passa vivement à côté d'Izzy et entra dans sa chambre où, dès que la porte fut refermée, elle se recroquevilla sur son lit en se demandant quoi faire.

*   *   *

Pendant un petit moment, Lexie crut sincèrement qu'ils pourraient garder le bébé. Ils trouveraient une solution. Ils pourraient arranger ça, comme ils avaient toujours tout arrangé jusqu'alors. Le bébé serait pour – elle compta sur ses doigts – novembre. Peut-être qu'elle pourrait repousser Yale d'un semestre et commencer plus tard. Peut-être que le bébé pourrait vivre avec ses parents pendant qu'elle serait à l'université. Bien sûr, elle rentrerait à la maison à chaque période de vacances pour le voir. Ou alors – et c'était le plus beau de tous les rêves – peut-être que Brian pourrait venir étudier à Yale, ou elle à Princeton. Ils loueraient une petite maison. Ils pourraient même se marier. Elle appuyait la main sur son ventre – toujours aussi plat qu'avant – et s'imaginait une unique cellule palpitant et se divisant à l'intérieur, comme sur les vidéos du cours de biologie. Il y avait un petit peu de Brian en elle, une infime fraction de lui qui se retournait encore et encore dans son corps et se transformait. Cette idée était précieuse. C'était comme une promesse, un cadeau qu'on lui aurait montré avant de le ranger sur une étagère en hauteur pour plus tard. Quelque chose qu'elle aurait de toute manière, alors pourquoi pas maintenant ?

Elle commença, prudemment, par parler de Mirabelle, comme elle le faisait depuis des mois.

« Tu ne croirais pas comme ses doigts sont tout petits, Bry, dit-elle. Des ongles minuscules. On dirait une poupée, tu n'en reviendrais pas. La façon qu'elle a de se fondre en toi quand tu la tiens. »

Puis elle passa aux autres nourrissons qu'elle avait vus récemment, avec l'aide du magazine *People*. Se servant de l'épaule de Brian comme d'un oreiller, déployant les pages en papier glacé, elle les classa du plus au moins mignon, lui demandant occasionnellement son avis.

« Mais tu sais qui aurait les bébés les plus mignons ? » dit-elle. Son cœur se mit à cogner. « Nous. Voilà qui. On aurait les enfants les plus adorables. Tu ne crois pas ? Les métis sont toujours tellement beaux. Peut-être parce que nos gènes sont si différents. » Elle feuilleta le magazine. « Bon sang, enfin quoi, même le gamin de Michael Jackson est mignon. Alors que lui est franchement terrifiant. C'est le pouvoir des enfants métis. »

Brian corna une page de son livre.

« Michael Jackson est à peine noir. Crois-moi. Et ce bébé a l'air blanc. »

Elle se pencha contre le bras de Brian, rapprochant de lui la série de photos. Sur l'une d'elles, Michael Jackson se prélassait sur un trône doré, tenant dans ses bras un nouveau-né.

« Mais regarde comme il est mignon. » Elle marqua une pause. « Tu n'aimerais pas qu'on en ait un tout de suite ? »

Brian se redressa, si brusquement que Lexie faillit tomber.

« T'es dingue ! C'est le truc le plus dingue que j'aie jamais entendu. » Il secoua la tête. « Ne dis pas des trucs comme ça.

« — J'imagine juste, Bry. Bon Dieu. »

Lexie sentit sa gorge se serrer.

« Tu imagines un bébé. Moi, j'imagine Cliff et Clair en train de me tuer. Ils n'auraient même pas besoin de me toucher. Ils me regarderaient juste et je serais mort. Sur le coup. Instantanément. » Il se passa la main dans les cheveux. « Tu sais ce qu'ils diraient ? *On t'a mieux élevé que ça.*

— Ça te paraît vraiment si affreux ? Nous deux, un petit bébé ? »

Elle tordit le bord du magazine avec ses ongles.

« Je croyais que tu voulais qu'on reste ensemble pour toujours.

— Oui. Peut-être. Lex, on a dix-huit ans. Tu sais ce que diraient les gens ? Tout le monde dirait : oh, regardez, encore un gamin noir qui a engrossé une fille blanche avant même d'avoir fini le lycée. Encore des parents adolescents. Ils vont probablement laisser tomber leurs études, maintenant. Voilà ce que les gens diraient. »

Il referma son livre et le balança sur la table.

« Hors de question que je sois ce type. Hors. De. Question.

— OK. » Lexie ferma les yeux et espéra que Brian ne le remarquerait pas. « Je n'ai pas dit : *Ayons des enfants maintenant*, tu sais ? J'imagine juste. J'essaie juste de me représenter à quoi pourrait ressembler l'avenir, c'est tout. »

Même si c'était dur à admettre, elle savait qu'il avait raison. À Shaker, les lycéens n'avaient pas d'enfants. Ils suivaient des cours de niveau avancé ; ils allaient à l'université. En quatrième, tout le monde avait prétendu que Carrie Wilson était enceinte ; son petit copain, c'était de notoriété publique, avait dix-sept ans et avait laissé tomber le lycée de Cleveland Heights, et Tiana Jones, la meilleure amie de celle-ci, avait confirmé à plusieurs personnes que c'était vrai. Pendant plusieurs semaines, Carrie avait eu un air suffisant et mystérieux, se passant la main sur le ventre, jusqu'à ce que M. Avengard, le principal adjoint, convoque une réunion générale pour s'adresser à tous les élèves de son niveau. « J'ai cru comprendre que des rumeurs circulaient », avait-il dit en fusillant l'assistance du regard. Ces visages lui semblaient si jeunes : appareils dentaires, acné, les tout premiers duvets de barbe. *Ces enfants*, avait-il songé, *croient que c'est une plaisanterie.* « Personne n'est enceinte, avait-il poursuivi. Je sais qu'aucun de vous ne serait à ce point irresponsable. » Et, en effet, à mesure que les semaines étaient passées, le ventre de Carrie Wilson était resté aussi plat que d'habitude, et tout le monde avait fini par oublier cette histoire. À Shaker Heights, soit les adolescentes ne tombaient pas enceintes, soit elles étaient très douées pour le cacher. Car qu'auraient dit les gens ? *Salope*, voilà ce que les autres élèves auraient dit. *Pute*, même si Lexie et Brian avaient dix-huit ans et étaient donc légalement adultes, même s'ils étaient ensemble depuis tellement longtemps. Les voisins ? Probablement rien, pas quand ils l'auraient vue passer avec son ventre rond ou derrière une poussette – mais une fois chez eux, ils auraient tous parlé. Sa mère aurait été mortifiée. Il y aurait eu de la honte et de la pitié, et Lexie savait qu'elle n'était équipée pour supporter ni l'une ni l'autre.

Il ne restait donc qu'une chose à faire. Elle se pelotonna sur le lit, se sentant aussi minuscule et rose et tendre qu'une crevette, et elle laissa son rêve s'envoler, comme un ballon s'élevant dans le ciel avant d'exploser.

* * *

Pendant le dîner ce soir-là, Mme Richardson annonça son projet d'aller à Pittsburgh. « Pour des recherches, expliqua-t-elle. Un article sur les moules zébrées du lac Érié, et vous savez que Pittsburgh a eu des problèmes de faune invasive. » Elle avait soigneusement préparé une excuse plausible et, après maintes réflexions, avait trouvé un sujet que personne ne remettrait en doute. Comme elle s'y attendait, aucun n'y prêta grande attention hormis Lexie, qui ferma brièvement les yeux et murmura un merci silencieux à la déité qui avait décidé d'éloigner sa mère. Le lendemain matin, elle fit mine d'être en retard, mais lorsque tout le monde fut parti, elle vérifia que la maison était bien vide avant de composer le numéro d'une clinique locale qu'elle avait trouvée la veille au soir. « Le 11, leur dit-elle. Ça doit être le 11. »

La veille du départ de sa mère pour Pittsburgh, elle téléphona à Pearl.

« J'ai besoin d'un service », fit-elle, murmurant presque, bien qu'elle appelât depuis la ligne que seuls elle et Trip partageaient et que ce dernier fût absent.

Pearl, toujours méfiante depuis la fête d'Halloween, soupira.

« Quoi ? » demanda-t-elle.

Elle passa mentalement en revue la liste des choses que Lexie pouvait vouloir. Mais aucune ne convenait. Emprunter un haut ? Emprunter un rouge à lèvres ? Pearl ne possédait rien dont Lexie Richardson aurait pu avoir besoin. Lui demander conseil ? Lexie ne demandait jamais conseil à personne. C'était elle qui en donnait, qu'on le lui ait demandé ou non.

« J'ai besoin, expliqua Lexie, que tu m'accompagnes à une clinique, demain. Je vais me faire avorter. »

Un long moment de silence s'écoula avant que Pearl assimile cette information. Lexie était enceinte ? Un frisson de panique égoïste la parcourut soudain – elle et Trip étaient allés chez Tim Michaels l'après-midi même. Avaient-ils été assez prudents ? Et la fois d'avant ? Elle tenta de faire correspondre ce que Lexie lui disait avec la Lexie qu'elle connaissait. Elle allait se faire avorter ? Lexie la dingue des bébés, Lexie toujours prompte à juger les autres, Lexie qui avait été si intransigeante avec les *erreurs* de Bebe ?

« Comment ça se fait que tu ne demandes pas à Serena ? » dit-elle finalement.

Lexie hésita.

« Je ne veux pas y aller avec Serena. Je veux y aller avec toi. » Elle soupira. « Je ne sais pas. Je pensais que tu serais plus compréhensive. Je pensais que tu ne me jugerais pas. »

Pearl, en dépit de tout, ressentit une pointe de fierté.

« Je ne te juge pas.

— Écoute. J'ai besoin de toi. Est-ce que tu vas m'aider ou non ? »

À sept heures trente, Lexie se gara devant la maison dans Winslow. Fidèle à sa promesse, Pearl attendait au bord du trottoir. Elle avait expliqué à sa mère que Lexie l'emmenait au lycée.

« Tu es sûre de toi ? » demanda-t-elle.

Elle avait passé la nuit à imaginer ce qu'elle ferait dans la même situation, sentant chaque fois ce frisson de panique la traverser du cuir chevelu à la plante des pieds. Cette sensation ne la quitterait pas jusqu'à la semaine suivante, quand elle commencerait à avoir des crampes et soupirerait de soulagement.

Lexie ne détourna pas les yeux du pare-brise.

« Je suis sûre.

— C'est une décision grave, tu sais ? »

Pearl tenta de trouver une analogie que Lexie comprendrait.

« Tu ne pourras pas le reprendre. Ce n'est pas comme quand on achète un pull.

— Je *sais*. »

Lexie ralentit tandis qu'elles approchaient d'un feu et Pearl remarqua les cernes sombres sous ses yeux. Elle n'avait jamais vu Lexie si fatiguée, ni si sérieuse.

« Tu n'en as parlé à personne, n'est-ce pas ? demanda cette dernière tandis que la voiture se remettait en mouvement.

— Bien sûr que non.

— Même pas à Moody ? »

Pearl pensa au mensonge qu'elle avait dit à ce dernier la veille au soir – qu'elle ne pouvait pas aller au lycée à pied avec lui comme d'habitude parce qu'elle avait un rendez-vous chez le dentiste dans la matinée. Il n'avait pas semblé soupçonneux ; il ne lui était pas venu à l'esprit que Pearl pouvait mentir. Elle avait été soulagée, mais aussi un peu vexée qu'il la croie si facilement, qu'il ne la pense capable de rien d'autre que de dire la vérité.

« Je ne lui ai rien dit », répondit-elle.

La clinique était un bâtiment beige et discret avec des fenêtres propres et brillantes, des arbustes en fleurs à l'avant, un parking. On aurait pu venir là pour se faire examiner les yeux, pour rencontrer son agent d'assurances, pour remplir sa déclaration d'impôts. Lexie se gara sur une place à la limite du parking et tendit les clés à Pearl.

« Tiens, dit-elle. Tu devras conduire au retour. Tu as ton permis temporaire sur toi ? »

Pearl acquiesça et se retint de lui rappeler que théoriquement le permis temporaire l'autorisait uniquement à conduire avec un adulte de plus de vingt et un ans. Les doigts de Lexie sur les clés étaient blancs et froids, et sur une impulsion soudaine Pearl prit sa main dans les siennes.

« Ça va aller », la rassura-t-elle, et elles pénétrèrent ensemble dans la clinique, dont les portes coulissantes s'ouvrirent comme si elles étaient attendues.

L'infirmière au guichet était une femme robuste aux cheveux cuivrés qui regarda les deux jeunes filles avec une aimable compassion. Elle devait voir ça tous les jours, songea Pearl, des filles qui arrivaient terrifiées par ce qui était sur le point de se produire, terrifiées par ce qui se passerait si elles ne le faisaient pas.

« Tu as un rendez-vous, ma chérie ? » demanda la femme.

Son regard passa gentiment de Pearl à Lexie.

« Oui, répondit cette dernière. À huit heures. »

La femme pianota sur son clavier.

« Et tu t'appelles ? »

Doucement, comme si elle avait honte, comme si c'était son vrai nom, elle répondit : « Pearl Warren. »

La mâchoire faillit en tomber à Pearl. Lexie évita soigneusement son regard tandis que la femme consultait l'écran.

« Est-ce que tu as quelqu'un pour te ramener chez toi ?

— Oui », répondit Lexie. Elle inclina la tête vers Pearl, encore une fois sans croiser son regard. « Ma sœur. Elle va me ramener. »

Sœurs, pensa Pearl. Elles ne se ressemblaient aucunement, Lexie et elle. Personne n'aurait pu croire qu'elle – petite, frisée – était apparentée à la svelte et élégante Lexie. Ça aurait été comme affirmer qu'un terrier écossais et un lévrier anglais appartenaient à la même portée. La femme leur jeta un rapide coup d'œil. Puis soit ça lui sembla plausible, soit elle décida de faire comme si ça l'était.

« Remplis ça, fit-elle en tendant à Lexie une écritoire couverte de formulaires roses. Ils seront prêts pour toi dans quelques minutes. »

Lorsqu'elles furent assises sur les chaises les plus éloignées du guichet, Pearl se pencha par-dessus l'écritoire.

« Je ne peux pas *croire* que tu aies donné *mon nom* », dit-elle d'une voix sifflante.

Lexie se voûta sur son siège.

« J'ai paniqué. Quand j'ai appelé, ils m'ont demandé mon nom, et je me suis souvenue que ma mère connaît la directrice. Et tu sais… mon père est passé aux infos, à cause de toute cette histoire avec les McCullough. Je ne voulais pas qu'ils reconnaissent mon nom. Alors

256

j'ai juste dit le premier qui m'est passé par la tête. À savoir, le tien. »

Mais Pearl n'était pas apaisée.

« Maintenant ils vont tous croire que c'est *moi* qui avorte.

— C'est juste un nom, objecta Lexie. C'est moi qui ai un problème. Même s'ils ne connaissent pas ma vraie identité. »

Elle prit une profonde inspiration mais sembla se dégonfler encore plus. Même ses cheveux, remarqua Pearl, semblaient ternes, retombant devant son visage de sorte qu'ils couvraient à moitié ses yeux.

« Toi… tu pourrais être n'importe qui.

— Oh, bon Dieu. » Pearl attrapa l'écritoire sur les cuisses de Lexie. « Donne-moi ça. »

Elle se mit à remplir les formulaires, commençant par indiquer son nom : *Pearl Warren*.

Elle en avait presque terminé quand les portes au bout de la salle d'attente s'ouvrirent, et une infirmière vêtue de blanc apparut.

« Pearl ? appela-t-elle en vérifiant le classeur entre ses mains. Nous sommes prêts pour toi. »

À la ligne « Personne à contacter en cas d'urgence », Pearl inscrivit rapidement le nom de sa propre mère et leur numéro de téléphone.

« Tiens, dit-elle en poussant l'écritoire dans les mains de Lexie. Terminé. »

Lexie se leva lentement, comme si elle était dans un rêve. Elles se tinrent là un moment, chacune serrant une extrémité des formulaires, et Pearl fut certaine de sentir le cœur de Lexie cogner à travers le bout de ses doigts, à travers le bois de l'écritoire.

« Bonne chance », prononça-t-elle doucement.

Lexie acquiesça et prit les formulaires, mais à la porte elle s'arrêta pour regarder en arrière, comme pour s'assurer que Pearl était toujours là. L'expression dans ses yeux disait : *S'il te plaît, s'il te plaît, je ne sais pas ce que je suis en train de faire. S'il te plaît, sois là quand je sortirai.* Pearl résista à l'envie soudaine de courir jusqu'à elle et de lui prendre la main, de la suivre dans le couloir comme si elles étaient vraiment sœurs, le genre de filles qui se seraient soutenues durant ce genre d'épreuve, le genre de filles qui, des années plus tard, se tiendraient la main quand l'une d'elles accoucherait. Le genre de filles qui ne seraient pas troublées par la nudité et la souffrance de l'autre, qui n'auraient rien de particulier à se cacher l'une à l'autre.

« Bonne chance », répéta-t-elle, plus fort cette fois, et Lexie acquiesça et franchit la porte derrière l'infirmière.

* * *

Au moment où sa fille enfilait sa blouse d'hôpital, Mme Richardson sonnait à la porte de M. et Mme George Wright. Elle avait effectué d'une traite le trajet de trois heures jusqu'à Pittsburgh, sans même s'arrêter pour aller aux toilettes ou se dégourdir les jambes. Était-elle vraiment en train de faire ça ? se demandait-elle. Elle ne savait pas trop ce qu'elle dirait à ces gens, ni quelles informations elle espérait précisément obtenir d'eux. Mais il y avait ici un mystère, elle le savait, et elle était tout aussi certaine que les Wright avaient la clé qui permettrait de l'élucider.

Elle avait voyagé à quelques reprises pour des articles par le passé – à Columbus, pour enquêter sur les coupes budgétaires de l'État ; à Ann Arbor, quand un ancien élève de Shaker avait été titularisé *quarterback* pour le match Michigan-OSU. Cette fois n'était en rien différente, se disait-elle. C'était justifié. Elle devait obtenir des informations, en personne.

Si Mme Richardson avait pu avoir le moindre doute quant au fait qu'il s'agissait de la bonne famille, ses incertitudes furent dissipées dès que la porte s'ouvrit. Mme Wright ressemblait de manière saisissante à Mia – ses cheveux étaient un peu plus clairs, et elle les portait courts, mais ses yeux et son visage étaient suffisamment semblables à ceux de Mia pour qu'elle ait un aperçu de ce à quoi celle-ci ressemblerait trente ans plus tard.

« Madame Wright ? commença-t-elle. Mon nom est Elena Richardson. Je suis journaliste pour un journal de Cleveland. »

La femme plissa les yeux d'un air circonspect.

« Oui ?

— J'écris un article sur les jeunes athlètes prometteurs dont la carrière a été brutalement interrompue. J'aimerais vous parler de votre fils.

— De Warren ? »

L'étonnement et le soupçon apparurent sur le visage de la femme, et Mme Richardson vit ces deux émotions s'y livrer une lutte.

« Pourquoi ?

— Je suis tombée sur son nom en effectuant des recherches, répondit-elle prudemment. Plusieurs papiers affirmaient que c'était le jeune *running back* le plus prometteur depuis des décennies. Qu'il allait devenir pro.

— Des découvreurs de talents sont venus voir ses matchs, déclara Mme Wright. On a dit beaucoup de choses gentilles sur lui, après sa mort. » Un long moment de silence passa, et quand elle releva les yeux, le soupçon s'était effacé et avait été remplacé par une expression de fierté lasse. « Bon, je suppose que vous pouvez entrer. »

Mme Richardson avait planifié cette entrée en matière et faisait confiance à son instinct pour orienter la conversation dans la direction qu'elle désirait. Obtenir des informations des gens, avait-elle appris au fil des ans, c'était parfois comme faire avancer une grosse vache rétive : il fallait la mettre sur le bon chemin tout en lui laissant croire que c'était elle qui choisissait où elle allait. Mais il s'avéra qu'avec les Wright, c'était étonnamment facile. Autour de tasses de café et d'une assiette de cookies Pepperidge Farm, ils semblaient presque impatients de parler de Warren. « Je souhaite juste maintenir son souvenir vivant », expliqua-t-elle, et dès qu'elle commença à poser des questions, ce fut un déluge d'informations tel qu'elle eut presque du mal à tout noter.

Oui, Warren avait été *running back* titulaire de l'équipe de football ; oui, il avait également été avant de l'équipe de hockey. Il avait commencé chez les poussins quand il avait sept ou huit ans ; Mme Richardson voudrait-elle voir quelques photos ? Il était juste naturellement doué pour le sport, ils ne l'avaient pas poussé ; non, M. Wright n'avait lui-même jamais été très sportif. Plus spectateur, révéla-t-il, que joueur.

Mais Warren était différent – il avait un talent pour ça ; son entraîneur disait qu'il aurait pu être admis dans une université de première division s'il avait suffisamment travaillé. Si l'accident ne s'était pas produit…

À ce moment, M. et Mme Wright restèrent quelques instants silencieux, et Mme Richardson, malgré son désir d'en apprendre plus, ressentit une pointe de pitié sincère. Elle regarda la photo de Warren Wright dans sa tenue de footballeur que sa mère était allée chercher sur le manteau de la cheminée pour la lui montrer. Il devait avoir dix-sept ans à l'époque, le même âge que Trip. Ils ne se ressemblaient pas beaucoup, les deux garçons, mais quelque chose dans la pose lui rappelait son fils, l'inclinaison de la tête, la trace d'un sourire malicieux au coin des lèvres.

« C'était un vrai bourreau des cœurs, murmura-t-elle, et Mme Wright acquiesça. J'ai moi-même des enfants, se retrouva-t-elle à ajouter. Et un garçon à peu près du même âge. Je suis sincèrement désolée.

— Merci. »

Mme Wright posa un dernier long regard sur la photo, puis la replaça sur le manteau de la cheminée, l'inclinant soigneusement au bon angle et essuyant une poussière sur le verre. Cette femme, songea Mme Richardson, avait tellement enduré. Elle aurait voulu refermer son cahier, reboucher son stylo et la remercier pour le temps qu'elle lui avait consacré. Mais elle hésita, se souvenant pourquoi elle était venue. Si ça avait été *sa* fille qui s'était enfuie et avait menti sur son identité, se disait-elle, si ça avait été *sa* fille qui avait causé des problèmes à des gens bien intentionnés – eh bien, elle n'en aurait voulu à personne de lui poser des questions. Elle prit une profonde inspiration.

« J'espérais aussi parler à la sœur de Warren, annonça-t-elle, faisant mine de consulter ses notes. Mia. Accepteriez-vous de me donner son numéro de téléphone ? »

M. et Mme Wright échangèrent des regards embarrassés, comme elle s'y attendait.

« J'ai peur que nous n'ayons plus de contact avec notre fille depuis quelque temps, répondit la femme.

— Oh, mince, je suis vraiment désolée. » Le regard de Mme Richardson passa d'un parent à l'autre. « J'espère ne pas avoir abordé un sujet tabou. »

Elle attendit, laissant la gêne croître. L'expérience lui avait appris que personne ne pouvait supporter longtemps un tel silence. Si vous attendiez patiemment, quelqu'un finissait par parler, vous donnant en règle générale une chance de pousser les choses plus loin, d'aller au bout de la conversation et d'apprendre ce que vous aviez besoin de savoir.

« Pas exactement, répondit M. Wright après un moment. Mais la dernière fois que nous lui avons parlé, c'était peu après la mort de Warren.

— Comme c'est triste, observa Mme Richardson. Il est très fréquent qu'un membre de la famille encaisse mal un décès et coupe les ponts.

— Mais ce qui s'est passé avec Mia n'avait rien à voir avec ce qui est arrivé à Warren, intervint la femme. Avec lui, c'était un accident. Les adolescents sont imprudents. Ou peut-être était-ce juste à cause de la neige. Mia – eh bien, c'est une autre histoire. Elle était adulte. Elle a fait ses choix. George et moi... »

Ses yeux s'emplirent de larmes.

« Nous ne nous sommes pas séparés dans les meilleurs termes, déclara M. Wright.

— C'est terrible. »

Mme Richardson se pencha vers eux.

« Ça a dû être tellement dur pour vous deux. De perdre vos deux enfants en même temps, dans un sens.

— Quel choix nous a-t-elle laissé ? lança brusquement Mme Wright. En débarquant dans cet état ?

— Regina, tenta de la calmer M. Wright, mais son épouse ne s'arrêta pas.

— Je le lui ai dit, aussi gentils que soient ces Ryan, je n'approuvais pas. Je ne trouvais pas bien de vendre son propre enfant. »

Le stylo de Mme Richardson se figea en l'air.

« Pardon ? »

Mme Wright secoua la tête.

« Elle pensait qu'elle pouvait l'abandonner et continuer de vivre sa vie. Comme si de rien n'était. J'ai eu deux enfants, vous savez ? Je savais de quoi je parlais. Même avant que nous perdions Warren. » Elle se pinça l'arête du nez, comme s'il y avait une marque dessus qu'elle cherchait à effacer. « On ne se remet jamais de ça, dire au revoir à un enfant. Peu importe comment ça arrive. C'est la chair de votre chair. »

Mme Richardson avait la tête qui tournait. Elle posa son stylo.

« Voyons si j'ai bien saisi, dit-elle. Mia était enceinte et avait l'intention de laisser ce couple – les Ryan – adopter son bébé ? »

M. et Mme Wright échangèrent un nouveau coup d'œil, mais cette fois leur regard disait : autant aller jusqu'au bout. Il était clair, aux yeux entraînés de Mme Richardson, qu'ils voulaient en parler, qu'ils attendaient peut-être depuis très, très longtemps de vider leur sac.

« Pas exactement », répondit M. Wright. Il y eut une longue pause. Puis : « C'était aussi leur bébé. Ils ne pouvaient pas en avoir. Elle le portait pour eux. »

13

Au printemps 1930, Mia Wright, qui venait d'avoir dix-huit ans, avait quitté la petite maison jaune de Bethel Park pour New York. Elle n'était jamais sortie de Pennsylvanie jusqu'alors, et était partie avec deux valises et l'amour de son frère, mais sans la bénédiction de ses parents.

Elle ne les avait avertis qu'elle avait postulé à l'école des beaux-arts que quand la lettre d'acceptation était arrivée. Ça n'avait pas été totalement inattendu, bien sûr. Enfant, elle avait été fascinée par des choses que, à sa grande perplexité, personne d'autre ne semblait remarquer. « Tu étais une telle rêveuse, lui disait sa mère. Tu restais assise dans ta poussette à regarder fixement la pelouse. Tu étais dans la baignoire et tu aurais passé une heure à transvaser de l'eau d'un gobelet à un autre si je t'avais laissée faire. » Mais ce dont Mia se souvenait de ces moments, c'était des brins d'herbe dans la brise, qui changeaient de couleur tandis qu'ils passaient du sombre au clair, comme le velours quand on faisait glisser la main dessus ; de la manière dont le flot d'eau se brisait en gouttelettes quand il heurtait le bord du gobelet. Tout, avait-elle remarqué, pouvait se métamorphoser. Même les deux rochers dans le jardin devenaient parfois argentés dans la lumière du petit matin. Dans les livres qu'elle lisait, chaque ruisseau pouvait être un dieu fleuve, chaque arbre une dryade déguisée, chaque vieille femme une puissante fée, chaque caillou une âme enchantée. Tout avait le potentiel de se transformer, et ça, pour elle, semblait être la véritable signification de l'art.

Seul son frère, Warren, semblait comprendre la couche cachée qu'elle voyait en chaque chose, car il y avait toujours eu une entente entre eux, même avant qu'il naisse. « Mon bébé », disait-elle à quiconque l'écoutait, tapotant du doigt le ventre de sa mère, et Warren donnait infailliblement un coup de pied en réponse. « Mon bébé. Là-dedans », informait-elle les inconnus à l'épicerie, pointant le doigt. Quand le nourrisson était arrivé à la maison, elle avait immédiatement voulu se l'approprier.

« Mon Wren », l'appelait-elle, non seulement parce que le prénom Warren était trop long à prononcer, mais parce que ça lui allait bien. Et même à cette époque, il ressemblait à un poussin vigilant, la tête penchée sur le côté, ses deux yeux incroyablement lumineux et perçants parcourant la pièce à la recherche de sa sœur. Quand il pleurait, elle savait quel jouet le calmerait. Quand il ne voulait pas faire sa sieste, Mia s'étendait à côté de lui au centre du lit de ses parents, les couvertures enroulées autour d'eux tel un cocon de chenille, lui fredonnant des chansons et lui tapotant la joue jusqu'à ce qu'il s'assoupisse. Quand il était tombé en faisant le cochon pendu à la cage à poules, c'était vers Mia qu'il avait accouru en pleurant, et c'était elle qui avait appliqué de l'iode sur l'entaille à sa tempe avant de coller un pansement dessus.

« On dirait que c'est elle, sa mère », avait un jour déclaré Mme Wright, d'un ton mi-plaintif, mi-admiratif.

Ils avaient leur propre vocabulaire, un jargon aux origines obscures : pour des raisons qu'eux-mêmes avaient oubliées, ils appelaient le beurre du *fromage*, et les quiscales qui étaient perchés en haut des arbres étaient des *tizozios*. C'était un cercle qu'ils traçaient autour d'eux, comme un baldaquin. « Ne le dis à personne en France », prévenait Mia avant de chuchoter un secret, et la réponse de Warren était invariablement : « Des girafes sauvages ne pourraient pas me l'arracher. »

Et ensuite, à onze ans – presque douze –, Mia avait découvert la photographie.

Warren, qui venait d'en avoir dix, avait de son côté non seulement découvert le sport, mais aussi qu'il y était doué. Base-ball en été, football en automne, hockey en hiver, basket pendant toutes les périodes intermédiaires. Mia et lui étaient toujours proches, mais il y avait de longs après-midi au terrain de base-ball dans le parc, de longues heures à répéter les passes et à s'entraîner au double pas. Il était donc naturel que Mia se trouve également une passion.

À la brocante en ville, elle avait repéré un vieux Brownie Starflex dans le coin de la vitrine. L'appareil avait perdu son flash et sa sangle, mais le propriétaire de la boutique lui avait assuré qu'il fonctionnerait, et dès que Mia avait soulevé le petit capot argenté et vu le reflet miniature et flou du magasin dans l'objectif, elle l'avait immensément désiré. Elle avait pioché dans la tirelire en forme de chat où elle conservait son argent de poche, et s'était mise à trimballer l'appareil partout. Elle avait ignoré le manuel qui suggérait d'écrire à Kodak pour recevoir le livre *Comment prendre de bonnes photos*, et s'en était remise à son instinct seul. Avec l'appareil suspendu à deux vieilles écharpes en soie ayant appartenu à sa mère nouées ensemble, elle avait commencé à prendre des photos – des clichés bizarres, aux yeux de ses parents : maisons délabrées, voitures rongées par la rouille, objets abandonnés au bord de la route. « Drôle de sujet pour une photo », avait un jour observé l'employé de Fotomat en lui tendant une enveloppe de tirages. Cette série ne contenait que trois images, prises des jours successifs, d'un cadavre d'oiseau sur un trottoir, et il s'était brièvement demandé, et pas pour la première fois, si la petite Wright n'était pas un peu siphonnée.

Pour Mia, cependant, les photos n'étaient qu'une vague approximation de ce qu'elle voulait exprimer, et elle commença bientôt à non seulement altérer les tirages – avec tout ce qui lui passait sous la main, depuis un stylo-bille jusqu'à des éclaboussures de détergent –, mais également à expérimenter avec l'appareil lui-même, pliant ses capacités limitées à ses désirs. Le Starflex, comme tous les Brownie, ne permettait pas de mise au point. L'obturateur se refermait automatiquement pour éviter les double expositions – ce que le manuel qualifiait de commodité pour les amateurs. Vous ne pouviez faire que le strict minimum : regarder dans le viseur et appuyer sur le bouton. Mais au lieu de tenir l'appareil droit contre son torse, comme le recommandaient les instructions, Mia l'inclinait à divers angles et le tenait plus ou moins haut en faisant des nœuds à sa sangle de fortune. Elle enveloppait l'objectif dans des écharpes en soie et du papier sulfurisé, tentait de prendre des photos dans le brouillard, sous une pluie intense, dans le salon rempli de fumée du bowling.

« De l'argent jeté par les fenêtres », raillait sa mère quand elle rapportait à la maison une nouvelle enveloppe remplie de photos floues et granuleuses.

Mais à chaque pellicule, elle comprenait de mieux en mieux comment la photo fonctionnait, ce qu'on pouvait et ne pouvait pas faire, jusqu'où elle pouvait tordre les choses. Et même si elle ne le savait pas à l'époque, tout cela la préparait à être la photographe qu'elle deviendrait. Avec seulement douze prises de vue par film, elle apprenait aussi à soigner plus la composition de ses clichés. Et en l'absence de réglages – pas de contrôle de l'ouverture, pas de mise au point –, elle apprenait à être créative dans sa façon de manipuler son appareil et ses scènes.

C'est alors que, de manière fortuite, leur voisin, M. Wilkinson, s'en mêla. Il vivait en haut de la colline qui était proche de chez eux, et voyait depuis quelque temps Mia déambuler avec son Brownie dans le quartier, prenant des photos de ceci et cela. Mia et Warren ne savaient qu'une chose de lui : il était acheteur de jouets et passait l'essentiel de son temps à se rendre à des foires, examinant la marchandise et envoyant des rapports à son siège pour recommander lesquels stocker. Plusieurs fois par an, Mme Wilkinson rassemblait les enfants du quartier et distribuait les échantillons qu'il avait accumulés. Et c'étaient des jouets merveilleux : une série de moules qu'on remplissait de plâtre pour fabriquer des décorations de Noël ; un ballon en forme de Saturne sur lequel on pouvait faire des bonds, comme avec un bâton sauteur ; une tête de poupée géante avec des cheveux d'or à coiffer ; un coffret de parfums à mélanger avec des flacons gros comme le petit doigt pour contenir les concoctions. « J'ai besoin de récupérer ma cave », disait-elle en riant, s'assurant que chaque enfant recevait quelque chose, ne serait-ce qu'un yo-yo. Le fils des Wilkinson était alors adulte, il vivait quelque part dans le Maryland et n'avait plus besoin de jouets.

Longtemps, ça avait été l'unique image que Mia avait eue de M. Wilkinson, un mystérieux croisement entre Marco Polo et le père Noël qui remplissait sa maison de trésors. Mais un après-midi, juste après son treizième anniversaire, M. Wilkinson l'interpella d'un air sévère depuis le porche de sa maison.

« Ça fait un an que je te vois en train de te balader. Je veux voir ce que tu as fait. »

Mia, terrifiée, rassembla une pile de photos et la lui apporta le lendemain matin. Elle ne les avait jamais montrées à personne à part Warren, et, naturellement, son frère avait poussé des *oh* et des *ah* admiratifs. Mais M. Wilkinson était un adulte, un homme, un homme qu'elle connaissait à peine. Il n'aurait aucune raison d'être gentil.

Lorsqu'elle sonna à la porte, Mme Wilkinson la mena au salon, où son mari était assis à un grand bureau, en train de taper quelque chose sur une machine à écrire couleur crème. Quand Mia entra, il pivota sur son fauteuil et abaissa l'étagère de la machine à écrire, qui s'encastra dans un compartiment du bureau, aussi parfaitement que si elle avait été avalée.

« Alors », commença-t-il, dépliant une paire de demi-lunes qu'il portait autour du cou et la plaçant sur son nez. Les genoux de Mia tremblaient. « Voyons ça. »

Il s'avérait que M. Wilkinson était lui-même photographe – même s'il préférait les paysages. « Je n'aime pas les clichés avec des gens, expliqua-t-il. Je préférerai toujours prendre un arbre à une personne. » Quand il partait en voyage, il emportait son appareil et se réservait toujours une demi-journée pour aller explorer. D'un classeur il tira une pile de photos : une forêt de séquoias à l'aube, une rivière serpentant à travers un champ constellé de rosée, un lac reflétant le soleil en un triangle étincelant qui pointait vers la forêt derrière. Et Mia s'aperçut que les photographies qui recouvraient les murs du couloir étaient également de lui.

« Tu as un bon œil, déclara-t-il finalement. Un bon œil et un bon instinct. Tu vois celle-ci ? » Il tapota celle du dessus, qui représentait Warren juché sur les branches inférieures d'un sycomore, dos à l'appareil, sa silhouette se détachant sur le ciel.

« C'est une belle photo. Comment tu as fait pour cadrer ça ?

— Je ne sais pas, admit Mia. Ça avait juste l'air de fonctionner. »

M. Wilkinson en regarda une autre en plissant les yeux.

« Continue comme ça. Fais confiance à tes yeux. Ils voient bien. » Il souleva un autre cliché. « Mais tu vois ceci ? Tu voulais cet écureuil, n'est-ce pas ? »

Mia acquiesça. L'animal courait sur la clôture et elle avait été envoûtée par l'arc ondulant formé par son corps et sa queue. C'était comme regarder une balle rebondir, avait-elle songé en déclenchant l'obturateur. Mais la photo était floue, la mise au point était sur la clôture au lieu de l'animal, qui n'était qu'une tache vague. Elle se demanda comment M. Wilkinson le savait.

« C'est ce que je pensais. Il te faut un meilleur appareil. Celui-là est bien pour débuter, ou pour les anniversaires et Noël. Mais pas pour toi. » Il marcha jusqu'au placard et farfouilla au fond, les vieux pardessus et les robes enveloppées dans leurs protections étouffant sa voix. « Toi... tu veux prendre de vraies photos. » Un instant plus tard, il revint et tendit une boîte compacte. « Il te faut un véritable appareil, pas un jouet. »

C'était un Nikon F, un petit objet chromé et noir, lourd et solide entre ses mains. Mia passa les doigts sur le boîtier grenu.

« Mais je ne peux pas accepter ça.

— Ce n'est pas un don, c'est un prêt. Tu le veux ou non ? » Sans attendre de réponse, M. Wilkinson ouvrit un tiroir de son bureau. « Je ne m'en sers plus. Autant que quelqu'un l'utilise. » Il tira une boîte de film noire et la lança à Mia. « En plus, j'ai hâte de voir ce que tu en feras. »

Quand Mia rentra chez elle cet après-midi-là, elle avait appris à enrouler la pellicule autour de la bobine dans l'appareil, à effectuer la mise au point, à ajuster l'objectif. De nouveaux mots étranges et envoûtants tourbillonnaient dans sa tête : *diaphragme, ouverture.*

Encore et encore elle portait l'appareil à son œil pour regarder dans le viseur. Sous la fine croix en son centre, tout était transformé.

M. Wilkinson lui apprit à extraire le film de son boîtier et à le développer, et Mia en vint à aimer l'odeur mordante du révélateur, à adorer attendre l'apparition de l'éclat argenté à la surface de la pellicule qui lui disait qu'elle était prête. Tel un pilote faisant plonger son avion en vrille pour s'entraîner à le redresser, elle prenait délibérément des photos floues, avec la mauvaise vitesse d'obturation ou la mauvaise sensibilité, pour voir ce qui se produirait. Elle apprit à contrôler la lumière et l'appareil pour obtenir l'effet qu'elle voulait, comme un musicien apprenant les complexités d'un instrument.

« Mais comment peut-on… ? » demandait-elle en regardant l'impression se former sur le papier et en la comparant à l'image qu'elle avait en tête. Au début, M. Wilkinson avait connu les réponses. « Éclaircissement. » « Utilise une luminosité diffuse. » « Essayons le *freelensing*. » Mais bientôt ses questions étaient devenues plus complexes, le forçant à consulter l'exemplaire de *Techniques photographiques* qu'il gardait sur une étagère.

« La jeune dame veut une plus grande profondeur de champ », médita-t-il un après-midi. Mia avait alors quinze ans. « Ce que la jeune dame veut, c'est une chambre photographique. »

Mia n'avait jamais entendu parler d'une telle chose. Mais bientôt tout l'argent qu'elle gagna en tant qu'employée dans la pharmacie Dickson's ou que serveuse chez Eat'n Park fut mis de côté, et elle passa des heures à étudier les catalogues d'appareils et les magazines de photographie de M. Wilkinson.

« Tu passes plus de temps à lire ces trucs qu'à prendre des photos », la taquinait-il.

Mais elle finit par en choisir un, le Graphic View II – et même M. Wilkinson n'y trouva rien à redire.

« C'est un bon appareil, déclara-t-il. Bon rapport qualité-prix. Si tu en prends soin, il t'accompagnera toute ta vie. »

Et quand le Graphic View II arriva, acheté d'occasion sur petite annonce, emballé avec amour dans son coffret comme un violon hors de prix, Mia sut qu'il avait dit vrai.

Mais ses parents étaient bien moins impressionnés par l'appareil.

« Combien tu as dépensé là-dedans ? » lui demanda sa mère pendant que son père secouait la tête. Pour eux, on aurait dit un objet de l'ère victorienne posé en équilibre sur un trépied grêle, avec un ventre plissé comme un soufflet et une étoffe noire sous laquelle Mia disparaissait. Elle tenta de leur expliquer son fonctionnement, mais à la première mention de *décentrements* et de *bascules* leur attention s'égara. Même son cher Warren abandonna à ce stade – « Je n'ai pas besoin de savoir comment il fonctionne, Mi, lui dit-il finalement, je veux juste voir ce que tu fais avec » –, et Mia s'aperçut qu'elle s'était engagée dans un terrain où elle devrait avancer seule.

Elle prit des photos de la cage à poules dans le parc local, de réverbères la nuit, d'employés municipaux abattant un chêne qui avait été frappé par la foudre. Elle trimballa l'appareil dans le centre-ville pour prendre une photo d'un pont rouillé qui s'étirait au-dessus de l'endroit où les trois rivières se rencontraient. En jouant avec les réglages, elle prit depuis les gradins une photo lors d'un match de football de Warren, sur laquelle les joueurs ressemblaient à des figurines miniatures, du genre de celles qu'on aurait vues sur un train électrique. « C'est moi ? » demanda Warren en regardant l'une des silhouettes qui attendaient la passe dans la longue zone de but. « C'est toi, Warren », répondit Mia. Elle se vit soudain comme une sorcière, agitant la main au-dessus du terrain et transformant les garçons en contrebas en poupées de plastique grosses comme des pois.

Elle porta ce tirage à M. Wilkinson le lendemain, et découvrit une femme étrange à la porte. Sa belle-fille, il s'avérait. « Della est décédée dans son sommeil, l'informa-t-elle en scrutant Mia qui avait son appareil autour du cou et sa photo à la main. Tu as dit que tu avais besoin de quoi ? » Après l'enterrement, la belle-fille et son mari convainquirent M. Wilkinson de s'installer dans une maison de retraite à Silver Spring, plus près de chez eux. Tout se passa si vite que Mia n'eut même pas le temps de lui dire au revoir, et encore moins de lui montrer la photo, et elle et son appareil se retrouvèrent de nouveau seuls.

* * *

À l'automne 1979, durant sa dernière année de lycée, Mia postula à l'école des beaux-arts de New York en envoyant une série de photos qu'elle avait prises d'immeubles abandonnés en ville. Elle avait tamponné les clichés avec un tissu mouillé et, alors que l'émulsion était humide, avait utilisé la pointe d'une aiguille pour gratter l'image, traçant des lignes blanches très fines. Le résultat était des sortes de gravures sur os de baleine inversées : un ouvrier spectral affalé sur les marches devant une usine fermée ; le contour d'une berline au-dessus de l'ascenseur hydraulique vide d'un garage automobile ; deux enfants fantomatiques gravissant main dans la main un terril. À la vue de ces enfants, Warren avait plissé les yeux et regardé de plus près. Ils auraient pu être n'importe qui, mais ils n'étaient pas n'importe qui : il y avait l'épi au sommet de la tête de Warren, l'écharpe en soie nouée autour du cou de Mia, le poids de l'appareil photo la faisant pencher légèrement de travers. Il n'existait pas de photos d'eux ensemble faisant une telle chose, mais c'était comme s'ils avaient passé leur enfance à jouer sur les terrils qui étaient accolés au parc, et en regardant le cliché de sa sœur, Warren avait eu l'impression que Mia avait pris une photo de leurs fantômes sur le point de disparaître dans l'éther. « Quand tu la récupéreras, je pourrai l'avoir ? » avait-il demandé.

Ses parents, en revanche, étaient moins enchantés par les clichés – et par l'œuvre de Mia en général. Ils ne qualifiaient même pas ce qu'elle faisait de « travail », ou d'« art », ce qui dans leur esprit n'aurait pas valu mieux. C'étaient des gens de la classe moyenne qui avaient vécu toute leur vie commune dans un pavillon de la classe moyenne couleur beurre dans une ville endormie de la classe moyenne. Pour eux, le travail, c'était réparer quelque chose ou fabriquer un objet utile ; si ça ne servait à rien, ils ne voyaient pas pourquoi se donner de la peine. L'« art », c'était pour les gens qui avaient du temps et de l'argent à perdre. Et pouvait-on leur en vouloir ? Son père était homme à tout faire, fondateur et unique propriétaire de l'atelier de réparation Wright, travaillant un jour à l'église pour retaper l'avant-toit dont une planche s'était brisée, ce qui permettait à une famille d'écureuils de se faufiler dans la nef, un autre chez un voisin, débouchant les canalisations ou remplaçant le siphon rouillé sous l'évier. Sa mère était infirmière à l'hôpital, comptant les comprimés, faisant des prises de sang, changeant les bassins hygiéniques, habituée au travail de nuit et aux services doubles. Ils se servaient de leurs mains, effectuaient de longues heures, économisaient tout ce qu'ils pouvaient pour rembourser la maison et leurs deux Buick et s'occuper de leurs deux enfants, dont ils étaient fiers d'affirmer – à juste titre – qu'ils ne manquaient de rien mais n'étaient jamais gâtés.

Mais il y avait Mia qui, vautrée par terre pendant des heures, prenait une photo parfaitement réussie de Warren et le découpait comme une poupée de papier, puis plaçait la silhouette de son frère dans un diorama de feuilles dans une vieille boîte à chaussures – tout ça pour prendre un unique cliché sur lequel Warren ressemblait à un elfe entouré de glands gigantesques : malin, mais ça semblait une perte de temps. Mia qui, à la seconde où son père rentrait à la maison, alors qu'il avait à peine eu le temps d'ôter ses chaussures et de laver la graisse sur ses mains, le suppliait de lui donner deux dollars pour acheter de la pellicule, promettant : *Je te rembourserai, je le jure*, même si, en vérité, elle le faisait rarement. Mia qui, quand sa mère lui donnait de l'argent pour s'acheter de nouveaux vêtements, rapiéçait ses jeans à la place et dépensait encore l'argent en pellicules, se baladant dans des jupes raccourcies et des chemises délavées et usées, mais continuant de prendre des photos. Mia qui, quand elle s'était trouvé un job de serveuse chez Eat'n Park, au lieu de se payer de nouveaux habits ou une voiture d'occasion, avait économisé puis tout dépensé dans un appareil photo. Et ce n'était même pas un appareil que les autres pouvaient utiliser – elle avait un jour tenté de leur expliquer le mouvement et la distance de l'objectif, et ils avaient presque instantanément perdu tout intérêt pour l'objet –, même si durant sa dernière année de lycée elle prit un portrait de famille que sa mère fit encadrer et accrocha dans le salon. L'appareil se repliait dans une petite valise grosse comme une mallette, ce qui, dans un sens, le rendait encore plus décevant aux yeux de ses parents : tout cet argent englouti dans un si petit espace.

Mais comment leur en vouloir de ne pas comprendre ? Ils étaient nés pendant la guerre ; ils avaient été élevés par des gens qui étaient devenus adultes durant la Grande Dépression, qui ne jetaient rien, pas même la nourriture moisie. Ils étaient assez âgés pour se souvenir de l'époque où les chiffons étaient transformés en feutre pour l'effort de guerre, où les conserves et les déchets de métaux pouvaient devenir des balles et des boîtes d'explosifs à la graisse. Ils avaient le pragmatisme dans le sang. Ils ne gâchaient rien, surtout pas leur temps.

Donc, quand il avait été question d'université, ils avaient supposé qu'elle irait dans un endroit pratique, tel que Pitt ou peut-être Penn State, pour étudier quelque chose comme le commerce ou la gestion hôtelière. Ils avaient supposé que cette histoire de photographie était une phase adolescente, comme courir après les garçons ou le végétarisme. Sinon, pourquoi avaient-ils travaillé si dur pendant toutes ces années ? Pour que Mia gaspille leur argent dans une école d'art ? Non, si elle voulait vraiment aller aux beaux-arts, elle devrait se le payer elle-même. Ce n'était pas méchant, insistaient-ils. C'était du bon sens. Ils ne lui interdisaient pas d'y aller. Ils n'étaient pas en colère, assuraient-ils ; certainement pas, absolument pas. Mais ils la firent asseoir dans le salon et lui dirent sans détour ce qu'ils en pensaient : ces études d'art étaient une perte de temps. Ils étaient déçus. Et ils ne paieraient sûrement pas. « Je pensais qu'on t'avait élevée pour que tu sois plus intelligente que ça », déclara sa mère, d'une voix teintée de désapprobation.

Mia écouta avec tristesse, mais c'était ce à quoi elle s'était attendue. Elle savait dès le début que ses parents n'adhéreraient pas ; pendant tout ce temps, ils avaient toléré son hobby, mais maintenant qu'elle avait dix-huit ans, elle le savait, les choses seraient différentes. Elle était censée être adulte, les petits plaisirs d'enfance devaient être laissés de côté, elle n'était pas supposée s'y plonger la tête la première. Elle avait déjà effectué une série de calculs, et si ses parents avaient accepté de contribuer un tant soit peu, elle aurait été prise de court. L'école avait tellement été impressionnée par son portfolio qu'elle s'était vu offrir une inscription gratuite. Et elle estimait pouvoir payer son gîte, son couvert et ses fournitures grâce à un emploi à temps partiel. Ses parents échangèrent un regard, comme s'ils avaient su dès le début que leur menace ne fonctionnerait pas, et absorbèrent la nouvelle en silence.

La semaine qui précéda son départ, Warren apparut à la porte de la chambre de Mia.

« Mi, j'ai réfléchi, déclara-t-il, avec un tel sérieux qu'elle faillit éclater de rire, jusqu'à ce qu'il enfonce la main dans sa poche revolver et en tire une liasse de billets pliés. Je pense que tu devrais prendre ceci. Ça ne paiera pas tout, mais ça en couvrira une bonne partie.

— Et la voiture, Wren ? » demanda-t-elle.

Son frère avait économisé pour acheter une voiture et avait même, après de nombreuses recherches, choisi le modèle qu'il comptait acquérir : une Volkswagen Golf. Ce n'était pas ce à quoi elle s'était attendue de sa part : elle aurait plutôt opté pour une Trans Am ou une Thunderbird, quelque chose de tape-à-l'œil et d'amusant. Mais l'essence coûtait un dollar dix le gallon, et non seulement la Golf était l'une des rares voitures qu'il avait les moyens de s'offrir, mais les publicités promettaient également qu'elle consommait très peu. Elle avait donc été amusée de voir ce côté pratique de Warren émerger, particulièrement dans ces circonstances.

Elle repoussa doucement les billets.

« Achète-toi cette voiture, Wren, dit-elle. Et promets-moi de venir me chercher à la gare routière chaque fois que je rentrerai à la maison. »

Mia prit un bus Greyhound pour Philadelphie, puis un autre pour New York, armée d'une valise de vêtements et d'un appareil photo. Sur un panneau d'affichage, elle avait déniché un appartement dans le Village, pas loin du campus, à partager avec deux autres filles. Elle se trouva un job de serveuse dans un petit restaurant près de Grand Central et un autre chez Dick Blick dans SoHo. Avec le reste de ses économies, elle se rendit dans une boutique de photographie de la 17e Rue Ouest, où un jeune homme lui vendit de la pellicule et du papier tandis qu'elle essayait de ne pas fixer sa kippa du regard. Ainsi équipée, elle débuta ses cours : dessin de nu, lumière et couleur, histoire de l'art, introduction à l'étude critique, et – ce qui l'excitait le plus – introduction à la photographie, cours dispensé par la célèbre Pauline Hawthorne.

Il s'avéra que, à leur insu, ses parents l'avaient exceptionnellement bien préparée aux beaux-arts.

Chaque matin, elle se levait à quatre heures et demie et allait servir du café aux hommes d'affaires sur le point de prendre leur train. Les assiettes chaudes qu'elle portait depuis la cuisine lui brûlaient l'intérieur des bras, y laissant des cicatrices en forme d'arc. Sa mère s'était toujours arrangée, même quand elle effectuait des services doubles, pour que ses patients soient plus que de simples corps dans un lit – discutant avec eux du récital de danse de leur fille ou des récents problèmes de voiture de leur frère, les interrogeant sur leurs animaux de compagnie –, et à force de l'avoir observée pendant des années, Mia avait également acquis ce talent, se rappelant qui prenait de la crème et du sucre, qui aimait du ketchup sur ses œufs, qui laissait toujours la croûte de ses toasts au bord de l'assiette et était ravi de découvrir la fois suivante qu'elle l'avait fait ôter dans la cuisine. Elle apprit à anticiper les besoins des gens : de la même manière que sa mère savait quand apporter une nouvelle dose de morphine ou quand vider le bassin hygiénique, elle était capable d'arriver avec la cafetière à l'instant où ses clients reposaient leur tasse vide, de les observer à la recherche de petits signes d'agitation ou de relâchement qui indiquaient qu'ils étaient pressés et prêts pour la note, ou qu'ils étaient détendus et voulaient prendre leur temps. Moyennant quoi les hommes d'affaires et les publicitaires aimaient s'asseoir dans sa section du restaurant, et laissaient généralement un dollar de pourboire – ou parfois un billet de cinq – sur la table. Dans la cuisine, quand le manager ne regardait pas, elle mangeait les restes de toasts et d'œufs brouillés froids au lieu de les jeter à la poubelle. C'était son petit déjeuner.

Quand son service était terminé, elle se changeait dans le petit réduit des toilettes des employés, roulant méticuleusement son uniforme et son tablier avant de les enfoncer dans son sac à dos afin qu'ils ne se froissent pas. Elle ne possédait pas de fer à repasser et, de la sorte, si elle faisait attention, elle pouvait porter la même tenue de travail pendant une semaine ou plus avant de devoir affronter la laverie automatique. Après quoi, en jean et tee-shirt, elle allait en cours.

De son père elle avait appris à changer l'huile d'une voiture, à brancher une prise de courant, à buriner, à scier – ce qui signifiait qu'elle maniait ses outils de façon experte : elle savait jusqu'où on pouvait courber du fil de fer ou une plaque de métal avant qu'ils cèdent, comment tracer des lignes propres, des bosses et des arrondis doux, comment donner à un tuyau de cuivre des angles ou des courbures. De sa mère elle avait appris à manipuler les étoffes – depuis la gaze légère jusqu'à la toile épaisse – et comment les faire se comporter, quelles étaient leurs limites, jusqu'où on pouvait les étirer et ce qu'elles pouvaient supporter. Comment nettoyer convenablement un outil pour qu'il ne reste aucune trace de ce qu'il avait touché. Désormais, en cours, quand on demandait aux étudiants de fabriquer une chaise en métal, elle savait déjà souder et rendre les choses plus solides ; quand on leur demandait de travailler avec des étoffes, elle savait – grâce à une rapide pression sur le tissu – comment transformer du velours côtelé ou du lin en un arbre de deux mètres de haut que même le professeur admirerait. Elle savait jusqu'où diluer la peinture pour qu'elle s'étale, ou à quel point l'épaissir pour qu'elle s'amalgame sur la toile comme de l'argile, comme une matière à sculpter. En cours de dessin, quand le modèle défaisait son peignoir et le laissait tomber à ses pieds, elle seule ne perdait pas de temps à rougir, mais commençait immédiatement à esquisser ses longs membres et la courbe de sa poitrine : à l'hôpital, lorsqu'elle avait aidé sa mère, elle avait vu trop de corps pour être intimidée par quoi que ce soit.

À trois heures, après la fin de ses cours, elle retournait travailler. Deux fois par semaine elle effectuait des services chez Dick Blick, où elle vendait des fournitures aux autres élèves ou réapprovisionnait la réserve. Elle parlait d'art avec les étudiants plus âgés, et ils lui disaient sur quoi ils travaillaient, pourquoi ils préféraient le couteau au pinceau, l'acrylique à la peinture à l'huile, le Fujicolor au Kodachrome. Dans la réserve, son patron – qui avait une fille à peu près du même âge et avait donc un faible pour cette gamine qui occupait plusieurs emplois pour payer son loyer – l'autorisait à garder les crayons et les pastels qui s'étaient brisés pendant le transport, les tubes de peinture qui fuyaient, les pinceaux ou les toiles qui avaient été un peu cabossés ou avaient perdu leurs agrafes. Tout ce qui ne pouvait pas être vendu, Mia le rapportait chez elle et le réparait, retendant les toiles ou les retapant avec du ruban adhésif au dos, ponçant le manche fendu des pinceaux, taillant deux moitiés de crayons pour les utiliser comme un seul. De cette manière elle parvenait à obtenir une bonne part de ses fournitures gratuitement.

Trois soirs par semaine, Mia prenait le métro jusqu'à la 116e Rue, où elle enfilait un uniforme différent et travaillait dans un bar près de Columbia. Les étudiants qu'elle servait avaient tendance à être soit hautains et détestables, soit concupiscents et détestables, surtout à mesure que la nuit progressait, mais ils lui laissaient des pourboires, et à la fin d'une bonne soirée elle pouvait avoir trente ou quarante dollars dans son tablier. Elle mangeait les dernières bouchées de leurs burgers, leurs frites oubliées et les restes de leurs cornichons en guise de dîner, et enfonçait tout son argent dans sa poche de jean.

C'est ainsi qu'elle subsista pendant la première année, parvenant même à faire quelques économies après avoir payé son loyer. De temps à autre, quand elle téléphonait à la maison – car elle le faisait, aussi bien elle que ses parents insistant sur le fait qu'il n'y avait pas de rancœur entre eux –, ils lui demandaient poliment comment elle allait et montraient, ou du moins faisaient semblant de montrer, de l'intérêt pour ses réponses. Quant à Warren, il lui demandait si ça valait le coup. Il avait toujours été l'insouciant de la famille, prêt à prendre les choses comme elles venaient, alors que Mia avait été la motivée, l'ambitieuse, la planificatrice.

« Ça vaut le coup », lui assurait-elle. Et elle lui parlait de ses cours, des tableaux qu'elle avait étudiés pendant la semaine, et de sa matière préférée, la véritable raison pour laquelle elle se levait à quatre heures trente chaque matin et restait éveillée jusqu'à tard le soir : la photographie.

Elle parlait de Pauline Hawthorne avec l'adoration d'une écolière pour un amoureux, mais aussi avec l'adoration d'un dévot pour une sainte. Même s'il n'avait pas été clair au début que les choses tourneraient de la sorte. Le premier jour, les étudiants s'étaient tenus droits à leur bureau, chacun avec un appareil 35 mm et deux cahiers – comme le spécifiait la liste de fournitures – à la main. Quand le cours avait commencé, Pauline avait marché jusqu'au fond de la salle, éteint les lumières, et, sans se présenter, avait allumé le projecteur de diapositives. Une photo de Man Ray était apparue sur l'écran devant eux : une femme voluptueuse dont le dos avait été transformé en violoncelle par deux trous en forme de f peints. Un silence total avait empli la salle. Après cinq minutes, Pauline avait appuyé sur le bouton de la télécommande, et la femme-violoncelle avait été remplacée par un paysage d'Ansel Adams, le mont McKinley étincelant au-dessus d'un lac d'un blanc pur. Nouveau clic : un portrait de Dorothea Lange d'une femme pendant la Grande Dépression, ses cheveux sombres formant une raie nette, l'ombre d'un sourire soulevant le coin de ses lèvres. Pendant les deux heures de cours, ça avait continué, un passage en revue de photos qu'ils connaissaient tous mais que – comme avait dû s'en rendre compte Pauline – ils n'avaient pas passé beaucoup de temps à étudier. Mia, grâce à ses lectures à la bibliothèque, les avait toutes identifiées, mais avait découvert qu'en les observant suffisamment longtemps, elles avaient pris de nouveaux contours, comme le visage de personnes qu'elle aimait.

Après les deux heures, Pauline avait éteint le projecteur et les étudiants s'étaient retrouvés à cligner des yeux dans la lumière vive soudaine. « Au prochain cours, apportez la photo dont vous êtes le plus fier », avait-elle déclaré avant de quitter la pièce. Ça avait été ses seuls mots.

La fois suivante, après une longue réflexion, Mia avait apporté l'une de celles qu'elle avait prises avec son appareil grand format. Le cours d'introduction à la photographie était centré sur les appareils portatifs, mais Pauline avait dit « la photo dont vous êtes le plus fier », et c'était la sienne : un cliché de son frère en train de jouer au hockey dans leur jardin, leur maison et le reste du quartier s'étirant derrière lui comme une ville miniature. Elle avait grimpé jusqu'au sommet de la colline voisine pour la prendre. En entrant dans la salle, les étudiants avaient découvert des cartes portant le nom de chacun épinglées aux murs tout autour de la classe, avec une pince attachée en dessous pour qu'ils y suspendent leur photo. Deux minutes après le début du cours, Pauline était entrée – une fois encore sans se présenter –, et la classe s'était rassemblée tour à tour auprès de chaque cliché, Pauline en commentant la composition et la technique, et les élèves répondant timidement à ses questions sur le point de vue ou la tonalité. Certains étaient des scènes soigneusement construites ; un ou deux se voulaient artistiques : la silhouette d'une fille éclairée à contre-jour par un énorme écran de cinéma, un gros plan d'un cordon de téléphone emmêlé enroulé autour d'un combiné.

Mia et le reste des élèves s'étaient préparés aux questions de Pauline, car après le premier cours, ils avaient acquis la certitude qu'elle faisait partie des « dragons », ainsi qu'étaient appelés les profs les plus sévères : ceux qui prenaient plaisir à mettre leurs étudiants mal à l'aise, qui pensaient que le meilleur moyen de les faire se remettre en cause était de leur rentrer dedans comme des bulldozers. Mais il s'était avéré que Pauline n'était pas un dragon. Malgré son air strict, elle trouvait quelque chose à souligner et à magnifier dans chaque photo. C'était pourquoi, en dépit de son statut d'artiste reconnue, elle avait choisi d'enseigner aux étudiants de première année. « Regardez comme la petite sœur rit, ici, avait-elle dit en tapant du doigt sur un portrait de famille. C'est la seule qui ne regarde pas l'appareil – ce qui laisse entendre qu'il y a quelque chose hors champ. Est-elle rebelle ? Ou cela donne-t-il une idée de l'état d'esprit de toute la famille ? » Ou : « Remarquez comme le gratte-ciel ici semble sur le point de transpercer la lune. C'est un choix de perspective bien pensé. » Même ses critiques, qui étaient aussi fréquentes que ses éloges, n'étaient pas ce à quoi Mia s'était attendue. « L'eau est difficile, avait-elle simplement déclaré quand quelqu'un avait indiqué qu'une photo d'une cascade était très floue. Supposons que ça ait été fait exprès. Quel effet cela donne-t-il ? »

La photo de Mia était la dernière, et quand la classe s'était réunie devant, Pauline avait marqué une pause, comme prise de court. Elle l'avait soigneusement examinée, pendant deux, trois, cinq minutes, et dans le silence un malaise avait gagné la classe. « Qui est Mia Wright ? » avait-elle finalement demandé, et celle-ci s'était avancée. Tous les autres avaient reculé d'un demi-pas, comme si la foudre qui allait tomber risquait de les atteindre également. Pauline avait alors commencé à la questionner. Pourquoi as-tu cette ligne qui court de gauche à droite ? Pourquoi as-tu orienté ton appareil de la sorte ? Pourquoi as-tu fait la mise au point sur la crosse de hockey et non sur le filet ? Mia répondait du mieux qu'elle pouvait : elle avait voulu capturer à quel point la maison et la pelouse étaient petites comparées aux collines derrière ; elle avait voulu montrer la texture de l'herbe et la façon dont les brins étaient écrasés sous les chaussures de son frère. Mais à un certain point, tandis que les questions de Pauline s'étaient faites plus techniques, elle avait commencé à être troublée et à bafouiller. La ligne lui avait semblé fonctionner. Le décentrement lui avait semblé fonctionner. La profondeur de champ lui avait semblé fonctionner. Finalement, alors que le cours touchait à son terme, Pauline s'était écartée en opinant du chef.

« Apportez vos appareils, la prochaine fois, avait-elle dit. On va commencer à prendre des photos. » Puis elle avait attrapé son sac et quitté la pièce, laissant Mia se demander si elle avait réussi l'exercice ou complètement échoué.

Durant les cours suivant, Pauline traita Mia exactement comme tous les autres étudiants. Ils apprirent à enrouler la pellicule dans l'appareil, à composer une photo, à calculer l'ouverture et la largeur appropriées. Tout ça, Mia savait déjà le faire, grâce aux conseils de M. Wilkinson et à sa propre expérience. Au fil des explications de Pauline, cependant, sa manière de donner forme à ses clichés devint moins instinctive et plus consciente. Elle apprit à formuler les raisons qui la poussaient à choisir une ouverture spécifique, à non seulement trouver les réglages qui *fonctionnaient*, mais aussi à expliquer pourquoi ça fonctionnait ainsi. Deux semaines après le début du semestre, tandis que la classe commençait à faire ses premiers tirages, Pauline s'arrêta près du poste de travail de Mia dans la chambre noire. Dans l'éclat de la lumière rouge, on aurait dit qu'elle avait été taillée dans un gigantesque rubis.

« Depuis combien de temps travailles-tu avec la chambre photographique ? » interrogea-t-elle. Et quand Mia répondit, elle demanda : « Aimerais-tu me montrer d'autres photos que tu as faites ? »

Le samedi suivant, Mia se retrouva dans le hall de l'immeuble de Pauline, serrant une enveloppe de photos dans sa main. Il y avait un portier, et Mia, qui n'en avait jamais vu jusqu'alors, fut tellement impressionnée qu'elle n'écouta pas quand il lui indiqua l'étage. Moyennant quoi elle dut appuyer tour à tour sur chaque bouton dans l'ascenseur et vérifier le nom sur chaque porte avant de retourner à l'intérieur et d'appuyer sur le suivant. Quand elle arriva enfin au sixième, elle vit Pauline qui se tenait dans l'entrebâillement de la porte.

« Te voilà, dit celle-ci. Le portier a appelé pour prévenir de ton arrivée il y a dix minutes. Je commençais à m'interroger. »

Elle était pieds nus, mais autrement exactement semblable à ce qu'elle était en classe : tee-shirt noir, longue jupe noire, et de longues boucles d'oreilles perlées qui tintaient comme des carillons quand elle marchait. Mia, rougissant, la suivit dans une grande pièce peinte en blanc inondée de soleil où tout semblait étinceler. Elle s'était attendue à ce qu'un appartement de photographe soit recouvert de clichés, mais les murs étaient nus. Elle apprendrait par la suite que le studio de Pauline se trouvait à l'étage et qu'elle n'accrochait jamais rien, car quand elle ne travaillait pas, elle voulait cet espace blanc. Ça vidait la tête, expliquerait-elle. Mais à cet instant, Mia se contenta de s'asseoir à côté d'elle sur le canapé gris bosselé, et elles étalèrent les photos sur la table basse. Pauline avait une foule de questions, comme lors du deuxième cours : pourquoi as-tu placé l'appareil si bas sur celle-ci ? Pourquoi si près sur celle-là ? As-tu songé à ajuster l'inclinaison ici ? À quoi pensais-tu quand tu as pris ce cliché ? Les photos faisaient perdre sa timidité à Mia, et elles étaient toutes deux tellement absorbées par ce qu'elles faisaient que, quand une femme entra et posa deux tasses de café à côté d'elles, elle sursauta.

« Mal, dit Pauline avec un geste nonchalant de la main. Mal, je te présente Mia, une de mes étudiantes. »

Celle-ci était élancée, avec de longs cheveux châtains ondulés. Elle portait un jean et un chemisier vert et, comme Pauline, était pieds nus.

« J'ai pensé que vous voudriez du café, dit-elle. Ravie de te rencontrer, Mia. »

Elle embrassa Pauline sur la joue et repartit.

Mia resta tout l'après-midi, puis il lui fallut prendre son service au bar. Pauline et Mal insistèrent pour qu'elle reste dîner, jusqu'à ce que Mia admette finalement qu'elle devait aller travailler. « Alors la semaine prochaine, suggéra Pauline, quand tu auras une journée de libre. » Au cours des mois suivants, elle leur rendit souvent visite, parlant de photographie avec Pauline, la regardant travailler dans son studio, l'écoutant réfléchir à haute voix. « Je lisais des choses sur l'Égypte antique, pouvait commencer Pauline en ouvrant un livre. Dis-moi ce que tu penses de ceci. » À leur table, Mia goûtait des aliments qui étaient nouveaux pour elle : artichauts, olives, brie. Mal, apprit-elle, était poète et avait publié plusieurs recueils. « Mais tout le monde se moque de la poésie », disait-elle avec un rire triste. Et elle prêtait à Mia des livres par piles : Elizabeth Bishop, Anne Sexton, Adrienne Rich.

Mia ne tarda pas à apporter ses dernières photos presque chaque semaine pour les montrer à Pauline, et elles en discutaient, Pauline la poussant à exprimer ce qu'elle avait fait et pourquoi. Auparavant, elle avait agi au ressenti, comptant sur son instinct pour lui dire ce qui fonctionnait ou ne fonctionnait pas. Pauline la mettait au défi d'être consciente, de planifier son travail, de faire passer un message avec chaque photo, que le cliché semble évident ou non. « Rien n'est un accident », ne cessait-elle de répéter. C'était son mantra préféré, ainsi que l'avait appris Mia, aussi bien dans son art que dans la vraie vie. Chez Pauline et Mal, rien n'était simple. Alors que chez ses parents, tout avait été bon ou mauvais, bien ou mal, utile ou superflu. Il n'y avait pas d'entre-deux. Ici, découvrait-elle, tout avait une nuance ; tout avait un aspect caché ou une profondeur inexplorée. Tout valait la peine d'être observé de plus près.

Après ces sessions, Pauline et Mal insistaient toujours pour que Mia reste dîner. Elles étaient désormais au courant de ses trois emplois, et Mal ne cessait de la resservir et la renvoyait chez elle avec des tupperwares remplis de restes, qu'elle rapportait vides lors de sa visite suivante. De fait, elles l'auraient encouragée à rester pour la nuit, ou à s'installer pour de bon dans l'une de leurs chambres d'amis, si elles avaient pu trouver le moyen de le suggérer.

Car Mia était fière : c'était parfaitement évident. Même si elle acceptait avec grâce leur hospitalité, après cette première visite elle avait bien pris soin de ne jamais arriver les mains vides. Elle leur apportait des petites choses qu'elle avait fabriquées : des feuilles ramassées dans Central Park assemblées par un ruban pour former un bouquet rougeâtre ; un panier gros comme un pouce tissé à partir de brins d'herbe ; un jour, une petite esquisse des deux femmes qu'elle avait dessinée à l'encre, et même une poignée de cailloux d'un blanc pur après que Pauline eut mentionné le fait qu'elle avait commencé un nouveau projet à partir de pierres. Pour Pauline et Mal, il était clair que ces petits cadeaux soulageaient la gêne que Mia ressentait face à tout ce qu'elles lui offraient – leur nourriture, leur savoir, leur affection –, et que sans eux sa fierté l'aurait empêchée de revenir.

Et elles voulaient vraiment qu'elle revienne. Car aussi bien Pauline et Mal que les autres enseignants et ses camarades de classe avaient rapidement compris que Mia était extrêmement talentueuse.

« Tu vas devenir célèbre, tu le sais, n'est-ce pas ? » demanda Warren à sa sœur un soir. Elle était rentrée pour les vacances d'hiver et, fidèle à sa parole, il était allé la chercher à la gare routière dans la petite Golf marron clair qu'il s'était achetée à l'automne. Désormais, quatre jours après Noël, il la ramenait. Sans se concerter, ils avaient décidé de faire un détour, empruntant des petites routes sinueuses afin de faire durer ces dernières minutes ensemble. Warren était désormais en première, et il semblait à Mia qu'il avait grandi durant son absence : pas en taille, mais en profondeur. Sa voix était plus grave et il avait repris le contrôle de ses mains, de ses doigts et de ses pieds, qui au cours des dernières années avaient été trop grands pour lui, comme les pattes d'un chiot. Dans la lumière déclinante de l'après-midi, la légère barbe sur sa gorge ne semblait être qu'une ombre, mais elle ne s'y trompait pas.

« On verra », répondit-elle simplement. Puis : « Et toi ? Qu'est-ce que tu vas faire plus tard ? »

À la maternelle, quand la maîtresse posait cette question, Warren répondait en énonçant ses plans pour l'après-midi – l'après-midi étant l'avenir le plus lointain qu'il pouvait imaginer dans son esprit de cinq ans. Depuis, cette même question avait été leur moyen d'interroger l'autre sur ses projets pour la journée, et même alors, comme le lui faisait remarquer Mia en plaisantant, Warren semblait incapable de voir plus loin qu'une semaine ou deux à l'avance.

« Je vais chasser avec Tommy Flaherty vendredi, répondit-il. On se fait une dernière excursion avant la reprise du lycée. »

Mia fit la moue. Elle n'avait jamais approuvé la chasse, même si tout le monde dans leur quartier avait une tête de cerf ou deux quelque part chez lui.

« Je te rappellerai quand je reviendrai », dit-elle, et elle l'embrassa sur la joue.

Elle fut une fois de plus frappée de voir combien il avait grandi, à quel point il semblait plus élancé, plus fort et plus solide que dans son souvenir. Elle se demanda s'il y avait une fille dans sa vie. À quoi ressemblerait-il la prochaine fois qu'elle le verrait, songea-t-elle, et quand reviendrait-elle ? En été, peut-être, à moins qu'elle ne travaille pour gagner de l'argent en vue de l'année suivante ? Il y avait telle-ment de choses à faire. Déjà, depuis quelques mois qu'elle était à New York, son approche de la pho-tographie s'était développée : grâce au temps passé avec Pauline, grâce à l'étude du travail des autres étu-diants, et même grâce aux longues heures passées à ses divers emplois et aux nombreux inconnus qu'elle y avait rencontrés. Son art était devenu plus réfléchi et délibéré, plus avancé et aventureux d'un point de vue technique, plus risqué et avant-gardiste. Et tout le monde – y compris Mia elle-même et Warren qui la saluait de la main par la vitre du côté passager avant de se baisser pour la remonter – était certain qu'elle irait loin. Rien ne la détournerait de sa vocation, se promit-elle. C'était la seule chose qui comptait. Elle ne s'autoriserait pas à penser à autre chose.

Elle était tellement concentrée sur son travail que, le jour de mars où l'homme à la serviette commença à la regarder, elle ne s'en rendit pas immédiatement compte. C'était le milieu de l'après-midi, alors qu'elle prenait le métro à Houston Street pour se rendre à son travail près de Columbia. La ligne 1 était calme, il n'y avait qu'une poignée de voyageurs. Mia réfléchissait à un projet pour Pauline – *Documentez une transformation au fil du temps* – lorsqu'elle ressentit soudain ce picotement qui indiquait qu'elle était observée. Elle était habituée aux regards – c'était New York, après tout – et, comme toutes les femmes, elle avait appris à les ignorer, ainsi que les interpellations qui les accompagnaient parfois. Mais cet homme était différent. Il semblait plutôt respectable : costume à rayures soigné, cheveux bruns, serviette entre ses pieds. Wall Street, supposa-t-elle. L'expression dans ses yeux n'était pas du désir, ni même de l'amusement. C'était autre chose – un mélange étrange de reconnaissance et de faim –, et elle se sentit troublée. Après trois arrêts, alors qu'il n'avait pas cessé de la fixer, elle ramassa ses affaires et descendit à Colombus Circle.

Elle crut tout d'abord qu'elle l'avait semé. La rame s'éloigna, elle s'installa sur un banc crasseux pour attendre la suivante, et alors, tandis que les quelques passagers quittaient la station, elle le vit de nouveau : désormais serviette à la main, parcourant le quai des yeux. Elle était sûre qu'il la cherchait. Avant qu'il la repère, elle prit la direction de l'escalier à l'autre bout du quai et longea le tunnel, marchant aussi vite que possible sans attirer l'attention, jusqu'à la ligne C. Elle serait en retard au travail, mais aucune importance. Elle descendrait un ou deux arrêts plus loin et gagnerait Broadway à pied, où elle prendrait le bon train, après s'être débarrassée de lui, même si ça signifiait payer un autre ticket.

Quand le métro arriva, Mia monta dans un wagon central et balaya les sièges du regard. La rame était à moitié pleine, il y avait suffisamment de voyageurs qu'elle pourrait appeler en renfort au besoin, mais pas assez pour que la foule dissimule un acte déplacé. Elle prit place sur un siège vide au milieu du wagon. À la 72e Rue, elle ne vit aucun signe de lui. Mais à la 81e, alors qu'elle se levait pour descendre, la porte au bout du wagon s'ouvrit et l'homme à la serviette apparut. Il était désormais légèrement ébouriffé, quelques mèches de cheveux lui retombaient sur le visage, comme s'il avait traversé les wagons à la hâte à sa recherche. Leurs regards se croisèrent, et impossible de faire comme si elle ne l'avait pas vu. La colocataire de Mia s'était fait agresser deux fois en rentrant tard le soir, et sa camarade de classe Becca lui avait dit qu'un homme l'avait entraînée dans une allée proche de Christopher Street en la tirant par sa queue-de-cheval – elle avait réussi à se dégager, mais il lui avait arraché une touffe de cheveux. Mia avait vu la partie chauve de son crâne. Si quelque chose devait se passer, ça se passerait maintenant, qu'elle reste ou non dans la rame.

Elle descendit, il la suivit, et quand les portes se refermèrent, elle resta un moment figée sur le quai. Il n'y avait ni conducteur ni policier en vue, juste une vieille femme avec un déambulateur qui avançait péniblement vers la sortie et, à l'autre bout du quai, un clochard endormi qui portait des tennis en lambeaux. En courant, songea-t-elle, elle parviendrait peut-être à atteindre l'escalier avant qu'il la rattrape.

« Attendez ! lança l'homme tandis que le métro commençait à s'éloigner. Je veux juste vous parler. S'il vous plaît. »

Il s'immobilisa et leva les mains. Elle voyait désormais qu'il était plus jeune qu'elle ne l'avait cru, peut-être seulement âgé d'une trentaine d'années, et également plus mince. Son costume était onéreux, avec de fins fils argentés qui sillonnaient la laine, et ses chaussures aussi : cuir de Cordoue orné de glands et semelles lisses en cuir. Pas les chaussures d'un homme habitué à courir.

« S'il vous plaît, reprit-il. Je suis désolé de vous avoir suivie. Vous avez dû penser… » Il secoua la tête. « Je n'aime pas que ma femme prenne le métro parce que j'ai peur que quelqu'un la suive comme ça.

— Qu'est-ce que vous voulez ? » demanda Mia d'une voix rauque.

Elle ne s'était pas rendu compte qu'elle avait la gorge si sèche. Dans son dos, elle serra plus fort ses clés, pointes vers l'extérieur. Ça n'a pas l'air de grand-chose, mais ça fait mal, lui avait dit Becca.

« Laissez-moi vous expliquer, dit l'homme. Je vais rester ici. Je ne vais pas m'approcher. J'ai juste besoin de vous parler. »

Il posa sa serviette entre ses pieds, et Mia se détendit un tout petit peu. S'il tentait de se ruer sur elle, sa serviette le ferait trébucher. Son nom était Joseph Ryan – « Joey », se reprit-il –, et il travaillait, comme

297

elle l'avait supposé, à Wall Street. Il débita une série de noms qu'elle reconnut comme appartenant à une grosse société de courtage. Sa femme et lui habitaient dans Riverside Drive ; il était en train de rentrer chez lui ; il était marié depuis neuf ans ; ils s'étaient rencontrés au lycée ; ils n'avaient pas d'enfants. « On ne peut pas, expliqua Joseph Ryan. Elle ne peut pas avoir d'enfants. Et… » Il s'interrompit et regarda Mia d'un air suppliant, se passa une main dans les cheveux et prit une profonde inspiration avec l'air d'un homme qui sait qu'il est sur le point de dire quelque chose d'absurde. « Nous cherchons quelqu'un pour porter un bébé à sa place. La bonne personne. »

Puis il ajouta : « Nous la paierions. Généreusement. »

Mia avait la tête qui tournait. Elle enfonça la pointe de ses clés dans la partie charnue de sa paume – non plus pour se protéger, mais pour se convaincre que ce qu'elle entendait était réel.

« Vous voulez…, parvint-elle finalement à prononcer. Pourquoi moi ? »

Joseph Ryan fouilla dans sa poche, en sortit une carte de visite, et, après une brève hésitation, Mia fit un pas en avant et tendit le bras pour la saisir.

« S'il vous plaît. Accepteriez-vous de venir discuter avec nous ? Demain ? Au déjeuner ? Nous vous invitons, naturellement. »

Mia secoua la tête.

« Je dois travailler. Je ne peux pas…

— Pour le dîner, alors. Ma femme et moi pourrons tout vous expliquer. Écoutez… au Four Seasons. Dix-neuf heures ? Au moins, je vous promets que vous ferez un bon repas. » Il hocha la tête tel un écolier timide et ramassa sa serviette. « Si vous ne venez pas, je comprendrai, ajouta-t-il. Je ne peux pas imaginer… se voir faire une telle proposition. Sur un quai de métro. » Il secoua la tête. « Mais s'il vous plaît… réfléchissez-y. Vous nous aideriez tant. Vous changeriez notre vie. »

Et sur ce, il s'éloigna et gravit l'escalier, laissant Mia plantée là avec la carte entre le bout de ses doigts.

* * *

Pendant le restant de sa vie, Mia se demanderait à quoi aurait ressemblé son existence si elle n'était pas allée au restaurant ce jour-là. Sur le coup, ça avait ressemblé à une plaisanterie : juste un moyen de satisfaire sa curiosité et d'avoir un bon repas par-dessus le marché. Par la suite, bien entendu, elle comprendrait que ça avait tout changé pour toujours.

Ce soir-là, elle pénétra dans le hall du Four Seasons vêtue de la seule jolie robe qu'elle possédait : celle qu'elle avait portée au mariage de sa cousine Debbie l'année précédente. Elle avait grandi depuis, si bien que la robe était un peu trop courte et un peu trop serrée, et même si elle avait été à la bonne taille, elle aurait tout de même juré dans cet endroit luxueux avec son énorme chandelier, sa moquette moelleuse et sa jungle de plantes en pots. Même l'air semblait doux et épais, comme du velours, absorbant le clic-clac des talons des femmes et les bavardages des hommes en costume, si bien qu'ils passaient aussi silencieusement que des navires glissant sur l'eau. Joseph Ryan ne lui avait pas dit où les attendre, alors elle se tint avec gêne sur le côté, faisant mine d'admirer le tableau qui couvrait l'un des énormes murs du hall, tentant de ne pas attirer l'attention du maître d'hôtel qui flottait à l'entrée de la salle à manger tel un spectre attentionné.

Cinq minutes, songea-t-elle, et s'ils ne venaient pas, elle rentrerait chez elle. Ayant oublié de mettre une montre, elle se mit à compter lentement, comme Warren et elle le faisaient quand ils jouaient à cache-cache dans leur enfance. Elle compterait jusqu'à trois cents, puis elle repartirait et oublierait cette histoire absurde. Mais alors qu'elle en était à cent quatre-vingt-dix-huit, Joseph Ryan apparut à côté d'elle, tel un serveur.

« Picasso, dit-il.

— Pardon ?

— La tapisserie. »

Ici, dans ce hall, il semblait presque timide, et elle faillit oublier la menace qu'elle avait ressentie la veille.

« Enfin, pas une tapisserie à proprement parler, je suppose. Il a peint ça sur un rideau. Ils lui ont demandé un tableau, mais il n'avait pas le temps d'en faire un, alors il leur a donné ça à la place. Je l'ai toujours admiré.

— Je croyais que vous viendriez avec votre femme, observa Mia.

— Elle est à la table. »

Il s'apprêta à lui prendre le bras, puis se ravisa et enfonça les mains dans ses poches de veste à la place. Ses manières de gentleman étaient presque comiques, songea-t-elle en le suivant dans le couloir.

Une énorme salle blanche avec – elle cligna des yeux – un bassin vert de jade en son centre. Des arbres à l'intérieur, parsemés de fleurs roses et constellés de lumières. Comme une forêt de conte de fées cachée au cœur d'un immeuble de bureaux new-yorkais. Tout autour le ronron doux des conversations. Un entrelacs de fines chaînes sur la fenêtre, ondulant comme des vagues malgré l'absence de brise. Tandis qu'ils pénétraient dans la salle à manger et que Joseph Ryan se dirigeait vers une table dans un coin, Mia se vit assise là, dans une élégante robe bleu marine, un cocktail à la main. Pendant un instant, elle crut qu'elle s'approchait d'un miroir, puis elle marqua une pause, confuse. La femme à la table se leva alors et tendit le bras pour saisir sa main.

« Je suis Madeline », dit-elle, et Mia eut la sensation troublante, tandis que leurs mains se rencontraient, de toucher son reflet dans une piscine.

* * *

Le reste de la soirée se déroula comme dans un rêve. Chaque fois qu'elle regardait Madeline Ryan, elle se voyait ; elles partageaient non seulement leur chevelure sombre et bouclée et des traits similaires, mais également certains gestes : la même tendance à se mordiller la lèvre inférieure, la même habitude de tirer distraitement une boucle de cheveux jusqu'au lobe de l'oreille, puis de la laisser remonter, comme un ressort. Elles n'étaient pas identiques – le menton de Madeline était plus pointu, son nez un peu plus fin, sa voix plus profonde, presque gutturale –, mais elles étaient si semblables qu'elles auraient pu passer pour des sœurs. Et tard ce soir-là, bien après que le taxi que les Ryan avaient appelé l'eut déposée chez elle, Mia, éveillée, repenserait à tout ce qu'elle avait entendu.

Au fait que Madeline, à dix-sept ans, n'avait toujours pas eu ses règles, et que le médecin l'avait alors examinée et avait découvert qu'elle n'avait pas d'utérus. Une femme sur cinq mille, avait expliqué Madeline – il y avait un long nom allemand pour ça, le syndrome de Mayer-quelque-chose, que Mia n'avait pas totalement saisi. Au fait que le seul moyen pour eux d'avoir un enfant était une mère porteuse. C'était en 1981, et trois ans plus tôt les gros titres avaient annoncé en fanfare l'arrivée de Louise Brown, le premier bébé-éprouvette du monde, mais les chances d'une telle naissance étaient encore faibles, et la plupart des gens continuaient de trouver suspects les bébés conçus dans une boîte de Petri. « Pas pour nous, avait dit Madeline en faisant tourner le pied de son verre à vin entre ses doigts élégants. Pas de bébé-Frankenstein, non merci. » À la place, les Ryan avaient opté pour une manière plus traditionnelle : aussi ancienne, avait indiqué Joseph, que la Bible. Le spermatozoïde d'un père, l'œuf d'une femme qui semblerait convenir – et porté par elle. Ils avaient cherché pendant des mois – discrètement, avait ajouté Madeline – une mère porteuse qui aurait eu les bonnes caractéristiques, et n'en avaient pas trouvé. Et alors, Joseph Ryan, tandis qu'il rentrait en métro d'un déjeuner d'affaires, avait repéré un visage étrangement familier à l'autre bout du wagon, et il s'était dit que c'était le destin.

« Nous voyons ça, avait-il expliqué, comme une opportunité de nous faire mutuellement du bien. »

Madeline et lui s'étaient regardés, elle lui avait adressé un infime hochement de tête, puis ils s'étaient tous deux légèrement redressés et tournés vers Mia, qui avait posé sa fourchette.

« N'imaginez pas que nous nous lançons là-dedans à la légère, avait déclaré Madeline. Nous y avons longuement réfléchi. Nous cherchons juste la bonne personne. » Elle avait incliné la carafe d'eau et rempli le verre de Mia. « Et nous pensons que cette personne, c'est vous. »

Désormais, dans sa chambre, Mia effectuait des calculs. Ils lui avaient offert dix mille dollars pour porter un bébé en bonne santé. Ils avaient présenté ça comme s'ils lui proposaient un travail, exposant les avantages de la façon la plus attirante qui soit. « Et naturellement nous paierions tous vos frais médicaux », avait ajouté Joseph.

À la fin du dîner, il avait glissé une feuille de papier pliée à travers la table. « Notre numéro de téléphone à la maison, avait-il dit. Réfléchissez-y. Nous vous soumettrons un contrat. Nous espérons que vous nous appellerez. » Il avait déjà réglé la note, que Mia n'avait pas vue mais qui devait être affreusement élevée : ils avaient pris des huîtres et du vin, un homme en smoking avait préparé du steak tartare à leur table, incorporant avec dextérité le jaune d'œuf doré à la viande rouge rubis. Joseph avait hélé un taxi. « Nous espérons que vous appellerez », avait-il répété. Derrière lui, de l'autre côté de la vitre du hall, Madeline boutonnait le col en fourrure de son manteau. Ce n'est qu'après qu'il eut refermé la portière et que le taxi eut pris la direction de l'appartement exigu de Mia dans le sud de Manhattan qu'elle avait déplié le papier et revu ce montant stupéfiant : *10 000 $*. Et en dessous, juste ces mots : *s'il vous plaît*.

Le lendemain matin, elle crut que ça avait été un rêve bizarre jusqu'au moment où elle vit le mot plié toujours posé sur la commode. De la folie, songea-t-elle. Son ventre n'était pas un appartement à louer. Elle s'imaginait à peine ayant un bébé, et encore moins en donnant un. Dans la lumière gris acier du matin, ce qui s'était passé la veille au soir ressemblait à un fantasme puéril. Elle secoua la tête, balança le mot dans le tiroir de la commode et sortit son uniforme de travail.

Mais quelques semaines plus tard, Mia apprit que sa bourse ne serait pas renouvelée. Pauline et Mal ouvrirent la porte et, sans un mot, elle leur tendit une enveloppe, qui avait déjà été ouverte avec un doigt.

Chère mademoiselle Wright, nous sommes certains que vous avez tiré profit de votre première année à l'école des beaux-arts de New York. Cependant, nous ne sommes pas en mesure de maintenir votre bourse pour l'année universitaire 1981-1982. Nous espérons néanmoins que vous pourrez poursuivre vos études avec nous l'année prochaine et...

« Ce sont des idiots, déclara Pauline en balançant la lettre sur la table basse. Ils n'ont aucune idée de ce qu'ils perdent.

— C'est l'État », surenchérit Mal.

Elle ramassa la lettre et la replaça dans son enveloppe.

« Ils ont réduit les financements, donc l'école a plus de frais, et les bourses en pâtissent.

— Ce n'est pas grave, répondit Mia. Je trouverai un autre emploi. J'économiserai pendant l'été. »

Ce soir-là, cependant, lorsqu'elle prit l'ascenseur pour regagner le rez-de-chaussée, elle posa sa tête contre le miroir et ravala ses larmes. Elle ne pouvait pas faire plus d'heures qu'elle n'en faisait, ou alors elle n'aurait plus de temps pour ses cours, et elle avait déjà du mal à joindre les deux bouts. Si elle travaillait à plein temps pendant l'été… Elle recommença à calculer mentalement. À moins de trouver un emploi qui paierait deux fois plus, elle n'aurait pas les moyens de rester.

« Ça va, mademoiselle ? »

Les portes de l'ascenseur s'étaient ouvertes et elle était là, dans l'entrée de l'immeuble, le portier bienveillant l'observant à travers ses lunettes. Derrière lui, une moquette lie-de-vin s'étirait jusqu'aux épaisses portes en verre qui isolaient du bruit de la Ve Avenue. Le hall était aussi silencieux qu'une bibliothèque, mais derrière ces portes, elle le savait, il y avait le béton lézardé et l'agitation, la clameur, la dureté de la ville.

« Ça va », répondit-elle.

Ils se connaissaient désormais un peu, comme souvent les gens se connaissent à New York : il s'appelait Martin, avait grandi dans le Queens, il supportait les Mets – pas les Yankees, lui avait-il dit, *jamais* les Yankees – et avait chez lui un teckel nommé Rosie. Pour sa part, il savait qu'elle s'appelait Mia et était la protégée des « artistes du sixième » – ainsi qu'il appelait affectueusement Pauline et Mal –, et même si elle ne s'était guère étendue sur sa vie, le portier à l'œil aguerri en avait deviné plus grâce à l'appareil photo d'occasion qui pendait à son cou, à l'uniforme noir et blanc qu'elle portait parfois quand elle arrivait, et aux boîtes de nourriture qu'elle rapportait souvent chez elle sur l'insistance de Mal. Il résista à l'envie de lui donner une petite tape sur l'épaule et poussa la porte d'entrée d'une main gantée.

« Passez une bonne soirée », dit-il, et Mia s'engagea dans la Ve Avenue et laissa la ville l'avaler.

14

Mia ne consulta ni ses parents, ni ses colocataires, ni même Pauline et Mal. En y repensant, elle se rendrait compte par la suite que c'était la preuve qu'elle avait déjà pris sa décision. Le lendemain du jour où elle avait reçu la lettre, elle évoqua la possibilité d'une augmentation avec le manager du restaurant. « J'aimerais bien, ma petite, répondit-il, mais je ne peux pas te payer plus sans augmenter les prix et perdre des clients. » Le manager de Dick Blick lui fit la même réponse, après quoi elle ne prit même pas la peine de demander au propriétaire du bar. Pendant une semaine, elle esquiva les invitations répétées de Pauline à venir dîner ; Mal et probablement Pauline également avaient immédiatement dû sentir sa préoccupation. Elle leur envoya un mot au lieu de son habituelle visite dominicale, prétextant qu'une grippe intestinale l'obligeait à rester chez elle. Pendant une semaine, elle ne pensa qu'à ses frais d'inscription – et aux Ryan. Elle gâcha toute une pellicule en la sortant de la boîte avec la lumière allumée, chose qu'elle n'avait encore jamais faite. Elle laissa tomber une assiette d'œufs au restaurant, s'entailla le doigt sur le bord coupant, vit un filet de sang couler sur la porcelaine blanche. Elle se passait constamment la main sur la plaine plate de son ventre, comme si elle allait trouver à l'intérieur quelque chose qui l'aiderait à voir les choses clairement.

Un après-midi, lors d'une pause au travail, elle tira de sa poche la carte de visite de Joseph Ryan – celle qu'il lui avait donnée le premier jour – et prit la direction du métro. Peut-être que c'était un escroc. Comment savait-elle que ces Ryan paieraient ce qu'ils avaient promis, comment pouvait-elle même être sûre qu'ils s'appelaient vraiment Ryan ? Mais l'adresse sur la carte la mena à l'immeuble en verre étincelant de Dykman, Strauss & Tanner dans Wall Street. Mia hésita quelques minutes devant l'entrée, observant le reflet des passants sur le trottoir qui glissait sur l'ombre des personnes à l'intérieur, puis elle poussa la porte tambour et marcha jusqu'à la rangée de cabines téléphoniques qui bordait le vestibule. Un instant plus tard, une voix de femme se fit entendre au bout du fil.

« Dykman, Strauss et Tanner, dit celle-ci. Bureau de Joseph Ryan. Est-ce que je peux vous aider ? »

Mia raccrocha et hissa l'annuaire sur ses cuisses. Il y avait six Joseph Ryan listés à Manhattan, mais aucun ne vivait dans Riverside Drive. Elle laissa l'annuaire retomber au bout de sa chaîne et chercha une autre pièce de dix cents dans sa poche. Cette fois, elle appela les renseignements, qui lui donnèrent une adresse. C'était presque l'heure de son service au bar, mais elle prit tout de même le métro jusqu'au nord de Manhattan et se retrouva devant un immeuble d'avant-guerre en briques rouges avec une marquise noire et un portier.

Quiconque vivait ici pouvait certainement payer dix mille dollars pour un enfant.

Le lendemain après-midi, lorsque Madeline Ryan sortit de l'immeuble, Mia la suivit. Pendant une heure elle la fila, jusqu'à la 86ᵉ Rue, puis dans le quartier alentour, puis de nouveau jusque chez elle. Elle nota qu'en sortant de l'immeuble la femme avait adressé un geste de tête au portier lorsqu'il lui avait ouvert la porte, puis qu'elle avait marqué une pause sur le trottoir et s'était retournée pour lui dire une chose qui l'avait fait sourire, avant de lui donner une petite tape sur l'avant-bras puis de poursuivre son chemin. Que Madeline ralentissait quand elle passait à côté de femmes qui avaient des poussettes, qu'elle souriait aux bébés dans ces poussettes, qu'ils soient gais ou agités ou endormis, qu'elle souriait et disait bonjour aux femmes, leur demandant comment elles allaient, commentant la météo, même si – Mia le voyait bien – il y avait une faim dévorante dans ses yeux. Elle se précipitait pour leur ouvrir la porte, mêmes aux nourrices qui poussaient des enfants à la peau claire qui n'étaient clairement par les leurs, tenant la porte jusqu'à ce que femme et enfant soient entrés dans la bodega ou le café ou la boulangerie avant de la laisser se refermer lentement derrière eux avec une expression pensive, presque mélancolique. Quand une mère – stressée, en talons – passa rapidement à côté d'elle, Madeline Ryan ramassa une tétine qui était tombée de la poussette et courut après elle pour la lui rendre. Mia n'avait jamais remarqué jusqu'alors combien les bébés étaient nombreux : ils étaient partout, la ville en grouillait, les rues débordant d'une fécondité éhontée, et elle ressentit une vive pointe de pitié pour Madeline Ryan. Cette dernière s'arrêta à un stand de fleurs, acheta un bouquet de pivoines enveloppé dans un fin papier vert, les bourgeons toujours serrés comme des poings durs. Elle prit la direction de chez elle, et Mia la laissa partir.

Au bout du compte, songea-t-elle, ce furent les maths qui décidèrent pour elle. L'offre des Ryan suffirait à payer trois trimestres supplémentaires à l'école. Ce qui lui laisserait le temps de gagner suffisamment d'argent pour payer le reste. Si elle acceptait leur proposition, elle pourrait continuer ses études. Sinon, impossible. Présenté de la sorte, le choix semblait évident. Et elle leur rendrait service. C'étaient des gens gentils et sincères, elle le voyait, qui devaient terriblement vouloir un enfant. Elle pouvait les aider. Et elle le ferait. C'est ce qu'elle se répéta encore et encore avant de soulever le combiné et de composer leur numéro.

* * *

Trois semaines plus tard, elle sortait de chez un obstétricien avec une lettre attestant sa bonne santé, son absence de maladie contagieuse et la normalité de son anatomie. « Des hanches parfaites pour porter un bébé, avait-il plaisanté en lui ôtant les pieds des étriers. Tout a l'air d'aller. Si vous voulez tomber enceinte, vous ne devriez avoir aucun problème. » Une semaine plus tard, elle demandait un congé sabbatique d'un an à l'école. Puis, début avril, alors que les cours commençaient à être plus calmes, elle se retrouva dans la chambre d'amis de l'élégant appartement des Ryan. Madeline lui avait acheté un beau peignoir en tissu-éponge rose. « Coton turc, avait-elle dit en le posant sur le lit avec une paire de chaussons. Nous voulons nous assurer que vous soyez à l'aise. » Le lit avait été fait avec des draps blancs impeccables, comme si elle était une invitée de marque. Dehors, elle voyait le soleil scintiller sur l'Hudson. Au bout du couloir, elle le savait, Joseph devait être dans la chambre des Ryan, en train de se préparer.

On frappa doucement à la porte, et Mia resserra plus fermement le peignoir autour d'elle. Ses vêtements étaient soigneusement posés sur le fauteuil dans le coin de la pièce. Madeline frappa de nouveau, puis ouvrit la porte.

« Vous êtes prête ? » demanda-t-elle. Elle portait un plateau de petit déjeuner en bois avec, posées dessus, une tasse à thé recouverte et une pipette dotée d'une poire jaune vif. Elle le posa sur la table de chevet, puis – maladroitement – s'agenouilla et passa les bras autour de Mia. « Merci », murmura-t-elle.

Lorsque Madeline fut partie, Mia prit une profonde inspiration. Était-elle sûre d'elle ? Elle souleva la pipette du plateau : elle était tiède. Elle s'aperçut que Madeline avait dû la passer sous l'eau chaude pour qu'elle ne soit pas froide, et cette petite attention lui fit monter les larmes aux yeux. Elle souleva le couvercle de la tasse, desserra la ceinture du peignoir et s'étendit sur le lit.

Une demi-heure plus tard – « Vous devez garder les jambes en l'air pendant au moins vingt minutes, lui avait expliqué Madeline, pour augmenter les chances de conception » –, Mia sortit de la chambre d'amis et trouva les Ryan qui se tenaient la main dans le salon. Elle avait remis ses vêtements, mais lorsqu'ils levèrent la tête vers elle en chœur – ouvrant de grands yeux, tels des enfants effrayés –, elle se sentit soudain nue.

« C'est fait », annonça-t-elle, et elle tapota la taille de son jean.

Madeline se leva du canapé d'un mouvement fluide et serra les mains de Mia dans les siennes.

« Nous ne pouvons pas vous remercier assez, dit-elle. Espérons que ça prendra. »

Elle posa ses paumes sur le ventre de Mia, comme si elle offrait une bénédiction, et les muscles de cette dernière se contractèrent.

« Je vais appeler la voiture – Joey peut vous ramener chez vous », dit Madeline. Puis : « Bien sûr, nous savons qu'il faudra plusieurs tentatives. Ça nous demandera à tous de la persévérance. On se revoit après-demain ? »

Mia songea au plateau toujours posé dans la chambre, s'imagina Madeline en train de rincer la pipette et la tasse dans l'évier dans l'attente de leur prochaine utilisation.

« Bien sûr, répondit-elle. Bien sûr. »

Elle demeura silencieuse durant tout le trajet jusqu'au Village, tandis que Joseph Ryan lui racontait comment Madeline et lui s'étaient rencontrés, où il avait grandi, et lui expliquait toutes les choses qu'ils avaient prévues pour l'enfant.

Pendant tout l'été cela devint une routine. L'obstétricien lui avait donné un graphique pour noter ses périodes les plus fertiles, et les semaines en question, elle se rendait chez les Ryan un jour sur deux. Puis, la semaine suivante, elle attendait, cherchant un signe sur son corps. Chaque fois elle avait mal au dos, à la tête, des crampes, mais – évidemment – pas de bébé.

« Ça prendra un moment », se contenta de déclarer Madeline alors que juillet touchait à sa fin. Depuis maintenant quatre mois, rien. « Nous l'avons toujours su. Ça n'arrive pas immédiatement. » Mais Mia était inquiète. D'après le contrat qu'ils avaient signé, les Ryan étaient libres de le résilier après six mois si aucune grossesse ne survenait. Elle avait gardé ses emplois au restaurant, au bar et chez Dick Blick – et esquivait les questions des autres étudiants qui, alors qu'ils étaient de retour de vacances et achetaient leurs fournitures pour le trimestre à venir, lui demandaient pourquoi elle ne revenait pas. « Je prends une année sabbatique pour gagner de l'argent », répondait-elle, ce qui était vrai. C'était également ce qu'elle avait raconté à Pauline et à Mal lorsque celles-ci avaient suggéré avec tact de lui faire un prêt, qu'elle avait été trop fière pour accepter. Mais elle savait également que si aucun bébé n'arrivait, elle n'aurait rien, son année aurait été abandonnée en vain, et son congé deviendrait probablement permanent.

Et alors, en septembre, elle attendit et attendit et il ne se produisit rien. Pas de sang. Pas de crampes. Juste une fatigue intense, une envie écrasante de se mettre au lit et de se lover sous la couette comme une chatte. Madeline dansa presque de bonheur lorsque, deux jours plus tard, Mia arriva à son rendez-vous dans cet état. Elle emmitoufla la jeune fille dans son manteau, comme si c'était une enfant, et l'entraîna dans l'ascenseur, puis dans un taxi qui les mena à une pharmacie de Broadway. Parmi un assortiment déroutant de boîtes aux noms ronflants – Predictor, Fact, Accu-Test –, elle en sélectionna une et la plaça dans les mains de Mia.

Il s'avéra que le test était compliqué. Il impliquait une éprouvette en verre placée sur un support spécial et suspendue au-dessus d'un miroir en angle. Mia devait ajouter plusieurs gouttes d'urine et attendre une heure. Si un cercle noir se formait, elle était enceinte. Madeline et elle restèrent assises en silence pendant quarante-cinq minutes, côte à côte sur le rebord de la baignoire, puis Madeline saisit soudain la main de Mia. « Regardez », murmura-t-elle, se penchant vers la table de toilette, et Mia vit, dans le petit miroir, un anneau couleur fer lentement apparaître.

* * *

À partir de là, les choses évoluèrent rapidement. Les colocataires de Mia ne remarquèrent rien jusqu'à ce qu'elle commence à vomir dans la salle de bains. « C'est chouette », observa l'une d'elles. L'autre déclara : « Je n'endurerais pas ça, même pas pour un million de dollars. » Les semaines passèrent. Les Ryan l'installèrent dans un studio qu'ils possédaient dans un petit immeuble sans ascenseur tout près de West End Avenue. « On le loue, mais les locataires viennent de partir, lui expliqua Madeline. Ce sera plus calme pour vous. Plus d'espace. Moins d'allées et venues. Et vous serez bien plus proche de nous, pour quand les choses s'accéléreront. » Mia abandonna son emploi dans la boutique de fournitures d'art – son ventre commençait à être visible –, mais elle conserva les autres, même si elle laissait croire aux Ryan qu'elle avait cessé de travailler. Après chaque rendez-vous chez le médecin, elle passait leur donner les dernières nouvelles, et quand ses vêtements commençaient à être trop étroits, ils lui en offraient de nouveaux. « J'ai vu cette robe, disait Madeline en tendant à Mia un sac doublé de tissu avec une robe à fleurs à l'intérieur. Je me suis dit qu'elle serait parfaite sur vous. » Mia avait compris qu'elle lui achetait les vêtements de grossesse qu'elle se serait achetés pour elle-même, et elle souriait et les acceptait, puis elle les portait lors de sa visite suivante.

Elle ne parla pas de tout ça à ses parents, se contentant de leur annoncer à l'approche de Noël qu'elle ne rentrerait pas. Trop cher, prétendit-elle, consciente qu'ils ne l'interrogeraient jamais sur ses études si elle n'abordait pas elle-même le sujet. Mais à la fin janvier, elle révéla finalement la vérité à Warren. « Tu ne parles plus jamais de tes cours », lui avait-il dit un soir au téléphone. Elle en était alors à cinq mois, et même si elle aurait pu continuer à le lui cacher – comment aurait-il pu savoir ? –, elle n'aimait pas l'idée de lui mentir plus longtemps.

« Wren, promets que tu ne diras rien à papa et maman », dit-elle, prenant une profonde inspiration.

Après quoi, il y eut un long silence au bout du fil.

« Mia, répondit-il, et elle sut qu'il était sérieux, car il ne l'appelait jamais par son prénom complet. Je ne peux pas croire que tu fasses une telle chose.

— J'y ai bien réfléchi. »

Elle posa une main sur son ventre, où elle avait récemment commencé à ressentir de légères palpitations. Le *quickening*, ainsi que Madeline avait appelé ça en appliquant ses mains sur sa peau.

« Ce sont des gens tellement bons. Gentils. Je les aide, Wren. Ils veulent tellement ce bébé. Et ils m'aident aussi. Ils ont tant fait pour moi.

— Mais tu ne crois pas que ça va être dur de l'abandonner ? demanda Warren. Je ne crois pas que je pourrais le faire.

— Eh bien, ce n'est pas toi qui le fais, n'est-ce pas ?

— T'énerve pas après moi, répliqua-t-il. Si tu m'avais demandé, je t'aurais dit de ne pas le faire.

— Ne dis juste rien à papa et maman, répéta Mia.

— D'accord, répondit finalement Warren. Mais je vais te dire une chose. Je suis l'oncle du bébé, et ça ne me plaît pas. »

Il y avait dans sa voix une colère qu'elle n'avait jamais entendue, du moins pas dirigée contre elle.

Après ça, Warren et elle ne se parlèrent pas pendant quelque temps. Chaque semaine, quand elle songeait à l'appeler, elle décidait de ne pas le faire. Pourquoi téléphoner et se disputer une fois de plus ? raisonnait-elle. Dans quelques mois le bébé serait né, elle retrouverait son ancienne vie, et tout serait comme avant. « Ne t'attache pas », disait-elle lorsque le fœtus lui donnait un petit coup de pied. Et elle ne sut jamais, même à l'époque, si elle parlait au bébé, à son ventre, ou à elle-même.

Elle n'avait toujours pas reparlé à Warren quand sa mère appela, très tôt un matin, pour la prévenir de l'accident.

* * *

Il avait neigé, ça, elle le savait. Warren et Tommy Flaherty rentraient tard un soir – où ils étaient allés, sa mère ne l'avait pas dit –, ils avaient négocié un virage trop vite, et la Buick de Tommy avait dérapé et s'était retournée. Mia ne se rappellerait pas les détails : le fait que le toit de la voiture avait été enfoncé, que les secours avaient dû découper la Buick comme une boîte de conserve, que ni Warren ni Tommy ne portaient leur ceinture de sécurité. Elle ne se rappellerait pas, du moins pendant quelque temps, que Tommy Flaherty s'était retrouvé dans un lit d'hôpital avec un poumon perforé, une commotion cérébrale et sept os brisés, même s'il avait grandi au sommet de la colline juste à côté de chez eux, même si Warren et lui étaient amis depuis des années, même s'il en avait un jour pincé pour elle. Elle se rappellerait uniquement que c'était Warren qui conduisait, et que maintenant il était mort.

Un billet d'avion coûtait cher, mais elle ne supportait pas l'idée d'attendre, ne serait-ce que quelques heures de plus. Elle voulait être avalée par la maison où Warren et elle avaient grandi et joué, où ils s'étaient disputés et avaient fait des projets, où il ne l'attendait plus et dans laquelle il ne reviendrait jamais. Elle voulait se laisser tomber à genoux à l'endroit au bord de la route froide où il était mort. Elle voulait voir ses parents, pour ne pas avoir à rester seule avec ce terrible engourdissement qui menaçait de l'engloutir.

Mais lorsqu'elle descendit du taxi qui l'avait menée de l'aéroport et franchit la porte d'entrée, ses parents se figèrent, fixant le gonflement de son ventre, qui était devenu tel qu'elle ne pouvait plus fermer son manteau. La main de Mia descendit jusqu'à son abdomen, comme si une paume avait pu cacher ce qui poussait à l'intérieur.

« Maman, dit-elle. Papa. Ce n'est pas ce que vous croyez. »

Un long silence s'étira dans la cuisine, comme un ruban gris. Mia eut l'impression qu'il dura des heures et des heures.

« Dis-moi, répliqua finalement sa mère. Dis-moi ce que nous croyons.

— Je veux dire... » Mia baissa les yeux vers son ventre, comme si elle-même était déconcertée de le trouver là. « Ce n'est pas mon bébé. »

À l'intérieur, le fœtus donna un violent coup de pied.

« Comment ça, ce n'est pas ton bébé ? demanda sa mère. Comment ça pourrait ne pas être ton bébé ?

— Je suis une mère porteuse. Je le porte pour un couple. »

Mia se retrouva à essayer d'expliquer : les Ryan, combien ils étaient gentils, à quel point ils voulaient un bébé, à quel point ils seraient heureux. Elle tenta de mettre l'accent sur le fait qu'elle les aidait, comme si c'était un acte charitable, purement altruiste : comme si elle était volontaire à une soupe populaire ou adoptait un chien dans un refuge. Mais sa mère comprit immédiatement.

« Ces Ryan, dit-elle. Je suppose que tu ne fais pas ça pour eux juste par bonté de cœur.

— Non, admit Mia. Ils me paieront. Quand le bébé sera né. »

Elle s'aperçut soudain qu'elle portait toujours son écharpe et son chapeau. Une fine gadoue grise s'écoulait de ses semelles sur le lino couleur crème.

Sa mère se retourna et se dirigea vers la porte.

« Je ne peux pas gérer ça maintenant, dit-elle, sa voix s'estompant tandis qu'elle pénétrait dans le salon. Pas maintenant. » Au pied de l'escalier, elle s'immobilisa et lança d'une voix sifflante, avec une méchanceté qui stupéfia Mia : « Ton frère est mort – *mort*, tu t'en rends compte ? Et tu rentres à la maison dans cet état ? »

Ses pas martelèrent les marches.

Mia se tourna vers son père. Elle se sentait exactement comme quand elle était enfant, lorsqu'elle avait cassé ou abîmé quelque chose, ou dépensé en pellicules l'argent que sa mère destinait à des vêtements : à ces moments, celle-ci s'emportait et criait, puis se précipitait dans sa chambre, laissant Mia avec son père, qui lui prenait la main et laissait le silence les envelopper comme du lait, avant de dire doucement : « Achètes-en un neuf », ou : « Laisse-lui une heure et va t'excuser », ou parfois, simplement : « Répare-le. » C'était ainsi que s'étaient toujours déroulées leurs disputes. Mais cette fois, son père ne lui saisit pas la main. Il ne lui dit pas : « Répare-le. » À la place, il fixa son ventre, comme s'il ne supportait pas de regarder son visage. Ses yeux étaient humides, et sa mâchoire serrée.

« Papa ? » demanda-t-elle finalement.

Elle aurait préféré des cris à ce long silence aussi tranchant qu'un couteau.

« Je n'en reviens pas que tu vendes ton propre enfant », dit-il, puis lui aussi quitta la pièce.

* * *

Ils ne lui demandèrent pas de partir, mais même après qu'elle eut accroché son manteau dans le placard de l'entrée et posé son sac dans sa chambre d'enfance, ils ne lui adressèrent pas la parole. Pendant le dîner, elle s'assit à son ancienne place, sa mère posa une assiette et une fourchette devant elle et son père lui tendit un plat qu'une voisine avait apporté, mais ils ne lui dirent pas un mot, et quand elle posait des questions – quand aurait lieu l'enterrement ? Avaient-ils vu Warren ? –, ils répondaient aussi laconiquement que possible. Mia finit par laisser tomber et se contenta d'enrouler les nouilles et le thon autour de sa fourchette. Il y avait une tonne de nourriture dans le réfrigérateur, une tour penchée de plats en pyrex enveloppés dans du papier aluminium. Comme si personne ne savait quoi faire face à une telle tragédie hormis préparer les plats les plus lourds, les plus copieux et les plus prosaïques qui soient pour donner à la famille endeuillée quelque chose de solide à quoi se raccrocher. Aucun d'eux ne mentionna, ni ne regarda, la chaise vide de Warren près de la fenêtre.

Ils décidèrent de tout sans elle – quelles fleurs il y aurait, quelle musique serait jouée, de quelle couleur serait le cercueil dans lequel serait placé Warren : noyer avec un capitonnage en soie bleue. Ils suggérèrent, avec tact, que Mia ne sorte pas. Elle devait être fatiguée, disaient-ils, ils ne voulaient pas qu'elle glisse sur le verglas ; mais elle comprit qu'ils ne voulaient pas que les voisins la voient. Quand Mia sélectionna une chemise et une cravate pour Warren – la tenue qu'il choisissait toujours lorsqu'il était forcé de se mettre sur son trente et un –, sa mère opta à la place pour la chemise blanche et la cravate à rayures rouges qu'elle lui avait achetées à son entrée au lycée et qui, selon elle, lui donnaient l'allure d'un courtier en Bourse, mais qu'il n'avait jamais portées. À aucun moment ils n'évoquèrent son état ni sa situation compliquée.

Mais lorsqu'ils annoncèrent qu'il serait préférable qu'elle n'assiste pas à l'enterrement – « Nous ne voulons simplement pas que les gens se fassent des idées fausses », avait déclaré sa mère –, Mia capitula. Le soir qui précéda les obsèques, elle fit sa valise. Du fond de la penderie, elle tira son vieux sac marin et prit la couette sur le lit, quelques vieilles couvertures. Puis elle traversa le couloir sur la pointe des pieds jusqu'à la chambre de Warren.

Son lit était toujours défait ; elle se demanda si sa mère le referait un jour, ou si elle se contenterait d'ôter les draps, de vider la pièce, puis de la repeindre en blanc et de faire comme si rien n'était jamais arrivé ici. Que feraient-ils des affaires de Warren ? se demanda-t-elle. Les donneraient-ils ? Les laisseraient-ils moisir dans des caisses au grenier ? Sur le panneau en liège de Warren, elle repéra la photo qui avait accompagné sa candidature à l'école des beaux-arts : l'image retouchée des deux enfants en train de gravir le terril. Elle la décrocha et l'ajouta à son sac. Puis, sur le bureau, elle trouva ce qu'elle cherchait : les clés de sa voiture.

Ses parents dormaient – sa mère prenait des somnifères le soir pour se calmer les nerfs, et l'interstice sous la porte de leur chambre était sombre. La Golf démarra dans un grondement guttural. « Une Porsche ronronne, lui avait un jour dit Warren, mais une VW pétarade. » Elle dut avancer le siège au maximum pour atteindre l'embrayage ; les jambes de son frère avaient toujours été plus longues que les siennes. Puis elle appuya sur le levier de vitesse et, après avoir tâtonné un moment, trouva la marche arrière, et la maison plongée dans l'obscurité s'estompa dans la lumière de ses phares à mesure qu'elle reculait dans l'allée.

Elle roula toute la nuit et atteignit l'Upper West Side au lever du soleil. Elle n'avait jusqu'alors jamais eu à se garer à Manhattan et tourna en rond dans le quartier pendant dix minutes avant de trouver une place dans la 72ᵉ Rue. Dans son appartement, elle se coula dans son lit d'emprunt et s'enveloppa dans la couette. Elle savait qu'elle ne redormirait pas dans un lit aussi confortable de sitôt. Lorsqu'elle se réveilla, le soleil de la fin d'après-midi déclinait déjà au-dessus de l'Hudson, et elle alla travailler. Seules les affaires qu'elle avait apportées, celles qui lui appartenaient vraiment, allèrent dans son sac : ses vêtements trop serrés, les robes hawaïennes amples qu'elle s'était achetées chez Goodwill, quelques vieux dessus-de-lit, une poignée de couverts. Une boîte de rangement pour ses négatifs, et ses appareils photo. Elle plia soigneusement les jolies robes de grossesse que lui avaient offertes les Ryan et les plaça dans un sac de courses en papier.

Lorsqu'elle eut terminé, elle s'assit avec un stylo et une feuille de papier. Elle avait réfléchi à ce qu'elle dirait durant le long trajet depuis Pittsburgh, et au bout du compte, elle décida de mentir. « Ce que j'ai à dire est difficile, écrivit-elle. J'ai perdu le bébé. J'ai tellement honte et suis tellement désolée. Vous ne me devez rien, mais j'ai le sentiment de vous être redevable. Voici de l'argent pour vous rembourser les rendez-vous chez le médecin. J'espère que ça suffira – c'est tout ce que j'ai. » Elle posa son mot au-dessus d'une pile de billets – neuf cents dollars économisés sur ses salaires. Puis elle empaqueta le tout et le plaça dans le sac avec les robes de grossesse.

Le portier habituel était de repos ce soir-là, et celui de nuit ne sembla pas remarquer son ventre lorsqu'elle se présenta devant lui enveloppée dans son manteau. Il accepta le paquet pour les Ryan sans regarder une seule fois son visage, et Mia se dirigea vers la Golf, qui était garée à quelques rues de là. Dans son ventre, le bébé donna un coup de pied, puis se retourna, comme s'il s'installait pour dormir.

Elle roula toute la nuit, à travers le New Jersey et la Pennsylvanie, des kilomètres d'autoroute défilant dans l'obscurité. Tandis que le soleil commençait à se lever, elle quitta l'autoroute à proximité d'Érié et roula jusqu'à trouver une route de campagne paisible. Après s'être garée bien à l'écart, elle verrouilla toutes les portières, alla sur la banquette arrière et s'enveloppa dans sa vieille couette. Elle s'attendait à ce qu'elle sente la lessive, comme à la maison, et se prépara à ressentir une pointe de nostalgie. Mais la couette, qui était restée sur son lit sans que personne la touche pendant un an, n'avait aucune odeur – ni propre ni poussiéreuse, rien –, et après l'avoir tirée par-dessus sa tête pour protéger ses yeux du soleil, Mia s'endormit.

Durant toute la semaine, elle roula de la sorte, comme sous l'effet de la fièvre : conduisant jusqu'à ce que l'épuisement la force à s'arrêter, dormant jusqu'à être suffisamment reposée pour reprendre la route, ignorant l'heure, le jour et la nuit. Elle s'arrêtait de temps à autre quand elle passait par une ville, pour acheter du pain, du beurre de cacahuètes et des pommes, pour remplir d'eau à une fontaine le jerrican qui gisait sur la banquette arrière. Parmi ses affaires, elle avait caché deux mille dollars, économisés sur ses pourboires et ses salaires depuis son arrivée à New York : dans la boîte de négatifs, dans la boîte à gants, dans le bonnet droit de son soutien-gorge. Ohio, Illinois, Nebraska, Nevada. Et alors, soudain, le tourbillon grouillant de San Francisco, les remous gris-bleu et blancs du Pacifique devant elle, et elle ne put aller plus loin.

* * *

Qu'y avait-il d'autre à savoir ? Mia trouva un logement, une chambre à louer dans le quartier de Sunset, dans une maison dont le plâtre avait la couleur du sel de mer, chez une femme âgée et sévère qui lorgna son ventre et demanda seulement : « Est-ce qu'un mari en colère va venir frapper à ma porte dans une semaine ? » Pendant les trois derniers mois de sa grossesse, Mia arpenta la ville, faisant le tour du lac dans le Golden Gate Park, montant en haut de la Coït Tower, traversant un jour le Golden Gate Bridge dans un brouillard si épais qu'elle entendait mais ne voyait pas la circulation qui filait à côté d'elle. Ce brouillard reflétait si parfaitement son état d'esprit qu'elle avait l'impression de marcher dans son propre cerveau : une brume d'émotion envahissante et sans forme qu'on ne pouvait saisir, mais remplie de pensées qui surgissaient de nulle part, la faisant sursauter, puis s'évanouissaient de nouveau dans la blancheur avant même qu'elle soit sûre de ce qu'elle avait vu. Mme Delaney, sa propriétaire, ne lui souriait jamais quand elles se croisaient dans le couloir, ni quand elles se rencontraient dans la cuisine, mais au fil des semaines, Mia commença à trouver de plus en plus souvent en rentrant une assiette dans le four et un mot sur le plan de travail, qui disait : *J'avais des restes. Pas voulu les gâcher.* Lorsque Pearl naquit – par un après-midi de mai étonnamment chaud pour la saison, après quatorze heures de travail –, Mia prit la déclaration de naissance que lui donna l'infirmière. Cela faisait maintenant des mois qu'elle se demandait comment prénommer son enfant, passant mentalement en revue toutes les personnes qu'elle avait connues, les livres qu'elle avait lus au lycée. Rien n'avait semblé convenir jusqu'à ce qu'elle se souvienne de *La Lettre écarlate*, et le nom parfait lui était soudain venu : *Pearl*. Rond, simple, aussi entier qu'un coup de cloche. Et, bien entendu, une enfant née dans une situation difficile. À côté, à la rubrique « nom de la mère », elle inscrivit, en lettres soignées, *MIA WARREN*. Puis elle tendit la main vers le berceau à côté de son lit et prit sa fille dans ses bras.

La nuit où elles regagnèrent la chambre de location, Pearl pleura tellement que Mia finit par faire de même. Elle se demandait si, à New York, les Ryan étaient toujours éveillés dans leur appartement étincelant, ce qu'ils diraient si elle décrochait le téléphone et leur annonçait : « J'ai menti. Le bébé est ici. Venez le chercher. » Ils prendraient le premier vol et débarqueraient à sa porte, elle en était certaine, prêts à subtiliser Pearl. Elle ne savait pas si cette idée était terrifiante ou tentante ou les deux, et elle et Pearl continuèrent de pleurer. On frappa alors doucement à la porte, et la sévère Mme Delaney apparut et tendit les bras. « Donnez-la-moi, dit-elle avec une telle autorité que Mia lui céda la petite forme emmaillotée sans réfléchir. Maintenant allongez-vous et reposez-vous », ajouta la femme en refermant la porte derrière elle, et dans le silence soudain qui suivit, Mia se laissa tomber sur le lit et s'endormit instantanément.

Lorsqu'elle se réveilla, elle se rendit, l'œil vitreux, à la cuisine, puis au salon, où Mme Delaney était assise dans l'éclat d'une lampe, en train de bercer une Pearl endormie.

« Vous vous êtes reposée ? » demanda-t-elle à Mia. Et quand cette dernière acquiesça, elle commenta : « Bien. » Puis elle lui plaça le bébé dans les bras. « Elle est à vous. Occupez-vous d'elle. »

Elle passa les semaines suivantes dans la même torpeur, mais quelque chose avait commencé à changer. Mme Delaney ne revint jamais chercher le bébé, aussi fort que Pearl pleurât, mais le soir elle frappait à la porte, apportant un bol de soupe, un sandwich au fromage, un morceau de pain de viande. Des restes, prétendait-elle chaque fois, mais Mia prenait le cadeau pour ce qu'il était, et elle comprenait ce qu'elle voulait dire quand, après ces offrandes, Mme Delaney lançait d'un ton bourru : « Le loyer est à payer mardi » ou : « Ne mettez pas de boue dans le couloir. »

Pearl avait trois semaines – avec toujours des traits de vieillard, un visage tout aplati –, et le brouillard commençait tout juste à se lever, quand le coup de fil de Mal arriva.

Mia avait envoyé une lettre aux deux femmes après s'être installée, indiquant sa nouvelle adresse et son numéro de téléphone. « Je vais bien, leur avait-elle écrit, mais je ne rentrerai pas à New York. Voici où vous pouvez me contacter au besoin. » Et maintenant, Mal avait besoin de la contacter. Quelques semaines plus tôt, Pauline avait apparemment commencé à avoir des maux de tête. Des symptômes étranges. « Des auras, expliqua Mal. Elle a dit que je ressemblais à un ange, avec un halo autour de moi. » Et un scanner avait révélé une tumeur grosse comme une balle de golf dans son cerveau.

« Je crois, ajouta Mal après une longue pause, que si tu veux la revoir, tu ferais peut-être bien de venir tout de suite. »

Ce soir-là, Mia réserva un billet d'avion, le deuxième qu'elle achetait de sa vie. Il lui coûta l'essentiel de ses économies, mais un voyage en bus à travers le pays aurait pris des jours. Trop longtemps. Elle arriva chez Pauline et Mal avec un sac en bandoulière et Pearl dans ses bras. Pauline, qui pesait dix kilos de moins, ressemblait à une version plus concentrée d'elle-même : ciselée, étrangement réduite à son essence.

Elles passèrent l'après-midi ensemble, Mal et Pauline gazouillant devant le bébé, et Mia passa la nuit, pour la première et la dernière fois, dans leur chambre d'amis, avec Pearl à ses côtés. Le matin, elle se réveilla de bonne heure pour allaiter Pearl sur le canapé du salon, quand Pauline entra dans la pièce.

« Ne bouge pas », dit cette dernière. Ses yeux étaient presque fiévreusement lumineux, et Mia avait voulu se lever et la prendre dans ses bras. Mais Pauline lui fit signe de rester assise et souleva son appareil photo. « S'il te plaît. Je veux vous prendre toutes les deux. »

Elle utilisa toute une pellicule, un cliché après l'autre, puis Mal arriva avec une théière et un châle pour les épaules de Pauline, qui reposa son appareil. Lorsque Mia embarqua à bord de l'avion pour retourner à San Francisco ce soir-là, avec Pearl dans ses bras, elle avait tout oublié de ce moment. « Fais ce que tu as à faire », lui avait dit Pauline lorsqu'elle l'avait étreinte pour lui dire au revoir. Pour la première fois, elle avait embrassé Mia sur la joue. « J'attends de grandes choses de toi. » Son utilisation du présent – comme si c'était un au revoir ordinaire, comme si elle, Pauline, s'attendait à voir la carrière de Mia se dérouler devant ses yeux pendant des décennies – avait laissé celle-ci sans voix. Elle avait attiré Pauline à elle et inspiré son parfum particulier de lavande et d'eucalyptus, puis elle s'était retournée avant que la femme la voie pleurer.

Une semaine et demie plus tard, Mal rappela – le coup de téléphone auquel Mia s'attendait. Onze jours, pensa-t-elle. Elle savait que ce serait rapide, mais n'arrivait pas tout à fait à croire que si peu de temps auparavant Pauline avait été vivante. Il faisait encore doux, c'était encore le mois de juin. La page sur le calendrier n'avait même pas été tournée. Puis, quelques semaines plus tard, un colis arriva. « Elle les a choisies pour toi », disait le mot qui l'accompagnait, de l'écriture anguleuse de Mal. À l'intérieur se trouvaient dix tirages de vingt centimètres sur vingt-cinq, en noir et blanc, chacun brillant comme s'il était éclairé par-derrière, comme toutes les œuvres de Pauline. Mia tenant Pearl dans ses bras. Mia l'allaitant, le pli de son chemisier dissimulant tout juste le globe pâle de son sein. Au dos de chacun, la signature reconnaissable entre mille de Pauline. Et un mot, épinglé à une carte de visite : *Anita les vendra pour toi quand tu auras besoin d'argent. Envoie-lui ton travail quand tu seras prête. Je lui ai dit de s'attendre à ce que tu la contactes. P.*

Après ça, Mia recommença à prendre des photos, avec une ferveur qui était presque un soulagement. Elle arpenta de nouveau la ville, des heures durant, avec Pearl attachée dans son dos dans une écharpe qu'elle avait confectionnée à partir d'un vieux chemisier en soie. La plupart de ses économies avaient été dépensées, et chaque rouleau de pellicule était précieux. Elle travaillait donc avec soin, cadrant longuement chaque image dans sa tête avant de la photographier. À chaque clic de l'obturateur, elle pensait à Pauline. Quand le printemps revint, elle avait sept clichés qui, pensait-elle, avaient peut-être *quelque chose*, comme disait toujours Pauline.

Anita ne fut pas totalement d'accord. *Prometteur*, écrivit-elle en réponse aux tirages que Mia avait envoyés. *Mais pas encore. Prenez plus de risques.* À la suite de quoi, Mia lui adressa la première des photos de Pauline. *Alors j'ai besoin de plus de temps*, écrivit-elle. *Fournissez-m'en autant que vous pourrez avec ceci. Mais ne donnez mon nom à personne.* Anita, après des enchères animées, put offrir à Mia deux années supplémentaires, même après avoir prélevé sa commission de cinquante pour cent. (Mia utiliserait l'argent avec soin, et quinze années s'écouleraient avant que, confrontée à la note d'hôpital pour la pneumonie de Pearl, elle en vende une seconde.) Moins d'un an plus tard, Mia envoya à Anita une autre série de tirages – chacun documentant un lent pourrissement : un peuplier mort, une maison condamnée, une voiture rongée par la rouille – que la marchande d'art accepta.

« Félicitations, dit-elle à Mia lorsqu'elle l'appela un mois plus tard. J'en ai vendu une, celle avec la voiture. Quatre cents dollars. Pas énorme, mais c'est un début. »

Mia prit ça pour un signe. Depuis quelque temps, elle rêvait de déserts, de cactus et de vastes ciels rouges. De nouvelles images commençaient à se former dans son esprit.

« Je vous rappelle dans une semaine ou deux, répondit-elle, et je vous dirai où virer l'argent. »

Depuis la fenêtre du salon, Mme Delaney regarda Mia charger le coffre de la Golf et caler confortablement le berceau de Pearl sur le sol, au pied du siège avant. Au grand étonnement de Mia, quand elle ôta la clé de la maison de son anneau et la tendit à la vieille femme, celle-ci l'attira dans une étreinte qui ne lui ressemblait pas.

« Je ne vous ai jamais parlé de ma fille, n'est-ce pas ? » dit-elle d'une voix épaisse, puis, sans laisser à Mia le temps de répondre, elle s'empara de la clé et remonta à la hâte les marches de la maison, la porte-écran se refermant avec un bruit métallique derrière elle.

Mia y pensa pendant tout le trajet, jusqu'à ce que, à la périphérie de Provo, elle décide de s'arrêter – la première des nombreuses étapes qu'elle et Pearl feraient au fil des années. Pendant tout le chemin, Pearl avait gazouillé dans son berceau à côté d'elle, comme si elle avait la certitude, même à ce jeune âge, qu'elles étaient destinées à de grandes et importantes choses, comme si, étrangement, elle pouvait voir à travers l'espace et le temps tout ce qui les attendait.

15

Mme Richardson, évidemment, ne pouvait rien savoir
de tout ça. Elle ne pouvait connaître que les quelques
détails que lui avaient donnés les Wright : à savoir, que
Mia était venue, enceinte, et avait affirmé porter le bébé
d'un couple du nom de Ryan – les Wright ne se souve-
naient pas de leurs prénoms. « Jamie, Johnny, quelque
chose comme ça, avait dit M. Wright. Quelqu'un qui
travaillait à Wall Street, qu'elle disait. Quelqu'un avec
beaucoup d'argent. »

« Je n'étais pas certaine que ce soit vrai, confessa
son épouse. Je pensais qu'elle avait peut-être des problèmes, qu'elle nous mentait. Mais alors cet avocat a
téléphoné. » En effet, quelques semaines après le départ
de Mia, un homme les avait appelés pour leur demander s'ils avaient un moyen de la contacter. « Il nous a
envoyé sa carte, se souvint Mme Wright. Au cas où
elle nous donnerait son adresse. Mais nous n'avons
plus jamais eu de ses nouvelles. »

Elle se tapota le coin des yeux avec un mouchoir
en papier.

Après quelques recherches, elle trouva la carte de l'avocat, et Mme Richardson recopia l'adresse. *Thomas Riley, Riley & Schwartz, associés*. Un indicatif téléphonique 212, une adresse dans la 53ᵉ Rue. Elle remercia les Wright, et quand la femme voulut lui offrir plus de cookies, elle refusa par culpabilité. Ils proposèrent aussi de lui prêter les photos de Warren dans sa tenue de football – peut-être que le journal voudrait les publier en même temps que l'article.

« Tant que nous les récupérons, ajouta Mme Wright. Ce sont les seuls exemplaires que nous possédons. »

La culpabilité enfonça ses griffes dans la nuque de Mme Richardson comme une araignée. Ils avaient l'air de braves gens, ces Wright – de braves gens qui avaient beaucoup souffert, de braves gens qui auraient pu être ses voisins à Shaker Heights.

« Si le journal veut des photos, je vous le ferai savoir », répondit-elle. Ça au moins, songea-t-elle, c'était la vérité. « Je suis désolée pour tout ce que vous avez traversé », ajouta-t-elle à la porte, et elle était sincère. Puis elle hésita.

« Si vous parveniez à découvrir où se trouve votre fille, voudriez-vous entrer de nouveau en contact avec elle ?

— Peut-être, répondit la femme. Nous avons songé à engager un détective privé pour la chercher, vous savez, pour voir si nous aurions des pistes. Mais il nous semble que si elle voulait être retrouvée, elle nous aurait contactés. Elle sait où nous habitons. Notre numéro de téléphone a été le même toute sa vie. Elle doit croire que nous lui en voulons encore.

« — Et est-ce le cas ? » demanda Mme Richardson sur un coup de tête.

Ni l'homme ni la femme ne répondirent.

* * *

Le numéro du cabinet d'avocats datait de seize ans plus tôt, mais Mme Richardson décida que ça valait le coup d'essayer. De retour à son hôtel, elle le composa et, à son immense soulagement, une secrétaire décrocha presque immédiatement.

« Riley, Schwartz et Henderson, dit-elle.

— Bonjour, commença Mme Richardson. J'appelle à propos d'une affaire sur laquelle M. Riley a travaillé il y a très longtemps. » Elle marqua une pause, réfléchissant à toute allure. « J'ai des informations qui, selon mon client, pourraient être pertinentes. Mais avant de les transmettre, je veux être sûre que M. Riley représente toujours les Ryan. Comme vous pouvez l'imaginer, ces informations sont assez sensibles. »

La secrétaire marqua une pause.

« À quelle affaire faites-vous référence ?

— Celle des Ryan. Les informations que j'ai concernent Mia Wright. »

Elle entendit le son d'un tiroir qu'on ouvrait et le bruissement de dossiers qu'on feuilletait. Elle retint son souffle.

« Le voici. Joseph et Madeline Ryan. Oui, M. Riley travaille toujours pour eux, même si… » Elle marqua une nouvelle pause. « Ce dossier n'est plus actif depuis un bon bout de temps. Mais M. Riley est dans son bureau en ce moment, et je serais heureuse de vous le passer. Vous pouvez me rappeler votre nom ? »

Mme Richardson raccrocha. Son cœur cognait. Après quelques minutes de réflexion, elle ouvrit son carnet d'adresses et composa le numéro de son ami Michael qui travaillait au *New York Times*. Ils s'étaient rencontrés à Denison, quand ils écrivaient dans le journal de l'université, et même si Michael était passé au *Stamford Advocate* avant de rapidement rejoindre la rédaction du *Times* – alors qu'elle était rentrée chez elle et s'était concentrée sur les nouvelles locales –, ils étaient restés en contact. Elle était à peu près certaine qu'il avait été amoureux d'elle, même s'il n'en avait jamais rien dit, et ils étaient désormais l'un comme l'autre mariés depuis des années. Récemment, il avait été nominé pour le Pulitzer, mais avait perdu au profit du journaliste de l'Associated Press qui avait écrit sur les massacres au Rwanda.

« Michael, dit-elle. Tu peux me rendre un service ? »

Une semaine plus tard, Michael la rappellerait et confirmerait ce qu'elle soupçonnait déjà : grâce à un tour de passe-passe journalistique connu de lui seul, il était parvenu à retrouver des factures d'hôpital datant de 1981 au nom de Mia Warren, à l'hôpital St Elizabeth à Manhattan. Elles avaient été réglées par un certain Joseph Ryan et avaient cessé en février 1982, alors que Mia devait être enceinte de six mois. Et si Mme Richardson avait eu le moindre doute quant à la façon dont Pearl avait été conçue, ceux-ci s'évanouiraient. Elle devrait réfléchir à ce qu'elle ferait de ces informations. Les pauvres Ryan, qui avaient tellement voulu un bébé qu'ils avaient été prêts à aller

336

jusque-là pour en avoir un. Oui, elle savait ce que ça faisait, songerait-elle en pensant à Linda et à Mark McCullough. Mais elle éprouverait également une pointe de compassion pour Mia, chose à laquelle elle ne s'était pas attendue : comme ça avait dû être atroce d'envisager d'abandonner son enfant.

Qu'aurait-elle fait à sa place ? Elle ne cesserait de se poser cette question, aussi bien avant l'appel de Michael que pendant des semaines et des mois ensuite. Et chaque fois, confrontée à ce dilemme impossible, elle parviendrait à la même conclusion. *Je ne me serais jamais mise dans cette situation*, se dirait-elle. *J'aurais fait de meilleurs choix.*

Mais pour le moment, Mme Richardson empila ses notes dans sa chemise, qu'elle avait discrètement nommée « M. W ». Le lendemain, elle rentrerait chez elle.

* * *

En sortant de la clinique, Lexie avait du mal à assimiler ce qui lui arrivait, ce qui venait de se produire. Ses jambes et son corps avançaient avec confiance tandis que sa tête traînait derrière tel un ballon au bout d'une ficelle. Elle avait été enceinte, et maintenant elle ne l'était plus. Quelque chose avait vécu en elle, et maintenant il n'y avait plus rien. Elle ressentait de vagues crampes au fond du ventre, et un filet chaud s'écoulait dans une épaisse serviette hygiénique que l'infirmière lui avait donnée. Le reste du paquet était dans son sac, ainsi qu'un flacon d'Advil. « Tu en auras

besoin plus tard, quand l'anesthésie ne fera plus effet »,
lui avait dit la femme.

Pearl la prit par le bras.

« Ça va ? »

Lexie acquiesça, et le parking se mit à tournoyer tout
autour d'elle. Pearl la rattrapa alors qu'elle commençait
à tomber.

« OK. Viens. On y est presque. »

Le plan original avait été de ramener Lexie chez elle.
Sa mère n'était pas censée rentrer avant le lendemain
après-midi, et alors, avait supposé Lexie, tout serait
revenu à la normale et elle pourrait faire comme si rien
ne s'était passé. Mais lorsqu'elle l'aida à prendre place
à l'avant de l'Explorer, Pearl vit clairement qu'elle était
dans les vapes à cause de l'anesthésie, et elle dut lui
attacher sa ceinture de sécurité à sa place.

« OK, dit-elle. On va aller chez moi.

— Et ta mère ? » demanda Lexie.

Et quand Pearl répondit : « Elle sait garder un
secret », ça lui sembla être la chose la plus triste qu'elle
eût jamais entendue, et elle fondit en larmes.

Il était midi tout juste passé lorsqu'elles entrèrent
dans la maison de Winslow Road. Mia, qui était occupée à découper un érable dans un magazine avec un
couteau X-Acto, leva les yeux avec inquiétude quand
elles pénétrèrent dans la cuisine. À la vue du scalpel
dans les mains de celle-ci, Lexie, qui s'était calmée à
la fin du trajet, se remit à pleurer. Et à la surprise de
toutes, même de la sienne, Mia prit la jeune fille dans
ses bras.

« Tout va bien, dit-elle. Ça va aller. »

Par la suite, Lexie ne sut jamais avec certitude si elle avait expliqué à Mia ce qui s'était passé, ou si Pearl l'avait fait, ou si Mia l'avait simplement deviné toute seule. Elle se souviendrait seulement que Mia l'avait serrée fort, si fort que le monde avait finalement cessé de tourner, puis qu'elle l'avait bordée dans un lit moelleux et bas qui, s'était-il par la suite avéré, était le sien.

De fait, Mia avait déjà des soupçons quant à la situation de Lexie. Même si Brian avait consciencieusement jeté leurs préservatifs dans les toilettes, elle avait à quelques reprises, en vidant la corbeille de la chambre de celle-ci, trouvé des emballages enveloppés dans des mouchoirs en papier. Un après-midi, alors qu'elle venait récupérer chez les Richardson son sac à main qu'elle avait oublié le matin, elle avait trébuché sur les baskets taille quarante-six de Brian dans l'entrée, juste à côté des sandales à semelles compensées de Lexie. Il n'y avait aucun signe d'eux, mais elle avait attrapé son sac à main sur le plan de travail de la cuisine et était repartie à la hâte, craignant à moitié les bruits qui risquaient de lui parvenir de l'étage, refermant la porte en silence en espérant qu'ils ne l'entendraient pas. Lexie, chaque fois que Mia la voyait, lui semblait effroyablement jeune, et elle ne voulait pas songer à ce qu'elle faisait certainement, ni – par extension – à ce que Pearl risquait de faire également.

Aussi, lorsque Lexie apparut à la porte, à moitié penchée sur le bras de sa fille, et que Mia vit son visage blême et grisâtre, l'autorisation de sortie de la clinique qu'elle serrait toujours dans sa main, le sac en plastique rempli de serviettes hygiéniques qui pendait au poignet de Pearl, elle comprit immédiatement ce qui s'était passé. Si quelqu'un lui avait demandé, un mois ou même une semaine plus tôt, ce qu'elle aurait pu éprouver dans une telle situation, elle aurait sans doute prédit une pointe de jubilation malveillante, voire de la suffisance. Mais sur le coup elle ne ressentit qu'une profonde compassion pour Lexie, à cause du pétrin dans lequel elle se trouvait et de la douleur – à la fois physique et émotionnelle – qu'elle devrait endurer pour s'en sortir.

Lexie se réveilla lovée sous la couette d'un blanc immaculé. C'était le milieu de l'après-midi et les rideaux étaient tirés, mais une lampe dans le coin avait été laissée allumée, avec une serviette placée sur l'abat-jour pour tamiser la lumière. Cette attention lui transperça le cœur et, pour la troisième fois de la journée, elle se mit à sangloter. Mia apparut alors, s'assit à côté du lit et lui caressa le dos.

« C'est bon », dit-elle, et même si elle n'ajouta rien, ces simples mots – *c'est bon, c'est bon* – aidèrent Lexie à retrouver son souffle.

Mia croisa les jambes par terre et tendit un mouchoir en papier à Lexie, qui s'aperçut alors que le lit n'était pas simplement bas : c'était un matelas posé à même la moquette. Elle se moucha. Il n'y avait pas de corbeille en vue, mais Mia tendit la main et, après un moment d'embarras, Lexie lui tendit le mouchoir humide roulé en boule.

« Tu as beaucoup dormi. C'est bien. Tu penses que tu peux manger quelque chose ? »

Dans la cuisine, Mia posa un bol de soupe devant elle, et Lexie porta la cuiller à ses lèvres : nouilles au poulet, salées, brûlantes. Pearl était invisible, mais le réveil de la cuisinière indiquait trois heures quinze. Les cours s'étaient achevés un peu plus tôt. Elle avait dû tout raconter à sa mère, songea Lexie.

« Ce n'était pas censé arriver », laissa-t-elle échapper.

Elle ressentait le besoin intense de s'expliquer, pour être sûre que Mia n'aurait pas une mauvaise opinion d'elle. À cet instant, Pearl arriva. Elle avait le visage rougi, était un peu haletante.

« J'ai emprunté le vélo de Moody, déclara-t-elle. Je devais rentrer pour voir si tu allais bien.

— Tu ne lui as pas…, commença Lexie, et Pearl secoua la tête.

— Bien sûr que non. J'ai dit que j'avais promis de rentrer de bonne heure pour donner un coup de main à ma mère. »

Elle était déconcertée de voir à quel point il avait été aisé de mentir une fois de plus à Moody, mais elle repoussa son trouble, comme si elle écartait de la main une toile d'araignée.

« Comment ça va ?

— Ça va aller, déclara sa mère en tapotant la main de Lexie. J'en suis sûre. »

Dix minutes plus tard, tandis que Mia mettait le bol à tremper dans l'évier, d'autres pas résonnèrent dans l'escalier, et Izzy apparut. Ses après-midi étaient réservés à Mia, et elle passait ses derniers cours à se demander sur quoi celle-ci travaillait, tout en cherchant des choses à partager avec elle. À la vue de Lexie, elle se figea dans l'embrasure de la porte.

« Qu'est-ce que tu fiches ici ? »

Lexie lui jeta un regard noir.

« Je suis venue voir Pearl, de toute évidence, lança-t-elle sèchement. Ça te pose un problème ? »

Izzy se tourna vers Pearl avec un profond soupçon. Sa sœur ne venait jamais dans la maison de Winslow ; elle préférait de loin passer son temps dans le confort de la salle de jeux des Richardson, où il y avait des fauteuils confortables et une grosse télé, où les en-cas et les Coca light étaient abondants. Ici, il n'y avait pas de télé, même pas de canapé. Ça ne ressemblait vraiment pas à Lexie. Pourquoi Pearl et elle se seraient-elles retrouvées ici plutôt que là-bas ? Pourtant, elle était là, pâle et incertaine, avec peut-être même les yeux un peu rougis – ce qui ne lui ressemblait décidément pas non plus.

« J'aide Lexie avec son devoir d'anglais, expliqua Pearl. On s'est dit qu'on travaillerait mieux ici.

— C'est bon, Izzy, intervint Mia. Mais tu sais, puisque les filles sont là, je ne travaille pas aujourd'hui. Demain, d'accord ? » Et alors, comme Izzy hésitait, elle ajouta : « Demain, promis. Après les cours. Comme d'habitude. »

Elle exerça une petite pression sur le coude d'Izzy tout en la faisant pivoter sur elle-même dans l'embrasure de la porte, et Izzy fusilla Lexie du regard avant de redescendre les marches d'un pas lourd. Peu après elles entendirent la porte claquer derrière elle.

« Elle est vraiment furax après moi, déclara Lexie. Mais bon, c'est pas nouveau. »

Maintenant qu'Izzy était partie, elle se sentait vidée, et elle s'enfonça dans sa chaise, laissant sa queue-de-cheval retomber par-dessus le dossier.

Pearl l'observa.

« Tu n'as pas trop bonne mine.

— Retourne te coucher, dit calmement Mia. Tu as eu une dure journée. »

Dans la chambre, elle aida de nouveau Lexie à s'étendre sur le matelas, puis elle étala la couette par-dessus elle et lui tapota doucement le dos, comme si c'était une enfant – un geste étrangement apaisant.

« Merde, dit Lexie. L'école va téléphoner. Mes parents vont savoir que j'ai séché. »

À Shaker Heights, on prenait très au sérieux la présence aux cours : au début de chacun, un professeur remplissait un formulaire pour noter les absents. Puis, dans le bureau principal, une secrétaire passait les feuilles de présence dans une machine, et un appel automatique était adressé au domicile des parents lorsque leur enfant n'était pas là.

« J'ai téléphoné, déclara Mia. Quand Pearl et toi êtes arrivées. J'ai dit que tu ne te sentais pas bien et que tu serais absente toute la journée et demain. »

Lexie avait la tête lourde.

« Mais on doit être excusé par un parent », marmonna-t-elle, se redressant sur ses avant-bras.

La pièce se mit à vaciller.

« Je leur ai dit que j'étais ta mère. Comment feraient-ils la différence ? » Mia posa une main sur l'épaule de Lexie et la repoussa doucement sur le matelas. Sa voix, songea la jeune fille, était si calme. Comme si elle savait comment se sortir de tous les mauvais pas. « Repose-toi », l'entendit-elle prononcer, et elle se rendormit presque aussitôt.

Lorsqu'elle se réveilla de nouveau, il était tard. Elle resta étendue dans la pénombre, regardant le ciel s'assombrir, jusqu'à ce que Mia frappe à la porte avec une tasse de thé fumante à la main.

« J'ai pensé que tu devais avoir soif », dit-elle.

Lexie accepta avec reconnaissance et but une gorgée. Menthe poivrée. Sous ses doigts, la tasse était solide et réconfortante, comme une épaule chaude et forte.

« J'ai appelé ton père », expliqua Mia.

Sa mère, se souvint soudain Lexie, était censée rentrer le lendemain après-midi.

« Merde, murmura-t-elle. Vous lui avez dit ?

— Je lui ai dit que tu passais la nuit ici. Que Pearl t'avait invitée.

— Merci, prononça-t-elle après un moment.

— Tu peux rester aussi longtemps que tu en auras besoin. Mais je parie que tu seras prête à rentrer chez toi demain. »

Lexie fit lentement tourner la tasse entre ses mains.

« Et après ?

— Après, ce sera à toi de voir ce que tu feras. À qui tu le diras. »

Mia se leva pour partir, mais Lexie, paniquée, lui agrippa la main.

« Attendez. Est-ce que vous croyez que j'ai fait une énorme bêtise ? » Elle ravala sa salive. « Est-ce que vous croyez que je suis une mauvaise personne ? »

Elle n'avait jamais trop prêté attention à Mia, mais il lui semblait soudain essentiel de savoir si celle-ci désapprouvait. Face à une telle gentillesse, elle ne l'aurait pas supporté.

« Oh, Lexie. » Mia se rassit, tenant toujours la main de la jeune fille.

« Tu étais dans une situation très difficile. Une situation dans laquelle personne ne veut se trouver.

— Mais si j'ai fait le mauvais choix ? »

Elle marqua une pause et ferma les yeux, tentant de percevoir de nouveau cette étincelle de vie qu'elle avait été si certaine de sentir s'agiter en elle auparavant.

« J'aurais peut-être dû le garder. J'aurais peut-être dû le dire à Brian. On aurait pu s'arranger.

— Est-ce que tu aurais été prête à être une bonne mère ? demanda Mia. Le genre de mère que tu aurais voulu être ? Le genre de mère que mérite un enfant ? »

Elles restèrent quelques minutes silencieuses, la main de Mia chaude sur celle de Lexie. Cette dernière éprouva une furieuse envie de poser la tête sur l'épaule de Mia et, après un moment, elle le fit. Pour la première fois elle se demanda à quoi ça aurait ressemblé d'être Pearl, d'avoir eu cette femme comme mère, cette vie comme vie. Et cette idée l'étourdit un peu.

« Cette histoire te rendra toujours triste, reprit doucement Mia. Mais ça ne signifie pas que tu aies fait le mauvais choix. C'est juste un fardeau que tu devras porter. »

Elle aida délicatement Lexie à s'asseoir et lui tapota l'épaule, avant de se pencher et de ramasser la tasse vide.

« Mais est-ce que vous croyez que j'ai fait le mauvais choix ? » insista Lexie, certaine que Mia connaissait la réponse.

La femme s'immobilisa, une main sur la poignée de la porte.

« Je ne sais pas, Lexie, répondit-elle. Je crois que tu es la seule qui peut le savoir. »

La porte se referma doucement derrière elle.

Lorsque Lexie ouvrit les yeux, c'était le petit matin. Elle était seule dans la chambre, mais quelqu'un avait éteint la lampe et posé un verre d'eau auprès de son lit.

Pearl était dans la cuisine, en train de manger un bol de céréales.

« Tu as meilleure mine, observa-t-elle. Ça va ?

— Ça s'arrange. »

Lexie s'assit avec précaution sur l'autre chaise dépareillée, face à Pearl.

« Où est ta mère ?

— Chez toi. Elle est allée faire le ménage de bonne heure. Elle fait le service du déjeuner au restaurant. »

Pearl se rappela soudain l'opinion de Lexie sur l'affaire McCullough et décida de ne pas mentionner la raison de cet emploi du temps inhabituel : Bebe rencontrait son avocat pour préparer l'audience qui devait se tenir dans moins de deux semaines, et elle avait demandé à Mia de la remplacer au travail. À la place, elle poussa les céréales vers Lexie, qui inclina la boîte et s'en versa dans la main.

« Est-ce qu'elle a dormi par terre ?

— Avec moi.

— Désolée. »

Pearl haussa les épaules.

« C'est pas grave. On a l'habitude. Parfois on n'a pas la place pour deux lits. » Elle glissa un bol en travers de la table. « Ne mange pas à même la boîte, sers-toi. Espèce de débile. »

346

Bizarrement, Lexie semblait bien plus jeune, et elle n'aurait su dire si c'était la lumière douce et jaune pâle du matin, ou Lexie elle-même – pas de maquillage, les cheveux détachés autour de son visage –, ou l'étrangeté de la situation, le fait que Lexie prenait son petit déjeuner dans sa cuisine, ce qu'elles avaient vécu ensemble la veille

« Ta mère a été vraiment gentille avec moi, hier soir. » Lexie remua les céréales dans son bol.

« Ma mère *est* gentille, déclara Pearl, avec une pointe de fierté.

— J'ai toujours cru qu'elle ne m'aimait pas.

— Eh bien… »

Pearl réfléchit. Elle aussi avait eu cette impression, mais elle sentait désormais que quelque chose avait changé.

« Je crois que vous ne vous connaissiez pas.

— Tu penses qu'elle m'aime bien, maintenant ? demanda finalement Lexie.

— Peut-être. »

Pearl fit un grand sourire et Lexie se leva, passa un bras autour d'elle et l'embrassa sur la joue.

La veille au soir, tandis qu'elles étaient allongées côte à côte dans le petit lit de Pearl, Mia avait tendu la main et massé le dos de sa fille, chose qu'elle n'avait pas faite depuis des années. Quand Pearl était petite, elles avaient souvent partagé le même lit : il était plus facile de trouver un matelas que deux, évidemment, mais ça les réconfortait aussi énormément d'être si proches, tels de petits animaux au fond de leur terrier. Mais à mesure que Pearl avait grandi, partager le même lit était devenu de moins en moins concevable, et ça faisait longtemps qu'elles ne l'avaient pas fait.

« Pauvre Lexie, avait murmuré Mia. Une situation tellement difficile. » Elle voulait dire quelque chose, mais ne savait pas comment, et après un moment elle s'était simplement lancée. « Et toi… est-ce que tu… » Elle avait marqué une pause. « On n'en a jamais vraiment discuté. »

Pearl s'était écartée et brusquement laissée retomber sur le dos.

« Oh, bon sang, maman. Pas maintenant.

— Je veux juste être sûre que tu sais comment te protéger. » Mia s'était frotté l'ongle du pouce, qu'elle s'était cassé la veille en travaillant. « Je sais que Moody et toi, vous êtes très proches. »

Elle avait senti le corps de Pearl se crisper puis, tout aussi soudainement, se relâcher de nouveau.

« Maman. Moody et moi, on est juste amis.

— Mais peut-être qu'un jour vous voudrez être plus que ça. Je sais comment c'est… »

Puis elle s'était interrompue. Non, avait-elle soudain songé, elle ne savait absolument pas comment c'était. Pendant son adolescence, elle avait eu de nombreux amis, dont certains étaient des garçons – mais aucun n'avait été aussi proche que Moody et Pearl semblaient l'être. C'était comme s'ils étaient constamment ensemble ; chacun achevait les phrases de l'autre, ils partageaient des blagues et des références qu'elle comprenait parfois à peine. Plus d'une fois elle avait vu Pearl se pencher avec insouciance pour redresser le col de Moody ; rien que quelques jours plus tôt, elle avait vu celui-ci ôter une feuille morte des cheveux de sa fille, avec une tendresse telle qu'elle n'aurait pas pu appeler ça autrement que de l'amour. Alors qu'elle n'avait jamais ressenti ça pour personne, ni durant son adolescence, ni aux beaux-arts, ni même après. Elle s'était soudain aperçue qu'hormis son frère, quand ils étaient enfants, elle n'avait jamais vu un homme nu. Plus encore : elle n'avait jamais touché personne ni senti cette chaleur, cette tension électrique provoquée par la proximité de l'autre. La seule chose qui lui avait procuré cette sensation avait été l'art – et, naturellement, Pearl. Elle avait compris qu'elle n'avait rien d'utile à dire sur le sujet, et un silence s'était installé.

« Maman. » Dans le noir, Mia ne savait pas si Pearl était sérieuse ou si elle souriait. « Inutile de t'inquiéter. Je te le promets. Il n'y a rien entre Moody et moi. » Elle s'était roulée sur le côté, s'écartant de Mia, l'oreiller étouffant désormais sa voix. « Et j'ai eu un A en sciences de la vie. Je sais tout ça. »

Et c'était vrai, avait songé Pearl ; pas un mot de ce qu'elle avait dit n'était inexact. L'omission n'était pas un mensonge. Elle avait senti Mia lui masser de nouveau le dos, la même caresse douce qui, quand elle était petite, lui disait qu'elle n'était pas seule, que sa mère était là, que tout allait bien. Et, comme toutes ces années auparavant, elle s'était presque aussitôt endormie.

Après que Pearl eut commencé à ronfler douce-ment, Mia avait laissé sa main où elle était, telle une sculptrice modelant les omoplates de sa fille, sentant son cœur battre doucement sous sa paume. Ça faisait longtemps qu'elles n'avaient pas été si proches. Les parents, avait-elle songé, apprennent à survivre en touchant de moins en moins leurs enfants. Bébé, Pearl s'était accrochée à elle ; elle la portait dans une écharpe car dès qu'elle la posait elle se mettait à pleurer. Il y avait peu de moments dans la journée où elles n'étaient pas l'une contre l'autre. En grandissant, Pearl avait continué de s'accrocher à la jambe de Mia, puis à sa taille, puis à sa main, comme s'il y avait eu en sa mère une chose qu'elle avait besoin d'absorber par la peau. Même quand elle avait eu son lit à elle, elle se glissait souvent dans celui de Mia au milieu de la nuit, s'enfonçant sous la vieille couette en patchwork, et le matin elles se réveillaient entrelacées, le bras de Mia coincé sous la tête de Pearl, ou les jambes de Pearl rejetées en travers du ventre de sa mère. Maintenant qu'elle était adolescente, ces gestes affectueux étaient devenus rares – un bisou sur la joue, un câlin un peu forcé –, mais d'autant plus précieux. C'était dans l'ordre des choses, estimait Mia, mais c'était dur. L'étreinte occasionnelle, la tête penchée juste un instant sur votre épaule, quand ce que vous vouliez vraiment plus que tout, c'était tenir l'enfant contre vous et le serrer si fort que vous ne faisiez plus qu'un et ne pouviez plus être séparés. C'était comme s'entraîner à se satisfaire de la simple odeur d'une pomme, quand ce que vous vouliez vraiment, c'était la dévorer, plonger les dents dedans et l'engloutir, pépins et trognon inclus.

* * *

Après le départ de Pearl pour le lycée, Lexie resta toute la matinée dans la maison de Winslow. Elle était allongée en travers du lit et dormait encore lorsque Mia revint du restaurant avec deux barquettes de nouilles et une nouvelle idée. Quand le téléphone sonna à deux heures, réveillant finalement Lexie, Mia était à la table, en train de dessiner avec un crayon sur un bout de papier.

« Je sais, Bebe, disait-elle dans le combiné lorsque Lexie arriva dans le salon. Mais vous ne devez pas vous laisser abattre par ça. L'audience sera encore pire. C'est juste la partie visible de l'iceberg. » Elle jeta un coup d'œil à Lexie, puis retourna à sa conversation. « Ça va aller. Calmez-vous. Je vous rappelle plus tard. »

« C'était… la mère de Mirabelle ? » demanda Lexie lorsque Mia eut raccroché.

À son grand embarras, elle ne se rappelait ni le nom de famille de Bebe, ni le prénom de naissance de l'enfant.

« C'est une amie. » Elle retourna s'asseoir à la table et Lexie tira une chaise à côté d'elle. « Il y avait un article dans le journal aujourd'hui qui disait des choses pas gentilles à son sujet. Il laissait entendre qu'elle était inapte à être mère. » Elle regarda Lexie. « Mais peut-être que tu le savais déjà, vu que ton père représente les McCullough, bien entendu. »

Lexie rougit. Son père avait été très occupé dernièrement – restant tard au bureau pour préparer l'audience qui approchait à grands pas –, mais elle s'était fait trop de souci à cause de Brian, du lycée, de son avortement, pour y prêter trop attention.

« Je ne sais rien », répondit-elle avec raideur. Puis : « Elle l'est ? Inapte à être mère ? »

Mia souleva son crayon et retourna à son dessin. Un filet, songea Lexie – non, peut-être était-ce une cage.

« Avant, peut-être. Elle était dans une situation difficile.

— Mais elle a abandonné son enfant. »

C'était une chose que Lexie avait entendu sa mère dire tellement souvent – au téléphone avec Mme McCullough, dès que l'affaire était évoquée – qu'elle était restée gravée comme une vérité dans son esprit.

« Je crois qu'elle essayait de faire ce qui était le mieux pour le bébé. Elle savait qu'elle ne pouvait pas s'en occuper. » Mia griffonna une petite note dans le coin de son dessin. « La question est de savoir si c'est toujours le cas. Ou si elle devrait avoir une seconde chance.

— C'est ce que vous pensez ? »

Mia resta un moment sans répondre. Puis elle déclara : « En général, tout le monde mérite une seconde chance. Nous faisons tous de temps à autre des choses que nous regrettons. Il faut juste les assumer. »

Lexie resta silencieuse. Inconsciemment, elle glissa une de ses mains vers son ventre, où une douleur commençait à poindre.

« Je ferais mieux de retourner chez moi, dit-elle finalement. Les cours sont presque finis, et ma mère sera probablement rentrée. »

Mia essuya les miettes de gomme sur la table et se leva.

« Tu es prête ? demanda-t-elle avec une douceur qui bouleversa Lexie.

— Non », répondit-elle. Elle rit nerveusement. « Mais le serai-je un jour ? » Elle se leva à son tour.

« Merci pour… heu… merci.

— Tu vas lui dire ? demanda Mia tandis qu'elle rassemblait ses affaires.

— Je ne sais pas, répondit-elle après un moment de réflexion. Peut-être. Pas tout de suite. Mais peut-être un jour. »

Elle tira ses clés de voiture de sa poche et souleva son sac à main. En dessous se trouvait l'autorisation de sortie rose qu'on lui avait donnée à la clinique. Elle marqua une pause, la roula en boule et la jeta à la poubelle, puis elle s'en alla.

16

Mia avait raison : lorsque l'audience pour la garde débuta, il y avait eu une série de reportages – dans la presse écrite et à la télévision – sur Bebe Chow et sa capacité à être mère. Certains la décrivaient comme une immigrée travailleuse qui était venue à la recherche d'une opportunité et avait été dépassée – temporairement, insistaient ses supporters – par les obstacles et les difficultés. D'autres étaient moins bienveillants : elle était instable, pas fiable, l'exemple même de la mauvaise mère. La dernière semaine de mars, au début de l'audience, les marches du tribunal grouillaient de journalistes et de reporters de tabloïdes, tous en quête de bribes d'informations.

Comme l'audience était à huis clos, ainsi qu'il était de rigueur pour toutes les procédures du tribunal familial, les articles pouvaient continuer d'être sensationnalistes et simplistes, des arguments faciles pour un camp ou pour l'autre. Seules les personnes présentes dans la salle – les McCullough, leur avocat, M. Richardson, Ed Lim, Bebe et le juge lui-même – entendirent ce qui s'était passé dans toute sa complexité.

Et c'était compliqué, ce qui s'était passé. C'est une histoire terriblement gênante, horriblement longue, douloureusement intime que M. Richardson et Ed Lim dévoilèrent durant cette semaine : l'un développant un argument, l'autre s'en emparant habilement et le retournant avec soin.

Quand le bébé avait été retrouvé, il était sous-alimenté. Sa fontanelle était creusée, un signe révélateur de déshydratation, et ses côtes et les os de sa colonne vertébrale étaient visibles sous sa peau, comme un collier de perles. À deux mois, il ne pesait que trois kilos six.

(Mais l'enfant avait refusé de téter. Bebe avait essayé encore et encore jusqu'à ce que ses mamelons se crevassent et saignent. Elle avait pleuré, ses seins remplis de lait qu'elle ne pouvait donner au nouveau-né qui détournait furieusement son petit visage et hurlait tandis qu'un liquide rose jaillissait de sa poitrine et s'écoulait sur ses cuisses. Au bout de deux semaines, le lait s'était tari. Bebe avait dépensé ses sept derniers dollars en lait maternisé, puis son porte-monnaie avait été vide, à l'exception d'un faux billet d'un million de dollars que quelqu'un lui avait donné au travail pour lui porter chance.)

De sévères rougeurs sur les fesses du bébé indiquaient qu'il avait passé des heures – voire des jours – d'affilée dans des couches souillées.

(Mais Bebe n'avait pas d'argent pour en acheter. Souvenez-vous qu'elle avait dépensé ses sept derniers dollars en lait maternisé. Elle faisait ce qu'elle pouvait. Elle lui ôtait ses couches sales et les nettoyait du mieux possible avant de les lui remettre. Elle appliquait de la vaseline – le seul remède qu'elle possédait – sur les vilaines taches rouges qui apparaissaient sur le postérieur de sa fille.)

Des voisins avaient entendu le bébé pleurer pendant des heures. « Toute la journée et toute la nuit, avait déclaré celui de l'appartement 3B. Il hurlait quand je partais au travail le matin. Et aussi quand je rentrais le soir. » Il avait songé à appeler la police, mais n'avait pas voulu s'en mêler. « Je m'occupe de mes affaires. »

(Mais Bebe aussi pleurait. Oui, elle s'allongeait et pleurait, parfois avec l'enfant sur sa poitrine, lui caressant frénétiquement le dos et les cheveux, et parfois par terre à côté du tiroir de commode qui faisait office de berceau, pendant que le bébé hurlait en même temps qu'elle, leurs voix montant jusqu'au plafond dans une douloureuse harmonie.)

Durant son mois et demi de maternité tumultueuse, Bebe n'avait à aucun moment recherché l'aide d'un psychologue ou d'un médecin.

(Elle aurait dû, certes. Mais elle ne savait pas vers qui se tourner. Son anglais était au mieux médiocre ; sa capacité de lecture, minimale. Elle ne savait pas comment trouver les assistantes sociales qui auraient pu l'aider ; elle ne savait même pas qu'elles existaient. Elle ne savait pas comment s'inscrire à l'aide sociale. Elle ne savait même pas que c'était possible. Quand elle regardait en dessous d'elle, elle ne voyait aucun filet de sécurité, juste une forêt de gratte-ciel pointés vers le haut telles des aiguilles sur lesquelles elle risquait de s'empaler. Pouvez-vous lui en vouloir d'avoir mis sa fille à l'abri tandis qu'elle-même était en chute libre ?)

Mais elle avait abandonné le bébé en pleine nuit le 5 janvier 1997 à la caserne de Kinsman Road. Ce soir-là, la température avait chuté jusqu'à moins un degré. Avec le vent, le ressenti était de moins huit. À deux heures et demie du matin, quand les pompiers avaient ouvert la porte et découvert l'enfant allongée dans un carton, il venait de commencer à neiger, et tout était couvert d'une couche argentée et cristalline.

(Même s'il faisait en effet très froid quand Bebe avait placé sa fillette sur les marches de la caserne, celle-ci portait trois tee-shirts et deux pantalons, et elle avait été emmitouflée dans quatre couvertures – tous les articles pour nouveau-né que Bebe possédait. Ses petites mains avaient été coincées dessous pour les garder au chaud, et un pli de couverture avait été placé sur sa tête pour la protéger du vent. Selon les estimations, elle était dehors depuis environ vingt minutes quand le chef des pompiers avait ouvert la porte, et sous la neige depuis peut-être deux minutes. Seuls quelques flocons avaient commencé à adhérer aux couvertures, donnant l'impression qu'elle avait été saupoudrée de sucre, ou plongée dans des diamants.)

Bebe n'était dans le pays que depuis deux ans quand sa fille était née, et à Cleveland depuis à peine un. Elle avait eu trois appartements depuis son arrivée en ville, ayant rompu le bail de l'un et ayant eu des retards de loyer chroniques pour un autre. En plus, elle n'avait jamais eu un emploi qui rapportait plus que le salaire minimum.

(Elle avait été embarrassée, chaque mois, par ses retards. Un jour, elle avait payé intégralement, puis elle n'avait plus eu assez d'argent pour son alimentation et son électricité : quel dilemme, devoir choisir entre la faim et l'obscurité. Après ça, elle avait décidé de payer ce qu'elle pouvait, et les jours où elle recevait de bons pourboires, elle écrivait son nom sur un bout de papier, pliait un billet de vingt dollars dedans, et glissait le tout sous la porte du propriétaire. Elle tenait le compte de ses paiements sur une vieille enveloppe qui se trouvait toujours sur le plan de travail de la cuisine. Ce qui donnait ceci :

Sept. dois 100 $
8/9 payé 20 $
13/9 payé 20 $
18/9 payé 20 $
Oct. manque 80 $ donc dois maintenant 120 $
3/10 payé 20 $
15/10 payé 20 $
26/10 payé 20 $
Nov. manque 70 $ donc dois maintenant 130 $

Une fois qu'elle avait un retard de paiement, comment pouvait-elle le rattraper ? Et quel autre type d'emploi pouvait-elle trouver, vu qu'elle parlait à peine anglais et n'avait même pas l'équivalent du bac ?)

Durant sa grossesse, et presque jusqu'à ce qu'elle abandonne l'enfant, Bebe avait travaillé dans un restaurant où l'un des cuisiniers avait été arrêté pour trafic d'héroïne. Avant ça, plusieurs autres membres du personnel avaient soupçonné quelque chose entre eux. Ils avaient flirté. Et au moins en une occasion, le cuisinier en question avait ramené Bebe chez elle à la fin de la soirée. N'était-il pas probable que Bebe, avec des associés aussi douteux, ait également été impliquée dans une activité illicite ?

(Le cuisinier, Vinny, avait en effet dealé de l'héroïne. Cela ne pouvait être nié. Mais son intérêt pour Bebe était purement platonique. Il avait pitié d'elle, voyant son ventre gonfler tout en sachant que son rat de petit ami s'était enfui et l'avait laissée en plan. Dix mois plus tôt, sa sœur Teresa s'était retrouvée dans la même galère, et chaque soir, quand il regagnait l'appartement qu'ils partageaient avec leur mère, celle-ci était plus grise, son bébé hurlant sur ses cuisses ou affalé sur son épaule comme un petit vieillard, tous deux là sur le canapé semblant hors d'âge et épuisés. Était-il étonnant que chaque matin, quand il voyait Bebe, son cœur se serrât ? Était-il répréhensible de sa part de plaisanter avec elle, d'essayer de la faire sourire puisqu'il ne pouvait plus faire sourire sa sœur, de la ramener chez elle quand il voyait ses pieds enfler au point que les lacets de ses chaussures craquaient presque ?

Quant à Bebe, elle avait trouvé Vinny séduisant, certes. Mais son attirance était largement due à sa gentillesse à son égard, et l'idée d'être touchée par un homme – n'importe quel homme – pendant que son bébé donnait des coups de talon dans son ventre la répugnait. Quand Vinny avait été arrêté, Bebe avait été triste pour lui, comme si c'était un frère qu'elle ne reverrait plus jamais.)

Le travail actuel de Bebe lui rapportait le salaire minimum de l'État pour les employés de ce type, à savoir, deux dollars trente-cinq de l'heure. Avec cinquante heures par semaine plus ses pourboires, son salaire moyen était de trois cent dix-sept dollars cinquante. Pouvait-elle raisonnablement espérer entretenir un enfant et subvenir à tous ses besoins avec un tel revenu ? N'aurait-elle pas été forcée de demander l'aide sociale, et des bons alimentaires, et la cantine gratuite ? Son enfant et elle ne seraient-elles pas devenues un fardeau pour la communauté ?

(Mais il y aurait aussi eu de l'amour, tellement d'amour. Avec ça, vous pouviez vivre de peu. Elle avait assez pour ses besoins de base : loyer, nourriture, vêtements. Comment mettiez-vous en balance l'amour d'une mère avec ce que coûtait le fait d'élever un enfant ?)

Il était tout à fait clair que Mark et Linda McCullough avaient toutes les ressources nécessaires pour en élever un. M. McCullough avait un emploi stable et bien payé ; Mme McCullough était, depuis quatorze mois, mère au foyer et prévoyait de le rester indéfiniment. Ils possédaient une maison dans un quartier sûr et prospère. Dans l'ensemble, ils étaient financièrement dans le quatre-vingt-seizième percentile. Entre leurs mains, la fillette avait été bien habillée, bien nourrie et choyée. Elle avait eu des visites médicales régulières, de nombreux contacts sociaux, et s'était beaucoup enrichie : lecture d'histoires, bébés nageurs, initiation à la musique. La maison des McCullough avait été régulièrement inspectée et certifiée comme étant exempte de plomb.

De plus, les McCullough avaient démontré un désir exceptionnel d'élever un enfant. Les registres attestaient qu'ils avaient essayé d'en concevoir un pendant dix ans et avaient attendu d'en adopter un pendant quatre années supplémentaires. Ils avaient demandé les conseils de tous les experts médicaux de la région – y compris les meilleurs spécialistes en fertilité de la clinique de Cleveland – et s'étaient inscrits auprès de l'agence d'adoption la plus réputée de l'État. Cela ne suggérait-il pas qu'ils donneraient au bébé l'attention la plus tendre, tout en lui offrant toutes les opportunités ?

(Mais le bébé avait déjà une mère. Dont le sang coulait dans ses veines. Qui l'avait porté dans son ventre pendant des mois. Qui l'avait senti donner des coups de pied et se retourner. Qui avait enduré vingt et une heures de travail tandis qu'il sortait avec le visage vers le haut et hurlait dans la lumière vive de la salle d'accouchement. Qui avait pleuré des larmes d'extase en entendant la voix de son enfant pour la première fois, et qui avait – avant même que les infirmières aient nettoyé la fillette, avant même qu'elles aient coupé le cordon – touché chaque partie de son corps, ses minuscules narines épatées, la légère ombre de ses sourcils et la plante encore humide de ses pieds, pour s'assurer qu'elle était bien là, pour apprendre à la connaître par cœur.)

Si la garde était rendue à Bebe, elle serait, bien entendu, une mère célibataire active. Qui s'occuperait de son bébé pendant qu'elle serait au travail ? Celui-ci ne serait-il pas mieux dans un foyer avec deux parents – dont l'un ne travaillerait pas et pourrait l'élever à plein temps – au lieu de passer l'essentiel de ses journées dans une garderie ? Et ne serait-il pas mieux dans un foyer avec une mère *et* un père, les études prouvant l'importance d'une figure masculine forte dans la vie d'un enfant ?

(On en revenait, encore et encore, à la question suivante : qu'est-ce qui faisait de quelqu'un une *mère* ? Était-ce la biologie seule, ou était-ce l'amour ?)

Dans la salle d'audience, M. Richardson fut reconnaissant que personne ne puisse assister à la dernière journée, lorsque Mme McCullough fut appelée à témoigner. Elle s'avança – au tribunal familial, il n'y avait pas de barre des témoins, juste une chaise placée sur le côté du juge – et s'assit, et il vit qu'elle était nerveuse à sa manière de croiser et décroiser les chevilles, de ne pas savoir où mettre ses mains, sur les accoudoirs de la chaise ou dans les replis doux de sa jupe. Il n'avait jamais remarqué jusqu'alors que la barre des témoins, aussi formelle et imposante fût-elle, vous dissimulait en dessous de la taille : qu'au moins le monde ne voyait pas vos pieds s'agiter, que même si vous étiez jugé, au moins vos jambes ne l'étaient pas.

Ed Lim prit son temps avant de se lever pour la questionner. Il était grand, surtout pour un Asiatique : un mètre quatre-vingt-trois, longiligne, avec une carrure de joueur de basket – de fait, il avait joué avant pour l'équipe universitaire de Shaker dans les années 1960. Mme McCullough et lui n'avaient que trois ans d'écart, c'étaient depuis toujours des résidents de Shaker, et avant cette affaire, le seul souvenir qu'il avait d'elle était celui d'une élève de troisième timide et un peu rondelette aux cheveux d'un brun doré. Il était l'un des deux Asiatiques de sa classe – l'autre était Susie Chang –, et les élèves les chambraient en leur disant que plus tard ils se marieraient ensemble. Naturellement, ils ne l'avaient pas fait. Susie était partie dans l'Oregon juste après avoir terminé le lycée, mais au bout du compte Ed avait bien épousé une Chinoise à l'université, une enfant de la première génération, comme lui. Mme McCullough, cependant, ne se rappelait rien de tout ça, pas même Susie Chang, qui avait été pom-pom girl à ses côtés pendant un an.

« Bon, madame McCullough, commença Ed Lim en posant son stylo sur sa table. Vous avez passé toute votre vie à Shaker, n'est-ce pas ? »

Mme McCullough confirma que c'était exact.

« Lycée de Shaker Heights, promotion 1971. Avez-vous suivi toute votre scolarité dans les écoles de Shaker ?

— Depuis la maternelle. À Boulevard. Puis au lycée, naturellement.

— Et ensuite vous êtes allée à l'université de l'Ohio ?

— Oui. Promotion 1975.

— Et après ça vous êtes revenue à Shaker Heights. Directement ?

— Oui, on m'avait proposé un emploi ici, et mon mari – mon fiancé à l'époque – et moi savions que nous voulions fonder une famille ici. »

Elle lança un coup d'œil à M. Richardson, qui lui fit un infime signe de la tête. Ils avaient parlé de tout ça pendant leur préparation : le but était de rappeler au juge, chaque fois que c'était possible, à quel point elle et son mari voulaient ce bébé, à quel point la famille était importante pour eux, et combien ils étaient dévoués à la petite Mirabelle.

« Vous avez donc vécu toute votre vie dans l'Ohio. » Ed Lim s'assit sur l'accoudoir de sa chaise. « Les parents de May Ling, comme nous le savons tous désormais, venaient de Guangzhou. Ou peut-être connaissez-vous cette ville sous le nom de Canton ? Y êtes-vous déjà allée ? »

Mme McCullough s'agita sur son siège.

« Nous comptons naturellement y emmener Mirabelle pour qu'elle découvre son héritage. Quand elle sera un peu plus grande.

— Parlez-vous le cantonais ? »

Mme McCullough secoua la tête.

« Le mandarin ? Le shanghanais ? Le taishanais ? Un quelconque dialecte chinois ? »

M. Richardson fit cliquer son stylo avec irritation. Ed Lim cherchait à en mettre plein la vue, estimait-il.

« Avez-vous étudié la culture chinoise ? demanda l'avocat. L'histoire chinoise ?

— Nous allons naturellement le faire, répondit Mme McCullough. Il est très important pour nous que Mirabelle reste liée à sa culture de naissance. Mais nous pensons que l'essentiel est qu'elle ait un foyer aimant, avec deux parents aimants. »

Elle lança un nouveau coup d'œil à M. Richardson, ravie d'avoir réussi à placer ça. Vous êtes deux, avait-il dit ; ça pourrait être un gros avantage face à une mère célibataire.

« M. McCullough et vous êtes clairement des gens très aimants. Je ne crois pas que quiconque en doute. » Ed Lim lui adressa un sourire, et M. Richardson se raidit sur sa chaise. Il connaissait suffisamment les avocats pour savoir quand ils étaient sur le point de refermer leur piège. « Alors, qu'allez-vous faire exactement pour que Mirabelle reste "liée à sa culture de naissance", comme vous dites ? »

Il y eut une longue pause.

« C'est peut-être une question trop vaste. Revenons en arrière. May Ling est avec vous depuis quatorze mois. Qu'avez-vous fait, pendant tout ce temps, pour la relier à sa culture chinoise ?

— Eh bien... »

Nouvelle pause, très longue cette fois. M. Richardson priait pour qu'elle dise quelque chose, n'importe quoi.

« Pearl of the Orient est l'un de nos restaurants préférés. Nous essayons de l'y emmener une fois par mois. Je crois qu'il est bon pour elle d'entendre parler chinois, pour que ça lui rentre dans l'oreille. Pour que ça devienne naturel. Et, bien entendu, je suis sûre qu'elle adorera la nourriture quand elle sera plus grande. » Grand silence dans la salle d'audience. Mme McCullough éprouva le besoin de le combler. « Peut-être que nous pourrions suivre un cours de cuisine chinoise au centre de loisirs et apprendre ensemble. Quand elle sera plus grande. »

Ed Lim ne dit rien, et Mme McCullough continua de débiter ses phrases nerveusement.

« Nous essayons d'être très sensibles à ces questions dès que nous le pouvons. » L'inspiration arriva. « Comme pour son premier anniversaire, nous voulions lui acheter un ours en peluche. Quelque chose qu'elle pourrait garder toute sa vie. Il y avait un ours brun, un ours polaire et un panda. Nous avons réfléchi et opté pour le panda. Nous nous sommes dit qu'elle s'y sentirait plus liée.

— May Ling a-t-elle des poupées ? demanda Ed Lim.

— Évidemment. Trop. » Mme McCullough gloussa. « Elle les adore. Comme toutes les petites filles. Nous

366

lui achetons des poupées, mes sœurs lui achètent des poupées, nos amis lui achètent des poupées… » Elle gloussa une fois de plus, et la mâchoire de M. Richardson se crispa. « Elle doit en avoir au moins une douzaine.

— Et à quoi ressemblent-elles, ces poupées ? insista Ed Lim.

— À quoi elles ressemblent ? » Le front de Mme McCullough se plissa. « Ce sont… ce sont des poupées. Certaines sont des bébés, d'autres des petites filles… » Il était clair qu'elle ne comprenait pas la question. « Certaines boivent à un biberon, il y en a d'autres dont on peut changer les vêtements, l'une d'elles ferme les yeux quand on la couche, et on peut généralement les coiffer…

— Et de quelle couleur sont leurs cheveux ? »

Mme McCullough réfléchit un instant.

« Eh bien… blonds, pour la plupart. Une a les cheveux châtains. Peut-être deux.

— Et la poupée qui ferme les yeux ? De quelle couleur sont-ils ?

— Bleus. »

Mme McCullough croisa les jambes, puis les décroisa.

« Mais ça ne veut rien dire. Quand vous regardez le rayon jouets… la plupart des poupées sont blondes aux yeux bleus. C'est la norme.

— La norme, répéta Ed Lim, et Mme McCullough eut l'impression de s'être fait piéger, même si elle ne savait pas trop pourquoi.

— Il n'y a rien de raciste là-dedans, insista-t-elle. Ils cherchent juste à fabriquer une petite fille générique. Vous savez, celle qui plaira à tout le monde.

« — Mais elle ne ressemble pas à tout le monde, n'est-ce pas ? Elle ne ressemble pas à May Ling. »

Ed Lim se leva, dominant soudain la salle d'audience.

« May Ling a-t-elle des poupées asiatiques – c'est-à-dire, des poupées qui lui ressemblent ?

— Non, mais quand elle sera plus grande, quand elle sera prête, nous pourrons lui acheter une Barbie chinoise.

— Avez-vous déjà vu une Barbie chinoise ? »

Mme McCullough rougit.

« Eh bien… je n'en ai jamais cherché. Pas encore. Mais il doit y en avoir.

— Il n'y en a pas. Mattel n'en fabrique pas. »

La fille d'Ed Lim, Monique, était désormais en première, mais pendant son enfance, lui et sa femme avaient remarqué avec consternation qu'il n'y avait pas de poupées qui lui ressemblaient. Un jour, alors qu'elle avait dix ans, Monique s'était mise à feuilleter un catalogue de vente par correspondance comme si c'était un livre – des poupées qui avaient un nom et une histoire et des tenues d'époque, absurdement détaillées et encore plus absurdement hors de prix. « Jenny Cohen a celle-là, leur avait-elle dit, son doigt traçant le contour d'une poupée blonde qui ressemblait en effet à Jenny : un visage doux avec une lourde frange, légèrement trapue. Et ils viennent d'en sortir une rousse. Sa mère va l'acheter à sa sœur Sarah pour Hanoukkah. » Sarah Cohen avait des cheveux roux flamboyant, de la même couleur qu'un penny dans le soleil d'été. Mais il n'y avait pas de poupées aux cheveux noirs, et encore moins avec un visage qui ressemblait un tant soit peu à celui de Monique. Ed Lim s'était rendu dans quatre boutiques de jouets différentes à la recherche d'une poupée asiatique ; il l'aurait achetée à sa fille, à n'importe quel prix, mais il n'y en avait pas.

Il était allé jusqu'à écrire à Mattel pour leur demander s'il existait une Barbie chinoise, et ils avaient répondu que oui, ils proposaient une « Barbie orientale ». Ils lui avaient envoyé une brochure qu'il avait longuement étudiée, observant le costume bariolé de la poupée tout en satin rouge et or qui ne ressemblait en rien à ce que pouvaient porter les femmes chinoises, japonaises ou coréennes, ses cheveux noirs qui lui descendaient jusqu'à la taille et ses yeux bridés. *Je viens de Hong Kong*, disait la brochure. *Ça se trouve en Orient, ou Extrême-Orient. Là-bas, les gens font leurs courses dans des marchés où l'on propose des articles tels que du poisson, des légumes, des soies et des épices.* L'année précédente, Ed Lim et sa famille étaient allés à Hong Kong, qui lui avait principalement semblé être un îlot de gratte-ciel scintillants. Dans un gigantesque centre commercial vitré, il s'était acheté un pull en cachemire gris perle qu'il portait sous sa veste de costume quand il faisait froid. *Venez visiter l'Orient. Je sais que vous trouverez ça exotique et intéressant.*

Au bout du compte, il avait jeté la brochure. Il avait depuis entendu dire, de la bouche d'amis qui avaient des enfants plus jeunes, que la marque proposait une poupée asiatique – ainsi que quelques noires –, mais il ne l'avait jamais vue. Et Monique avait désormais dix-sept ans, les poupées n'étaient plus de son âge.

Il fit quelques pas dans la salle d'audience.

« Et les livres ? Quel genre de livres lisez-vous à May Ling ?

— Eh bien... »

Mme McCullough commença à réfléchir.

« Nous lui lisons beaucoup de classiques. *Bonsoir lune*, naturellement. Et *Lapin Câlin* – elle l'adore. *Madeline. Eloise. Des myrtilles pour Lily.* J'ai gardé mes livres d'enfance préférés, et c'est un vrai bonheur de les partager avec Mirabelle.

— Avez-vous des livres avec des personnages chinois ? »

Mme McCullough s'était préparée à cette question.

« À vrai dire, oui. Nous avons *Les Cinq Frères chinois* – c'est une magnifique adaptation d'un conte populaire chinois.

— Je connais ce livre. »

Ed Lim sourit de nouveau, et les épaules de M. Richardson se contractèrent. Il était en train d'apprendre que, chaque fois que l'avocat souriait, il fallait se méfier. *On ne sait jamais ce qu'il pense vraiment*, songea-t-il. Puis, honteux d'avoir pu penser une telle chose, il rougit.

« À quoi ressemblent ces cinq frères dans le livre ? demanda Ed Lim.

— Ce sont... ce sont des dessins. Ils se ressemblent tous... enfin, ils sont très similaires, ce sont des frères, ça fait partie de l'histoire, personne ne peut les distinguer..., bafouilla Mme McCullough.

— Ils ont des nattes, n'est-ce pas ? Et des petits chapeaux chinois ? Les yeux bridés ? »

Ed Lim n'attendit pas qu'elle réponde. Sa fille avait vu ce livre à la bibliothèque de l'école alors qu'elle était

370

au CE1, et elle était rentrée à la maison profondément troublée. *Papa, est-ce que mes yeux sont comme ça ?*

« Pas exactement l'image des Chinois que j'aimerais que May Ling ait en 1998, déclara-t-il. Et vous ?

— C'est une très vieille histoire, insista Mme McCullough. Ils portent un costume traditionnel.

— Et y a-t-il d'autres livres, madame McCullough ? D'autres livres avec des personnages chinois ? »

Elle se mordit la lèvre.

« Je n'en ai pas vraiment cherché, admit-elle. Je n'y avais pas pensé.

— Je vais vous faire gagner du temps. Il en existe très peu. Donc May Ling n'a pas de poupées qui lui ressemblent, ni de livres avec des représentations de personnes qui lui ressemblent. »

Il fit quelques pas de plus. Près de deux décennies plus tard, d'autres soulèveraient cette question et considéreraient les livres comme des *miroirs* et des *fenêtres*. Mais Ed Lim, alors fatigué de tout ça, serait aussi frustré que reconnaissant. *Nous l'avons toujours su*, penserait-il. *Pourquoi avoir mis si longtemps ?*

Il alla se planter devant la chaise de Mme McCullough.

« Votre mari et vous ne parlez pas chinois et ne connaissez pas grand-chose à la culture ou à l'histoire de la Chine. De votre propre aveu, vous n'avez même pas songé à cet aspect de l'identité de May Ling. N'est-il pas juste de dire que si elle reste avec vous elle sera de fait déconnectée de sa culture de naissance ? »

À ce moment, Mme McCullough fondit en larmes. Pendant les premières semaines, elle avait nourri Mirabelle toutes les quatre heures, l'avait prise dans ses bras chaque fois qu'elle pleurait, et elle l'avait regardée grandir jusqu'à ce que sa grenouillère soit presque sur le point de craquer. C'était elle qui avait régulièrement vérifié le poids de l'enfant, qui avait fait cuire des petits pois, des patates douces et des épinards frais à la vapeur puis les avait réduits en purée avant de les lui donner à manger par minuscules cuillerées. Quand Mirabelle avait eu de la fièvre, c'était elle qui lui avait placé un torchon froid sur le front et qui avait posé ses lèvres sur sa petite tête pour vérifier sa température. Et quand il s'était avéré que la coupable était une otite, c'était elle qui avait versé au compte-gouttes du sirop antibiotique dans sa petite bouche rose et l'avait laissée laper le liquide comme un chaton. Elle n'aurait pas pu, avait-elle songé en se penchant pour embrasser la joue rougie du bébé, aimer plus cette enfant si elle était née de sa propre chair. Le soir – comme la fiévreuse Mirabelle refusait de dormir si elle n'était pas en mouvement –, elle l'avait prise dans ses bras et avait arpenté la chambre de long en large, parcourant près de six kilomètres dans la nuit. C'était elle qui, après le petit déjeuner, avant le bain, en la couchant, chatouillait le ventre doux de l'enfant jusqu'à ce qu'elle éclate de rire. C'était elle qui l'avait aidée à se tenir debout ; elle vers qui la fillette tendait les bras quand elle avait mal quelque part, ou quand elle avait peur, ou se sentait seule. Elle aurait reconnu Mirabelle dans le noir complet rien qu'en entendant sa voix – non, rien qu'en touchant sa main. Non, rien qu'en sentant son odeur.

« Ce n'est pas une obligation, insistait-elle désormais. Nous ne sommes pas forcés d'être experts en culture chinoise. La seule exigence est que nous aimions Mirabelle. Et c'est le cas. Nous voulons lui offrir une vie meilleure. »

Elle continuait de pleurer, et le juge l'autorisa à regagner sa place.

« C'est bon, dit M. Richardson lorsqu'elle se rassit à côté de lui. Vous vous en êtes très bien sortie. » Au fond de lui, cependant, il commençait à ressentir le léger frisson du doute. Certes, Mirabelle aurait une vie agréable avec Mark et Linda. C'était incontestable. Mais quelque chose – *quelque chose* – manquerait-il dans sa vie si elle grandissait avec eux ? M. Richardson eut soudain profondément conscience de Mirabelle, du poids énorme que faisait peser ce monde compliqué sur cet être minuscule et vulnérable.

Sur les marches du tribunal, lorsque les reporters les interpellèrent, il fit une brève déclaration anodine, affirmant sa foi en la procédure judiciaire. « Je fais une totale confiance au juge Rheinbeck et suis sûr qu'il mettra en balance toutes les questions et prendra une décision juste. »

Les McCullough ne semblèrent pas remarquer son subtil changement de ton – dans ses précédentes déclarations, il avait affirmé avec force qu'il était clair qu'ils devaient avoir la garde, que c'étaient eux qui élèveraient le mieux Mirabelle et que sa place était avec eux – c'*est* une McCullough, avait-il insisté. Et les journalistes – qui avaient publié des papiers avec des titres tels que « L'avocat des parents adoptifs est certain de l'emporter » – ne semblèrent pas non plus noter son incertitude. M. Richardson, cependant, était bien moins sûr de gagner que ne le laissaient penser ces articles.

Ce soir-là, pendant le dîner, lorsque sa femme lui demanda comment s'était déroulée l'audience de la journée, il demeura succinct. « Linda a témoigné aujourd'hui. Ed Lim a été assez dur avec elle. Ça ne s'est pas très bien passé. » *Pour elle*, voulait-il dire, mais alors même que les mots franchissaient ses lèvres, une idée lui vint, un moyen de retourner la situation. Plus tard dans la soirée il appellerait ses contacts dans la presse. Le lendemain matin le *Plain Dealer* publierait un article mentionnant la tactique « agressive » d'Ed Lim, le fait qu'il avait harcelé Mme McCullough au point de la faire pleurer. Les hommes comme lui, suggérerait l'article, n'étaient pas censés perdre leur calme – même s'il ne serait jamais précisé ce que ce « comme lui » signifiait. Mais la vérité – ainsi que le savait M. Richardson – était qu'un Asiatique en colère ne correspondait pas aux attentes du public et était donc dérangeant. Les Asiatiques pouvaient être socialement incompétents et ridicules, comme le personnage de Long Duk Dong, ou au mieux inoffensifs et grotesques, comme Jackie Chan. Ils n'avaient pas le droit d'être en colère, ni éloquents ni puissants. Et ils n'avaient pas le droit d'avoir peut-être raison, songeait avec gêne M. Richardson. Mais une fois l'article publié, un certain nombre de personnes qui avaient été neutres commenceraient à soutenir les McCullough ; et d'autres qui avaient été du côté de Bebe verraient leur enthousiasme tiédir.

Pour le moment, tandis que l'idée continuait de germer dans son esprit, il déclara simplement :

« On verra ce que ça donnera.

— Je suis triste pour elle, observa soudain Lexie depuis l'extrémité de la table. Pour Bebe, je veux dire. Ça doit être affreux pour elle.

— Excuse-moi, intervint Izzy, c'est la même Bebe que tu qualifiais le mois dernier de mère négligente ? »

Lexie rougit.

« Elle aurait dû s'occuper mieux de son enfant, admit-elle. Mais je ne sais pas. Je me demande si elle n'a pas perdu pied. Si elle ne savait pas dans quoi elle s'embarquait.

— Et c'est pour ça qu'une grossesse ne doit pas être prise à la légère, interrompit Mme Richardson. Tu m'entends, Alexandra Grace ? Isabelle Marie ? »

Elle souleva le plat et se servit une cuillerée de haricots verts saupoudrés d'amandes.

« Bien sûr, avoir un enfant est difficile. Ça change la vie. Il est clair que Bebe n'y était pas prête, aussi bien au niveau pratique qu'au niveau émotionnel. Et c'est peut-être le meilleur argument en faveur de Linda et de Mark.

— Donc une erreur, et c'est fini ? interrogea Lexie. Je ne suis pas prête à avoir un bébé. Mais si je... » Elle hésita. « Si je tombais enceinte, tu me forcerais à l'abandonner également ?

— Lexie, ça n'arrivera pas. Nous t'avons élevée pour que tu aies plus de bon sens que ça. »

Sa mère reposa le plat au centre de la table et piqua un haricot vert avec sa fourchette.

« Eh bien, quelqu'un a appris la compassion, aujourd'hui, dit Izzy à Lexie. Qu'est-ce qui t'arrive ?

— Rien. Je dis juste que c'est une situation compliquée, c'est tout. » Elle s'éclaircit la voix. « Brian m'a confié que même ses parents n'étaient pas d'accord sur le sujet. »

Moody roula les yeux.

« L'affaire qui déchire les familles dans tout Cleveland.

— John et Deborah ont le droit d'avoir leur opinion, observa M. Richardson. De même que tout le monde à cette table. » Son regard balaya la pièce. « Trip, qu'est-ce que c'est que cette histoire de *hat-trick* pendant le match d'hier ? »

Après le dîner, cependant, les pensées de M. Richardson étaient toujours confuses.

« Est-ce que tu crois, demanda-t-il à sa femme alors qu'ils débarrassaient la table, que Mark et Linda savent vraiment comment élever un enfant chinois ? »

Mme Richardson le dévisagea.

« C'est comme élever n'importe quel autre enfant, il me semble, répondit-elle avec raideur tout en plaçant les assiettes dans le lave-vaisselle. Pourquoi ce serait différent ? »

M. Richardson vida l'assiette suivante dans la poubelle et la lui tendit.

« Bien sûr, c'est la même chose pour toutes les choses importantes, concéda-t-il. Mais quand elle grandira, elle aura beaucoup de questions. Sur qui elle est, l'endroit d'où elle vient. Elle voudra en savoir plus sur son héritage. Est-ce qu'ils seront capables de lui apprendre ça ?

— Il y a tout un tas de moyens de se documenter. » Elle agita la main d'un air dédaigneux, projetant par inadvertance quelques gouttes de sauce Stroganoff sur le plan de travail. « Je ne vois pas pourquoi ils ne pourraient pas apprendre en même temps qu'elle. Ça renforcerait leurs liens, non ? »

Elle avait des souvenirs d'enfance précis de Linda emmaillotant sa poupée dans un vieux foulard et la mettant au lit. Plus que n'importe qui, elle savait à quel point Linda McCullough avait toujours voulu un bébé, combien ce désir d'être mère – ce rôle magique, merveilleux, terrifiant – était profond en elle. Mia, estimait-elle, aurait dû comprendre ça mieux que quiconque : n'avait-elle pas vu la même chose chez les Ryan ? Ne l'avait-elle, peut-être, pas ressenti elle-même ? N'était-ce pas la raison pour laquelle elle s'était enfuie avec Pearl ? Elle essuya le plan de travail avec son pouce, étalant la sauce sur le granit.

« Honnêtement, je crois que c'est une opportunité incroyable pour Mirabelle. Elle grandira dans un foyer qui ne se soucie pas de la race. Qui n'a absolument rien à faire de ce à quoi elle ressemble. Que pourrait-il y avoir de mieux ? Parfois je me dis, ajouta-t-elle avec férocité, que ce serait préférable pour tout le monde. Peut-être qu'à la naissance on devrait tous être confiés à une famille d'une autre race. Peut-être que ça résoudrait le problème du racisme une bonne fois pour toutes. »

Elle referma sèchement le lave-vaisselle et quitta la pièce, les assiettes à l'intérieur continuant de tinter après qu'elle fut sortie. M. Richardson prit une éponge et nettoya le plan de travail poisseux. Il s'aperçut qu'il aurait mieux fait de ne pas aborder le sujet. C'était trop personnel pour elle, elle ne voyait pas les choses clairement ; elle était tellement proche qu'elle ne se rendait même pas compte que sa vue était troublée.

377

Pour elle, c'était simple : Bebe Chow avait été une mauvaise mère ; Linda McCullough en avait été une bonne. L'une avait suivi les règles, l'autre non. Mais le problème avec les règles, songea-t-il, c'était qu'elles supposaient une bonne et une mauvaise manière de faire les choses. Alors qu'en fait, la plupart du temps, il y avait simplement des *manières différentes*, dont aucune n'était totalement mauvaise ou totalement bonne, et il n'y avait rien pour vous indiquer de quel côté de la ligne de démarcation vous vous trouviez. Il avait toujours admiré l'idéalisme de sa femme, sa certitude que le monde pouvait être amélioré, pacifié, peut-être même être rendu parfait. Et pour la première fois il se demanda s'il voyait les choses du même œil.

17

Il devint cependant bientôt clair que M. Richardson n'était pas le seul à être tiraillé. Le juge semblait également tergiverser. Une semaine s'écoula après l'audience, puis deux, sans qu'aucune décision soit rendue. À la mi-avril, Lexie devait retourner à la clinique pour une visite de suivi, et à la surprise de Pearl et de Mia, elle demanda à cette dernière de l'accompagner.

« Vous n'aurez rien à *faire*, lui promit-elle. Je me sentirai juste mieux si vous êtes là. »

Le ton grave de sa voix s'avéra persuasif, et l'après-midi du rendez-vous, après son dernier cours, Lexie gara son Explorer devant la maison de Winslow. Mia démarra la Golf, Lexie grimpa du côté passager, et elles partirent ensemble, comme si elle était Pearl, comme si Mia était vraiment sa mère en train de l'emmener à son rendez-vous le plus intime.

De fait, depuis sa visite à la clinique, Pearl avait eu un étrange sentiment d'inversion : comme si, alors qu'elles dormaient sous le même toit, Lexie avait pris sa place, et elle celle de Lexie, et qu'elles n'étaient pas tout à fait parvenues à se dépêtrer l'une de l'autre.

Lexie était rentrée chez elle vêtue d'un tee-shirt qu'elle lui avait emprunté, et Pearl, en la regardant franchir la porte avec un de ses vêtements, avait eu l'impression étrange de se regarder s'éloigner. Le lendemain matin, elle avait trouvé la chemise de Lexie sur son lit : lavée et soigneusement pliée par Mia, sans doute laissée là pour qu'elle la lui rende au lycée. Mais au lieu de la mettre dans son sac, Pearl l'avait enfilée, et dans cette peau d'emprunt elle s'était sentie plus jolie, plus spirituelle, elle avait même été un peu impertinente en cours d'anglais, au grand amusement de ses camarades de classe et du professeur. Quand la sonnerie avait retenti, certains élèves s'étaient tournés vers elle, impressionnés, comme s'ils la remarquaient pour la première fois. Voici donc à quoi ça ressemble d'être Lexie, avait-elle pensé. Lexie elle-même était de retour au lycée, pâle et un peu faible, avec des cernes sombres sous les yeux, mais sans rien trahir de sa situation. « Tu m'as piqué ma chemise, salope », avait-elle dit à Pearl d'un ton affectueux. Avant d'ajouter : « Elle te va bien. »

Quelques jours plus tard, alors qu'elle avait rendu la chemise et récupéré son tee-shirt, Pearl continuait de sentir la confiance de Lexie bouillonner dans ses veines. Aussi, lorsque l'opportunité rare d'avoir sa maison pour elle seule se présenta, elle décida d'en profiter pleinement. Elle laissa un mot dans le casier de Trip et expliqua à Moody qu'elle avait promis d'aider sa mère chez elle pendant l'après-midi. Mia, pendant ce temps, avait informé Izzy qu'elle devait travailler au restaurant – « Va t'amuser, avait-elle dit, on se verra demain, d'accord ? » –, si bien que personne n'était là lorsque Trip arriva à la maison de Winslow après les cours et monta dans la chambre de Pearl. C'était la première fois qu'il y venait, et il semblait important à Pearl de pouvoir s'allonger avec lui dans un lieu de son choix au lieu du vieux canapé usé du sous-sol de Tim, au milieu de sa PlayStation, de sa table d'*air hockey* et de ses vieux trophées de football, autant de choses qui appartenaient à un autre. Ils seraient dans son propre espace, son propre lit, et ce matin-là, alors qu'elle le faisait soigneusement, sa gorge s'était nouée à l'idée que Trip poserait la tête sur son oreiller.

Moody, abandonné à lui-même, venait de refermer son casier et prenait la direction de chez lui lorsqu'il entendit quelqu'un l'appeler par son nom. C'était Tim Michaels, portant son sac de sport par-dessus son épaule. Tim était un grand gaillard qui n'avait jamais été trop sympa avec lui ; des années auparavant, quand Tim et Trip avaient été plus proches, il venait de temps en temps jouer à des jeux vidéo chez les Richardson et avait surnommé Moody *naze* – « Naze, va me chercher un autre Coca », « Naze, bouge ta grosse tête, tu me bloques la vue ». Moody avait osé croire que c'était une marque d'affection, mais quand il avait entendu ce mot à l'école, il avait compris ce qu'il signifiait. Le Dave Matthews Band était cool, Bryan Adams était naze. Tripoter une fille était cool ; être privé de sortie était naze. Après ça, il avait décidé de rester à l'étage quand Tim passait, et il avait éprouvé une joie mauvaise lorsque Trip et lui avaient commencé à prendre leurs distances. Maintenant, Tim l'appelait par son prénom et trottinait dans sa direction dans le département de théâtre.

« Mec, dit-il lorsqu'il eut rejoint Moody. Tu sais quelque chose sur la nana mystère de ton frangin ? »

Moody mit un moment à décrypter la question.

« La nana mystère ?

— Il emmène une fille chez moi l'après-midi quand je suis à l'entraînement. Il veut pas me dire qui c'est. » Il fit passer son sac de sport sur son autre épaule. « Trip est pas vraiment du genre à faire des cachotteries, tu vois ce que je veux dire ? Alors soit il est avec quelqu'un de totalement louche, soit il la kiffe vraiment. »

Moody resta silencieux. Tim était un imbécile, mais il n'avait aucune imagination. Il n'était pas du genre à inventer des choses. Le soupçon commença à germer dans son esprit.

« Tu ne sais rien d'elle ? demanda-t-il.

— Rien. Ça fait, genre, deux mois maintenant. Je suis presque tenté d'y aller un après-midi et de les choper sur le fait. Il t'a rien dit ?

— Il ne me dit jamais rien », répondit Moody, et il poussa la porte et sortit sur la pelouse de devant.

Cette histoire continuait de le tarauder lorsqu'il arriva chez lui et trouva Izzy qui lisait sur le canapé.

« Qu'est-ce que tu fais à la maison de si bonne heure ? demanda-t-il.

— Mia devait aller à son autre travail cet après-midi », répondit-elle. Elle tourna la page. « Où sont les autres ? Pearl n'est pas avec toi ? »

Moody ne répondit pas. Ses soupçons commençaient à se renforcer de façon déplaisante. « Un nouveau projet sur lequel travaille ma mère, lui avait dit Pearl. Elle a juste besoin d'une paire de mains supplémentaire. » Pourtant, Izzy – une paire de mains tout à fait valable – était à la maison et lui disait que Mia était sortie. Sans lui répondre, il laissa tomber son sac sur la table basse et alla chercher son vélo dans le garage.

Il passa tout le trajet jusqu'à l'appartement de Winslow à se dire qu'il s'imaginait des choses. Qu'il ne se passait rien, que ce n'était qu'une coïncidence. Mais, comme il s'y attendait, la voiture de Trip était là, garée devant la maison, de l'autre côté de la rue. Il fixa la fenêtre de Pearl pendant ce qui lui sembla des heures, tentant de ne pas penser à ce qui se passait à l'intérieur, mais incapable de détourner les yeux. Elle semblait si innocente, cette modeste petite maison en briques, avec sa porte blanche toute propre, le pêcher sur la pelouse constellé de fleurs roses.

Lorsque Trip et Pearl apparurent, ils se tenaient la main, mais ce n'est pas ce qui l'ébranla. Il y avait entre eux une aisance qui, Moody en était certain, ne pouvait provenir que de la connaissance intime du corps de l'autre. La façon dont leurs épaules se touchaient tandis qu'ils longeaient l'allée. La manière dont Pearl se pencha pour refermer le sac à dos de Trip, le geste qu'il fit pour écarter une mèche bouclée de son visage. Ils levèrent alors tous deux les yeux, virent Moody juché sur son vélo sur le trottoir d'en face, et se figèrent. Avant que l'un ou l'autre ait pu réagir, il donna un coup de pédale et s'éloigna à toute vitesse.

Il ne vint jamais à l'esprit de Moody d'en parler directement à son frère ; c'était exactement ce à quoi il s'attendait de la part de Trip. Il réserva toute sa fureur à Pearl et, plus tard dans l'après-midi, lorsqu'elle monta sur la pointe des pieds à l'étage et frappa à sa porte, il n'était pas d'humeur à entendre ses excuses.

« C'est juste arrivé », dit-elle après avoir refermé la porte.

Moody comprit à sa voix qu'elle disait la vérité, mais ça ne le réconfortait guère. Elle parlait tellement comme un personnage d'un mauvais film d'adolescents qu'il roula les yeux et continua d'accorder sa guitare.

« Si tu le dis, répondit-il. Mais bon, si tu veux te taper mon loser de frère… » Pearl fit la moue et, malgré lui, il s'interrompit. « Tu sais qu'il se sert juste de toi, pas vrai ? demanda-t-il après un moment. Il est comme ça. Il n'est jamais sérieux avec personne. Il finit par s'ennuyer et il passe à autre chose. »

Pearl conserva un silence défiant. Cette fois, elle en était certaine, c'était différent. Ils avaient tous les deux raison : Trip s'ennuyait vite, et il pensait rarement aux filles une fois qu'elles avaient disparu de son champ de vision. Mais il n'en avait jamais rencontré une comme Pearl, une qui n'était pas embarrassée d'être intelligente, qui n'avait pas tout à fait sa place dans le monde bien ordonné de Shaker Heights, qu'elle s'en rende compte ou non. Au cours des deux derniers mois, elle s'était insinuée dans son esprit à toute heure du jour et de la nuit : dans le labo de chimie, pendant l'entraînement, le soir quand il se serait normalement endormi rapidement et aurait fait des rêves banals. Les filles avec lesquelles il avait grandi à Shaker – et les garçons aussi, d'ailleurs – semblaient tellement déterminées : elles étaient ambitieuses, confiantes, pleines de certitude. Elles ressemblaient un peu, trouvait-il, à ses sœurs et à sa mère : tellement convaincues qu'il y avait en tout un bien et un mal, tellement certaines de savoir reconnaître l'un de l'autre. Pearl était plus intelligente que n'importe laquelle d'entre elles, et pourtant elle ne semblait pas gênée par ce qu'elle ne connaissait pas : elle était à son aise dans les zones grises. Il avait découvert qu'elle avait des préoccupations élevées, et ces après-midi, après s'être retrouvés, c'était de ça qu'ils finissaient par discuter : du fait qu'il regrettait de ne pas s'entendre avec Moody (« On est frères, disait-il, ne sommes-nous pas censés nous entendre ? »). Du fait qu'il ne savait pas, à dix-sept ans, ce qu'il voulait faire de sa vie. Tout le monde lui posait la question ; il était censé penser à l'université, il était censé *savoir*, et pourtant il n'en avait aucune idée. On a le temps, l'avait rassuré Pearl, on a toujours le temps. Être avec elle lui donnait l'impression que le monde était plus vaste, de la même manière qu'être avec lui la faisait se sentir plus terre à terre, moins abstraite, plus réelle.

« Tu te trompes à son sujet, déclara-t-elle finalement.

— Soit, répliqua Moody. Si ça ne te gêne pas d'être la dernière de ses conquêtes. Je pensais juste que tu te respectais plus que ça. » Il savait que s'il levait les yeux, il verrait la douleur dans ceux de Pearl, alors il continua de fixer ostensiblement la guitare posée sur ses cuisses. « Je croyais que tu étais plus intelligente que les putes qui acceptent d'habitude de coucher avec lui. » Il pinça l'une des cordes, tourna légèrement la mécanique. « Mais je suppose que non.

— Au moins il y a quelqu'un qui me désire. Au moins je ne vais pas rester une vierge frustrée pendant tout le lycée. » Elle résista à l'envie de traverser la pièce, de lui arracher la guitare des mains et de la fracasser sur le bureau. « Et, pour ta gouverne, je ne suis pas une conquête. Tu sais quoi ? C'est moi qui suis allée le chercher. »

Moody n'avait encore jamais vu Pearl en colère et, à son grand embarras, il eut envie de fondre en larmes. Il ne savait pas exactement ce qu'il voulait dire – *Je suis désolé, je ne le pensais pas* –, mais il savait qu'il regrettait profondément la tournure qu'avait prise leur relation et aurait désespérément voulu qu'elle redevienne comme avant. Il se contenta de se mordre l'intérieur des joues pour ne pas pleurer, jusqu'à ce que le goût tranchant et salé du sang se répande sur sa langue.

« Si tu le dis, répondit-il finalement. Mais fais-moi plaisir, n'en parlons plus. OK ? »

De fait, ils cessèrent complètement de se parler. Le lendemain matin, ils se rendirent pour la première fois séparément au lycée, s'assirent de deux côtés opposés de la salle de classe lors du premier cours et pendant les suivants.

Plus que tout, Moody se disait qu'il était déçu par Pearl. Qu'au bout du compte elle avait été assez superficielle pour choisir Trip, parmi tous les garçons. Il ne s'était pas attendu à ce qu'elle le choisisse *lui*, bien sûr que non. Moody n'était pas le genre de type pour qui les filles en pinçaient. Mais Trip – c'était impardonnable. Il avait l'impression d'avoir plongé dans un lac profond et limpide pour découvrir que c'était en fait une mare où l'eau vous arrivait aux genoux. Que faisait-on dans ce cas-là ? Eh bien, on se relevait. On rinçait ses genoux couverts de boue et on extirpait ses pieds de la vase. Et on faisait plus attention les fois suivantes. On savait, à partir de ce moment, que le monde était plus petit qu'on ne s'y était attendu.

Pendant la pause au milieu du cours d'algèbre, alors que Pearl était aux toilettes et que personne ne regardait, il ouvrit le sac de celle-ci et en sortit le petit carnet Moleskine qu'il lui avait offert des mois plus tôt. Comme il s'y attendait, la tranche n'était même pas cassée. Ce soir-là, dans l'intimité de sa chambre, il en arracha les pages par poignées, les roulant en boule avant de les balancer dans la corbeille. Lorsque celle-ci fut remplie de papier froissé, il jeta la couverture en cuir – désormais vide et molle, comme une feuille de maïs débarrassée de son épi – et poussa du pied la corbeille sous son bureau. Elle n'avait même pas remarqué que son carnet avait disparu et, curieusement, c'était ce qui lui faisait le plus mal.

* * *

Lexie, pendant ce temps, avait ses propres problèmes de cœur. Depuis qu'elle était rentrée de la clinique, elle avait naturellement été nerveuse à l'idée de recoucher avec Brian, et la tension commençait à se sentir. Elle ne lui avait pas parlé de l'avortement, et celui-ci flottait entre eux, comme un voile, brouillant tout. Brian perdait de plus en plus patience.

« C'est quoi, ton problème ? grommela-t-il un après-midi alors qu'il venait de se pencher pour l'embrasser et qu'elle avait, une fois de plus, détourné la tête pour lui tendre sa joue à la place. C'est encore ton syndrome prémenstruel ? »

Lexie rougit.

« Vous, les mecs, vous croyez que tout est lié aux hormones. Les hormones et les règles. Si les hommes avaient leurs règles, crois-moi, vous seriez tous en train de vous rouler par terre à cause des crampes.

— Écoute, si t'es furax après moi, dis-moi ce que tu crois que j'ai fait. Je suis pas un putain de voyant, Lex. Je ne vais pas m'excuser sans savoir pourquoi.

— Qui dit que je te demande de t'excuser ? »

Lexie baissa les yeux vers ses mains, comme si elle allait trouver un mot griffonné sur sa paume, une petite antisèche pour la guider.

« Qui dit que je suis furax après toi ?

— Si tu ne l'es pas, alors pourquoi tu te comportes comme ça ?

— Je veux juste un peu d'espace, c'est tout. Tu n'es pas forcé de me tripoter tout le temps.

— De l'espace. »

Brian tapa des mains sur le volant.

« Ça fait un mois que je n'arrête pas de t'en donner. Tu ne m'as même pas embrassé depuis, genre, une semaine. Il t'en faut combien, de l'espace ?

— Peut-être encore plus. » Les mots tombèrent de sa bouche comme des cailloux. « Je vais à Yale et tu vas à Princeton – c'est peut-être mieux comme ça. »

Un silence stupéfait emplit la voiture tandis que Lexie et Brian réfléchissaient tous deux à ce qu'elle venait de dire.

« C'est ce que tu veux ? dit-il finalement. OK. Alors c'est terminé. » Il enfonça le bouton de déverrouillage sur la portière. « À la prochaine. »

Lexie passa son sac sur son épaule et descendit de voiture. Ils étaient garés dans une petite rue paisible, un lieu qu'ils avaient souvent utilisé quand ils voulaient être seuls. *Il ne va pas partir comme ça*, songea-t-elle. *Ça ne peut pas réellement se terminer de la sorte.* Mais dès qu'elle eut claqué la portière, Brian démarra en faisant gronder le moteur et partit. Il ne regarda pas en arrière, même si Lexie crut voir ses yeux se poser brièvement sur le rétroviseur, juste une fois, avant qu'il tourne à l'angle.

Sans réfléchir à l'endroit où elle allait, elle se mit à marcher sur le trottoir avant de bifurquer pour rejoindre la route principale, un trajet qu'elle avait souvent parcouru en voiture, mais rarement à pied. Brian et elle étaient amis depuis la quatrième, et ils sortaient ensemble depuis près de deux ans. Elle repensa à tout ce qu'ils avaient fait – quand ils avaient hurlé depuis le haut des gradins aux matchs des Indians, quand ils avaient regardé depuis le parking du collège les feux d'artifice qui s'élevaient dans le ciel nocturne le 4 Juillet. La fête du lycée, lorsque Brian lui avait passé un petit bouquet de roses au poignet, un dîner italien chez Giovanni's lors duquel aucun des deux n'avait su prononcer le nom des plats, la fois où ils avaient dansé dans le gymnase au son des Fugees jusqu'à être trempés de sueur, puis quand il l'avait serrée dans ses bras durant *I Don't Want to Miss a Thing*, à tel point que leurs transpirations s'étaient mêlées. Maintenant, tout ça était fini. Elle marcha encore et encore, suivant la courbe de la route, s'arrêtant de temps à autre pour laisser passer des voitures, puis elle s'aperçut que ses pieds l'avaient menée à un endroit auquel elle ne s'attendait pas, mais qui était le seul au monde où elle voulait être : pas chez elle, mais la maison de Winslow

Road. À travers les fenêtres à l'étage elle vit Mia en plein travail, et Lexie sut que la mère de Pearl saurait quoi dire, qu'elle lui laisserait suffisamment d'espace pour réfléchir à tout ça, pour assimiler ce qui venait d'arriver et anticiper ce qui se produirait ensuite, pour comprendre pourquoi elle venait de quitter ce qu'elle avait pris pour un petit ami parfait, une relation parfaite, comment tout s'était soudain écroulé.

Lorsque Lexie gravit les marches et ouvrit la porte qui donnait sur la cuisine, elle vit qu'Izzy était également là, assise à côté de Mia, en train de faire des cocottes en papier. Il y en avait déjà de toutes les tailles, éparpillées sur la table comme des confettis. Celle-ci lança à Lexie un regard hostile, mais avant qu'elle ait le temps d'ouvrir la bouche, Mia l'interrompit.

« Lexie. Je suis contente que tu sois venue. »

Elle tira une chaise et cette dernière s'assit dessus, avec une expression si figée qu'Izzy devina que quelque chose clochait. On aurait presque dit qu'elle était sur le point d'être malade. Elle n'avait jamais vu sa sœur comme ça.

« Ça va ? demanda-t-elle.

— Oui, répondit Lexie, les lèvres sèches. Ça va.

— C'est bon, dit Mia en lui serrant l'épaule. Ça va aller. »

Elle sortit une tasse supplémentaire du placard et mit la bouilloire à chauffer.

Sans croiser le regard d'Izzy, Lexie déclara :

« Avant que tu me poses la question, Brian et moi, on a rompu.

— Je suis désolée », répondit sa sœur.

Et elle s'aperçut qu'elle était réellement sincère. Brian avait toujours été gentil avec elle, la laissant les accompagner à une ou deux reprises pour boire des milkshakes chez Yours Truly quand Lexie et lui avaient commencé à sortir ensemble alors qu'elle n'était encore qu'au collège ; la ramenant de temps à autre en voiture quand il la voyait rentrer à pied. Elle regarda Lexie, puis Mia.

« Tu veux… tu veux que je parte ? »

Devant la cuisinière, Mia faisait mine d'être occupée à ouvrir un paquet de thé. Lexie secoua la tête.

« Reste, répondit-elle. C'est bon. Je vais bien… Reste. »

Après un moment, Izzy glissa un carré de papier en travers de la table. Lexie le saisit et commença à imiter sa sœur : plier, replier, vers le centre, vers l'extérieur, jusqu'à ce qu'elle saisisse finalement les coins et tire, et qu'une cocotte apparaisse telle une fleur pâle entre ses mains.

* * *

« Le juge Rheinbeck dit qu'il n'est pas encore prêt à prendre une décision », expliqua M. Richardson à sa femme au cours de la dernière semaine d'avril. Harold Rheinbeck avait soixante-neuf ans, les cheveux gris, c'était un fan de boxe de longue date et un chasseur enthousiaste, mais c'était également un homme sensible et bien conscient des complexités émotionnelles de l'affaire. Au cours du dernier mois, depuis que l'audience s'était achevée, il avait de fait passé des heures allongé sans dormir jusque tard dans la nuit, pensant à la petite May Ling-Mirabelle, comme il aimait à la considérer – il tentait d'être scrupuleusement juste, et chaque fois qu'il entendait un de ces prénoms, il y accolait mentalement l'autre, si bien que pour lui ils n'en formaient plus qu'un. Comme le bébé avait été aux soins d'une nourrice et n'avait pas pu être présent – tout le monde savait que les enfants supportaient mal les audiences prolongées –, Ed Lim avait judicieusement agrandi une photo qu'il avait placée sur sa table, et tout le monde dans la salle avait pu la voir chaque jour. En conséquence de quoi le juge se représentait son petit visage tandis qu'il retournait dans sa tête les témoignages de chaque journée. Et plus il y pensait, plus l'affaire lui semblait insoluble. Il avait soudain commencé à éprouver une intense compassion pour le roi Salomon, et chaque matin, en manque de sommeil et préoccupé, il aboyait injustement après ses clercs et sa secrétaire sans même comprendre pourquoi.

« C'est une torture », dit Mme McCullough à Mme Richardson tandis qu'elles s'apitoyaient devant une tasse de café. Elles étaient, comme d'habitude, chez les McCullough, pour échapper aux regards. « Que veut-il de plus ? Comment cette décision peut-elle être si dure à prendre ? »

Le babyphone posé sur la table crépita, elle monta légèrement le volume. Les deux femmes se turent, et le bruit doux de la respiration de Mirabelle emplit la cuisine.

« Est-ce que tu vois autre chose que tu pourrais dire au juge ? demanda Mme Richardson. Quelque chose qui aiderait à mieux comprendre le contexte ? D'autres facteurs qu'il pourrait prendre en considération ? » Elle se pencha en avant. « Est-ce qu'il y a autre chose que Bill et toi n'avez pas évoqué ? Des raisons qui feraient que vous seriez le meilleur choix pour la garde ? Ou… » Elle hésita, puis se lança tout de même. « Ou d'autres motifs qui feraient que Bebe ne serait pas apte à la garder ? N'importe quoi. »

Mme McCullough se mordilla un ongle. Ça avait été son habitude pendant son enfance, et Mme Richardson avait remarqué qu'elle avait récemment recommencé à le faire.

« Eh bien, commença-t-elle, avant de s'interrompre. Ce n'est probablement pas vrai.

— Ça pourrait être votre dernière chance, Linda, la relança doucement Mme Richardson. Tout ce que vous avez, vous devez le mettre sur le tapis.

— C'est juste un soupçon. Je n'ai aucune preuve. » Elle soupira. « Il y a environ trois mois, j'ai noté que Bebe semblait… plus dodue. J'ai notamment remarqué quand elle venait chercher Mirabelle que son visage s'arrondissait de plus en plus. Et sa… sa poitrine. Et l'assistante sociale m'a dit une chose étrange. Elle a dit que lors d'une de leurs visites à cette époque, Bebe s'était soudain précipitée aux toilettes. Elles étaient à la bibliothèque et elle a brusquement tendu le bébé à Adrienne et est partie en courant. Adrienne dit qu'elle l'a entendue vomir. » Mme McCullough leva les yeux vers Mme Richardson.

« Du coup, je me suis juste demandé si elle pouvait être enceinte. En plus, elle avait l'air incroyablement épuisée à l'époque. J'ai juste eu cette intuition. Les femmes ont cette expression… et on la voit, si on regarde bien. Pendant toutes ces années, alors qu'on essayait d'avoir un enfant, mes amies tombaient enceintes l'une après l'autre – et chaque fois je le savais avant qu'elles me le disent. Je l'ai su chaque fois que tu as été enceinte. Pas vrai, Elena ?

— En effet, répondit Mme Richardson. Chaque fois, tu le savais. Avant que je dise un mot.

— Et alors, il y a environ un mois, elle est soudain redevenue normale. Son visage s'est de nouveau affiné. Elle est redevenue maigre et raide comme un "I". Et je me suis interrogée. »

Mme McCullough prit une profonde inspiration.

« Je me suis demandé si elle avait été enceinte, et si elle avait mis un terme à sa grossesse.

— Un avortement. »

Mme Richardson s'enfonça dans sa chaise.

« C'est une accusation sérieuse.

— Je n'accuse personne, insista Mme McCullough. Je te l'ai dit, je n'ai pas de preuve. Juste un soupçon. Et tu as dit : *n'importe quoi.* »

Elle but une gorgée de café, qui était devenu froid.

« Si elle a réellement avorté, est-ce que ça changerait quelque chose ?

— Peut-être. » Mme Richardson réfléchit. « Avorter ne fait pas d'elle une mauvaise mère, naturellement. Mais ça retournerait probablement l'opinion publique contre elle si ça s'apprenait. Les gens n'aiment pas entendre parler de ça. Et un avortement pendant qu'on essaie de récupérer le bébé qu'on a abandonné ? » Elle pianota des doigts sur la table. « Ça suggérerait au minimum qu'elle a été assez imprudente pour retomber enceinte. » Elle saisit la main de Mme McCullough et exerça une pression dessus. « Je vais me renseigner.

Je vais voir si je trouve quelque chose d'utile. Si c'est le cas, on pourra en faire part au juge.

— Elena, soupira Mme McCullough. Tu sais toujours quoi faire. Qu'est-ce que je deviendrais sans toi ?

— Ne dis rien à Bill et à Mark, ajouta Mme Richardson en attrapant son sac à main. Ne leur donnons pas de faux espoirs. Fais-moi confiance. Je m'occupe de tout. »

En fait, Bebe n'avait pas été enceinte. Sous le stress de l'audience à venir, alors que des équipes de reporters avaient filmé un jour devant le restaurant et qu'un journaliste l'avait arrêtée le lendemain dans la rue pour lui coller un micro sous le nez, alors que l'affaire faisait, semblait-il, constamment les gros titres et que son patron râlait à cause des congés qu'elle devrait prendre pour aller au tribunal, elle avait sombré dans la malbouffe – Oreos, frites, un jour un sachet entier de couenne de porc soufflée – et pris sept kilos en un mois. Elle avait fait des heures supplémentaires pour compenser les jours qu'elle devrait prendre, travaillant jusqu'à deux ou trois heures du matin les soirs où elle faisait la fermeture et arrivant à neuf heures pour ouvrir le lendemain matin. Dans son souvenir, cette période était complètement floue. Elle avait ensuite été victime d'un empoisonnement alimentaire – une boîte de restes qui avait séjourné trop longtemps dans le réfrigérateur – et avait vomi à la bibliothèque, devant l'assistante sociale. Après ça, elle n'avait rien pu avaler pendant des jours, et une fois remise, alors que l'audience approchait à grands pas, elle avait été trop nerveuse pour manger. Moyennant quoi, quand l'audience avait débuté, elle avait perdu ses sept kilos en trop, et cinq de plus.

Mme Richardson, cependant, ne savait rien de tout ça. N'ayant aucun moyen de prouver le contraire, elle commença, assez logiquement, par chercher des indices allant dans le sens de l'hypothèse de son amie. Elle avait après tout les moyens de découvrir n'importe quoi. Même si elle n'avait pas elle-même les informations, elle avait des relations. Le lendemain matin, elle sortit son Rolodex et l'ouvrit à la lettre M : *Manwill, Elizabeth*.

Elizabeth Manwill et elle avaient été colocataires durant leur première année d'université, et même si elles avaient vécu avec d'autres étudiantes par la suite, elles étaient restées en contact jusqu'à leur diplôme et après. Elles avaient véritablement renoué des liens quand Elizabeth était venue vivre à Cleveland et avait pris la tête d'une clinique juste à l'est de Shaker Heights – la seule de ce côté de la ville qui proposait des avortements.

Mme Richardson voulait simplement lui demander un petit service : un petit service quelque peu illégal. Pourrait-elle consulter les registres de la clinique et voir si le nom de Bebe Chow apparaissait dans la liste des avortements récents ?

« Officieusement. Entre nous, lui assura-t-elle en calant le téléphone contre son épaule et en vérifiant une fois de plus que la porte de son bureau était fermée.

— Elena, répondit Elizabeth Manwill en fermant elle aussi la porte de son bureau. Tu sais que je ne peux pas faire ça.

« — Ce n'est pas grand-chose. Personne n'a besoin de savoir.

— C'est confidentiel. Tu sais à combien s'élèvent les amendes pour ça ? Sans parler de la question de l'éthique. »

Elizabeth Manwill était amie avec Mme Richardson depuis de nombreuses années, et elle lui devait beaucoup, même si elle détestait l'exprimer de la sorte. À son arrivée à Denison, elle était Betsy, une fille de Dayton à la timidité maladive, soulagée d'échapper aux moqueries permanentes qu'elle avait endurées au lycée, terrifiée à l'idée que ce soit la même chose à l'université. À dix-huit ans, c'était une cible facile : des lunettes qui glissaient constamment sur son nez, un front constellé d'acné, des tenues ternes qui lui allaient mal. Alors que sa nouvelle colocataire ressemblait en tout point aux morveuses qui avaient fait de sa scolarité un enfer – jolie, magnifiquement vêtue, bien dans ses baskets. En conséquence de quoi, le premier soir elle s'était endormie en pleurant.

Mais Elena l'avait prise sous son aile et l'avait transformée. Elle lui avait prêté du rouge à lèvres et du Noxzema, l'avait emmenée faire du shopping, lui avait montré de nouvelles façons de se coiffer. À force d'aller en cours avec Elena et de s'asseoir à côté d'elle au réfectoire, Elizabeth avait également gagné en confiance. Elle s'était mise à parler comme son amie – comme si elle était sûre que les autres voulaient savoir ce qu'elle pensait – et à se tenir plus droite, comme une danseuse. Quand elles avaient passé leur diplôme, Elizabeth était devenue une personne différente : Liz Manwill, qui portait des tailleurs-pantalons, des talons et des lunettes d'architecte qui la faisaient paraître presque aussi intelligente qu'elle l'était, une personne qui finirait par diriger sans difficulté une clinique. Pendant les années qui avaient suivi, Elena – désormais Mme Richardson – avait continué de lui offrir son aide. Grâce à ses nombreuses relations au niveau local, elle avait plaidé en sa faveur quand Elizabeth avait postulé à la clinique, et après qu'elle eut obtenu le poste et emménagé en ville, elle l'avait présentée à de nombreuses personnes, dans un contexte aussi bien professionnel que personnel. De fait, Elizabeth avait rencontré son mari, un collègue de Bill, lors d'un cocktail que les Richardson avaient donné quelques années auparavant. Mais Elena n'avait jamais demandé, ni même suggéré, de renvoi d'ascenseur, et toutes deux en avaient pertinemment conscience.

« Au fait, comment va Derrick ? demanda soudain Mme Richardson. Et Mackenzie ?

— Ils vont bien. Tous les deux. Derrick travaille trop, naturellement.

— Je n'en reviens pas que Mackenzie ait déjà dix ans. Comment elle s'adapte à Laurel ?

— Elle adore. Elle semble avoir tellement plus confiance en elle. Je crois que ça change tout d'être dans une école pour filles, tu sais ? »

Elizabeth marqua une pause.

« Et encore merci pour ta recommandation.

— Betsy ! Ne sois pas ridicule. C'était un plaisir. » Elle tapota avec son stylo sur son bureau.

« Ça sert à ça les amis.

— Tu comprends, Elena, que j'adorerais t'aider. C'est juste que si quelqu'un l'apprenait...

— Évidemment, tu ne peux rien me *montrer*. Bien sûr que non. Mais si je passais te chercher pour aller déjeuner, et si je jetais un petit coup d'œil par-dessus ton épaule à la liste des derniers mois, personne ne pourrait dire que tu me l'as montrée volontairement, n'est-ce pas ?

— Et si le nom de cette femme y figure ? demanda Elizabeth. À quoi ça servira ? Bill ne peut pas s'en servir au tribunal.

— S'il y figure, il cherchera d'autres preuves. Je sais que c'est un service énorme, Betsy. Il a juste besoin de savoir si ça vaut la peine de creuser dans cette direction. Et si ça ne la vaut pas, ça n'ira pas plus loin. »

Elizabeth Manwill soupira.

« D'accord, conclut-elle. Je suis prise les prochains jours, mais que dirais-tu de jeudi ? »

Les deux femmes fixèrent une heure pour le déjeuner, et Mme Richardson raccrocha. Bientôt elle en aurait le cœur net. La pauvre femme, se dit-elle, songeant à Bebe avec une générosité nouvelle. Si elle avait avorté, qui pouvait lui en vouloir ? Au milieu de cette affaire de garde, avec un emploi sans avenir, et après ce qu'elle avait enduré avec son premier enfant. Personne n'avortait sans regrets, pensa-t-elle ; l'avortement était un ultime recours, quand il n'y avait plus d'autre solution. Non, Mme Richardson ne pouvait pas en vouloir à Bebe, même si elle espérait toujours que les McCullough se verraient confier la garde de l'enfant. *Et puis, elle pourra toujours en avoir un autre*, pensa-t-elle, *quand elle aura mis de l'ordre dans sa vie*. Et elle rouvrit la porte de son bureau.

18

La bienveillance de Mme Richardson à l'égard de Bebe dura jusqu'à son déjeuner avec Elizabeth Manwill.

« Besty, dit-elle lorsqu'on la fit pénétrer dans le bureau le jeudi. Ça fait trop longtemps. Quand nous sommes-nous vues pour la dernière fois ?

— Je ne sais plus. Pendant les fêtes l'année dernière, peut-être ? Comment vont les enfants ? »

Mme Richardson passa un moment à lui en mettre plein la vue : les plans de Lexie pour Yale, le dernier match de crosse de Trip, les bonnes notes de Moody. Comme d'habitude, elle passa rapidement sur le cas d'Izzy, mais Elizabeth ne s'en rendit pas compte. Jusqu'à ce moment, elle avait eu l'intention d'aider Elena, car celle-ci l'avait tant soutenue, après tout. Et puis Elena Richardson ne laissait jamais tomber tant qu'elle n'avait pas ce qu'elle voulait. Elle était même allée jusqu'à chercher le document qu'elle avait demandé, une liste des patientes qui avaient subi une intervention à la clinique au cours des derniers mois ; les noms figuraient dans une fenêtre séparée sur son écran, derrière un récapitulatif budgétaire. Mais maintenant, tandis qu'Elena pérorait à propos de ses merveilleux enfants, de l'affaire médiatisée que traitait son mari, du nouvel aménagement qu'ils prévoyaient pour leur jardin pendant l'été, elle changea d'avis. Elle avait oublié, jusqu'à ce qu'elles se retrouvent face à face, l'habitude qu'avait Elena de lui parler comme si elle était une enfant, comme si son amie était experte en tout, et elle totalement ignorante. Eh bien, elle n'était pas une enfant. C'était son bureau, sa clinique. Par habitude, elle avait soulevé un crayon à la vue d'Elena, et elle le reposa.

« Ça va être étrange de ne plus en avoir que trois à la maison l'année prochaine, disait Elena. Et bien sûr, Bill est tellement lessivé à cause de cette affaire. Tu te souviens de Linda et de Mark que tu as rencontrés à certaines de nos fêtes, non ? Linda t'avait recommandé cette personne pour s'occuper de ton chien il y a deux ans. On espère tous que ce sera bientôt terminé et qu'ils pourront garder le bébé pour de bon. »

Elizabeth se leva.

« Prête pour aller déjeuner ? demanda-t-elle en tendant le bras vers son sac à main, mais Mme Richardson ne bougea pas de son siège.

— J'avais une chose à te demander, Betsy. Tu te souviens ? »

D'une main elle ferma la porte.

Elizabeth se rassit et soupira. Comme si Elena avait pu oublier ce pour quoi elle était venue.

« Elena, je suis désolée. Je ne peux pas.

— Betsy, prononça doucement Mme Richardson, un petit coup d'œil. C'est tout. Juste pour savoir s'il y a quelque chose.

— Ce n'est pas que je ne veuille pas t'aider…

— Je ne te mettrais jamais en danger. Je n'*utiliserai* jamais ces informations. C'est juste pour voir si nous devons continuer de chercher.

— J'adorerais te rendre ce service, Elena, mais j'ai bien réfléchi, et…

— Betsy, combien de fois avons-nous pris des risques l'une pour l'autre ? Combien de fois nous sommes-nous entraidées ? »

En fait, songeait-elle, Betsy Manwill avait toujours été timorée. Il avait toujours fallu la pousser pour qu'elle fasse quoi que ce soit, même des choses qu'elle voulait faire. Il fallait lui donner la permission pour tout : mettre du rouge à lèvres, acheter une jolie robe, lever la main en cours. Une vraie chiffe molle. Elle avait besoin d'une main ferme.

« C'est une information confidentielle. » Elizabeth se redressa un peu. « Je suis désolée.

— Betsy. Je dois admettre que je suis blessée qu'après toutes ces années d'amitié tu ne me fasses pas confiance.

— Il ne s'agit pas de confiance », commença Elizabeth, mais Mme Richardson continua comme si elle n'avait pas été interrompue.

Après tout ce qu'elle avait fait pour Betsy, pensait-elle. Elle l'avait aidée à grandir comme une mère et l'avait fait sortir de sa coquille, et maintenant Betsy était là derrière son grand bureau, dans sa clinique chic, avec ce job qu'Elena l'avait aidée à obtenir, et elle n'était même pas disposée à lui rendre un petit service.

Elle ouvrit son sac à main, en tira un tube de rouge à lèvres doré et un miroir de poche.

« Tu me faisais confiance quand je te donnais des conseils à l'université, non ? Et quand je t'ai dit de venir à notre fête de Noël il y a toutes ces années ? Tu m'as fait confiance quand je t'ai conseillé d'appeler Derrick au lieu d'attendre que ce soit lui qui t'appelle. Et tu étais fiancée – quand ? – à la Saint-Valentin ? » À petits coups précis elle traça le contour de sa bouche et referma le tube. « Tu as eu un mari et un enfant grâce à moi, alors je dirais que faire confiance à mon jugement a toujours bien fonctionné pour toi. »

Ça confirmait une chose qu'Elizabeth soupçonnait depuis longtemps : pendant toutes ces années, Elena avait accumulé du crédit. Peut-être qu'elle avait sincèrement voulu l'aider, qu'elle avait agi par pure gentillesse, mais elle avait tout de même tenu le compte de tout ce qu'elle avait fait pour Elizabeth, de chaque soutien qu'elle lui avait apporté, et elle attendait désormais que celle-ci lui rende la pareille. Elle comprit soudain qu'Elena estimait qu'elle lui devait ce service ; c'était une question d'équité, il s'agissait d'obtenir ce qu'elle méritait légitimement.

« J'espère que tu ne comptes pas t'attribuer tout le mérite de mon mariage », déclara-t-elle.

Mme Richardson fut surprise par la dureté de son ton.

« Je ne voulais bien sûr pas dire que…

— Tu sais que je t'aiderai toujours dans la mesure du possible. Mais il y a des lois. Et il y a l'éthique, Elena. Je suis déçue que tu me demandes même une telle chose. Tu as toujours été si soucieuse de ce qui est bien et mal. »

Leurs regards se croisèrent au-dessus du bureau, et Mme Richardson n'avait jamais vu les yeux de Betsy si francs, si fermes et si féroces. Aucune des deux ne parla, et dans ce moment de silence, le téléphone sonna. Elizabeth continua de soutenir le regard d'Elena pendant quelques instants, puis elle souleva le combiné.

« Elizabeth Manwill. » Un léger murmure à l'autre bout de la ligne. « Vous avez de la chance de m'avoir. J'étais sur le point d'aller déjeuner. » Nouveau murmure. Comme si la personne au bout du fil se répandait en excuses. « Eric, je ne veux pas de justifications. Je veux que ce soit fait. Non, ça fait plus d'une semaine que j'attends ; je ne veux pas attendre une minute de plus. Écoutez, j'arrive. »

Elle raccrocha et se tourna vers Mme Richardson.

« Je dois descendre un instant. Il y a un rapport que j'attendais, et j'ai eu un mal de chien à l'avoir. L'une des joies du métier de directrice. » Elle se leva. « J'en ai simplement pour quelques minutes. Et après, on ira déjeuner. Je meurs de faim – et j'ai une réunion à treize heures trente. »

Lorsqu'elle fut partie, Mme Richardson resta assise, stupéfaite. Était-ce vraiment Betsy Manwill qui lui avait parlé comme ça ? Laissant entendre qu'elle était immorale ! Et cette dernière petite pique à propos du *métier de directrice* – comme si elle cherchait à lui rappeler combien elle était importante, comme si elle lui disait : *Je compte plus que toi maintenant.* Alors que c'était elle qui l'avait aidée à obtenir ce poste. Mme Richardson serra les lèvres. La porte de la pièce avait été repoussée ; personne ne pouvait voir à l'intérieur. Elle fit rapidement le tour du bureau jusqu'au fauteuil d'Elizabeth et réveilla l'écran : un tableau montrant les dépenses de l'année. Elle marqua une pause. La clinique avait à coup sûr une base de données avec les dossiers des patients. D'un clic elle réduisit la fenêtre et, comme par magie, une autre apparut : la liste des patientes pour la période qui l'intéressait. Betsy avait donc changé d'avis à la dernière minute, songea-t-elle avec une autosatisfaction soudaine. Qu'avait-elle toujours dit ? Une chiffe molle.

Elle se pencha au-dessus du bureau et fit rapidement défiler la liste. Il n'y avait pas de Bebe Chow. Mais un nom tout en bas – au début du mois de mars – retint son attention. *Pearl Warren*.

Lorsque Elizabeth revint six minutes plus tard, Mme Richardson était de nouveau sur sa chaise, calme et imperturbable, à l'exception d'une main qui agrippait l'accoudoir. Elle avait de nouveau agrandi le tableau budgétaire et mis l'écran en veille, et lorsque son amie reprendrait place à son bureau dans l'après-midi, elle ne remarquerait rien. Elle refermerait la liste avec soulagement, fière d'avoir enfin tenu tête à Elena Richardson.

« Prête à aller déjeuner, Elena ? »

Au restaurant, devant du *saag paneer* et du poulet tikka massala, Mme Richardson posa la main sur le bras d'Elizabeth.

« Ça fait longtemps qu'on est amies, Betsy. Je détesterais que quelque chose comme ça se dresse entre nous. Il va sans dire que je comprends complètement, et je ne t'en tiendrai jamais rigueur.

— Naturellement », répondit Elizabeth, et elle piqua un morceau de poulet avec sa fourchette.

Depuis qu'elles avaient quitté le bureau, Elena avait été crispée et un peu froide. Elle avait toujours été comme ça, songea Elizabeth, charmante et généreuse, toujours à dire des choses gentilles, de sorte que quand elle voulait quelque chose, elle était certaine que vous ne pouviez pas refuser. Eh bien, elle venait de faire l'impossible : elle avait dit non.

« Est-ce que Lexie fait toujours du théâtre ? » demanda-t-elle, et elles passèrent le reste du repas à discuter de façon superficielle des dénominateurs communs de leurs existences : enfants, circulation, météo.

Ce serait, de fait, leur dernier déjeuner ensemble, même si elles resteraient cordiales l'une envers l'autre pour le restant de leur vie.

Ainsi l'innocente petite Pearl n'était après tout pas si innocente que ça, songea Mme Richardson en regagnant son bureau. Elle n'avait aucun doute quant à l'identité du père, naturellement. Elle soupçonnait depuis longtemps que la relation entre Pearl et Moody était plus qu'amicale – un garçon et une fille de leur âge ne passaient pas autant de temps ensemble sans qu'il arrive *quelque chose* –, et elle était atterrée. Comment avaient-ils pu être si imprudents ? Elle savait combien Shaker Heights insistait sur l'éducation sexuelle ; elle faisait partie du conseil d'administration du lycée deux ans auparavant, quand un parent s'était plaint sous prétexte qu'on avait demandé à sa fille de mettre un préservatif sur une banane, pour s'entraîner, durant un cours de sciences de la vie. Les adolescents vont avoir des rapports sexuels, avait alors expliqué Mme Richardson ; c'est l'âge, les hormones, nous ne pouvons pas les en empêcher. Le mieux que nous puissions faire est de leur apprendre à être prudents. Désormais, cependant, ce point de vue lui semblait terriblement naïf. Comment avaient-ils pu être aussi irresponsables ? se demandait-elle. Et, surtout : comment étaient-ils parvenus à le lui cacher ? Comment cela avait-il pu se produire juste sous son nez ?

Elle songea un moment à aller au lycée et à les arracher tous deux à leurs cours pour leur demander comment ils avaient pu être aussi stupides. Mais mieux valait ne pas faire d'esclandre, décida-t-elle. Sinon, tout le monde saurait. Les filles de Shaker, elle en était certaine, avortaient de temps en temps – c'étaient des adolescentes, après tout –, mais, naturellement, tout ça restait très discret. Personne ne voulait afficher son irresponsabilité. Tout le monde parlerait, et elle savait à quelle vitesse les rumeurs se propageaient. C'était le genre de chose qui collait à la peau d'une fille. Ça salissait sa réputation pour le restant de sa vie. Elle parlerait donc à Moody dans la soirée, dès qu'elle rentrerait à la maison.

De retour dans son bureau, elle venait d'ôter son manteau quand le téléphone sonna.

« Bill, dit-elle. Qu'est-ce qui se passe ? »

La voix de M. Richardson était étouffée, et il y avait beaucoup d'agitation en fond sonore.

« Le juge Rheinbeck vient de rendre sa décision. Il nous a convoqués il y a une heure. On ne s'y attendait pas du tout. » Il s'éclaircit la voix. « Elle reste avec Mark et Linda. On a gagné. »

Mme Richardson s'enfonça dans son fauteuil. Linda devait être tellement heureuse. En même temps, elle ressentait une pointe de déception. Elle avait été impatiente de fouiner dans le passé de Bebe, de livrer l'arme secrète qui mettrait un terme à tout ça une bonne fois pour toutes. Mais ils n'avaient pas eu besoin d'elle, au bout du compte.

« C'est magnifique.

— Ils sont fous de joie. Mais Bebe Chow a mal encaissé le coup. Elle s'est mise à hurler. L'huissier a dû l'escorter dehors. »

Il marqua une pause.

« La pauvre. Je ne peux pas m'empêcher d'être triste pour elle.

— C'est elle qui a abandonné le bébé », déclara Mme Richardson.

C'était exactement ce qu'elle disait depuis six mois, mais cette fois, elle semblait moins convaincue. Elle s'éclaircit la voix.

« Où sont Mark et Linda ?

— Ils se préparent pour une conférence de presse. Les journalistes ont eu vent de la décision et ils déboulent de tous les côtés, alors on a décidé de faire une déclaration à trois heures. Je ferais bien d'y aller. »

M. Richardson poussa un gros soupir.

« Mais c'est fini. Elle est à eux, maintenant. Ils vont juste devoir tenir jusqu'à ce que tout ça retombe, et après ils pourront reprendre le cours de leur vie.

— C'est magnifique », répéta Mme Richardson.

La nouvelle concernant Pearl et Moody lui pesait sur les épaules comme un lourd fardeau, et elle aurait vraiment voulu en parler à son mari, partager une partie de ce poids, mais elle se retint. Ce n'était pas le moment, songea-t-elle. Elle s'ôta avec résolution Moody de l'esprit. Elle devait célébrer ça avec Linda.

« Je vais venir au tribunal, déclara-t-elle. Tu as dit trois heures ? »

De l'autre côté de la ville, dans la petite maison de Winslow, Bebe pleurait à la table de Mia. Dès que le verdict avait été rendu, elle avait entendu une lamentation effroyable, si perçante qu'elle s'était plaqué les mains sur les oreilles et s'était effondrée en boule par terre. Ce n'était que quand l'huissier lui avait pris le bras pour l'escorter hors de la salle qu'elle s'était aperçue que le hurlement provenait de sa propre bouche. L'huissier, qui avait une fille à peu près du même âge, l'avait menée à une antichambre et lui avait placé une tasse de café tiède dans les mains. Elle avait bu le breuvage fade, gorgée après gorgée, enfonçant les dents dans le polystyrène chaque fois qu'elle sentait un hurlement lui monter dans la gorge, et quand il n'y avait plus eu de café, le gobelet était presque en lambeaux. Elle n'avait pas de mots, juste une sensation, une terrible sensation de vide, comme si on lui avait arraché les entrailles.

Une fois le café fini, alors qu'elle s'était calmée, l'huissier lui avait doucement pris le gobelet des mains et l'avait jeté à la poubelle. Puis il l'avait menée à une porte dérobée, où un taxi l'attendait.

« Emmenez-la où elle veut », avait-il dit au chauffeur en lui tendant deux billets de vingt tirés de son propre portefeuille. Puis, à l'intention de Bebe : « Ça va aller, ma petite. Ça va aller. Les voies du Seigneur sont impénétrables. Ne vous laissez pas abattre. »

Il avait refermé la portière et était retourné à l'intérieur du bâtiment en secouant la tête. De la sorte, Bebe avait pu échapper à toutes les caméras et aux équipes de tournage qui faisaient le pied de grue à l'entrée, à la conférence de presse que les McCullough préparaient et aux reporters qui espéraient lui demander si, après cette décision, elle essaierait d'avoir un autre enfant. À la place, c'était Ed Lim qui avait esquivé leurs questions tandis que le taxi filait dans Stokes Boulevard en direction de Shaker Heights et que Bebe, affalée contre la vitre avec la tête entre les mains, ne voyait pas une dernière fois sa fille, qu'une assistante sociale portait dans un couloir pour aller la placer dans les bras impatients de Mme McCullough.

Quarante-cinq minutes plus tard – il y avait eu de la circulation –, le taxi s'arrêta devant la petite maison de Winslow. Mia était chez elle, tentant de terminer une pièce à laquelle elle travaillait. Elle regarda longuement Bebe et comprit ce qui s'était passé. Elle apprendrait les détails plus tard – de la bouche de Bebe elle-même, quand elle serait calmée ; mais aussi grâce aux bulletins d'informations qui seraient diffusés le soir même et aux articles de presse qui seraient publiés le lendemain matin. Garde complète confiée à l'État, avec une recommandation pour que l'adoption par les McCullough soit accélérée. Fin des droits de visite. Une ordonnance interdisant tout contact entre Bebe et sa fille sans le consentement peu probable des McCullough. Mais pour le moment, elle prit simplement Bebe dans ses bras et l'entraîna dans la cuisine, puis elle posa une tasse de thé chaud devant elle et la laissa pleurer.

La nouvelle avait commencé à se répandre dans l'établissement lorsque la sonnerie retentit. Monique Lim avait reçu un message de son père sur son pager, Sara Hendricks – dont le père travaillait pour Channel 5 – en avait également reçu un du sien, et tout était parti de là. Izzy, cependant, ne savait rien, jusqu'au moment où elle arriva chez Mia après les cours, entra par la porte latérale comme à son habitude, monta à l'étage et vit Bebe effondrée à la table de la cuisine.

« Qu'est-ce qui s'est passé ? » murmura-t-elle, même si elle avait déjà compris.

Elle n'avait jamais vu un adulte pleurer de la sorte, en produisant un tel bruit animal. Sans retenue. Comme s'il n'y avait plus rien à perdre. Pendant des années après ça, il lui arriverait de se réveiller la nuit, le cœur cognant, croyant avoir de nouveau entendu ce cri atroce.

Mia se leva d'un bond et entraîna Izzy dans la cage d'escalier, refermant la porte de la cuisine derrière elle.

« Est-ce qu'elle va… mourir ? » chuchota Izzy.

C'était une question ridicule, mais sur le coup elle craignait réellement que ça n'arrive. Si une âme pouvait quitter un corps, pensait-elle, elle produirait ce son : comme le crissement d'un clou arraché à une vieille planche de bois. Instinctivement, elle se blottit contre Mia et enfouit son visage contre elle.

« Elle ne va pas mourir », répondit Mia.

Elle passa les bras autour d'Izzy et l'étreignit.

« Mais ça va aller ?

— Elle va survivre, si c'est ce que tu veux dire. »

Mia caressa les cheveux d'Izzy, qui s'ébouriffèrent sous ses doigts comme des volutes de fumée. Ils étaient comme ceux de Pearl, comme les siens quand elle était petite : plus vous tentiez de les lisser, plus ils se rebellaient.

« Elle va traverser cette épreuve. Parce qu'elle est obligée.

— Mais comment ? »

Izzy ne pouvait pas croire qu'on puisse survivre à ce genre de souffrance.

« Je ne sais pas, honnêtement. Mais elle y arrivera. Parfois, quand on croit que tout est fini, on trouve un moyen. » Mia se creusa la tête pour trouver une comparaison. « C'est comme un feu de prairie. J'en ai vu un, il y a des années, quand nous étions dans le Nebraska. On aurait dit la fin du monde. La terre était calcinée et noire, et tout le vert était parti. Mais après avoir brûlé, le sol est plus riche, et la végétation peut repousser. » Elle tint Izzy à bout de bras, lui essuya la joue du bout du doigt, caressa une dernière fois ses cheveux. « Les gens sont pareils, tu sais. Ils repartent de zéro. Ils trouvent un moyen. »

Izzy acquiesça, s'apprêta à partir, puis se retourna.

« Dites-lui que je suis désolée. » Mia acquiesça à son tour.

« À demain, d'accord ? »

* * *

Au même moment, Lexie et Moody découvraient en rentrant chez eux un message sur le répondeur, qui annonçait que l'affaire était terminée. *Commandez une pizza*, disait la voix grésillante de leur mère. *Il y a de l'argent dans le tiroir sous l'annuaire. Je rentrerai quand j'aurai fini mon article. Papa ne sera pas à la maison avant un moment – il a de la paperasse à régler.* Pearl était-elle déjà au courant ? s'interrogea Moody. Ils s'étaient à peine adressé la parole depuis leur brouille. Il se retira dans sa chambre et fit son possible pour ne pas se demander ce qu'elle faisait. Comme il s'en serait douté, elle était avec Trip et n'apprit la nouvelle que lorsqu'elle rentra chez elle quelques heures plus tard et trouva Bebe – désormais silencieuse – à la table de la cuisine.

« C'est fini, l'informa doucement Mia, car c'était tout ce qu'il y avait à dire.

— Je suis vraiment désolée, Bebe, dit Pearl. Je suis… je suis tellement désolée. »

Bebe ne leva même pas la tête, et l'adolescente disparut dans sa chambre, refermant la porte derrière elle.

Les deux femmes restèrent assises en silence jusqu'à ce qu'il fasse sombre, et Bebe se leva finalement pour partir.

« Ce sera toujours votre enfant, dit Mia en lui prenant la main. Vous serez toujours sa mère. Rien ne changera jamais ça. »

Elle l'embrassa sur la joue et la lâcha. Bebe resta silencieuse, comme elle l'avait été pendant tout ce temps, et Mia hésita à lui demander ce qu'elle pensait, à essayer de la retenir, à lui demander si ça irait. Mais elle songea qu'elle préférait sûrement ne pas parler, et le tact l'emporta. Par la suite, elle s'apercevrait que Bebe avait dû comprendre les choses différemment. Qu'elle avait dû entendre dans ses mots une permission. Elle se demanderait si Bebe lui aurait dit ce qu'elle prévoyait de faire si elle avait insisté, et si elle-même aurait essayé de l'en dissuader ou l'aurait aidée si elle l'avait su. Même après des années, elle ne serait jamais en mesure de répondre de façon satisfaisante à cette question.

* * *

La conférence de presse dura plus longtemps que prévu – presque tous les reporters avaient des questions à poser aux McCullough, et ceux-ci, éblouis par leur bonne fortune, restèrent pour répondre à chacune. Étaient-ils soulagés que cette épreuve soit terminée ? Oui, évidemment. Quels étaient leurs plans pour les jours à venir ? Ils prendraient un peu de temps pour eux, maintenant que Mirabelle était là pour de bon. Ils avaient hâte de vivre comme une famille normale. Quel serait le premier repas de Mirabelle quand ils rentreraient chez eux ? Mme McCullough répondit : macaronis au fromage, son plat préféré. Quand la procédure d'adoption serait-elle finalisée ? Très bientôt, espéraient-ils.

Une journaliste de Channel 19, au fond de la pièce, leva la main. Éprouvaient-ils la moindre compassion pour Bebe Chow, qui ne reverrait jamais sa fille ?

Mme McCullough se crispa.

« Rappelons-nous, répondit-elle sèchement, que Bebe Chow n'a pas été capable de s'occuper de Mirabelle, qu'elle l'a abandonnée, qu'elle a fui ses responsabilités de mère. Bien sûr, ça m'attriste que quiconque ait à vivre une telle situation. Mais la chose dont il faut se souvenir, c'est que le tribunal a décidé que Mark et moi sommes les parents les plus appropriés pour Mirabelle, et qu'elle aura désormais un foyer stable et permanent. Je crois que ça en dit long, pas vous ? »

Une fois la conférence de presse terminée, il était près de cinq heures trente lorsque les McCullough ramenèrent Mirabelle à la maison pour de bon. Mme Richardson, étant donné l'implication de son mari dans l'affaire, ne pouvait pas écrire l'article du *Sun Press* sur le jugement. Sam Levi se vit donc attribuer cette mission à sa place, et Mme Richardson dut couvrir le domaine habituel de ce dernier – la politique municipale. Il était près de neuf heures lorsqu'elle boucla finalement son papier et rentra chez elle. Ses enfants vaquaient à leurs occupations ici et là. Les voitures de Lexie et de Trip étaient absentes, et elle trouva un mot sur le plan de travail de la cuisine : *Maman, suis chez Serena, retour vers 11 heures. Bises.* Pas de mot de Trip, mais c'était tout lui : il ne pensait jamais à en laisser. C'était d'ordinaire une cause d'irritation, mais cette fois-ci, Mme Richardson fut soulagée : avec tant de monde sous son toit, il y avait généralement un public, et ce soir-là, elle n'en voulait pas.

À l'étage, elle trouva la porte d'Izzy fermée, de la musique hurlant à l'intérieur. Celle-ci était montée avant même que la pizza soit livrée et n'avait pas quitté sa chambre depuis, pensant à Bebe, au fait qu'elle avait semblé absolument dévastée. Comme elle avait eu envie de hurler, elle avait inséré un CD de Tori Amos dans le lecteur, monté le volume, et elle l'avait laissé hurler à sa place. Elle avait aussi eu envie de pleurer – elle qui ne pleurait jamais, qui ne l'avait pas fait depuis des années. Alors elle s'était allongée au centre du lit et avait enfoncé ses ongles dans ses paumes, si fort qu'ils y avaient creusé une rangée de demi-lunes, pour empêcher ses larmes de couler. Lorsque sa mère passa devant sa porte en direction de la chambre de Moody, elle avait déjà écouté l'album quatre fois et en était au début de la cinquième.

D'ordinaire, Mme Richardson aurait ouvert la porte, ordonné à Izzy de baisser le son, et fait quelques commentaires désobligeants sur le fait que sa musique était toujours déprimante et pleine de colère. Mais ce jour-là, elle avait des choses plus importantes en tête. Alors elle longea le couloir jusqu'à la chambre de Moody et toqua à la porte.

« Il faut que je te parle », annonça-t-elle.

Moody était vautré sur son lit, sa guitare à côté de lui, en train de griffonner dans un cahier.

« Quoi ? » fit-il sans lever les yeux.

Il ne prit pas la peine de s'asseoir, ce qui accrut l'irritation de sa mère. Elle referma la porte, marcha jusqu'au lit et lui arracha le cahier des mains.

« Tu me regardes quand je te parle ! Je suis au courant, tu sais. Tu croyais que je ne le découvrirais pas ? »

Moody la dévisagea.

« Au courant de quoi ?

— Tu me croyais aveugle ? Tu croyais que je ne remarquerais rien ? » Elle referma sèchement le cahier. « Vous deux, toujours l'un avec l'autre. Je ne suis pas stupide. Je savais ce que vous fabriquiez. Je pensais juste que vous seriez un peu plus responsables. »

Dans la chambre d'Izzy, la musique s'arrêta, mais ni Moody ni sa mère ne s'en rendirent compte.

Moody se redressa lentement en position assise.

« De *quoi* tu parles ?

— Je sais. Pour Pearl. Pour le bébé. » La stupéfaction sur le visage de Moody, son silence interloqué lui dirent qu'il n'était au courant de rien. « Elle ne te l'avait pas dit ? » Le regard de Moody s'était lentement détourné de son visage, comme un bateau à la dérive. « Elle ne te l'avait pas dit ? répéta Mme Richardson en s'asseyant sur le lit à côté de lui. Pearl a avorté. » Elle ressentit une pointe de culpabilité et se demanda si les choses auraient été différentes s'il avait su. Comme il ne disait toujours rien, elle se pencha pour lui saisir la main. « Je croyais que tu étais au courant. J'imaginais que vous en aviez discuté et décidé d'y mettre un terme. »

Lentement, froidement, Moody ôta sa main.

« Je crois que tu te trompes de fils », déclara-t-il. Ce fut au tour de Mme Richardson d'être prise de court. « Il n'y a rien entre Pearl et moi. Il n'était pas de moi. » Il lâcha un éclat de rire amer. « Pourquoi tu ne vas pas demander à Trip ? C'est lui qui se la tape. »

D'une main, il saisit le cahier sur les cuisses de sa mère, le rouvrit et se concentra sur sa propre écriture pour empêcher ses larmes de couler. C'était désormais concret pour lui, comme ça ne l'avait jamais été. Elle était avec Trip, il lui avait fait l'amour, elle l'avait laissé faire et était tombée enceinte. Mme Richardson, cependant, ne remarqua rien. Elle se leva, abasourdie, et longea le couloir vers sa propre chambre pour réfléchir à tout ça. Trip ? pensait-elle. Était-ce possible ? Ni elle ni Moody ne s'étaient rendu compte du silence soudain dans la chambre voisine, ni du fait que sa porte était désormais entrouverte et qu'Izzy, elle aussi, était assise, stupéfaite, absorbant ce qu'elle venait d'entendre.

* * *

Mme Richardson alla au travail de bonne heure le vendredi matin, partant une demi-heure plus tôt pour ne pas avoir à faire face à ses enfants. La nuit précédente, Lexie était rentrée à près de minuit, Trip, encore plus tard, et même si elle les aurait normalement réprimandés d'avoir autant traîné un soir de semaine, elle était restée dans sa chambre, ignorant leurs tentatives de ne pas faire de bruit dans l'escalier, tentant de comprendre ce qui se passait. À cause du stress supplémentaire, elle s'était autorisé un second verre de vin, qui était devenu tiède. Trip et Pearl ? Elle comprenait, bien entendu, que la gamine puisse en pincer pour son fils – il plaisait généralement aux filles –, mais ce que lui voyait en elle était une autre histoire. Elle s'était endormie déconcertée, et n'y voyait pas plus clair à son réveil. Il n'était pas, songea-t-elle en sortant du garage en marche arrière, le genre de garçon qui s'entichait de filles sérieuses, intellectuelles, comme Pearl. Elle pouvait l'admettre, même si elle était sa mère, même si elle l'adorait : il n'avait toujours été qu'un être de surface, son beau garçon ensoleillé et superficiel, et elle ne voyait pas ce qui avait pu l'attirer chez elle. Pearl avait-elle une face cachée, ou était-ce Trip qui en avait une ? Cette question la tarauda durant tout le trajet jusqu'à son bureau.

Elle passa l'essentiel de la matinée à se demander quoi faire. Parler à Trip ? Parler à Pearl ?

Les convoquer tous les deux ? Son mari et elle ne parlaient pas à leurs enfants de leur vie amoureuse – elle avait eu une conversation avec Lexie et Izzy, quand elles avaient eu leurs premières règles, pour leur expliquer leurs responsabilités. (« Vulnérabilités », l'avait corrigée Izzy avant de quitter la pièce.) Mais elle préférait en général supposer que ses enfants étaient assez intelligents pour prendre leurs propres décisions, estimant que l'école leur avait fourni les connaissances nécessaires. S'ils *faisaient des choses* – comme elle disait par euphémisme –, elle n'éprouvait ni le besoin ni l'envie de le savoir. Se tenir devant Trip et cette fille et leur dire : *Je sais ce que vous faites…* ça aurait été aussi embarrassant que les déshabiller tous les deux.

Finalement, au milieu de la matinée, elle grimpa dans sa voiture et prit la direction de la petite maison de Winslow Road. Mia serait là, elle le savait, en train de travailler à ses photos. Mme Richardson ouvrit la porte latérale et entra sans frapper. C'était sa maison, après tout, pas celle de Mia ; en tant que propriétaire, elle avait le droit. L'appartement du rez-de-chaussée était silencieux ; il était onze heures et M. Yang était au travail. À l'étage, cependant, elle entendit Mia dans la cuisine : le grondement d'une bouilloire en train de chauffer, un sifflement qui s'éleva puis se tut lorsque quelqu'un l'ôta de la cuisinière. Mme Richardson gravit l'escalier, notant que le lino commençait à se décoller au coin des marches. Il faudrait réparer ça, songea-t-elle. Elle ferait refaire toute la cage d'escalier – non, tout l'appartement.

La porte de celui-ci était déverrouillée, et Mia leva les yeux, surprise, lorsque Mme Richardson pénétra dans la cuisine.

« Je n'attendais personne », prononça-t-elle. La bouilloire émit un léger gémissement lorsqu'elle la reposa sur la plaque brûlante. « Vous avez besoin de quelque chose ? »

Le regard de Mme Richardson balaya l'appartement : l'évier avec la vaisselle du petit déjeuner de Pearl toujours empilée sur l'égouttoir, l'assortiment de coussins qui faisait office de canapé, la porte entrouverte de la chambre de Mia, où un matelas était posé à même la moquette. C'était une vie tellement pathétique, pensa-t-elle ; elles possédaient si peu. Et alors elle repéra un objet familier, posé sur le dossier de l'une des chaises de cuisine dépareillées : la veste d'Izzy. Elle l'avait laissée là lors de sa dernière visite, et la négligence insouciante de ce geste fut un affront pour Mme Richardson. Comme si Izzy vivait ici, comme si c'était chez elle, comme si elle était la fille de Mia et non la sienne.

« J'ai toujours su qu'il y avait un problème avec vous, déclara-t-elle.

— Pardon ? »

Mme Richardson ne répondit pas immédiatement. *Même pas un vrai lit*, pensait-elle. *Même pas un vrai canapé. Quel genre de femme s'assied par terre, dort par terre ? Qu'est-ce que c'est que cette vie ?*

« Je suppose que vous pensiez pouvoir vous cacher, reprit-elle en regardant la table de la cuisine, où Mia avait soigneusement assemblé des morceaux de photos pour en créer une nouvelle représentant un chien et un homme. Je suppose que vous pensiez que personne ne le saurait jamais.

— Je ne sais pas de quoi vous parlez », commença Mia. Ses doigts se crispèrent autour de l'anse de sa tasse.

« Ah non ? Je suis sûre que Joseph et Madeline Ryan, eux, le savent. » Mia resta silencieuse. « Je suis sûre qu'ils aimeraient savoir où vous êtes. Ainsi que vos parents. Et je suis sûre qu'ils aimeraient également savoir où est Pearl. » Mme Richardson lui décocha un regard noir. « N'essayez pas de mentir. Vous êtes une très bonne menteuse, mais je sais tout. Je sais tout sur vous.

— Qu'est-ce que vous voulez ?

— J'ai failli ne rien dire. Je pensais, le passé est le passé. Peut-être qu'elle a refait sa vie. Mais je vois que vous avez fait en sorte que votre fille soit aussi immorale que vous.

— Pearl ? »

Mia écarquilla de grands yeux.

« De quoi parlez-vous ?

— Quelle hypocrite vous faites. Vous avez volé l'enfant de ce couple, et ensuite vous avez essayé de retirer leur bébé aux McCullough.

— Pearl est *ma* fille.

— Vous avez reçu un peu d'aide pour la concevoir, n'est-ce pas ? »

Mme Richardson haussa un sourcil.

« Linda McCullough et moi sommes amies depuis quarante ans. Elle est comme une sœur pour moi. Et personne ne mérite un enfant plus qu'elle.

— Ce n'est pas une question de mérite. J'estime juste qu'une mère a le droit d'élever son propre enfant.

— Vraiment ? Ou bien est-ce que c'est ce que vous vous dites pour pouvoir dormir la nuit ? »

Mia rougit.

« Si May Ling pouvait choisir, vous ne croyez pas qu'elle préférerait rester avec sa véritable mère ? Celle qui lui a donné naissance ?

— Peut-être. »

Mme Richardson regarda attentivement Mia.

« Les Ryan sont riches. Ils voulaient désespérément un bébé. Ils auraient offert une vie magnifique à Pearl. Si elle avait pu choisir, vous croyez qu'elle aurait préféré rester avec vous ? Pour vivre comme une vagabonde ?

— Ça vous gêne, n'est-ce pas ? déclara soudain Mia. Je crois que vous ne pouvez pas comprendre. Qu'on puisse choisir une vie différente de la vôtre. Qu'on puisse vouloir autre chose qu'une grande maison avec une grande pelouse, une belle voiture, un travail dans un bureau. Qu'on puisse ne pas faire les mêmes choix que vous. » Ce fut au tour de Mia d'examiner Mme Richardson, comme si la clé pour la comprendre se trouvait sur son visage. « Ça vous terrifie. L'idée que vous avez pu rater quelque chose. Que vous avez pu laisser passer une chose dont vous ignoriez que vous la vouliez. » Un sourire acide et plein de pitié souleva le coin de ses lèvres. « Qu'est-ce que c'était ? Un garçon ? Une vocation ? Ou était-ce toute une vie ? »

Mme Richardson mélangea les fragments de photos sur la table. Sous ses mains, des morceaux de chien et d'homme se séparèrent, se mêlèrent, se rassemblèrent.

« Je crois qu'il est temps que vous partiez », déclara-t-elle. D'une main, elle souleva la veste d'Izzy de la chaise et l'épousseta comme si elle était sale. « Demain. » Elle posa un billet de cent dollars plié sur le plan de travail. « Ça devrait plus que compenser le loyer du mois. Nous sommes quittes.

— Pourquoi faites-vous ça ? »

Mme Richardson se dirigea vers la sortie.

« Demandez à votre fille », répondit-elle, et la porte se referma derrière elle.

19

Le vendredi après-midi, lorsque la sonnerie retentit juste après une heure, Pearl prit place dans la salle de classe et posa son sac à côté de sa chaise. Elle retrouverait Trip à sa voiture après les cours ; il lui avait laissé un mot dans son casier dans la matinée. Lexie lui en avait également laissé un après le déjeuner : *Cinéma ce soir ?* Deep Impact *?* Ça suffisait presque à lui faire oublier que Moody et elle n'étaient plus amis. Chaque jour, ils se voyaient au lycée, mais la plupart du temps il se levait d'un bond dès la fin du cours et quittait la salle avant même qu'elle ait le temps de refermer son classeur. Il était désormais là, de l'autre côté de l'allée, penché sur son exemplaire d'*Othello*. Elle se demanda s'ils retrouveraient une relation normale, si les choses redeviendraient comme avant entre eux. Elle s'apercevait que le sexe changeait tout – non seulement entre soi et l'autre personne, mais également avec les autres.

Elle était encore en train de ressasser cette idée lorsque le téléphone de la salle de classe sonna. Comme c'était généralement l'administration qui appelait pour régler un problème – une feuille de présence égarée, une excuse pour un élève en retard –, elle n'y prêta pas attention, jusqu'à ce que Mme Thomas raccroche et vienne s'accroupir à côté d'elle.

« Pearl, annonça-t-elle doucement, le bureau dit que ta mère est venue te chercher. Il faut que tu prennes tes affaires. »

La femme regagna le tableau, sur lequel elle notait les grandes lignes du troisième acte de la pièce, et Pearl rangea ses livres tout en s'interrogeant. Avait-elle oublié un rendez-vous ? Y avait-il une urgence ? Instinctivement, elle jeta un rapide coup d'œil à Moody sur la chaise voisine – le geste le plus intime qu'ils avaient eu depuis des semaines –, mais il semblait aussi étonné qu'elle, et la dernière chose qu'elle se rappela en quittant la salle fut son visage, leur moment de confusion partagé.

Elle franchit la porte du département des sciences et vit sa mère qui l'attendait, adossée à la petite Golf marron clair garée au bord du trottoir.

« Te voilà, dit Mia.

— Maman. Qu'est-ce que tu fais ici ? »

Pearl regarda par-dessus son épaule – la réaction universelle des adolescents confrontés à leurs parents dans un lieu public.

« Est-ce que tu as quelque chose d'important dans ton casier ? » Mia ouvrit le sac de Pearl et regarda dedans. « Ton portefeuille ? Des papiers ? OK, allons-y. »

Elle se tourna vers la voiture et Pearl s'écarta d'elle.

« Maman. Je ne peux pas. J'ai une interro de biologie tout à l'heure. Et je dois rencontrer… je dois rencontrer quelqu'un après les cours. Je te verrai à la maison, d'accord ?

— Ce n'est pas ce que je veux dire », répliqua Mia.

Pearl remarqua la ride entre les sourcils de sa mère, qui signifiait qu'elle était très soucieuse.

« Ce que je veux dire, c'est qu'on doit partir. Aujourd'hui.

— Quoi ? »

Elle regarda autour d'elle. La pelouse s'étirait paisible et verte. Tout le monde était à l'intérieur, en cours, hormis quelques élèves réunis juste en dehors de l'enceinte de l'établissement, à côté du panneau « Cédez le passage », en train de fumer. Tout semblait si normal.

« Je ne veux pas partir.

— Je sais, ma chérie. Mais nous n'avons pas le choix. »

Avant ça, chaque fois que sa mère avait voulu quitter un endroit, Pearl avait ressenti au plus une pointe de regret – toujours à cause de choses sans importance : un garçon qu'elle avait admiré de loin, un banc ou un coin tranquille, ou un livre de bibliothèque qu'elle détestait laisser derrière elle. Cependant, la plupart du temps, elle avait été soulagée de pouvoir échapper à cette vie et en commencer une nouvelle, tel un serpent changeant de peau. Mais cette fois ce fut un mélange de chagrin et de rage qui monta en elle.

« Tu avais promis qu'on resterait, bredouilla-t-elle. Maman. J'ai des amis ici. J'ai... »

Elle regarda autour d'elle, comme si l'un des enfants Richardson allait apparaître. Mais Lexie était dans la salle commune en train de finir de déjeuner. Moody était en cours d'anglais en train de discuter d'*Othello*. Et Trip... Trip l'attendrait après les cours de l'autre côté de la pelouse. En ne la voyant pas arriver, il partirait. Une idée folle lui vint : si seulement elle pouvait courir jusqu'à la maison des Richardson, elle serait à l'abri. Elena l'aiderait, elle en était certaine. Ils l'accueilleraient. Ils ne la laisseraient jamais partir.

« S'il te plaît. Maman. Je t'en supplie. Ne nous force pas à déménager.

— Ce n'est pas ce que je veux. Mais nous n'avons pas le choix. »

Elle tendit la main. Pearl, l'espace d'un instant, s'imagina transformée en arbre, avec des racines si profondes que rien ne pourrait la déplacer. « Pearl, ma chérie. Je suis tellement désolée. Il est temps d'y aller. »

Elle saisit la main de sa fille qui, déracinée, la suivit jusqu'à la voiture.

* * *

Lorsqu'elles atteignirent la maison de Winslow, quelques affaires étaient déjà prêtes à être emportées : le canapé avait été débarrassé de sa couverture et n'était plus qu'une pile de coussins ; les divers tirages qui avaient été accrochés aux murs étaient désormais dans des boîtes. Mia avait toujours été rapide pour faire ses valises, et elle était douée pour faire entrer une quantité improbable d'objets dans un espace réduit. Cependant, au cours de leur année à Shaker, elles avaient acquis plus de choses que jamais auparavant, et cette fois elles seraient obligées d'en abandonner bien plus que d'habitude.

« Je pensais que j'aurais terminé, admit Mia en posant ses clés sur la table, mais j'avais quelque chose à finir. Plie tes vêtements. Tout ce qui entrera dans ton sac en toile.

— Tu avais promis », insista Pearl. Dans le cocon protégé de leur maison – leur vraie maison, ainsi qu'elle en était venue à la considérer – les larmes se mirent à couler, accompagnées de sanglots pleins de rage. « Tu disais qu'on resterait. Tu disais que c'était fini. »

Mia s'interrompit et plaça un bras autour de sa fille.

« Je sais. Je l'ai promis. Et je suis désolée. Il s'est passé quelque chose…

— Je ne pars pas. »

Pearl ôta brusquement ses chaussures et se rendit d'un pas lourd dans le salon. Mia entendit la porte de sa chambre claquer. En soupirant, elle ramassa les tennis de sa fille par les semelles et la suivit dans le couloir. Pearl s'était laissée tomber sur le lit, son manuel de mathématiques étalé devant elle, et elle était en train de tirer un cahier de son cartable. Une furieuse comédie.

« Il faut y aller.

— J'ai des devoirs à faire.

— Nous devons nous préparer. » Mia referma doucement le manuel. « Et après nous devrons partir. »

Pearl arracha le livre des mains de sa mère et le lança à travers la pièce. Il heurta le mur en y laissant une traînée noire. Puis ce fut au tour de son cahier, de son stylo-bille, de son livre d'histoire, d'une pile de fiches, jusqu'à ce que son sac finisse ratatiné par terre, telle une peau vide dont le contenu aurait été éparpillé. Mia attendait calmement à côté d'elle. Pearl ne pleurait plus. Ses larmes avaient été remplacées par une expression vide et froide et une mâchoire serrée.

« Moi aussi, je pensais qu'on resterait, déclara finalement Mia.

— Pourquoi ? »

Pearl ramena ses genoux contre sa poitrine et passa les bras autour, fusillant sa mère du regard.

« Je ne partirai pas tant que tu ne m'auras pas dit pourquoi.

— Soit. »

Mia soupira. Elle s'assit sur le lit à côté de sa fille et passa la main sur le dessus-de-lit. C'était l'après-midi. Le soleil brillait. Dehors, une tourterelle triste roucoulait, le bourdonnement sourd d'une tondeuse à gazon s'éleva, un nuage de passage projeta une ombre sur elles avant de s'éloigner. Comme si c'était simplement un jour ordinaire.

« Ça fait longtemps que je me demande comment te le dire. Plus longtemps que tu ne l'imagines. »

Pearl était désormais parfaitement immobile, ses yeux fixés sur sa mère, attendant patiemment, consciente qu'elle était sur le point d'apprendre une chose très importante. Mia pensa à Joseph Ryan, assis à la table face à elle pendant le dîner ce soir-là, attendant sa réponse.

« Laisse-moi d'abord te parler, dit-elle, prenant une profonde inspiration, de ton oncle Warren. »

* * *

Lorsque Mia eut fini, Pearl resta calmement assise, faisant courir son doigt le long des spirales du patchwork du dessus-de-lit. Elle lui avait tout expliqué dans les grandes lignes, mais elles savaient toutes deux que

430

les détails mettraient longtemps à venir. Ils arriveraient au compte-gouttes, des souvenirs refaisant soudain surface, déclenchés comme souvent par des petits riens. Pendant des années, Mia repérerait une maison jaune tandis qu'elles rouleraient, ou une camionnette de réparateur cabossée, ou bien elle verrait deux enfants en train de gravir une colline, et elle dirait : « Est-ce que je t'ai raconté… » Et Pearl tendrait soudain l'oreille, prête à recueillir un nouveau petit fragment étincelant de son histoire. *Tout*, en viendrait-elle à comprendre, c'était comme l'infini. Elles n'iraient peut-être jamais jusqu'au bout, mais viendrait peut-être un moment où elle n'aurait pas besoin d'en savoir plus. Ça prendrait simplement du temps, et de la patience. Pour le moment, elle en savait assez.

« Pourquoi tu me racontes ça ? demanda-t-elle à sa mère. Je veux dire, pourquoi tu me racontes ça *maintenant* ? »

Mia prit une profonde inspiration. Comment expliquait-on à quelqu'un – à un enfant, un enfant qu'on aimait – qu'une personne qu'il adorait n'était en fait pas digne de confiance ? Elle essaya. Elle fit de son mieux et vit la confusion s'emparer du visage de sa fille. Pearl ne comprenait pas : Mme Richardson, qui avait toujours été si gentille avec elle, qui lui avait fait tant de compliments. Dont la surface brillante et polie lui avait renvoyé un reflet d'elle-même qui l'avait envoûtée.

« Mais elle a raison, ajouta finalement Mia. Les Ryan t'auraient offert une vie magnifique. Ils t'auraient aimée. Et M. Ryan est ton père. » Elle n'avait jamais prononcé ces mots à haute voix, ne s'était jamais autorisée à les penser, et ils lui laissèrent un goût étrange dans la bouche. Elle les répéta : « Ton père. » Du coin de l'œil elle vit Pearl les prononcer en silence, comme si elle les testait. « Tu veux les rencontrer ? demanda-t-elle. Nous pouvons aller à New York. Ils ne seront pas difficiles à trouver. »

Pearl réfléchit longuement.

« Pas tout de suite, répondit-elle. Peut-être un jour, mais pas tout de suite. » Elle se pencha entre les bras de sa mère, comme elle l'avait fait enfant, se calant confortablement sous son menton. « Et tes parents ? demanda-t-elle après un moment.

— Mes parents ?

— Est-ce qu'ils sont toujours là ? Est-ce que tu sais où ils sont ? »

Mia hésita.

« Oui. Je crois le savoir. Tu veux les rencontrer ? »

Pearl inclina la tête sur le côté, dans un geste qui lui rappela tellement Warren qu'elle en eut le souffle coupé.

« Un jour, dit-elle. Un jour on pourra peut-être aller les voir ensemble. »

Mia tint Pearl un moment, enfonçant son nez dans la raie de ses cheveux. Chaque fois qu'elle faisait ce geste, elle était réconfortée que sa fille sente toujours exactement pareil. C'était l'odeur de sa maison, songea-t-elle soudain, comme si *sa maison* n'avait jamais été un endroit, mais cette petite personne qu'elle emmenait partout avec elle.

« Et maintenant on ferait mieux de faire nos valises », dit-elle.

Il était trois heures trente. Les cours étaient finis, songea Pearl en commençant à enrouler ses vêtements. Trip avait dû laisser tomber à l'heure qu'il était – ou bien l'attendait-il encore ? Comme elle n'était pas venue, viendrait-il la chercher ? Elle n'avait pas encore parlé de lui à sa mère, et elle n'était pas encore sûre de le faire un jour.

On frappa à la porte d'en bas. Pour Pearl, ce fut comme si elle avait mentalement fait venir Trip, et elle se tourna vers Mia en ouvrant de grands yeux.

« Je vais voir qui c'est, dit celle-ci. Reste ici. Continue de te préparer. »

Au cas où ce serait Mme Richardson, pensa-t-elle. Mais non, c'était Izzy qui se tenait, perplexe, dans l'allée.

« Pourquoi est-ce que la porte est fermée à clé ? » demanda-t-elle.

Depuis des mois elle venait aider Mia chaque après-midi, et la porte d'en bas n'avait jusqu'alors jamais été verrouillée. Elle lui avait été ouverte – ainsi qu'à tous les enfants Richardson – à n'importe quel moment de la journée, quel qu'ait été le problème.

« Je.... je faisais quelque chose. »

Mia avait complètement oublié Izzy, et elle tenta de trouver une excuse plausible.

« Est-ce que Bebe est encore là ? »

C'était la seule chose qui était venue à l'esprit d'Izzy pour expliquer que Mia ait pu lui fermer sa porte.

« Non, elle est rentrée chez elle. J'étais juste… j'étais occupée.

— OK. » Izzy recula d'un demi-pas, et la porte-écran, qu'elle retenait avec son pied, émit un faible gémissement. « Est-ce que Pearl est là ? J'avais quelque chose à lui dire. »

Elle avait cherché à la voir pendant toute la journée ; de fait, elle avait tenté de l'appeler la veille au soir, mais la ligne était occupée : Mia, pendant qu'elle réconfortait Bebe, avait décroché le téléphone et oublié de le remettre en place. Elle avait essayé à de nombreuses reprises, jusqu'à minuit passé, décidant finalement qu'elle la trouverait au lycée dans la matinée. Pearl, estimait-elle, devait savoir ce que Moody avait dit à son sujet, et aussi que sa mère était au courant pour elle et Trip. Mais elle ne savait pas quel itinéraire elle empruntait pour aller d'un cours à l'autre – prendrait-elle l'escalier principal, avec sa foule d'élèves, ou celui de derrière qui menait au département d'anglais ? Mangerait-elle à la cafétéria, ou dans le couloir du rez-de-chaussée, ou peut-être quelque part sur la pelouse ? Chaque fois elle était tombée à côté, et Izzy avait commencé à être frustrée de la rater constamment, et encore plus de s'apercevoir qu'elle connaissait si mal Pearl. Elle s'était donc promis de la trouver après les cours et de tout lui raconter.

Désormais, face à Mia, elle devinait que quelque chose ne tournait pas rond, mais elle ne savait pas quoi. Mia était-elle déjà au courant ? Pearl avait-elle des soucis ? Mia, pour une raison ou pour une autre, était-elle aussi en colère contre *elle* ?

La femme observa le visage anxieux d'Izzy en se demandant ce qui la blesserait le plus – un mensonge ou la vérité ? Elle opta pour ni l'un ni l'autre.

« Je lui dirai que tu es passée, d'accord ?

— D'accord », répondit Izzy.

Avec une main sur la poignée, elle regarda Mia à travers ses cheveux. Avait-elle fait quelque chose de mal ? se demandait-elle. Avait-elle mis Mia en colère ? Lexie avait toujours affirmé qu'Izzy ne savait pas garder un visage impassible, et c'était vrai : elle ne prenait jamais la peine de cacher ses émotions, ne savait même pas comment faire. Elle semblait si jeune à cet instant, si confuse, vulnérable et seule que Mia eut le sentiment qu'elle la laissait tomber.

« Tu te souviens de ce que je t'ai dit l'autre jour ? demanda-t-elle. À propos des feux de prairie ? Du fait que parfois il faut tout brûler et recommencer ? »

Izzy acquiesça.

« Eh bien... », poursuivit Mia. Un long moment s'écoula. Elle ne savait pas comment lui dire au revoir. « Ne l'oublie pas. Parfois il faut repartir de zéro. Tu comprends ? »

Izzy n'en était pas certaine, mais elle acquiesça de nouveau.

« À demain ? » risqua-t-elle, et le cœur de Mia se fendit.

Au lieu de répondre, elle attira Izzy dans ses bras et l'embrassa sur le sommet du crâne, là où elle embrassait souvent Pearl.

« À bientôt », dit-elle.

Pearl entendit la porte se refermer, mais quelques minutes s'écoulèrent avant que Mia ne revienne, gravissant les marches d'un pas lourd et lent.

« C'était qui ? demanda-t-elle, même si elle en avait une bonne idée.

— Izzy, répondit sa mère, mais elle est repartie. »

Puis elle retourna dans sa chambre pour faire ses valises. Elles avaient fait ça tellement souvent : deux verres empilés, leurs quelques couverts rassemblés dedans, les verres calés dans des bols, les bols calés dans une casserole, la casserole calée dans une poêle, le tout enveloppé dans un sac en papier d'épicerie et protégé par les quelques aliments qu'elles garderaient – un paquet de crackers, un pot de beurre de cacahuètes, une demi-miche de pain. Un autre sac renfermait le shampooing, un savon, un tube de dentifrice. Mia coinça leurs sacs en toile sur le sol de la voiture et étala une pile de couvertures dessus. Ses appareils photo et son matériel allèrent dans le coffre, avec la vaisselle et les produits de toilette. Tout le reste – la table pliante qu'elles avaient peinte en bleu, les chaises dépareillées, le lit de Pearl, le matelas de Mia et l'amas de coussins qu'elles appelaient un canapé – serait laissé sur place.

Il faisait presque nuit lorsqu'elles eurent terminé. Pearl n'arrêtait pas de penser à Trip, à Lexie, à Moody et à Izzy. Ils devaient désormais être rentrés dans leur magnifique maison. Trip se demanderait pourquoi elle ne l'avait pas rejoint. Elle ne le reverrait jamais, songea-t-elle, et sa gorge la brûla. Lexie serait juchée sur le plan de travail de la cuisine, enroulant une mèche de cheveux autour de son doigt, se demandant où elle était. Et Moody – ils n'auraient jamais l'opportunité de se réconcilier.

« Ce n'est pas juste, déclara-t-elle alors que sa mère plaçait leurs dernières affaires dans un sac de courses en papier.

— Non, convint Mia. Ça ne l'est pas. » Pearl s'attendit à une platitude d'adulte – *La vie n'est pas juste*, ou : *Juste ne signifie pas toujours bien* –, mais Mia se contenta de la serrer contre elle un moment et de l'embrasser sur le haut du crâne avant de lui tendre le sac de courses. « Va mettre ça dans la voiture. »

Lorsqu'elle revint, elle trouva sa mère dans la cuisine, en train de poser une enveloppe en papier kraft sur le plan de travail.

« C'est quoi ? demanda Pearl, intéressée malgré elle.

— Quelque chose pour les Richardson. Un adieu, je suppose.

— Une lettre ? Je peux la lire ?

— Non. Des photos.

— Tu les laisses ici ? »

Pearl n'avait jamais vu sa mère abandonner ainsi son travail. Quand elles quittaient un appartement, elles emportaient tout ce qui leur appartenait vraiment – et les photos de Mia étaient le plus important. Une fois, quand elles n'avaient pas eu assez de place dans le coffre de la Golf, Mia s'était débarrassée de la moitié de ses vêtements.

« Elles ne sont pas à moi. »

Elle attrapa les clés sur le plan de travail.

« À qui d'autre peuvent-elles être ? insista Pearl.

— Certaines photos, répondit sa mère, appartiennent à la personne qui les a prises. Et d'autres, à la personne qui est dessus. Tu es prête ? »

Elle éteignit les lumières.

* * *

À l'autre bout de la ville, Bebe était assise au bord du trottoir, à l'ombre d'une BMW, observant la maison des McCullough de l'autre côté de la rue. Elle se trouvait là depuis quelque temps, il était désormais sept heures et demie, et à l'intérieur sa fille devait prendre son bain. Linda McCullough, elle le savait, aimait avoir un emploi du temps précis. « J'ai toujours trouvé que les habitudes régulières rendent la vie plus calme », avait-elle dit à Bebe à plus d'une reprise, particulièrement les jours où elle était en retard pour sa visite. Comme si, pensait Bebe, elle se contentait d'émettre son avis sur le sujet, sans le moindre jugement, comme si elle exprimait une préférence pour les pommes plutôt que pour les poires.

La lumière de la salle de bains à l'étage s'alluma, et Bebe se représenta la scène : May Ling s'accrochant au rebord en porcelaine de la baignoire, une main tendue pour toucher l'eau qui coulait du robinet. La rue était désormais calme, des lumières brillant doucement dans les salons, une télé émettant un scintillement bleu occasionnel, mais lorsqu'elle fermait les yeux, elle entendait presque sa fille rire tandis que des gouttelettes lui arrosaient le visage. May Ling avait toujours aimé l'eau ; même à l'époque des vaches maigres, elle se calmait quand Bebe la lavait dans l'évier. Et quand celle-ci n'avait même pas l'énergie de le faire – de peur que la fillette ne lui échappe des mains à force de gesticuler, ou craignant de simplement s'allonger sur le lino râpé et de la laisser se noyer –, May Ling hurlait encore plus. Elle était certaine que Mme McCullough avait un assortiment de produits pour le bain à sa disposition : tous ces savons et ces lotions et ces crèmes conçus rien que pour les bébés, enrichis au beurre de karité et parfumés à l'huile d'amande et à la lavande. Ils devaient être alignés au bord de la baignoire – non, sur une jolie étagère en verre, hors de portée des petites mains curieuses –, et il y devait aussi y avoir des jouets, par bacs entiers, pas simplement un vieux pot de yaourt pour lui rincer les cheveux, mais des canards et des grenouilles mécaniques. Des dauphins. Des bateaux et des avions. Des versions miniatures de la vie merveilleuse que May Ling vivrait avec les McCullough.

Après le bain, Mme McCullough l'envelopperait dans une serviette moelleuse, si épaisse que quand elle la déroulerait elle conserverait l'empreinte parfaite du bébé, jusqu'à la marque grosse comme un pouce de son nombril. Elle lui brosserait les cheveux – qu'elle avait raides lorsqu'ils étaient secs, mais ondulés quand ils étaient mouillés, comme sa mère – et glisserait doucement ses membres encore un peu humides dans un pyjama. Et ensuite elle lui donnerait son biberon et la mettrait au lit. Bebe regarda la lumière de la salle de bains s'éteindre et, un instant plus tard, celle de la pièce à l'arrière de la maison – la chambre de May Ling – s'allumer. La fillette s'endormirait, rassasiée de lait et bien au chaud dans son petit lit douillet, sous un édredon tricoté à la main, un tour de lit la protégeant des lattes sur les côtés. Elle s'endormirait, et Mme McCullough allumerait la veilleuse et fermerait la porte, et quand elle irait elle-même se coucher, elle aurait déjà hâte d'être au lendemain pour venir retrouver May Ling qui l'attendrait.

Bebe appuya sa tête contre la BMW et attendit que la lumière dans la chambre de sa fille s'éteigne.

À son retour de chez Mia, Izzy trouva une maison vide. Ses parents, naturellement, étaient encore au travail, mais ni ses frères ni sa sœur n'étaient là. Où était Lexie ? se demanda-t-elle. Où était Moody ? Trip, décida-t-elle, devait être avec Pearl, qu'elle espérait voir avant le retour de sa mère.

De fait, Trip et Moody étaient rentrés plus tôt – Moody juste après les cours et, étonnamment, Trip peu après. Ce dernier semblait de mauvaise humeur et désœuvré, et Moody avait soupçonné – à juste titre – qu'il avait prévu de voir Pearl et que quelque chose était allé de travers.

« Mauvaise journée ? »

Trip avait répondu par un grognement.

« Elle t'a posé un lapin, avait poursuivi Moody en faisant claquer sa langue. Ça craint, mec. Mais bon, tu t'attendais à quoi ?

— De quoi tu parles ? »

Trip s'était enfin tourné vers son frère, et celui-ci avait senti un frisson mauvais le traverser.

« Tu pensais être le seul ? Tu crois que quelqu'un est assez idiot pour se réserver pour *toi* ? J'en reviens pas que t'aies pas pigé plus tôt. »

Il s'était esclaffé, et Trip s'était jeté sur lui. Ils ne s'étaient pas bagarrés comme ça depuis des années, quand ils étaient enfants, et Moody, éprouvant un soulagement soudain, avait continué de rire alors même que son frère le frappait au ventre. Ils étaient tombés par terre et, pendant quelques instants, s'étaient roulés sur le carrelage, leurs chaussures laissant des traînées sur les portes des placards. Puis Trip l'avait cravaté et la bagarre s'était achevée.

« Ferme-la, avait-il lancé d'une voix sifflante. Ferme ta gueule ! »

Depuis le jour où il avait embrassé Pearl pour la première fois, il s'était demandé ce qu'elle lui trouvait, craignant qu'elle ne s'aperçoive tôt ou tard qu'elle avait commis une erreur. C'était comme si Moody avait lu dans sa tête et exprimé ses peurs à haute voix.

Ce dernier, suffoquant, avait tiré sur le bras de Trip, qui l'avait finalement lâché avant de s'en aller, fou de rage. Après une demi-heure à rouler sans but, il avait pris la direction de chez Dan Simon. Avant Pearl, il avait passé avec Dan et certains amis du hockey des heures devant la Nintendo à jouer à *GoldenEye*, et il espérait que l'abrutissement du jeu vidéo le ferait penser à autre chose. Moody pendant ce temps était allé au lac Horseshoe, pour réfléchir à toutes les choses qu'il aurait voulu dire à Trip, ce jour-là et depuis des années.

Izzy, seule à la maison, ressassait encore et encore les paroles de Mia. *Parfois il faut repartir de zéro.* À cinq heures, celle-ci n'étant pas encore arrivée pour préparer le dîner, elle commença à avoir une sensation désagréable dans le creux du ventre, qui ne fit que s'intensifier lorsque sa mère téléphona une demi-heure plus tard. « Mia ne peut pas venir aujourd'hui, annonça-t-elle. Je prendrai quelque chose à emporter au restaurant chinois sur le chemin du retour. » Lorsque Moody rentra finalement à un peu plus de six heures, elle se précipita au rez-de-chaussée.

« Où est tout le monde ? » demanda-t-elle.

Il ôta sa chemise en flanelle et la balança sur le canapé. Il était resté assis au bord du lac pendant des heures, jetant des cailloux dans l'eau, pensant à Pearl et à son frère. *Regarde ce que tu as fait à Pearl*, avait-il songé rageusement. *Comment as-tu pu lui faire subir ça ?* Il avait jeté tous les cailloux qu'il avait pu trouver, mais ça n'avait pas suffi.

« Comment veux-tu que je le sache ? répondit-il à Izzy. Lexie est probablement chez Serena. Qui sait où est Trip ? » Il s'interrompit. « Et qu'est-ce que ça peut te foutre ? Je croyais que tu aimais être seule.

— Je cherchais Pearl. Tu l'as vue ?

— Je l'ai vue en anglais. » Moody alla chercher une boisson gazeuse dans la cuisine, avec Izzy dans son sillage. « Mais pas depuis. Elle a quitté le cours avant la fin. »

Il but une longue gorgée.

« Peut-être qu'elle est avec Trip ? » suggéra Izzy. Moody avala et marqua une pause. Izzy, remarquant qu'il ne la contredisait pas, en profita. « C'est vrai ce que tu as dit hier soir à propos de Pearl et Trip ?

— Apparemment.

— Pourquoi tu l'as dit à maman ?

— Je ne pensais pas que c'était un secret. » Moody posa la canette sur le plan de travail.

« C'est pas comme s'ils avaient été subtils. Et c'est pas à moi de mentir à leur place.

— Maman a dit… »

Elle hésita.

« Elle a dit que Pearl s'était fait avorter ?

— C'est ce qu'elle a dit.

« — Mais c'est faux.

— Comment tu le sais ?

— Parce que. »

Izzy n'aurait su expliquer pourquoi, mais elle était certaine d'avoir raison. Trip et Pearl – ça, elle pouvait le croire. Elle l'avait vue lorgner son frère pendant des mois, comme une souris observant un chat, attendant d'être dévorée. Mais Pearl, enceinte ? Elle réfléchit. Pearl avait-elle semblé différente ?

Elle se figea, se rappelant le jour où elle avait trouvé Lexie chez Mia. Qu'avait dit sa sœur ? Qu'elle était venue voir Pearl pour qu'elle l'aide sur une dissertation. Lexie, d'ordinaire parfaitement coiffée, était débraillée et blafarde, ses cheveux noués en une vague queue-de-cheval, et Mia avait rapidement chassé Izzy. Elle continua de réfléchir : Lexie rentrant à la maison le lendemain après-midi vêtue du tee-shirt vert de Pearl, son préféré, celui avec John Lennon sur le devant. Elle serrait dans sa main un sac en plastique avec quelque chose à l'intérieur. Elle était restée dans sa chambre toute la soirée, sautant le dîner – ce qui ne lui ressemblait pas, car elle avait de l'appétit –, et avait été d'une humeur de chien pendant des semaines par la suite. Et depuis, songea-t-elle, sa sœur semblait moins pétillante, moins sociable, comme s'il s'était passé quelque chose. En plus, elle avait rompu avec Brian.

« Où est Lexie ? demanda-t-elle de nouveau.

— Je te l'ai dit. Je pense qu'elle est chez Serena. »

Moody attrapa le bras d'Izzy.

« Tu la boucles à propos de Trip et de Pearl, OK ? Je ne crois pas qu'elle soit au courant.

443

— Tu es vraiment un pauvre abruti. » Elle se dégagea. « Pearl n'a pas été enceinte. Tu te rends compte que maman et sa mère vont probablement la tuer, et c'est toi qui l'as mise dans le pétrin sans raison. »

Moody blêmit, mais juste pendant un moment. Puis il secoua la tête.

« Je m'en fous. Elle le méritait.

— Elle le *méritait* ? »

Izzy le toisa fixement.

« Elle sortait avec Trip. Avec *Trip*, Izzy. Elle se foutait que… » Il s'interrompit, comme s'il avait appuyé trop fort sur un bleu encore frais. « Écoute, elle a décidé de s'envoyer en l'air. Elle a ce qu'elle mérite.

— Tu me sidères. »

Izzy n'avait jamais vu son frère se comporter de la sorte. Moody, qui avait toujours été la personne la plus prévenante de la famille ; Moody, qui avait toujours pris son parti, même si elle choisissait de ne pas écouter ses conseils. Moody, le seul Richardson à qui elle faisait confiance pour voir les choses plus clairement qu'elle.

« Tu te rends compte, poursuivit-elle, que maman va probablement coller ça sur le dos de Mia. »

Moody remua.

« Eh bien, peut-être qu'elle aurait dû avoir sa fille plus à l'œil. Peut-être qu'elle aurait dû s'arranger pour qu'elle soit plus responsable. »

Il tendit la main vers sa canette, mais Izzy l'attrapa en premier. Le métal froid percuta la pommette de Moody et un jet de liquide mousseux lui aspergea le visage. Lorsqu'il y vit de nouveau, Izzy avait disparu,

444

et il était seul avec la canette qui roulait lentement sur le carrelage mouillé de la cuisine.

* * *

La maison de Serena se trouvait dans Shaker Boulevard, à côté du collège, à près de trois kilomètres. Quarante minutes plus tard, celle-ci ouvrit la porte et découvrit Izzy sur les marches du perron.

« Qu'est-ce que tu fiches ici, débile ? demanda Lexie en approchant derrière Serena.

— J'ai quelque chose à te demander.

— T'as déjà entendu parler du téléphone ?

— Tais-toi. C'est important. »

Elle entraîna sa sœur par le bras dans le salon, et Serena, habituée aux tensions au sein de la famille Richardson, se retira dans la cuisine pour leur laisser un peu d'intimité.

« Quoi ? demanda Lexie lorsqu'elles furent seules.

— Est-ce que tu t'es fait avorter ?

— Quoi ? répéta-t-elle, en murmurant cette fois.

— Quand maman était partie. Est-ce que tu as avorté ?

— Ça te regarde pas. »

Lexie se retourna pour partir, mais Izzy se précipita devant elle.

« Tu as avorté, n'est-ce pas ? La fois où tu as dit que tu avais dormi chez Pearl.

— C'est pas un crime, Izzy. Des tas de gens le font.

— Est-ce que Pearl t'a accompagnée ? »

Lexie soupira.

« Elle m'a emmenée. Et avant que tu commences à faire ta moralisatrice et ta vertueuse…

— Il ne s'agit pas de moralité, Lex. »

Izzy écarta ses cheveux de son visage d'un geste impatient.

« Maman croit que c'est Pearl qui a avorté.

— Pearl ? »

Lexie éclata de rire.

« Désolée, c'est juste marrant. La virginale et innocente petite Pearl.

— Elle doit avoir une raison de croire ça.

— J'ai pris le rendez-vous à son nom, déclara Lexie. Mais bon, ça la dérangeait pas. »

Elle se retourna pour partir, puis pivota de nouveau sur elle-même.

« T'as pas intérêt à en parler à qui que ce soit. Ni à Moody, ni à maman, ni à personne. Pigé ?

— Tu es vraiment une putain d'égoïste », rétorqua Izzy.

Sans dire au revoir, elle dépassa Lexie dans le couloir et faillit percuter Serena tandis qu'elle se dirigeait vers la porte.

Elle marcha quarante minutes de plus pour atteindre la petite maison de Winslow, et lorsqu'elle arriva, elle sut que quelque chose clochait. Toutes les lumières à l'étage étaient éteintes, et il n'y avait aucun signe de la Golf dans l'allée. Elle hésita un moment devant la maison, tapotant du bout du doigt le tronc du pêcher dont les fleurs commençaient à flétrir et à virer au marron. Puis elle se rendit à la porte sur le côté et sonna jusqu'à ce que M. Yang réponde.

« Est-ce que Mia est là ? Ou Pearl ? »

Il secoua la tête.

« Elles sont parties il y a peut-être cinq, dix minutes. »

Le cœur d'Izzy devint lourd comme du plomb.

« Est-ce qu'elles ont dit où elles allaient ? » demanda-t-elle, même si elle connaissait déjà la réponse : elle les avait ratées, et elles s'en étaient allées.

M. Yang secoua une fois de plus la tête.

« Elles ne m'ont pas dit. »

Il avait regardé derrière son rideau juste à temps pour voir Mia et Pearl reculer prudemment dans l'allée, la Golf remplie de sacs et de cartons, puis s'éloigner dans la nuit tombante. C'étaient des personnes bien, avait-il songé, et il leur avait souhaité un bon voyage, quelle que soit leur destination.

Un mot, songea frénétiquement Izzy, elles avaient dû laisser un mot. Mia n'avait pas pu partir sans un au revoir.

« Est-ce que je peux monter vérifier quelque chose dans leur appartement ? Je promets de ne rien déranger.

— Vous avez la clé ? »

M. Yang ouvrit la porte et Izzy gravit les marches d'un pas lourd. « Peut-être que la porte est fermée ? » De fait, elle l'était. Izzy frappa plusieurs fois et essaya la poignée avant d'abandonner et de redescendre.

« Je n'ai pas la clé », déclara M. Yang. Il tint la porte-écran ouverte tandis qu'Izzy ressortait à la hâte. « Demandez à votre maman. Elle, elle l'a. »

Elle mit vingt minutes à retourner chez elle, où – même si elle ne le saurait jamais – Mia et Pearl avaient déposé leurs clés peu de temps auparavant. Il lui fallut une demi-heure de plus pour trouver le jeu de sa mère dans le tiroir fourre-tout de la cuisine. Elle tentait de ne pas faire de bruit, ignorant la barquette à moitié pleine de nouilles chinoises et de poulet à l'orange qui avait été laissée sur le plan de travail à son intention, prenant soin de ne pas attirer l'attention de ses frères ou de ses parents qui s'étaient dispersés dans divers coins de la maison. Lorsqu'elle regagna Winslow Road, il était neuf heures trente, et M. Yang – qui se levait en semaine à quatre heures quinze pour conduire son bus scolaire et aimait avoir un emploi du temps régulier – était déjà couché. Personne n'entendit donc Izzy entrer par la porte latérale, ouvrir celle de l'appartement de Mia et de Pearl et y pénétrer finalement, sachant au fond d'elle-même qu'il était trop tard, qu'elles étaient parties pour de bon.

* * *

À neuf heures le lendemain matin, la maison des Richardson était elle aussi presque vide. M. Richardson était allé traiter ses dossiers en retard au bureau, comme il le faisait souvent le samedi matin ; les développements récents de l'affaire McCullough l'avaient forcé à négliger tout le reste. Lexie dormait de l'autre côté de la ville dans le grand lit de Serena. Trip et Moody étaient tous deux sortis : Trip pour prendre part à une partie de basket improvisée au foyer municipal, histoire de se changer les idées, et Moody s'était rendu à vélo chez Pearl pour lui présenter ses excuses, mais avait été consterné de trouver porte close et la Golf absente. Et Izzy savait que le samedi matin Mme Richardson allait toujours faire des longueurs dans la piscine du centre de loisirs. Sa mère était une créature tellement pétrie d'habitudes qu'elle ne prit même pas la peine de jeter un coup d'œil dans sa chambre. Elle était sûre d'avoir la maison pour elle.

Tout ça était injuste, profondément injuste. C'était la pensée qui avait obsédé Izzy toute la nuit. Le fait que Mia et Pearl avaient été obligées de partir, qu'elles s'étaient finalement installées quelque part et avaient été poussées à s'en aller. Les personnes les plus gentilles qu'elle connaissait, les plus attentionnées, les plus sincères, et elles avaient été chassées par sa famille. Dans son esprit, elle avait dressé la liste des nombreuses trahisons. Lexie avait menti ; elle s'était servie de Pearl. Trip avait profité d'elle. Moody l'avait trahie, intentionnellement. Son père était un voleur de bébé. Et sa mère… eh bien, sa mère avait été à l'origine de tout.

Elle avait pensé à la maison de Mia, lumineuse et chaleureuse. Toute sa vie elle s'était sentie dure et en colère, avec sa mère qui la critiquait constamment, Lexie et Trip qui se moquaient tout le temps d'elle. Mia n'avait pas été comme ça. Avec elle, ça avait été différent, d'une manière qu'elle n'aurait jamais pu imaginer : en sa présence, Izzy était devenue curieuse, gentille, ouverte, comme si elle avait été ensorcelée. Elle avait enfin eu le sentiment de pouvoir parler sans se heurter immédiatement à la coquille dure de sa vie protégée, comme si elle s'était soudain aperçue que les murs solides qui l'entouraient étaient en fait des barreaux avec des espaces suffisamment larges entre eux pour qu'elle puisse s'y glisser. Elle avait tenté de s'imaginer retournant à sa vie d'avant : la vie dans leur belle maison parfaitement ordonnée et abondamment meublée, où l'herbe était toujours tondue et les feuilles mortes déblayées au râteau, où il n'y avait absolument jamais le moindre détritus à l'horizon ; dans ce beau quartier parfaitement ordonné où chaque pelouse comportait un arbre et où les rues étaient en courbe pour que personne ne roule trop vite, où chaque maison était en harmonie avec la voisine ; dans cette belle ville parfaitement ordonnée où tout le monde s'entendait bien et obéissait aux règles, où tout devait paraître beau et parfait de l'extérieur, qu'importe le désordre à l'intérieur. Elle ne pouvait pas faire comme si rien n'était arrivé. Mia avait ouvert en elle une porte qui ne pouvait pas être refermée.

Elle avait alors pensé au jour où elle l'avait rencontrée, à ce que Mia lui avait demandé : *Qu'est-ce que tu comptes faire ?* Ça avait été la première fois qu'Izzy avait eu le sentiment de pouvoir faire quoi que ce soit. Elle s'était ensuite rappelé ce que Mia lui avait dit la dernière fois qu'elles s'étaient vues, ces paroles qui avaient résonné dans sa tête depuis : le fait que parfois il fallait repartir de zéro. La terre brûlée, avait-elle dit, et c'était à cet instant qu'Izzy avait pris sa décision.

Elle avait passé la nuit à planifier son geste, et maintenant que le moment était venu, elle n'avait plus la moindre pensée. C'était comme si elle était en dehors d'elle-même, comme si elle regardait quelqu'un d'autre agir. Leur père gardait toujours un bidon d'essence dans le garage, pour remplir la souffleuse à neige et alimenter le générateur si l'électricité était coupée durant une tempête. Avec le jerrican, elle traça un cercle minutieux sur le lit de sa sœur, puis sur ceux de ses frères. L'essence forma une tache sombre et huileuse sur la couette à fleurs de Lexie, sur l'oreiller de Trip, sur les draps à motif écossais de Moody. Lorsqu'elle eut fini, le jerrican était vide, alors elle se contenta de le poser devant la porte fermée de ses parents. Puis elle replaça les clés de la maison de Winslow Road dans le tiroir de la cuisine et en tira une boîte d'allumettes.

Souviens-toi, avait dit Mia, *parfois il faut tout brûler et recommencer. Après avoir brûlé, le sol est plus riche, et la végétation peut repousser. Les gens sont pareils. Ils repartent de zéro. Ils trouvent un moyen.* Elle pensa à Mia et ses yeux se mirent à la piquer. Dans le sac qu'elle portait en bandoulière, elle avait placé quelques vêtements de rechange et toutes ses économies. Pearl et Mia ne pouvaient pas avoir tant d'avance que ça. Elle pouvait encore les rattraper. Elle frotta la première allumette contre le flanc de la boîte. La tête crissa sur le papier abrasif comme des ongles sur un tableau, une odeur de soufre s'éleva et elle s'enflamma. Izzy la laissa tomber sur la couette à fleurs de sa sœur, puis elle sortit de la pièce en courant.

20

Tandis que la carcasse de la maison éventrée et noircie fumait doucement, Mme Richardson resserra son peignoir autour d'elle et analysa la situation. Son mari se tenait sur ce qui avait été leur allée, en train de s'entretenir avec le chef des pompiers et deux policiers. Lexie, Trip et Moody étaient juchés sur le toit de la voiture de Lexie de l'autre côté de la rue, observant leurs parents, attendant des instructions. Il n'avait pas échappé à Mme Richardson qu'Izzy manquait à l'appel, et elle était certaine que c'était de ça que son mari parlait avec les hommes. Il devait leur fournir une description précise, leur demander de la retrouver. *Isabelle Marie Richardson*, pensa-t-elle avec un mélange de rage et de honte. *Qu'as-tu fait ?* Et ce serait précisément ce qu'elle dirait aux policiers, aux pompiers, à ses enfants et à son mari déconcerté. « Irresponsable. Comment a-t-elle pu faire ça ? » Derrière elle, l'un des pompiers plaça les restes calcinés du jerrican dans le camion – pour les envoyer à la compagnie d'assurances, elle n'en doutait pas. « Quand Izzy reviendra, murmura Lexie à Trip, maman va la *massacrer*. »

Ce n'est que lorsque le chef des pompiers demanda où ils logeraient que Mme Richardson trouva une solution évidente.

« Dans notre maison de location, répondit-elle. Dans Winslow Road, près de Lynnfield. » Et à son mari et à ses enfants perplexes, elle expliqua simplement : « Elle a été libérée hier. »

Après quelques manœuvres, ils parvinrent à faire entrer trois voitures dans l'étroite allée de la maison de Winslow, et lorsque Lexie gara finalement son Explorer au bord du trottoir, Mme Richardson craignit soudain que l'appartement ne soit pas vide, qu'ils montent à l'étage, ouvrent la porte et trouvent Mia et Pearl à l'intérieur, déjeunant tranquillement à la table, refusant de partir. Ou peut-être que Mia leur avait laissé un souvenir : du désordre, des fenêtres cassées ou des murs enfoncés, un ultime doigt d'honneur à ses propriétaires. Mais après avoir parqué les quatre voitures et gravi en file indienne l'escalier – à la grande confusion de M. Yang –, ils ne virent aucun signe de présence dans l'appartement, juste quelques éléments de mobilier abandonnés. Mme Richardson acquiesça de soulagement.

« C'est tellement différent », murmura Lexie.

Et c'était vrai. Les trois enfants Richardson qui restaient étaient massés dans l'entrebâillement de la porte qui séparait le salon de la cuisine, si proches que leurs épaules se touchaient presque. Dans la cuisine, les placards étaient vides, les chaises dépareillées soigneusement poussées sous la table branlante. Moody songea au nombre de fois où il avait été assis là à côté de Pearl tandis qu'ils faisaient leurs devoirs ou mangeaient un bol de céréales. Lexie parcourut des yeux le salon : juste quelques coussins empilés sur la moquette, des murs désormais nus à l'exception de quelques trous de punaises dans le plâtre. Trip regarda en direction de la chambre où, par la porte ouverte, il distingua le lit de Pearl, débarrassé de ses draps et de ses couvertures, désormais réduit à un simple matelas posé sur un cadre.

Parfaitement fonctionnel, songea Mme Richardson. Deux chambres, une pour les adultes et une pour les garçons. Les filles – car elle était toujours certaine qu'Izzy reviendrait bientôt – pourraient dormir dans la véranda. Une grande salle de bains et une petite – eh bien, ils devraient partager. Ils ne resteraient pas longtemps, le temps de trouver quelque chose de plus adapté en attendant que leur maison soit réparée.

« Maman, lança Lexie depuis la cuisine. Maman, regarde ça. »

Sur le plan de travail était posée une grande enveloppe en papier kraft – des papiers appartenant à Mia, ou les devoirs de Pearl, peut-être, oubliés dans la précipitation du départ. Mais avant même de l'avoir touchée, Mme Richardson sut qu'il ne s'agissait pas de ça. Le papier était comme du satin sous ses doigts, le rabat soigneusement replié mais pas collé, et tandis qu'elle soulevait l'attache avec un ongle et ouvrait l'enveloppe, le reste de la famille se massa autour d'elle pour voir ce qu'elle contenait.

Il y avait une photo pour chacun d'entre eux. Mia les avait méticuleusement empilées à l'intérieur : moitié portraits, moitié souhaits, fixés sur le papier. Tandis que Mme Richardson les alignait soigneusement sur la table, chacun sut laquelle était pour lui, la reconnaissant immédiatement, de la même manière qu'ils auraient reconnu leur propre visage. Pour les autres, c'était juste une photo de plus, mais pour la personne concernée, elle était terriblement intime, comme apercevoir son corps nu dans un miroir.

Une feuille de papier découpée en bandes aussi fines que des allumettes, entrelacées pour former un filet. Suspendue dans son maillage, une lourde pierre arrondie. Le texte aussi avait été découpé, de sorte qu'il était illisible, mais Lexie reconnut immédiatement la couleur rose pâle du papier – l'autorisation de sortie qu'on lui avait donnée à la clinique. Sur l'une des bandes s'étirait la moitié inférieure de sa signature – non, sa signature falsifiée : le nom de Pearl écrit de sa main. Elle avait laissé le document chez Mia, et celle-ci l'avait transformé pour elle. Lexie, en touchant la photo, vit que, sous le poids de la pierre, le filet complexe se distendait mais ne cédait pas. C'était un fardeau qu'elle devrait porter, lui avait dit Mia, et pour la première fois, elle eut le sentiment qu'elle y parviendrait peut-être.

Un plastron de hockey gisant dans la terre, fendu en son centre et constellé de trous. Mia s'était servie d'un marteau et d'une poignée de clous de couvreur, enfonçant chacun comme une flèche dans l'épais plastique blanc avant de le retirer. On a le droit d'être vulnérable, avait-elle pensé. On a le droit de prendre son temps et de regarder ce qui pousse. Elle avait rempli le plastron de terre et éparpillé des graines dessus, puis elle les avait patiemment arrosées pendant une semaine jusqu'à ce que de chaque orifice jaillisse une touche de vert : des volutes fines, comme des feuilles recourbées s'élevant lentement dans la lumière. Une vie douce et fragile sortant de la coquille dure.

Une volée d'oiseaux en papier miniatures, dont le plus grand avait la taille d'une paume et le plus petit celle d'un ongle, tous striés de lignes pâles. Moody les reconnut immédiatement, avant même de voir les légers plis qui donnaient leur texture à chacun : les pages du petit carnet qu'il avait offert à Pearl puis détruit, celles qu'il avait roulées en boule et jetées à la poubelle. Même si Mia les avait lissées, les froissements ondoyaient sur les ailes des oiseaux comme si le vent agitait leurs plumes. Les origamis étaient disposés sur une photo de ciel, tels des pétales éparpillés, s'élevant depuis un sol en cuir bosselé vers un avenir meilleur. C'est ce que tu feras toi aussi, avait songé Mia en disposant un à un les oiseaux sur leur ciel de papier.

L'idée de la photo suivante était née au moment où Mia, en passant le balai, avait trouvé par terre une des baleines de col de M. Richardson. Elle l'avait gardée : il en avait d'autres, une boîte pleine sur sa commode, et en enfonçait chaque jour une à chaque pointe de son col de chemise pour qu'il demeure rigide. En tournant la petite bande de métal entre ses doigts, elle s'était rappelé une expérience qu'elle avait faite en cours de sciences dans son enfance. Elle l'avait frottée avec un aimant puis mise à flotter dans un plat rempli d'eau, la laissant tournoyer d'un côté et de l'autre jusqu'à ce qu'elle s'immobilise lentement, sa pointe braquée vers le nord. La longue exposition avait saisi une tache floue en forme d'arc, comme les ailes spectrales d'un papillon, puis la ligne lumineuse de la baleine de col lorsqu'elle s'était immobilisée. M. Richardson, en regardant la flèche argentée et brillante alignée avec certitude dans l'eau troublée, toucha son col de chemise et se demanda de quel côté il était orienté à cet instant.

Et finalement, à l'intention de Mme Richardson, la plus surprenante de toutes : une cage découpée dans du papier et défoncée, comme si une créature très puissante s'en était échappée. En regardant de plus près, elle vit que le papier provenait d'un journal. Mia avait minutieusement découpé chaque mot avec un rasoir pour former les espaces entre les barreaux. C'était un de ses articles, Mme Richardson en était certaine, même si en l'absence de mots il était impossible de dire lequel : le compte rendu de la levée de fonds du Nature Center, le rapport sur la nouvelle colonnade de la ville, le papier sur les progrès du projet « Citoyens patrouilleurs » – un de ces articles qu'elle avait consciencieusement pondus au fil des années, une de ces histoires qui avaient, malgré elle, constitué l'essentiel de sa carrière. Chaque barreau cassé était gracieusement recourbé vers l'extérieur, comme un pétale de chrysanthème, et au centre de la cage vide se trouvait une petite plume dorée. Quelque chose s'était échappé de cette prison. Quelque chose avait pris son envol. Et en composant ce cliché, c'était tout ce que Mia avait souhaité à Mme Richardson.

Ils ne s'aperçurent qu'une photo manquait qu'au moment où Mme Richardson souleva la dernière et révéla un paquet de négatifs. Le message était clair : Mia n'essaierait pas de les vendre ; elle ne les partagerait avec personne et ne les conserverait pas pour exercer une quelconque pression à l'avenir. *Elles sont à vous*, semblait dire la pile de négatifs. *Elles sont vous.*

Faites-en ce que vous voudrez. Ils représentaient leurs portraits inversés, le sombre devenu clair et le clair devenu sombre. Mais l'un d'eux ne correspondait à aucun des tirages, car Izzy l'avait pris la veille au soir quand, en venant à l'appartement, elle avait découvert que Mia et Pearl étaient parties et n'avaient laissé derrière elles que l'enveloppe de photos en guise d'adieu. Elle avait immédiatement su laquelle était la sienne : une rose noire sur un carré de trottoir lézardé, les pétales découpés dans du cuir de botte noir – ses bottes adorées, qui l'avaient fait se sentir forte, celles que sa mère avait jetées. Les pétales à l'extérieur étaient constitués de la pointe râpée, et ceux à l'intérieur, plus sombres, provenaient de la languette. Un lacet au bout effiloché s'étirait pour former la tige. Des bouts de couture jaune, arrachés autour de la semelle, formaient les fils délicats au cœur de la fleur. La dureté rendue tendre, voire belle. Izzy avait glissé le cliché dans son sac avant de refermer l'enveloppe, d'éteindre la lumière et de refermer la porte à clé derrière elle. Sa famille, qui n'avait que le négatif, ne distinguait que son image inversée : une fleur pâle qui devenait d'un blanc de lune en son centre, une masse gris sombre derrière comme un ciel nocturne nuageux.

Ce n'est qu'en fin d'après-midi que M. Richardson vérifia sa messagerie et apprit la nouvelle. Sur l'enregistrement grésillant, Mark McCullough sanglotait tellement qu'il eut du mal à le comprendre. La veille au soir, Linda et lui, tous deux épuisés par le verdict, par la conférence de presse et par le défi qu'avait constitué cette épreuve dans son ensemble, avaient sombré dans le genre de sommeil qu'ils n'avaient pas eu depuis des mois : profond, sans rêves et ininterrompu. Le matin, ils s'étaient réveillés groggy, enivrés par tant de repos, et en jetant un coup d'œil au réveil sur sa table de chevet Mme McCullough s'était aperçue qu'il était dix heures et demie. Mirabelle les réveillait d'ordinaire au lever du soleil en pleurant pour avoir son petit déjeuner, pour qu'on lui change sa couche, et dès qu'elle avait vu les chiffres rouges elle avait su que quelque chose clochait sérieusement. Elle s'était levée d'un bond et précipitée dans la chambre de la fillette sans même enfiler de chaussons ou de peignoir, et Mark – clignant toujours des yeux dans la lumière vive du matin – l'avait entendue hurler depuis l'autre pièce. Le petit lit était vide. Mirabelle avait disparu.

La police mettrait une journée complète à réunir tous les indices et à comprendre ce qui s'était passé : la porte coulissante qui donnait sur la terrasse déverrouillée – un quartier tellement sûr, pas le genre d'endroit où on se cadenassait ; le loquet couvert d'empreintes ; l'absence de Bebe au travail ; son appartement vide ; et, finalement, un billet d'avion réservé à son nom, pour un vol à destination de Canton qui avait décollé la veille à vingt-trois heures vingt. Après ça, il n'y avait quasiment aucune chance, avait-on expliqué aux McCullough, de retrouver sa trace. La Chine était un grand pays, avait ajouté l'inspecteur sans une ombre d'ironie. Bebe devait déjà être arrivée à Canton, et qui savait où elle irait ? Une aiguille dans une botte de foin. Vous pourriez dilapider tout votre argent, leur avait-il dit, à essayer de les retrouver.

Près d'un an plus tard – alors que la maison des Richardson aurait presque été reconstruite et que les McCullough n'auraient pas dépensé tout leur argent, mais des dizaines de milliers de dollars en détectives et en querelles diplomatiques, sans guère de résultats –, Linda et Elena déjeuneraient ensemble chez Saffron Patch. Elles se seraient vues au cours des récents mois de tourmente, comme elles s'étaient vues durant des décennies de hauts et de bas et continueraient de le faire lors des épreuves et des accalmies à venir.

« Mark et moi avons postulé pour adopter un bébé en Chine, annoncerait Mme McCullough en versant une cuillerée de poulet tikka massala sur un monticule de riz.

— C'est magnifique.

— L'agent d'adoption affirme que nous sommes les candidats parfaits. Elle pense qu'ils auront un enfant pour nous d'ici six mois, préciserait-elle avant de boire une gorgée d'eau. Elle dit que, comme il viendra de Chine, les risques que la famille du bébé essaie de récupérer la garde sont presque nuls. »

Mme Richardson se pencherait par-dessus la table pour serrer la main de sa vieille amie et déclarerait :

« Ce sera un bébé très chanceux. »

Mais voici ce qui hanterait le plus Mme McCullough : le fait que Mirabelle n'avait pas pleuré quand Bebe l'avait tirée de son lit et emmenée. En dépit de tout – de la nourriture faite maison, des jouets, des longues soirées passées ensemble et de l'amour, tant d'amour, plus d'amour que Linda ne l'aurait cru possible –, en dépit de tout ça, les bras de Bebe lui avaient tout de même semblé un refuge sûr, un endroit où elle était à sa place. Le prochain bébé, se dirait-elle, viendrait d'un orphelinat et n'aurait jamais connu sa mère. Il serait totalement à eux. Elle serait déjà ivre d'amour pour cet enfant qu'elle ne connaîtrait pas encore, et tenterait de ne pas penser à Mirabelle, la fille qu'ils avaient perdue et qui vivait quelque part une vie différente et étrange.

* * *

Le dernier soir, après avoir déposé les clés dans la boîte à lettres des Richardson en produisant un bruit métallique et être remontée dans la voiture, Pearl posa finalement la question qui la turlupinait.

« Et si ces photos étaient celles qui devaient te rendre célèbre ? »

Elles ne le seraient pas – c'était l'idée qui commençait tout juste à germer dans l'esprit de Mia tandis qu'elle allumait les phares, l'ombre d'une idée, pas encore une image, et encore moins des mots. De fait, les Richardson ne les vendraient jamais. Ils les garderaient, et les photos deviendraient un héritage familial étrange sur lequel les générations à venir s'interrogeraient lorsqu'elles découvriraient et ouvriraient cette boîte poussiéreuse dans le grenier : d'où provenaient ces clichés, qui les avait pris, que signifiaient-ils ?

Mia passa la première.

« Alors je leur devrais beaucoup, beaucoup plus que le prix des photos. »

Mia dirigea la Golf vers la mare aux canards, puis traversa Van Aken et les voies de chemin de fer en direction de Warrensville Road, qui les mènerait à l'autoroute, puis hors de Cleveland.

« J'aurais aimé pouvoir faire mes adieux. » Pearl pensait à Moody, à Lexie et à Trip, aux fils qui la reliaient à chacun d'eux d'une manière différente. Année après année, tout au long de sa vie, elle tenterait souvent de les démêler, pour s'apercevoir chaque fois qu'ils étaient inexorablement enchevêtrés. « Et Izzy. J'aurais aimé la voir une dernière fois. »

Mia resta silencieuse, songeant également à la benjamine des Richardson.

« Pauvre Izzy, dit-elle finalement. Elle a tellement envie de partir d'ici. »

Une idée saugrenue vint alors à l'esprit de Pearl.

« On pourrait aller la chercher. Je pourrais grimper sur la véranda à l'arrière et frapper à sa fenêtre et…

— Ma chérie, l'interrompit Mia, Izzy n'a que quinze ans. Il y a des lois. »

Mais tandis que la voiture filait dans Warrensville Road en direction de la route I-480, Mia se laissa brièvement aller à rêver. Elles rouleraient sur une deux voies, une route secondaire, celles qu'elle préférait : le genre de route qui sinuait à travers des petites bourgades abritant une épicerie, un café et une station-service. De la poussière s'élèverait dans les airs sur leur passage, comme des nuages dorés. Elles négocieraient un virage et à travers cette brume elles distingueraient une silhouette ombrageuse au bord de la route, bras tendu, pouce dressé. Mia ralentirait et, tandis que la poussière retomberait, elles verraient tout d'abord ses cheveux, un tourbillon doré, et elles reconnaîtraient cette chevelure ébouriffée, cette fureur blonde, avant même de voir son visage, avant même de s'être arrêtées et d'avoir ouvert la portière pour la faire monter.

Le samedi matin, tandis que Mia et Pearl pénétraient dans l'Illinois, Izzy – une légère odeur de
fumée s'accrochant toujours à ses cheveux – grimpa à
bord d'un bus Greyhound à destination de Pittsburgh.
De l'autre côté de la ville, sa famille était en train
de se rassembler au bord de la mare aux canards,
regardant les pompiers arroser la maison pour éteindre
l'incendie, flamme après flamme. Elle avait, pliée
dans sa poche arrière, une adresse qu'elle avait
trouvée dans une chemise qui appartenait à sa mère
et qu'elle avait feuilletée la nuit précédente, après
avoir fait son sac. *George et Regina Wright. Bethel
Park, Pennsylvanie.* Il y avait également un numéro
de téléphone, mais Izzy savait qu'un coup de fil ne
lui permettrait pas d'obtenir les réponses dont elle
avait besoin. La chemise sur le bureau de sa mère
– que celle-ci avait nommée « M. W. » de son écriture soigneuse – était bien remplie, et elle avait tout
lu, à la lueur de la lampe, assise dans le fauteuil de
Mme Richardson, pendant que tout le monde dormait
paisiblement à l'étage. Sous l'adresse des Wright, elle
en avait noté une autre : *Anita Rees, Galerie Rees.*
Celle-ci se trouvait quelque part à New York. Mia,
elle le savait, avait débuté là-bas alors qu'elle n'était
pas beaucoup plus âgée qu'elle. Elle se demandait
comment ce serait.

Peut-être que l'une de ces personnes l'aiderait à retrouver Mia, quelle que soit sa destination.
Ou peut-être qu'elle la renverrait chez ses parents. Et si

elle le faisait ? Elle repartirait, encore et encore, jusqu'à
ce qu'elle soit suffisamment âgée pour que personne
ne puisse la renvoyer. Elle continuerait de chercher
jusqu'à trouver ce qu'elle cherchait. Pittsburgh l'appelait et, au-delà, New York : le passé de Mia, mais son
avenir. D'une manière ou d'une autre, ces villes la
mèneraient à elle.

Tandis qu'elle prenait place sur un siège et appuyait
sa tête contre la vitre, elle s'imagina comment ça se
passerait. Elle verrait d'abord Mia de dos – mais, évidemment, elle la reconnaîtrait immédiatement. Izzy
connaissait sa silhouette comme une forme dont elle
aurait suivi le contour jusqu'à la connaître par cœur.
Elle trouverait Mia, et celle-ci se retournerait et écar-
terait les bras, elle accueillerait Izzy et l'emmènerait
avec elle, où qu'elle aille ensuite.

* * *

Ce dernier soir, tandis que Mme Richardson s'apprêtait à dormir pour la première fois dans la maison de
Winslow, elle commença à réfléchir, comme elle le
ferait longtemps, à sa plus jeune enfant. Les bruits
de la maison lui étaient inconnus – le bourdonnement
du réfrigérateur, le léger grondement de la chaudière
en bas, le crissement d'une branche frottant contre les
ardoises du toit –, et elle se leva, sortit et s'assit sur
les marches du perron, son peignoir fermement serré
autour d'elle. Sous ses pieds, le béton était frais et
légèrement humide, comme si un brouillard venait de
se lever.

Toute la journée elle avait fulminé contre Izzy, aussi bien intérieurement qu'à voix haute. Enfant ingrate, avait-elle dit. Elle le paierait quand ils la retrouveraient. Elle serait privée de sortie pour le restant de sa vie. Elle serait envoyée en pension. Dans une école militaire. Au couvent. Elle avait presque envie de la livrer à la police : qu'elle apprenne les conséquences de ses actes en prison. Son mari et ses enfants, habitués à la voir enrager contre Izzy, avaient acquiescé en silence et l'avaient laissée râler. Cette fois, Izzy avait dépassé les bornes, et maintenant, comme le comprenaient tous les membres de la famille, elle risquait de ne jamais revenir.

La police la cherchait, naturellement ; elle était considérée comme une fugueuse, peut-être même comme une enfant en danger, et au cours des jours à venir Mme Richardson leur fournirait des photos pour que des alertes et des affiches soient diffusées, elle irait voir l'un après l'autre ses amis et ses camarades de classe, pour essayer de découvrir où elle avait pu aller. En vain. Des deux côtés de la rue, les maisons se ressemblaient toutes – mais à l'intérieur il y avait des gens qui étaient peut-être heureux, ou qui se protégeaient, ou qui se préparaient à aller dans le monde, à la recherche de quelque chose de mieux. Tant de vies qu'elle ne connaîtrait jamais qui se déroulaient derrière ces portes closes.

Il était près de minuit et une voiture passa rapidement, tous phares allumés, comme si elle avait une destination importante, puis disparut dans l'obscurité. Ses voisins se disaient peut-être qu'elle était cinglée, songea-t-elle, assise là sur les marches dans le noir, mais pour une fois elle s'en fichait. La colère qu'elle avait attisée toute la journée s'était consumée, comme la chaleur de l'après-midi à la tombée de la nuit, et elle n'avait plus qu'une pensée, froide, cristalline, aussi brillante qu'une étoile : Izzy était partie. Tout ce qui l'avait mise en colère chez sa fille, avant même son premier souffle, provenait de sa crainte de la perdre. Et maintenant c'était fait. Un gémissement fin lui monta dans la gorge, aussi tranchant qu'une lame de couteau.

Pour la première fois, son cœur se brisa à l'idée que sa fille était seule dans le monde. Izzy : cette enfant à l'énergie indomptable qui lui avait causé tant de soucis, qui n'avait jamais cessé de l'inquiéter encore et encore, s'était finalement enfuie. Cette enfant qu'elle avait prise pour son contraire mais qui avait, au fond, hérité de cette étincelle que sa mère avait étouffée il y avait si longtemps, cette certitude brûlante qu'elle savait faire la différence entre le bien et le mal. Elle pensa, comme elle le ferait souvent pendant de nombreuses années, à la photo qu'elle avait découverte dans la matinée, celle avec la plume dorée : était-ce une allégorie d'elle, ou de sa fille ? Était-elle l'oiseau qui tentait de se libérer, ou était-elle la cage ?

La police trouverait Izzy, se disait-elle. Et alors elle se rachèterait. Elle ne savait pas comment, mais elle en était certaine. Et si la police ne la trouvait pas ? Alors elle la chercherait elle-même. Aussi longtemps qu'il faudrait, éternellement au besoin. Des années s'écouleraient peut-être et elles seraient peut-être toutes deux changées, mais elle était sûre de reconnaître son enfant, de la même manière qu'elle se reconnaîtrait elle-même, qu'importe le temps écoulé. Elle en était certaine. Elle passerait des mois, des années, le reste de sa vie à chercher sa fille, scrutant le visage de toutes les jeunes femmes qu'elle croiserait pendant aussi longtemps qu'il le faudrait, essayant de découvrir une étincelle de familiarité sur le visage d'inconnues.

Remerciements

Alors que j'étais en tournée pour *Tout ce qu'on ne s'est jamais dit*, une personne du public m'a un jour demandé : « J'ai compté, et vous avez remercié soixante-cinq personnes à la fin de votre livre – pourquoi autant ? » J'ai expliqué que, même si seul figure mon nom sur la couverture, de très nombreuses personnes m'avaient aidée en chemin, et que le livre n'existerait pas sans elles. C'est encore plus vrai la deuxième fois.

Merci, comme toujours, à mon super-agent Julie Barer, et à toutes les personnes du Book Group – je suis tellement reconnaissante de faire partie de la nation Barer. Mon implacable éditrice, Virginia Smith Younce, a rendu ce livre meilleur et plus riche grâce à ses conseils avisés, et Jane Cavolina a corrigé ma chronologie et mes italiques avec une patience suprême. Juliana Kiyan, Anne Badman, Sarah Huston, Matthew Boyd, Scott Moyers, Ann Godoff, Kathryn Court, Patrick Nolan, Madeline McIntosh et toutes les équipes de Penguin Press et Penguin Books ont fait un travail formidable pour publier ce livre – merci de m'avoir de nouveau acceptée parmi vous.

Les Chunky Monkeys (Chip Cheek, Calvin Hennick, Jennifer De Leon, Sonya Larson, Alexandria Marzano-Lesnevich, Whitney Scharer, Adam Stumacher, Grace Talusan et Becky Tuch), mon fidèle groupe de lecture, ont été les premiers lecteurs de ce livre ; leurs encouragements m'ont aidée à aller jusqu'au bout, et nos chaînes d'e-mails ont été comme des bouées de sauvetage. Ayelet Amittay, Anne Stameshkin et mes collègues d'université : comme toujours, vous ouvrez la voie. Jes Häberli et Danielle Lazarin, je vous envoie un camion de doughnuts. Et mes amis non écrivains m'ont permis de garder la raison et les pieds sur terre pendant cette folle virée ; en particulier, je n'arrive pas à croire que Katie Campbell, Samantha Chin et Annie Xu me supportent encore.

Un énorme merci à mes lecteurs – aussi bien de ce livre que du premier. À ceux qui m'ont adressé des e-mails, écrit des lettres, tendu des mots pendant des lectures, ou qui ont discuté avec moi lors de dédicaces : merci. Je ne peux pas vous dire à quel point je suis reconnaissante. De nombreux mercis à mes amis sur Twitter : vous me rappelez chaque jour combien les gens peuvent être intelligents, drôles et gentils.

Merci également aux artistes qui ont influencé le travail de Mia, en particulier Kent Rogowski et Cindy Sherman.

Et finalement, le dernier et le plus gros remerciement à ma famille. Lily et Yvonne Ng m'ont dès le début encouragée à écrire ; je n'en serais pas là sans vous

– métaphoriquement et littéralement. Mon mari, Matt, a cru avant moi que l'écriture serait mon métier, et n'a eu de cesse de me le dire. Merci pour tout ce que tu fais. Et mon fils, toujours ma plus belle création. C'est peut-être le couplet habituel, mais je fais de mon mieux.

Composition et mise en pages
Nord Compo à Villeneuve-d'Ascq

Imprimé en France par **CPI**
en mars 2019
N° d'impression : 3033366

S28841/01